6.25전쟁 수난의 증언

이것이 6.25의 실상이다 1

6.25전쟁 수난의 증언

어머니의 마지막 눈짓

6.25수난기 작가회 편

편집고문 : 조신권 김영백 신성종 유승우 김봉군
편집위원 : 이용덕 정태광 안승준 박철현 송재덕

집필 작가

유승우 이용덕 박철현 유영자 현의섭 신건자 남춘길
최건차 신성종 이건숙 조신권 오경자 허숭실 정영자
김영백 신영옥 김봉군 김정원 이동원 정태광 최숙미
안승준 안은순 이상열 이택주 이계자 최강일 정연웅

도서출판 한글

머리말

1945년 8.15전까지 80대 우리는 일제 치하에서 시달리며 굶주렸고 1950년대는 6.25전쟁으로 심한 고초를 겪었습니다. 50년대 한국 GNP는 76불, 죽지 못해 초근목피로 연명했습니다.

80대들이 젊은이들한테 그 이야기를 아무리 해도 믿어주지 않습니다.

2020년대 3만 불의 나라에 사는 젊은이들이 듣기에는 1950년대 이야기가 거짓말처럼 들리기 때문일 것입니다.

1900년부터 1938년 사이의 웃어른들은 거의가 돌아가시고 6.25 전쟁의 참상을 1933년생과 1943년(87세~77세) 생존자들이 생생히 증언하지 않으면 더 이상 이런 수난기라도 남길 사람이 사라집니다.

지금 증언하는 분들은 일점일획도 거짓이 없는 진실만을 밝힙니다.

앞으로 100년 뒤에 이 책이 세상에 몇 권이나 남아 있을까 생각하면 70년도 못 되어 흔적도 없이 사라지지지 않을까 싶어 무한한 시간과 영원히 뒤를 이어 태어날 낯선 후세들 앞에 겸손히 머리를 숙입니다.

2020. 06. 25

6.25전쟁 수난기 작가회

회장 이 용 덕

‖ 차 례 ‖

어머니

seok

이 글은 6.25수난기 출판을 위하여 자료를 구하던 중 감동적인 증언을 카톡에서 보게 되어 작자님의 양해도 구하지 않고 있는 그대로 맨 앞에 올렸습니다. 글을 쓰신 분의 양해를 구합니다.

내가 영리하고
똑똑하다는 우리 어머니!

내가 초등학교 6학년 때
6.25전쟁이 났다.
아버지는 내 머리를 쓰다듬으며,
"어머니 말씀 잘 듣고 집 지키고 있어."
하시고는 한강을 건너 남쪽으로 가셨다.
그 당시 내 여동생은 다섯 살이었고,
남동생은 젖먹이였다.
인민군 치하에서 한 달이 넘게 고생하며 살아도
국군은 오지 않았다.
어머니는 견디다 못해서
아버지를 따라 남쪽으로 가자고 하셨다.
우리 삼 형제와 어머니는 보따리를 들고
아무도 아는 이 없는 남쪽으로 향해 길을 떠났다.

1주일 걸려 겨우 걸어서 닿은 곳이
평택 옆 어느 바다가 조그마한 마을이었다.
인심이 사나워서 헛간에도 재워 주지 않았다.
우리는 어느 집 흙담 옆 골목길에 가마니
두 장을 주어다 펴 놓고 잤다.
어머니는 밤이면 가마니 위에 누운 우리들 얼굴에
이슬이 내릴까 봐 보자기를 씌워 주셨다.
먹을 것이 없었던 우리는 개천에 가서
작은 새우를 잡아
담장에 넝쿨을 뻗은 호박잎을 따서 죽처럼 끓여서 먹었다

3일째 되는 날,
담장 안집 여주인이 나와서
"(우리가)호박잎을 너무 따서 호박이 열리지 않는다.
다른 데 가서 자라!" 하였다.

그날 밤 어머니는 우리를 껴안고 슬피 우시더니
우리 힘으로는 도저히 남쪽으로 내려갈 수 없으니
다시 서울로 가서 아버지를 기다리자고 하셨다.
다음 날 새벽 어머니는
우리들이 신주처럼 소중하게 아끼던 재봉틀을 들고
나가서 쌀로 바꾸어 오셨다.

쌀자루에 끈을 매어 나에게 지우시고
어머니는 어린 동생과 보따리를 들고
서울로 다시 돌아오게 되었다.

평택에서 수원으로 오는 산길로 접어들어
한참을 가고 있을 때였다.
30살쯤 되어 보이는 젊은 청년이
내 곁에 붙으면서
"무겁지? 내가 좀 져 줄께!"
하였다. 나는 고마워서
"아저씨, 감사해요."
하고 쌀자루를 맡겼다.
쌀자루를 짊어진 청년의 발길이 빨랐다.
뒤에 따라 오는 어머니가 보이지 않았으나,
외길이라 그냥 그를 따라 갔다.
한참을 가다가 갈라지는 길이 나왔다.
나는 어머니를 놓칠까 봐
"아저씨, 여기 내려 주세요! 어머니를 기다려야 해요."
하였다.
그러나 청년은 내 말을 듣는 둥 마는 둥
"그냥 따라와!"
하고는 가 버렸다.

나는 갈라지는 길목에 서서 망설였다.
청년을 따라 가면 어머니를 잃을 것 같고
그냥 앉아 있으면 쌀을 잃을 것 같았다.
당황해서 큰 소리로 몇 번이나
"아저씨! 아저씨!"
하고 불렀지만, 청년은 뒤도 돌아보지 않았다.
나는 그냥 주저앉아 있었다.
어머니를 놓칠 수는 없었다.

한 시간쯤 지났을 즈음 어머니가 동생들을 데리고 오셨다.
길가에 울고 있는 나를 보시더니 첫 마디가
"쌀자루는 어디 갔니?"
하고 물으셨다.
나는 청년이 져 준다더니 쌀자루를 지고
저 길로 갔는데, 어머니를 놓칠까 봐
그냥 앉아 있었다고 했다.
순간 어머니의 얼굴이 창백하게 변했다.
그리고 한참 있더니 내 머리를 껴안고,
"내 아들이 영리하고 똑똑해서 에미를 잃지 않았네!"
하시며 우셨다.

그날 밤 우리는 조금 더 걸어가

어느 농가 마루에서 자게 되었다.
어머니는 어디에 가셔서 새끼손가락만 한
삶은 고구마 두 개를 얻어 오셔서 내 입에
넣어 주시고는,
"내 아들이 영리하고 똑똑해서 아버지를 볼 낯이 있지!"
하시면서 우셨다.
그 위기에 생명줄 같았던 쌀을 바보같이
다 잃고 누워 있는 나를,
'영리하고 똑똑한 아들'이라고 칭찬해 주시더니!

그 후 어머니에게 영리하고 똑똑한 아이가 되는 것이
내 소원이었다.
내가 공부를 하게 된 것도 결국은
어머니에게 기쁨을 드리고자 하는 소박한 욕망이
그 토양이었음을 고백하지 않을 수 없다.

어느 때는 남들에게 바보처럼 보일 수도 있었지만,
어머니의
'바보처럼 보이는 나를' 똑똑한 아이로
인정해 주시던 칭찬의 말 한 마디가
지금까지 내 삶을 지배하고 있는 정신적
지주였다.

이 글 속의 '어머니'는
시인 박목월님의 아내십니다.
절박하고 절망적인
상황 속에서도 야단이 아니라 칭찬을
해 줄 수 있는 어머니!
그런 어머니의 칭찬
한 마디가 우리 아이들의 인생을
아름답게 변화시켜 주리라 믿습니다.

오늘따라 어머님을 불러보고 싶네요
얼마나 아프셨는지요? =seok=

어머니의 마지막 눈짓

유 승 우

「현대문학」 등단, 시집:『바람변주곡』, 『나비야나비야』,『물에는 뼈가 없습니다』 외, 현) 인천대학교 명예교수, 한국문인협회, 국제펜한국본부 고문, 후광문학상, 심연수문학상, 창조문예문학상 수상

1. 어머니의 마지막 눈짓

6.25전쟁이 1950년에 있었으니 벌써 70년 전의 일입니다. 그 때 열두 살 소년이었던 나는 이제 83세의 늙은이가 되었습니다. 보통 일 같으면 그때의 기억을 다 잊었으련만 나의 경우는 더욱 또렷하게 남아 있습니다. 그도 그럴 것이 내 마음과 몸에 전쟁의 상처가 깊이 새겨져서 70년을 그 상처와 함께 살아왔기 때문입니다.

나의 고향은 강원도 춘성군 남면 방하리 56번지입니다. 북한강 가의 산골 마을입니다. 요즈음 유원지로 유명한 남이섬이 있는 마을입니다. 그곳에서 소지주였던 아버지는 대한민국 정부가 수립되면서 토지 개혁이 있을 것이라는 소문에, '땅을 다 빼앗기면 거지가 될 터인데.'라며 걱정하시다가, 1948년 12월에 화병으로 돌아가셨습니다.

아버지가 돌아가시자 춘천에서 중학교 다니던 형님이 학교를 그만두고 돌아와 가장이 되었습니다. 형님은 그때 19세였습니다. 그때 우리 마을엔 초등학교가 없었기 때문에 가평(20리)으로 통학을 할 수 있는 나이가 되어야 학교에 갈 수가 있었습니다. 더군다나 중학교는 춘천에나 가야 있었으므로, 형님은 그 나이에 중학교에 다니고 있었습니다.

나는 아버지가 돌아가신 뒤 1949년, 열한 살의 나이로 가평초등학교 4학년에 입학했습니다. 1,2,3학년은 그냥 뛰어넘었습니다. 형님은 자기가 늦게 학교를 다니는 것이 창피했던지 나를 4학년에 억지로 밀어 넣었습니다. 나는 아버지에게서 천자문, 계몽편, 동몽선습, 명심보감까지 배웠기 때문에 한자 실력은 제법 있었으나, 학교에서 배워야 하는 수학, 과학, 사회 등은 거의 백지상태였습니다. 특히 음악은 음계도 모르고 있었습니다. 그 결과 나의 4학년 1학기 성적은 '43/50'이라는 내 생애 최저의 석차를 기록했습니다. 그러나 4학년 2학기 성적은 '9/50'라는 장족의 발전을 했습니다.

나는 5학년부터는 반드시 1등을 할 것이라고 마음먹었습니다. 그러나 5학년 1학기가 끝나기 전 6월 26일 월요일에 학교에 가려고 십 리를 걸어서 나루터에 왔을 때, 저쪽(가평 쪽) 나루터에 많은 사람들이 웅성거리고 있었습니다. 그들이 우리 쪽으로 건너와서는 전쟁이 터졌으니 학교에 갈 수 없다고 했습니다. 그러고 보니 대포 소리가 은은히 들려오고 있었습니다. 나는 무엇보다도 학교에 가지 않아도 된다는 것이 즐거워서 신나게 집으로 돌아왔습니다. 그리고 며칠 지나자 인민군이 마을에 들어왔습니다. 그해 여름을 그렇게 놀면서 지냈습니다. 장백산 줄기 줄기라는 김일성 찬양 노래까지 신나게 부르며 놀았습니다.

공산당의 정치가 시작되었습니다. 그들은 마을의 청년들을 의용군이란 이름으로 징병하겠다고 했습니다. 그러자 나의 형님은, 공산당은 곧 물러가게 될 것이라며 마을 청년들을 이끌고 산 속으로 들어가 스스로 반공 빨치산 대장이 되었습니다. 그리고 인민군이나 내무서원이 우리 마을에 왔다 가는 이들에게 얻어맞고 총을 뺏긴 채로 도망갈 수밖에 없었습니다. 그래서 우리 마을에는 공산당의 힘이 미치지 못했습니다. 형의 말대로 인민군은 밀리기 시작했습니다. 그러나 그들이 그냥 물러가지는 않았습니다.

그해 추석이 지나고 음력 8월 21일 새벽이었습니다. 아직 밝기도 전에 후퇴해 가던 인민군 200여 명이 우리 마을에 들이닥쳤습니다. 그 틈을 타 내무서원 20여 명이 합세했습니다. 우리 마을은 온통 공산군으로 뒤덮였고, 소와 돼지와 닭 등 가축이란 가축은 다 잡아먹었습니다. 그리고 청년이나 좀 젊어 보이는 4,50대까지도 남자는 다 끌어냈습니다. 나의 형이 반공 빨치산 대장이었으므로 우리 가족은 몰살의 대상이었습니다. 어머니가 끌려 나가면서, 울며 따라나서는 나에게 자꾸 눈짓을 보냈습니다. 그 눈짓이 너무 간절했습니다. 어머니와 시선이 맞았을 때 나는 그것이 빨리 도망치라는 신호임을 알았습니다. 그 간절한 눈짓은 나를 향한 어머니의 마지막 사랑이었습니다.

어른부터 끌어내느라고 어린 나에게 소홀한 틈을 타서 뒷문으로 빠져나와 뒷동산을 통해 조밭에 숨었습니다. 새벽부터 조밭에 숨어서 밝아오는 하늘을 쳐다봤습니다. 배가 고픈 줄도 몰랐습니다. 조 밭고랑에 누워서 가을 하늘을 바라보다가, 우리 집 쪽에서 아우성 소리가 들리면 나는 귀를 막았습니다. 그날 남자 32명과 여자 6명이 우리 집

마당으로 끌려왔습니다. 이들은 온종일 두드려 맞았고, 그때마다 아우성 소리가 들렸고, 나는 몸을 부르르 떨며 귀를 막았습니다. 해가 서산에 걸릴 무렵, 인민군은 마을을 떠나기 시작했고, 내무서원들은 마을 사람들을 한 줄에 매어 끌고 갔습니다. 한 줄에 매여 끌려가는 우리 가족들을 조밭에 숨어서 내다보며 나는 엄마! 하고 소리칠 뻔했습니다.

그러나 그때, 새벽에 끌려나가시며 내게 보내시던 엄마의 간절한 눈짓이 떠올랐습니다. 나는 털썩 주저앉아 밭고랑을 움키며 울음을 삼켰습니다. 그날 끌려간 사람들은 그날 저녁에 남이섬 위에 있는 작은 섬에서 다 피살되었습니다. 그들은 총알이 아깝다고 창으로 찔러 죽였다고 합니다. 음력으로 1950년 8월 21일은 양력으로 10월 2일입니다. 그러니까 서울은 이미 수복된 뒤였습니다.

나의 어머니

나의 어머니는, 내가 열두 살이던
1950년 음력 8월 21일 새벽에
후퇴해 가던 공산당에게 끌려가
학살당했다. 형수와 누님도 함께였다.
이날이 양력으로는 10월 2일이니
서울은 이미 수복된 뒤였다.

아버지는 1948년에 돌아가셨으니
나는 참말로 고아가 되었다.
내가 고아가 되다니, 부끄러워서
나는 밖으로 나갈 수가 없었다.
다시는 어머니를 볼 수 없다는 슬픔보다
고아라는 부끄러움 때문에
나는 집 안에서 혼자 울었다.

세월이 지나면서 부끄러움은
외로움이 되고, 외로움은 다시
캄캄한 어둠이 되어 나는 밤마다
어머니 무덤 앞에서 바위처럼
울음을 삼켰다.
울어도 울어도 소용없었다.
바위보다 더 어쩔 수 없는 아득함,
삶과 죽음의 절대 거리.

이젠 어머니 모습도 떠오르지 않는다.
나에겐 어머니의 사진도 한 장 없다.
어머니의 제삿날도 잊고 지날 때가 있다.
그런데, 1999년 6월 25일에
어느 텔레비전에서 6.25의 노래가 들려왔을 때

내 가슴 속에 50년 동안 엎드려 있던
바위가 녹아내리고 있었다.
나는 오래오래 울고 있었다.

그날, 밤이 되어서야 나는 조밭에서 나왔습니다. 우리 집은 그대로 도깨비 집과 같은 난장판이었습니다. 우리 집의 소와 돼지 그리고 닭까지 모두 잡아먹고, 마당엔 끌어온 사람들을 매질한 피 묻은 몽둥이가 저승사자의 지팡이처럼 널려 있었습니다. 나는 얼이 빠지고, 넋이 나가서 몸을 가눌 수가 없었습니다. 울음도 나오지 않았습니다. 다섯 살과 세 살짜리 조카가 있었는데, 애들의 엄마인 형수가 끌려나갈 때 16세인 나의 누이가 세 살짜리는 업고, 다섯 살짜리는 걸려서 이웃에 있는 우리 외가에 가서 보호하고 있었습니다. 나는 진짜 고아가 된 동시에 다섯 살짜리 조카를 돌보아야 하는 보호자가가 되었습니다. 우리 마을에도 국군이 들어왔고, 산에 숨어 있던 형이 내려와서 가족들의 시신을 찾아다가 장례를 치렀습니다. 집집마다 장례를 치르느라고 온 마을이 울음바다였습니다.

일찍 시집가서 과부가 된 사촌누님이 우리 집에 와서 가사를 돌봐주기로 했습니다. 16세 누나는 형님의 아들 세 살짜리 조카의 보모가 되고, 나는 형님의 다섯 살짜리 조카의 보호자가 되어야 했습니다. 나의 형님도 나와 마찬가지로 혼이 나간 사람이었습니다. 아니, 나보다 몇 배나 더했을 것입니다. 자기로 인해서 온 가족이 죽었다는 자책감이 그를 억눌렀을 것입니다. 그 슬픈 억누름을 견디다 못해 그는 소화불량증에 걸렸고, 마침내 1972년 6월 29일, 44세의 젊은 나이에 위암으로 세상을 떠났습니다. 20년 동안의 중압감이 그를 죽음으로 끌고 간 것입니다.

비극의 1950년도 저물었습니다. 압록강까지 북진했던 국군은 중공군의 참전으로 다시 후퇴하기 시작했습니다. 이를 가리켜 1.4후퇴라고 합니다. 우리도 이제는 피란을 가야 한다고 생각했습니다. 다시 공산군을 만났다가는 다 죽을 것이라고 생각했습니다. 나는 다섯 살짜리 조카를 업고, 16세의 누이는 세 살짜리 조카를 업고, 사촌 누님은 이불을 이고, 형은 먹을 양식과 남에게 맡겼던 소를 찾아 끌고 피란길에 올랐습니다. 이런 피란은 처음부터 불가능한 것이었습니다. 나는 하루도 못 가서 발에 상처가 생기고, 가래톳까지 생겨서 조카를 업고 더는 걸을 수가 없었습니다. 열세 살 어린애가 다섯 살 조카를 업고, 미끄러운 눈길을 어떻게 진행할 수 있겠습니까. 그런데 이 조카는 한사코 나하고만 있기를 고집했습니다. 나와 그 아이가 같은 날 엄마를 잃었지만, 내가 그 애보다 일곱 살 위인 삼촌이라서 그랬습니다.

해가 저물었습니다. 우리뿐이 아니었습니다. 홍천의 어느 고개 밑 마을에서 자고 가기로 했습니다. 여자와 어린애들은 빈집의 방에 들어가 있고, 남자 어른들은 마당에서 장작불을 피워 놓고 밤을 새울 작정이었습니다.

중공군의 속도는 빨랐습니다. 그날 밤에 그 마을이 중공군 포위망에 들었습니다. 그때 그 마을에 국군은 없었습니다. 그날 밤, 피란민으로 가득한 마을을 향해 중공군이 총을 쏘아댔습니다. 그곳이 바로 생지옥의 전쟁터입니다. 엄마는 총에 맞아 쓰러지고, 애는 거기서 울다가 얼어 죽고, 그야말로 참혹한 생지옥이었습니다.

형은 우리에게 "여기서 다 죽을 수는 없다. 아무리 중공군이라도 여자와 아이들은 죽이지 않을 것이다. 그러나 나는 잡히면 죽는다. 나는 앉아서 죽으나 도망가다 총에 맞아 죽으나 마찬가지다. 그러니 여기서 꼼짝 말고 있어라. 나 혼자 도망갈 거다."라는 말을 남기고, 어둠 속으로 달아났습니다. 우리는 이불을 뒤집어쓰고 죽은 듯이 엎드려 있었습니다. 날이 밝아오면서 중공군이 산에서 내려왔습니다.

그해 겨울은 너무도 추웠습니다. 북한강이 꽁꽁 얼어붙었고, 얼어붙은 강이 중공군이 행군하는 통로가 되었습니다. 온 천지는 눈으로 덮였고, 그 눈을 밟고 피란민이 계속 밀려갔기 때문에 길은 모두 빙판이 되었습니다. 그 눈 위에 총에 맞아 죽은 사람, 얼어 죽은 사람이 즐비했습니다. 산에서 내려온 중공군이 통역을 앞세워 물었습니다.

"당신들은 어디로 가는가?"

"피란을 가는 겁니다."

"왜 피란을 가는가?"

"중공군이 오면 다 죽인다고 해서 가는 겁니다."

이런 대화였습니다. 통역의 말이, 중공군은 절대로 사람을 죽이지 않는다. 여러분을 보호해 줄 것이니 고향으로 돌아가라는 것이었습니다. 우리는 미끄러운 얼음길을 더듬거리며 다시 집으로 돌아왔습니다. 형이 끌던 소도 내가 끌어야 했습니다. 집에 돌아와서는 도깨비

집 같은 우리 집에 있을 수가 없어서, 우리 아버지와 의형제를 맺고 지내던 곽상영이란 노인의 집에 가서 방을 하나 얻어서, 누님 둘과 조카 둘, 그리고 내가 살게 되었습니다.

2. 우리 같이 죽자

중공군은 유엔군의 비행기 때문에 밤에만 전선을 향해 행군을 했습니다. 앞에서도 말했지만 북한강이 얼어붙어서 행군의 통로가 되었습니다. 밤새도록 행군을 하다가 날이 밝으면 강가의 마을로 들어와 밥을 해 먹고, 잠을 자는 것이었습니다. 그러고는 다시 어두워지면 일선을 향해 길을 떠나는 것이었습니다. 중공군의 장교는 말을 타고 다녔으며, 꽤 큰 권총을 차고 있었고, 사병들은 방망이 수류탄을 허리에 빙 둘러차고 있었습니다. 그때는 불을 켤 수가 없었으므로 중공군이 떠나면 곧 잠자리에 들어야 했습니다. 그러고는 새벽에 동틀 무렵이면 중공군 맞을 준비를 해야 했습니다. 낮이면 나는 중공군 불침번병과 노는 것이 무척 재미있었습니다.

이렇게 겨울을 지내는 중에 다섯 살짜리 조카가 홍역에 걸려서 한 사흘 앓더니 죽었습니다. 곽 노인이 얼음 속에 갖다 묻어 주었습니다. 작은 애도 홍역에 걸려 며칠 앓더니 또 죽었습니다. 이 아이도 곽 노인이 묻어 주었습니다. 이제 와 생각하니, 이 죽음의 겨울을 내가 어떻게 죽지 않고 견뎌냈을까 싶습니다.

지금에야 이 글을 쓰면서 눈물이 앞을 가려 시야가 흐려집니다. 나는 지금 한없이 울면서 이 글을 쓰고 있습니다. 순식간에 엄마를 잃고, 열두 살짜리 삼촌을 의지하고 살던 다섯 살배기와 고모의 등에 업혀 살던 세 살배기가 세상을 떠난 것입니다. 제대로 먹지도 못하고 앓던 아이가 간절한 시선으로 나를 바라보며, 가는 목소리로 "아재야, 아재야." 하는 것이었습니다. 나는 아이의 파리한 손을 잡고, "왜 그래, 아재 여기 있어."라며 울었습니다. 아이는 다시 눈을 뜨지 못했습니다. 사촌누님이, "얘가 죽었구나."라며 눈물을 씻었습니다. 세 살짜리도 홍역에 걸려 한 사흘 앓더니 눈도 못 뜨고 턱을 까불었습니다. 사촌누님이, "얘가 또 죽는구나."하며 눈물을 삼켰습니다. 사실 더 나올 눈물도 없었습니다. 이런 상황에서 눈물은 차라리 사치일지도 모릅니다, 턱을 까불던 것을 멈추고, 아이는 조용히 눈을 감았습니다. 곽 노인에게 또 부탁했습니다. 애를 감싸서 들고 나갔습니다. 우리 셋은 멍하니 앉아서 서로 눈길을 마주하지 못했습니다. 전쟁 속에서 죽음이란 그저 흔한 일상사가 되고 말았습니다. 죽음을 일상사처럼 대하며 사는 겨울이 막바지에 이르렀습니다.

중공군은 일주일에 이틀 정도 마을에 들어왔습니다. 그날은 중공군이 들어오지 않아서 민간인들이 자유로웠습니다. 그런데 이 자유로운 하루가 내 운명을 바꿔놓았습니다. 중공군은 낮이면 하얀 보자기를 쓰고 다니다가 비행기 소리가 들리면 가만히 앉아서 비행기가 지나가길 기다립니다. 일반인은 일체 밖으로 못 나가게 합니다. 철저히 비행기를 따돌리고 공습을 피하는 것이었습니다. 그날은 중공군이 마을에 들어오지 않은 날이라, 나는 소먹이를 구하러 남이섬에 다녀왔습니다. 남이섬은 원래 일제 때 군수를 지낸 민 모씨의 소유였는데,

6.25 전까지는 그곳에서 말을 많이 키웠습니다. 그래서 곳간에 말먹이가 많이 저장되어 있었습니다. 나는 얼음 위에 덮인 눈 속을 걸어서 십리나 되는 그곳에 가서 소먹이를 한 짐 지고 왔습니다. 바지와 발이 다 젖었습니다. 나는 젖은 발을 말리려고 오후의 햇볕이 따뜻한 마루에 나가 서 있었습니다. 그 집은 서향이어서 오후의 햇볕이 마루에 들었습니다. 그때 가평 쪽에서는 비행기 소리와 폭격 소리가 계속 들려오고 있었습니다. 곽 노인은 마당에 나가서 비행기를 향해 손을 흔들었고, 나는 마루 끝에서 손을 흔들었습니다. 비행기가 우리 편이라고 생각해서 그런 것이었습니다. 안방에는 그 집 안노인과 나와 동갑내기 딸이 화로를 마주하고 앉아 있었고, 우리가 사는 건넌방에는 누님 둘이 있었습니다. 모처럼 자유로운 하루였습니다.

가평 쪽에서 폭격을 하던 비행기가 강줄기를 따라 우리 마을 쪽으로 날아왔습니다. 그때 우리가 호주기라고 부르던 전투 폭격기였습니다. 이놈은 네 대가 꼭 함께 다닙니다. 곽 노인은 마당에서, 나는 마루에서 비행기를 향해 열광적으로 손을 흔들어 주었습니다. 앞에 오던 비행기가 우리를 향해 고개를 숙였습니다. 그 비행기 앞부리에서 불빛이 반짝반짝했습니다.

내가 "여길 때린다."라고 소리친 바로 그 순간, 나의 눈앞에서 불이 번쩍이며 화약 냄새가 코를 찔렀습니다. 마루와 안방 사이의 벽이 와르르 무너지며 먼지가 자욱하게 피어났습니다. 비행기의 기관총 공격이었습니다. 내가 어찌 할 바를 모르고 서 있을 때, 마당에 있던 곽 노인이 마구간 쪽으로 엉금엉금 기어가는 모습이 보였습니다. 아이들은 위급할 때 어른만 따라가면 사는 줄 압니다. 나도 곽 노인을 따라 마구간 쪽으로 뛰었습니다. 그 순간 내 몸이 큰 충격으로 흔들리며 진한 화약 냄새가 온몸을 감쌌습니다. 나는 우리 소가 고삐에 매여 애쓰는 마구간에 쓰러졌습니다. 넉 대의 비행기는 계속해서 기관총을 쏴댔습니다. 곽 노인은 부엌으로 들어가는 문지방에 엎드리어 “으응, 으응” 신음소리를 냈습니다. 나도 따라서 신음 소리를 냈습니다. 곽 노인의 신음 소리가 끝났습니다. 숨을 거둔 것입니다.

혼자 남은 나는 더욱 열심히 신음 소리를 읊어대고 있었습니다. 아파서 내는 소리도 아니며, 괴로워서 내는 소리도 아닙니다. 그냥 심심하고 고독해서 내는 소리였습니다. 총에 맞은 것은 전연 아프지 않았습니다. 피가 빠져나가기 때문인지 온몸이 땅으로 잦아드는 것 같은 나른한 피로감만이 느껴질 뿐이었습니다. 그리고 너무 편안하며 행복할 정도로 고독했습니다. 나는 눈을 감고 열심히 신음소리 아닌 행복한 콧노래를 읊어대고 있었습니다. 초가였던 본채와 마구간엔 불이 붙어서 타고 있었습니다. 내 얼굴엔 불똥이 떨어졌지만 뜨거운 줄도 모르고 흥얼거리고만 있었습니다. 비행기는 이제 다 떠나갔습니다.

누님이 문을 열고 내다보더니, “윤식이 죽었다.”라고 소리쳤습니다.(나의 본명은 윤식) 그때야 나는 눈을 뜨고, “나 안 죽었어.”라고 소리쳤습니다. 빨리 들어오라고 했습니다. 방으로 뛰어들어갔습니다. “네 손이 왜 이렇게 됐니?”라며, 누님이 방바닥에 털썩 주저앉았습니다. 그제야 나는 내 손을 보았습니다. 왼쪽 손목과 팔꿈치의 중간쯤 아래가 모두 부서져 나가고, 힘줄 하나가 길게 늘어진 끝에 손가락이 매달려 건들거리고 있었습니다. 피가 방바닥에 흘러넘쳤습니다. 사촌 누님이 울부짖었습니다.

"이젠 네가 죽을 차례구나, 우리 같이 죽자."

"네, 같이 죽어요."

사촌누님이 방바닥에 나와 누이를 눕히고, 자기도 내 옆에 누웠습니다. 나는 눈을 감았습니다. 죽는다는 게 재미있을 것 같았습니다. 마음이 편안했습니다. 불꽃이 방으로 혀를 들이밀었습니다. 연기가 맵게 코로 들어와 호흡이 곤란해졌습니다. 그래도 나는 편안했습니다. '이제 내가 죽는구나.'라는 생각도 없이 나른한 편안함만이 나를 감쌌습니다. 눈을 뜰 수가 없었습니다. 광야와 같은 외로움을 느꼈던 것 같습니다. 한참 뒤에, 사촌 누님이 칵칵 기침을 토해내며 벌떡 일어나더니, "혹시 사는지 아니, 우리 살자."라고 했습니다. "그럼 살아요."라며 나도 따라 일어났습니다. 사촌누님이 앞치마를 풀어서 내 팔을 싸맸습니다. 마루 쪽으로는 불꽃이 너무 뜨거워서 나갈 수가 없었습니다. 사촌 누님이 길 쪽으로 난 퇴창문으로 기어나가더니 등을 들이대고 업히라고 했습니다. 업혔습니다. 그길로 큰골이라는 화전민 마을로 달려갔습니다. 사촌누님은 열세 살짜리 나를 업고 3킬로쯤 되는 그곳엘 어떻게 달려갔을까? 삶의 본능이 그렇게 큰 힘을 만들어낸 것 같습니다. 같이 죽자고 해놓고도 불꽃이 방안으로 혀를 들이밀자 살자고 한 것이나, 창문으로 기어나가 나를 업고 달려간 것이 본능적인 행동이 아니고 무엇이겠습니까.

화전민의 빈집을 하나 차지했습니다. 그런데 팔목은 다 부서지고 긴 힘줄에 매달린 손바닥 일부분과 손가락 다섯 개가 몹시 불편했습니다. 우리 집에서 머슴살이하던 분이 와서 도끼로 힘줄을 끊어 주었습니다. 나는 이 마지막 힘줄이 끊길 때, 전신이 오그라드는 아픔을 처음 느꼈습니다. '아야야!'라고 소리치며 정신을 잃었습니다. 아마도 신경줄이었던 모양입니다. 한참 만에 정신이 돌아왔습니다. 그때 산속 숯가마에 숨어 있던 국군 패잔병이 찾아왔습니다. 자기가 의무병이었다며, 조그만 가방을 메고 왔습니다. 나를 보더니, "얘는 중상이라 약도 없고, 피가 너무 빠져서 살 수 없어요."라며 그냥 가버렸습니다. 낮이면 중공군이 이 산골까지 찾아오기 때문에, 그 국군 의무병은 해가 진 다음에야 숯가마에서 내려왔습니다. 그는 날마다 저녁때면 내려와 내가 누워 있는 방문을 열고 들여다보며, "걔 아직 안 죽었어요?"라고 묻고는 가버렸습니다. 오늘은 안 죽었지만 내일은 죽을 것이라는 말투입니다. 그의 이런 소리가 듣기 싫거나 섭섭하게 들리지 않았습니다. 오히려 그의 말대로 죽음을 기다리고 있는 듯했습니다. 이렇게 나의 죽음을 기다리며 화전민의 통나무집에서 18일 동안을 살아 있었습니다.

3. 손들어! 아재 그러지 마

그 집에 누워 있을 때, 나는 눈만 감으면 마지막 숨을 모으던 조카들의 모습이 어른거리고, 큰애가 "아재야, 아재야."라고 부르던 소리가 자꾸 들려왔습니다. 그러면 나는 애들의 이름을 부르며 손을 내젓는 악몽에 시달렸습니다. 손을 내저을 땐 내 끊긴 팔목도 같이 흔들다가 잠을 깨곤 했습니다. 그래도 나는 울지 않았습니다. 사촌누님과 내 누님이 나를 바라보며 한없이 울었습니다. 그러면 나는 "울지 마!"라고 소리치며 짜증을 부렸습니다. 내가 어떻게 살았을까. 국군 의무병의 말대로 피를 너무 흘려서 죽을 수밖에 없는 내가 어떻게 살았을까. 역시 생명은 사람의 생각대로 살고 죽는 게 아닙니다. 그때는 아무것도 몰랐지만 내 생명은 그때부터 하나님이 지켜주셨다는 것을 알 것 같습니다. 내가 폭격을 당할 때 거기서 죽은 우리 소를 마을 사람들이 잡아서 그것을 양식으로 겨울을 살았습니다.

곽 노인네 세 식구는 그날 다 죽었습니다. 곽 노인은 직사했고, 안노인은 다리가 끊긴 채로 기어 나와 눈 위에서 죽었고, 나와 동갑내기 딸은 터져 나온 창자를 끌고 불을 피해 꽤 멀리까지 가서 죽었다고 합니다. 그 와중에서도 사촌 누님으로 하여금 나를 구하게 하시고, 우리 소를 함께 죽게 해 피를 많이 흘린 내가 영양식을 할 수 있게 한 것도 다 하나님이 내게 베푸신 기적이라고 할 수 있지 않을까요.

어머니가 끌려나가시며 나에게 보낸 그 간절한 눈짓도 하나님이 보내신 삶의 신호가 아닐까요. 지금 이 글을 쓰면서 자꾸 울고 있습니다. 감사의 눈물입니다.

중공군은 물러가고 국군이 다시 돌아왔습니다. 국군이 돌아온 다음에 나는 국군 부대에 찾아가서 치료를 부탁했습니다. 국군 부대에는 나 같은 중상을 치료할 만한 약품이 없다고 했습니다. 가평 쪽에 있는 캐나다 군부대를 찾아가서 부탁했습니다. 식당 책임자라는 카이젤 수염의 뚱뚱한 병사가 어기죽거리며 다가오더니 나를 데리고 자기 텐트로 가서, 자기 침대 옆에 야전 침대를 하나 펴 주며, 그것이 내 침대라고 했습니다. 먹을 것을 한 아름 가져다주며 먹으라고 했습니다. 그러고는 나를 데리고 병원 텐트로 갔습니다. 자기의 하우스 보이라면서 치료를 부탁했습니다.

상처에서 시꺼멓게 썩은 살을 뜯어내고 뼛조각을 추려낸 다음 약을 발랐습니다. 일주일쯤 치료하니 부기도 빠지고 새 살이 돋기 시작했습니다. 그런데 뼈 하나가 길게 튀어나와 살이 다 썩어버리고 까맣게 죽어 있었습니다. 마취제가 있으면 마취를 하고 톱으로 잘라내야 하는데, 그렇게 할 수 없다는 것이었습니다.

그 죽은 뼈를 그냥 둔 채로 약만 마르고 붕대를 감았습니다. 그런데 빨간 새살이 돋아나며 빨리 아물기 시작했습니다. 까맣게 죽은 뼈를 둘러싸고 새살이 밀고 올라왔습니다. 새살이 밀고 올라오면서 까맣게 죽은 뼈가 하얗게 살아나는 것이었습니다. 지금 생각하니 그것이 바로 죽은 뼈가 살아나는 기적이었습니다. 1센티쯤 되는 죽은 뼈가 하얗게 살아나더니 마침내 새살이 다 덮여서 아물었습니다. 죽은 뼈도 살아나는 기적을 체험한 것입니다. 그 이후 그 상처는 아무런 후유증도 없이 이제껏 살았습니다.

나를 치료해 준 병사가 통역을 시켜서 나에게, '아버지가 있느냐, 어머니가 있느냐?'고 물었습니다. 나는 없다고 했습니다. 그랬더니 잘 됐다면서 자기를 파파상이라 부르라고 했습니다. 그는 나를 자기

아들이라고 하며, 자기가 캐나다로 갈 때 나를 데리고 가서 의수를 해 주겠다고 했습니다. 나는 초콜릿과 젤리 같은 과자도 실컷 먹고, 고기와 빵, 그리고, 찐 감자를 버터에 비빈 것도 마음껏 먹으며 열심히 그를 따랐습니다.

그렇게 행복한 나날을 2주쯤 지냈을 때, 포위망을 뚫고 도망갔던 형님이 찾아왔습니다. 나는 형에게 저 사람의 아들이 되어 캐나다로 갈 것이라고 했습니다. 형이 울면서 안 된다고 했습니다. 캐나다 병사가 누구냐고 해서 형이라고 했더니 그러면 형 따라 가라고 했습니다.

온 가족을 잃고, 어린 두 아들까지 잃은 형님이 한쪽 팔을 잃은 동생까지 먼 나라로 보낼 수 있겠습니까. 나도 형 따라 울면서 "나 저 사람 따라가지 않을 거야." 했습니다.

나는 전쟁을 겪으면서 어머니와 형수, 그리고 열여덟 살의 누님을 잃었습니다. 어린 조카 둘도 눈 속에 묻었습니다. 내 왼쪽 손목도 잃고 외팔이가 되었습니다. 그러나 손목 하나 잃은 것보다 더 큰 상처가 의식 속에 있는 것을 체험했습니다. 폭격을 당하고 화전민의 통나무집에 누워 있을 때, 내 다친 왼팔이 갑자기 경련을 일으키며 무서운 공포감이 온몸을 엄습했습니다. 이게 웬일인가 하고 있을 때 비행기 소리가 들리는 것이었습니다. 내 귀가 비행기 소리를 듣기 전에, 예민할 대로 예민해진 내 다친 팔이 먼저 비행기 소리를 진동으로 감지하고 경련을 일으킨 것이었습니다.

이런 현상이 고등학교 다닐 때까지 지속되었습니다. 나는 이 때 5

감(五感)보다 빠른 육감(六感, 혹은 肉感)을 체험했습니다. 그러나 생명의 신비는 나의 생각보다 훨씬 멀고 깊었습니다.

나는 대학을 졸업하고, 결혼도 하고, 사회인이 되었습니다. 둘 째딸까지 낳았을 때였습니다. 사람들은 둘째가 나를 꼭 닮았다고 했습니다. 이 둘째가 네 살쯤 되었을 때였습니다. 밖에 나가 놀던 애가 새파랗게 질려서 울고 들어왔다는 것입니다. 나는 집에 없었으니까 그 광경을 못 봤기 때문에 처음엔 왜 그랬을까 했습니다. 그런데 내가 집에 있을 때도 그런 현상이 일어났습니다. 알고 보니 비행기 소리 때문이었습니다. 비행기 소리의 공포, 그것도 유전되었던 것입니다. 그뿐이 아니었습니다. 내가 왼쪽 손목을 잃은 뒤에는 오른쪽 팔만 흔들며 걸었습니다.

그런데 어느 날 둘째가 걷는 모습을 보고 깜짝 놀랐습니다. 그놈이 왼쪽 팔은 고정시켜 놓고 오른쪽 팔만 흔들며 걷는 것이었습니다. 그런데 나를 가장 많이 닮았다는 넷째에게도 같은 현상이 나타났습니다. 그놈은 오토바이 소리에도 자지러지는 것이었습니다. 이처럼 생명의 신비는 멀고 깊은 것입니다.

생명을 위협하는 소리의 공포가 핏속에 녹아들어 이어진 것이었습니다. 그래서 나의 첫 시집 「바람 변주곡」의 세계는 전쟁의 상처와 그 불구의식으로 얼룩져 있는 것입니다.

1951년 1.4후퇴 때의 겨울은 내 운명을 얼음으로 바꿔놓았습니다. 무엇이 이 얼음을 녹여 내 운명에 새순이 돋는 봄이 오게 할 수 있을까요. 내 불면의 불안한 잠자리도 그때부터 시작된 것이었습니다. 초

겨울 어린 바람의 울음소리에서, 눈 속에서 울다가 얼어 죽은 아가들이나, 눈 속에 묻어버린 내 조카들의 울음소리가 들리는 것입니다.

특히 내 아이들을 키우면서, 아이들이 울 때면 그 울음소리가 내 가슴을 그때의 겨울 들판으로 끌고 가는 것이었습니다. "이 아이들은 전쟁을 모르고 살아야 할 터인데, 총소리를 듣고 살지 않아야 할 터인데"라는 부성(父性)의 바람(願)이 겨울바람(風) 속에서 아가들의 울음소리를 듣게 한 것이었습니다. 그 애들이 이제는 다 출가해서 엄마가 되었습니다. 지금 우리 부부는 네 살 된 손자를 키우고 있습니다. 막내딸의 아들입니다. 그런데 이 녀석도 할아버지에게 총 쏘는 시늉을 하며 쓰러지라고 합니다. 그렇게 놀아주면서도 내 가슴의 어느 구석에서 아픈 기억이 떠올라 나를 몸서리치게 합니다.

인간이란 무엇인가. 그리고 전쟁이란 무엇인가. 인간과 전쟁은 따로 떼어서 생각할 수 없는 것인가. 9.28수복 후 국군이 계속 북진하고 있을 때, 나는 다섯 살짜리 조카를 데리고 노는 것이 일이었습니다. 형님이 인민군에게 빼앗은 따발총 한 자루를 벽장에 숨겨 놓은 것이 있었습니다. 그것을 꺼내 들고 조카를 향해 겨누면서, "손들어!" 하면, 조카는 겁에 질리며, "아재, 그러지 마. 아재 그러지 마."라며 자지러집니다.

총으로 가족이 다 죽은 마당에, 이런 전쟁놀이가 재미있었을까요. 겁에 질려 자지러지는 조카를 향해 방아쇠를 당기면서 "쓰러져."라고 하는 것이 그렇게 재미있었을까요. 전쟁은 인간의 본능인가 봅니다. 이런 장난을 매일 하는 것이었습니다.

그런 어느 날이었습니다. 나는 다시 총을 꺼내 들고 두리번거렸습니다. 그런데 조카는 내가 벽장문 여는 것을 보고는 밖으로 도망쳐버렸습니다. 나는 "이놈 어디 갔어."라며 찾다가 천장을 향해 방아쇠를 당겼습니다. 탕, 탕, 탕 하고 총알이 나가는 것이었습니다. 나는 기절할 뻔했습니다. 귀에서는 왱-하는 소리가 울리고 눈앞이 캄캄하며 별이 번쩍이는 것이었습니다. 총을 벽장에 넣어 놓고는 정신없이 밖으로 뛰어나가며 조카를 불렀습니다.

조카는 마당에서 놀다가, 지가 아재와 놀지 않고 도망친 것을 나무라는 줄 알고, 미안해하는 얼굴로 나를 처다보았습니다. 나는 다짜고짜로 조카를 업고 뒷동산으로 뛰었습니다. 그러면서 아이의 볼기짝을 꼬집었습니다. 아이는 아프다고 소리쳤습니다. 우리 가족이 끌려가던 새벽에 내가 숨어 있던 조밭에 이르러 아이를 내려놓고 껴안았습니다. 그러면서 나는 통곡하고 있었습니다. 어머니 장례 때도 울지 못한 울음이었습니다. 아이가 그 자리에서 달아난 것에 대한 감사의 울음이었을 것입니다. 얼마나 감사한 일입니까. 어차피 죽을 아이였지만 내가 총으로 쏘아 죽였다면 나의 일생이 어떠했을까요. 조카를 쏘아 죽인 살인자라는 아픔을 가슴에 안고 멀쩡하게 살 수 있었을까요. 그때 이후 아무에게도 말하지 못한 나만의 비밀입니다. 이제 와 생각해 보면, 모든 것이 나를 위한 보이지 않는 큰손의 돌봄인 것 같습니다.

4. 마무리

전쟁은 너무나 많은 것을 인간에게서 앗아갑니다. 특히 나에게서는 목숨 하나 남겨놓고, 어머니와 왼쪽 팔목, 그리고 어린 조카들까지 빼어갔습니다. 그것뿐이 아니었습니다. 내가 살아갈 경제적인 기반까지 다 빼어갔습니다. 나는 모두 잃었습니다. 엄마라는 불빛이 사라지자 1.4후퇴의 겨울들판이 내 운명이 되었습니다. 어머니 한 분을 잃은 것이 아니라 모든 삶의 조건을 박탈당한 것입니다. 내 어머니의 아프고 외로운 운명이 곧 나의 운명으로 이어진 것입니다. 나의 어머니는 내 아버지의 재취 부인이었습니다.

아버지는 2남 3녀를 두고 홀아비가 되었습니다. 그러니까 나에게는 전 어머니의 소생인 형님 한 분과 누님 셋이 있었던 것입니다. 아버지는 이 자녀들을 위해 18년 연하인 나의 어머니를 재취로 맞은 것입니다. 첫 누님은 나의 어머니보다 두 살 아래였습니다. 그러니까 나의 어머니는 두 살 아래인 딸과 네 살 아래인 아들, 그리고 나머지 두 딸의 어머니가 되어 그들을 다 결혼시키는 큰일을 치르셨습니다. 나의 어머니는 열여섯 살의 어린 나이에 18년 연상의 남편과 전실 소생의 4남매를 떠맡은 것입니다. 그 뿐이 아니었습니다. 나의 어머니가 첫아들을 낳아 돌이 되었을 때, 아버지는 우리 집 울타리 안에 새집을 짓고 소실을 들였습니다. 재취로 시집 와서 첫아들을 낳고, 그 아들의 돌이 되자 소실의 시앗을 보게 되고, 그 아들로 인해 공산당에게 끌려가 학살당한 것입니다.

나의 어머니는 재취로 시집오셔서, 전실 자식 넷을 다 혼인시키시고, 자신의 첫아들 돌 때 씨앗을 보고, 막내인 내가 아홉 살이 된 1948년에는 서른여덟의 젊은 나이에 과부가 되었으며, 마흔 살의 나이에 학살당함으로써 겨울 들판처럼 춥고 쓸쓸한 삶을 마감하신 것입니다. 이처럼 기구한 어머니의 운명이 내 운명의 그림자로 드리워진 것입니다.

그림자 1.

겨울의 흰 달빛 속에선
내 모든 뼈마디가 희게 운다.
밝은 달이야 무슨 죄가 있겠냐만
젊은 나이에 씨앗 본 우리 엄마
쓸쓸한 빈자리와 밤을 새울 때
마당가 대추나무도
제 그림자를 붙들고
밤새도록 놓아주지 않았다.
슬픔이 지극하면
영혼이 육신을 떠나듯이
어둠이 더 어두워질 수 없을 때
제 몸을 불태워 달빛이 된다.
아픈 달밤을 새우다, 새우다
엄마는 나를 낳고,

아, 나는 외로운 아이
삼십 년을 두고 발끝에
긴 그림자를 키우며 산다.

내 첫 시집 「바람 변주곡」에 실린 작품입니다. 이것이 내 어머니의 아프고 외로운 운명이며, 내 시인으로서의 어두운 그림자입니다. 그리고 아버지의 장남인 형님은 결혼을 해서 남매를 낳고, 29세의 젊은 나이로 세상을 떠났습니다. 이것도 비극의 씨앗이었습니다. 나의 어머니의 첫아들은 아버지의 둘째 아들로서 장남의 역할을 할 수밖에 없었습니다. 나의 아버지는 장남이 죽은 뒤엔 맏며느리와 장손밖에는 눈에 보이는 게 없었습니다. 돌아가실 때엔 나의 형님에게 모든 땅은 장손에게 물려주라고 유언을 했습니다. 그리고 나의 형님에겐 남에게 소작으로 주었던 논 몇 마지기를 가지라고 했습니다. 그래도 어머니가 살아 계셨다면 아버지의 재산을 막내아들인 나를 위해서도 쓸 수 있었을 것입니다. 그런데 어머니가 돌아가시자 재산권의 행사는 큰형수에게 돌아가고, 막내아들인 나는 천애의 고아가 되고 말았습니다. 이것이 휴전 이후에도 내가 여전히 1.4후퇴 때의 겨울 들판에서 겨울 바람처럼 살아야 했던 그림자입니다. 부잣집 막내아들이 외팔이 고아가 될 수밖에 없었던 어둠의 그림자였습니다. 큰형수는 홀로 되면서 친정인 강촌에 가서 남매를 데리고 살았습니다. 아버지의 장손인 큰조카는 나보다 네 살 위이고, 질녀는 두 살 위입니다. 조카 남매는 처음부터 할아버지의 땅을 팔아다 먹고 살았고, 공부도 했습니다.

국군이 다시 들어온 뒤에 사촌누님은 자기네 집으로 돌아갔고, 형님은 1951년 그 난리통에 재혼을 했습니다. 나는 1952년에 가평초등학교 6학년에 복학을 했고, 형님은 경찰관이 되었습니다. 나와 같이 살아남은 누님은 18세에 충남 부여로 시집을 갔습니다. 충남 논산에 작은아버지가 계셔서 맺어진 결혼입니다. 둘이 살아남아, 어린 두 조카를 돌보던 남매, 어린 두 조카까지 눈 속에 묻어버리고, 누나는 멀리멀리 시집을 갔습니다. 누나가 떠날 때, 눈이 빨갛도록 우는 뜻을 나는 미처 몰랐습니다. 나는 학교에 가야 한다고 하며 모르는 척 했습니다. 그러나 학교에 갔다 오는 길에, 어머니 무덤 앞에 엎드려 한없이 울었습니다. 순식간에 모든 것을 잃은 외팔이 소년의 외로움과 슬픔을 누가 알겠습니까. 나 혼자 눈물을 삼키며 어둡게, 어둡게 그림자를 키우며 살았습니다. 이런 외로움과 그리움을 내 시 속에 다 표현하지 못했습니다.

그림자 2.

빛을 향해 일어서는 파도의
허리를 붙들고 매달리는 그림자.
높은 파도일수록
큰 그림자를 낳는다.
거북이처럼 육지를 향해 기어오는
파도여, 파도여
거북이처럼 바다를 덮고 기어 다니는

어둠이여, 어둠이여
마침내 이 추운 겨울에
깊은 속 바다의 어둠까지 기어 나와
내 가슴의 등불을 끄고,
이 캄캄한 바다 위에서
나는 그림자를 키우며 산다.

나는 이때부터 세상은 참 넓고 험한 바다라고 생각했습니다. 그 바다에서 파도처럼 빛을 향해 일어서려고 했습니다. 그러나 그 파도의 허리를 붙들고 매달리는 어둠이 있습니다. 외로움과 그리움, 그리고 좌절과 슬픔이었습니다. 특히 왼쪽 빈 소매로 부는 부끄러움과 낙담과 허무의 바람 때문에 나는 사람들 앞에 나서는 것이 두려웠습니다. 어른들을 만나면, "저 애가 팔이 하나 없네. 안됐구나. 폭탄 장난을 했나 보지."라며, 동정의 혀를 차고, 아이들을 만나면, "야, 너 팔 병신 됐구나."라며, 재미있어했습니다. 내 빈 소매에 관심을 보이는 것이 그렇게 싫었습니다. 그러나 어쩌겠습니까. 아무에게도 내 마음을 호소할 수가 없어서, 강물이 내려다보이는 고개에 앉아서 한없이 운 때가 많았습니다. 바로 그 고개 위에 어머니의 무덤이 있습니다. 엄마에 대한 그리움이 너무 간절했으며, 그만큼 외로움도 하늘 끝에 닿았습니다. 이 그리움과 외로움을 누군가에게 풀고 싶은 외팔이 소년이었습니다.

환란의 터널 저편

이 용 덕

「문예사조」 수필가, 한국크리스천문학가협회 이사, 평택대학교 총동문회 회장 역임, 사회복지법인 명신원 대표이사, 한국민족문학가협회 총재 역임, 대통령 표창장 수상, 신풍감리교회 장로

"아아 잊으랴, 어찌 우리 이 날을, 조국을 원수들이 짓밟아 오던 날을! 맨 주먹 붉은 피로 원수를 막아내어 발을 굴러 땅을 치며 의분에 떤 날을! 이제야 갚으리 그날의 원수를, 쫓기는 적의 무리 쫓고 또 쫓아 원수의 하나까지 쳐서 무찔러 이제야 빛내리 이 나라 이 겨레!"

〈1〉

6월이면 우리는 절로 뼈아픈 원한의 6.25, 삼천리금수강산을 동족상잔의 피 비린내가 진동하게 하던 그날, 아직도 그것은 생생히 살아 가슴 아프게 하는 비극적 그날의 광경을 떠올리며 아픈 상념에 빠지게 한다.

1945년 8월 15일 일본이 마침내 항복을 발표한다. 그 즉시 일본은 우리나라에서 물러가고 제2차 세계대전의 승전국인 미국(자본주의)과 소련(사회주의)이 한반도를 차지하기 위해 들어온다.

제1차 2차 세계대전 발발 이유가 강대국이 식민지를 삼기 위한 제국주의 때문인데 여기에 미・소간 이념대립 상황 속에 1948년 8월 15일 남한은 '대한민국'을 수립했고 얼마 후 9월에는 북한에서 '조선민주주의 인민공화국'이 수립되며 한반도에 두 개의 국가가 생겼다.

1950년 6월 25일 새벽, 38선을 따라 배치되어 있던 북한군의 야

포가 남쪽을 향해 일제히 불을 뿜기 시작하면서 뒤이어 북한군 기동부대가 서쪽의 옹진반도로부터 동쪽으로 개성, 전곡, 포천, 춘천, 양양에 이르는 38선 전역에서 공격을 시작했다. 또한 유격대와 육전대가 동해안을 따라 강릉 남쪽 정동진과 임원진에 상륙한다. 그때부터 정적에 휩싸여 있던 38선과 동해안 일대가 단숨에 아비규환의 전쟁터로 변해 버렸다.

진실로 지구상에 이보다 더 처참하고 악랄했던 비극적인 살육의 현장이 또 어디에 있을까? 생각하면 생각할수록 우리를 너무나 슬프고도 안타깝게 한다.

그런데 놈들은 왜 아직도 적화통일만을 유일한 이념으로 호시탐탐 제2의 6.25를 획책하며 온갖 도발을 일삼고 있는지- 북한은 왜 그토록 핵을 만들고 발광하는지 알 수가 없다. 보라, 자기네 인민들은 기아와 굶주림으로 배고파 그렇게 날마다 못 먹어 병에 굶주림에 죽어가고 있는데도 말이다.

내가 9살 때다. 우리는 종로6가 동대문 앞 청계천이 연결되는 개천 옆 일본 사택에서 살았다. 내가 동대문 앞 큰 도로에서 동네 형들과 놀다가 도로 건너편으로 건너오는데 군인 지프차 여러 대가 종로 쪽으로 달려가면서 급히 외치는 소리를 들었다.

"때려라, 부숴라, 공산당!"

잠시 후 군인 지프차가 급하게 달려가면서 동대문 방향으로 기관총 방아쇠를 연속해서 당겼다. 그 순간 길을 건너던 형이 총에 맞아 쓰러졌다. 바로 내 뒤에서였다. 지금도 동대문에 그 상처가 남아 있다.

(지금도 그 흔적을 볼 수가 있음.)

그 당시 북한은 소련에서 최신식 무기를 지원받아 민족의 최대 비극인 6.25 불법 기습 남침을 감행했다. 그리하여 서울은 4번이나 주인이 바뀌었다. 38선에서 불과 40km 남쪽에 위치한 서울은 그야말로 풍전등화와 같았다.

북한군은 사전에 치밀한 남침계획을 수립하고 6월 25일 주일 새벽에 공격을 감행했다. 그것도 모르고 남한 군대는 주일 휴가를 가기도 하고 느긋하게 늦잠을 자고 있었던 것이다. 북한군은 남한의 그 같은 약점을 결코 간과하지 않았다. 저들은 서울 북쪽에 주공격부대인 제1군단을 투입해 서울을 집중적으로 공격해 왔다. 그리고 중부전선 춘천과 동부전선 강릉 등 북쪽에는 북한군 제2군단이 동시에 남침해 왔다.

주말을 맞아 많은 병력이 외출 외박을 나갔기 때문에 부대에 남아 있는 병력은 몇 안 되었다. 38선 국군방어진지로 적군이 거침없이 파도처럼 밀려오자 아군은 혼비백산, 지리멸렬한 접전을 할 수밖에 없었다.

북한군은 사전에 치밀하게 소련제 T-34전차와 SU-76자주포 등 최신무기로 공격해 왔다. 그러나 우리 국군은 단 한 대의 전차도 자주포도 갖추지 못한 상태였다. T-34전차 한 대를 격파할 능력이 없는 아군에게 밀려드는 북한군 전차는 무적의 괴물로 이 나라를 짓이기고 쳐들어왔다.

육군본부 상황실에는 전방사단으로부터 급박한 상황이 쇄도했고,

새벽에 자택에서 상황보고를 받은 육군 참모총장 채병덕 소장은 즉시 전군에 비상을 발령하고 신성모 국방부장관을 직접 찾아가 전쟁 발발 상황을 보고했다고 한다.

서울을 비롯한 주요 도시의 거리에서는 방송으로 장병들의 부대 복귀를 독촉하였으나 실효를 거두지 못했다. 공산군과 맞서 싸울 병력이 부족한 전방 진지는 여지없이 붕괴되기 시작하였다.

일요일이라 뒤늦게까지 자던 우리 자유대한 군대는 허겁지겁 임전태세를 갖추었으나 허사였다. 북한 괴뢰군의 기습에 38선 일대의 아군은 무너지고 순식간에 자유대한은 다음날 오후 서울이 함락될 위기에 빠졌다. 국군이 아무리 발 빠르게 전투태세를 갖추어도 기습공격을 막기엔 역부족이었다.

그런 상황 속에서 나는 전쟁을 겪었고 모든 것을 보았다. 갑자기 당한 난리에 동대문 우리 동네도 야단법석이었다. 공동으로 방공호부터 팠다. 동네 마당에 땅을 깊게 파고 굵은 나무를 걸치고 그 위에 가마니를 얹고 흙을 덮었다. 그리고 동네 사람들이 모두 그 속으로 들어갔고 우리 가족도 방공호로 들어갔다.

어린이와 나이 많으신 남녀 어른들이 엉겨들고 환자까지 모두 들어가 좁은 방공호는 숨이 막힐 정도로 비좁았다. 어른 아이 모두 쪼그리고 엎드린 채 겁에 질린 얼굴로 숨을 죽이고 있었다. 그때 폭탄이 날아와 떨어지기 시작했다. 청계천 개울에 쾅쾅 떨어지는 포탄 소리에 방공호가 무너질 것만 같았다.

포탄 소리가 그치자 또다시 우박이 떨어지는 듯 요란한 소리가 우르르, 우르르 이어졌다. 방공호 입구는 풀썩풀썩 흙먼지가 일어나며 금방 무너질 것 같고 머리 위에서는 쿵쾅거리더니 다시 딱쿵딱쿵 하는 총소리가 요란하게 들렸다. 얼마쯤 지나자 조용해졌다. 방공호에 피해 있던 마을 사람들이 밖으로 나왔다. 나도 따라 나와 보니 방공호 위와 마당에 폭탄 파편이 수북하게 무더기로 쌓여 있었다.

우리 집 앞 담 옆과 대추나무 밑에서 총을 쏘던 인민군이 마을 사람들을 향해 소리쳤다.

"저기, 불을 빨리 끄라오!"

인민군은 불난 집을 가리키며 소리쳤다. 우리 집 뒷집이 불타고 있었다. 동네 사람들은 물통과 대야에 물을 퍼다 부었다. 불은 거기만 붙은 게 아니었다. 동대문시장과 동대문 뒤쪽 마을 사방이 불바다였다. 그동안 쏟아지는 포탄으로 청계천 개천다리 밑에 피신했던 사람들의 죽은 시체가 여기저기 어지럽게 뒹굴었다. 눈뜨고 보기 힘든 처참한 광경이었다.

밤에 방공호에 숨어 있다가 살아 나온 사람들이 다리 밑에서 총에 맞아 시체가 된 가족을 끌어안고 땅을 치며 통곡하는 소리가 온 동네에 가득했다.

그 후 나는 고모네 식구와 누나 모두가 사택 집에서 함께 살았다. 아버지는 기차 기관사였는데 역으로 나가시고 보이지 않았다. 어머니도 동생들도(남동생 ; 용일, 여동생 ; 영자) 어디로 갔는지 볼 수가 없었다.

살아남은 누나는 길 건너 한약방에 양녀로 보내졌는지 아니면 심부름하는 아이로 갔는지 알 수가 없었다. 그래서 우리와 같이 살지 않아 나는 누나가 보고 싶어 매일 그 한약방 앞을 기웃거리곤 했다.

그리고 나는 혼자 동대문시장 장터에 있는 복숭아나무 아래 떨어져 있는 복숭아씨와 살구나무 씨를 주워다 깨트려 알을 모아 한약방에 가져다주고 계피로 바꾸어 먹곤 했다.

〈2〉

얼마 후 누나는 한약방에서 나와 시장에서 김밥장사를 하시는 고모님을 도왔다. 그러나 나는 말썽꾸러기라 철없이 장난을 심하게 치다가 동대문 뒤 용두동에 있는 고아원으로 누나와 함께 보내졌다.

고아원 방에는 메주 냄새가 심하게 났다. 나하고 누나가 자는데 마당 건너편에서 잠자던 남자들이 그 방에다 나를 강제로 보냈다. 나는 누나하고 있겠다고 떼를 쓰며 하루 종일 울었다.

그러나 어른들은 내 말을 들어주지 않았다. 할 수 없이 나는 다음날 누나와 고아원 담장 철조망 밑으로 빠져나와 도망을 쳤다. 그래서 누나는 고모한테 심하게 꾸중을 들었다. 왜 도망 나왔느냐고.

그 며칠 후 고모는 나한테 누나를 개성 친척 할머니 댁에 보내고 오라고 했다. 나는 고모의 구박이 심해서 누나한테 개성으로 가자고 하였다. 1년 전에 배를 타고 다녀온 기억이 있어서 길을 알 수 있었다. 어머니, 아버지가 없는 집에서 고모 곁을 벗어나고 싶었던 거였다.

우리는 신촌역에서 철길 받침목을 밟으며 개성을 향해 걸었다. 가다가 날이 어두워졌다. 어느 역인지 기억이 없지만 역전 창고로 몰래 들어가 밤을 보냈다. 밤이 깊어지고 공기가 쌀쌀해져 굴뚝을 껴안고 자기도 했다. 집에서 떠날 때 고모가 볶아준 콩을 꺼내 먹으며 끼니를 해결했다.

그렇게 걸어 개성 가까이에 이르렀을 때 철길 다리를 만났다. 철길 아래를 내려다보니 현기증이 날 정도로 아찔하게 깊었다. 한 발짝도 발을 디딜 수가 없었다. 나는 기다시피 엎드려 누나 손에 잡힌 채 한 발 두 발 걸어 반쯤 건넜을 때 뒤쪽 산모퉁이에서 기적 소리가 들려왔다.

누나는 당황하며 얼굴이 파랗게 질렸다. 여기까지도 간신히 왔는데 되돌아갈 수도 없고 앞으로 갈 수도 없는 진퇴양난에 놓였다. 순간 누나가 결심한 듯 다급하게 소리쳤다.

"앞으로 뛰자!"

누나는 소리를 치며 나를 끌고 건너편을 향해 힘차게 뛰었다. 기차 소리가 다가오고 있어 정신이 없는 나는 다리 위를 겁도 없이 달렸다. 한참을 달려 다리 건너 철둑길 옆으로 피하며 누나가 나를 확 당겨 덥석 안았다.

그 순간 기차가 옆으로 휘익 하고 바람을 일으키며 지나갔다. 곳간도 없는 작은 기차였다. 작업하러 가는 사람들이 그 위에서 삽을 휘두르며 우리를 향해 야단을 쳤다. 철길 옆으로 피하지 못했다면 아마 우리는 이 세상 사람이 아니었을 것이다.

처음 철다리의 침목을 밟지 못하고 벌벌 떨던 내가 그렇게 뛰어도 빠지지 않고 달릴 수 있었다는 게 기적이었다.

다리를 건너 신작로를 한참을 가니 또 넓은 강이 가로막았다. 해가 넘어가고 어두워지고 있었다. 우리는 강 밑 갯벌에서 강 건너 희미하게 보이는 개성을 망연히 바라보았다. 절망감에 빠졌던 누나가 갑자기 화를 버럭 냈다.

"이제 어떡할 거야? 조금 있으면 물이 더 들어와서 건너기 어렵단 말이야. 왜 이리로 오자고 했어?"

말로만 하는 게 아니라 내 등을 두 번이나 두들겼다. 그때였다. 저만큼에 배 한 척이 그림처럼 지나고 있었다. 우리가 소리를 질렀다.

"아저씨! 아저씨~"

우리가 외치는 소리를 들었는지 배가 우리를 향하여 저어왔다. 우리는 얼싸안고 좋아서 소리쳤다.

"아저씨, 우리 좀 건네주세요!"

배에서 물었다.

"너희들 저녁 늦게 강을 건너가려느냐?"

"건네주시면 베 다섯 마 드릴게요."

베는 집에서 떠나올 때 뱃삯으로 쓰라고 고모가 주신 것이다. 그렇게 하여 강을 건너고 개성에 도착하여 바로 강가에 혼자 사시는 할머니 집을 찾았다. 할머니가 반겨 주시며 놀라셨다.

"어린것들이 어떻게 왔니?"

그러시면서 보리밥 한상을 차려 주셨다. 나는 지친 상태에서 밥을 어떻게 먹었는지 모르고 바로 쓰러져 잠이 들었다. 이튿날 늦게 눈을 떠보니 누나가 보이지 않았다. 그래도 나는 바보처럼 누나를 찾지 않았다.

할머니 집에서는 즐거웠다. 날마다 앞 강가에 나가 놀며 새우와 참게를 잡기도 하였다. 가끔 소나무껍질이 떠내려 오는 걸 주워 배를 만들어 돛대도 세우고 물에 띄우기도 하였다.

그렇게 며칠을 보낸 뒤 할머니가 나를 뒷동네 자식이 없는 어느 집에 양자로 보내셨다. 나는 그래도 좋았다. 양부모님은 절구에다 참깨를 빻아 주먹밥을 해주시기도 하며 잘해 주셨다. 나는 밭에서 뛰어놀며 파랗게 보이는 커다란 무도 뽑아 먹으며 행복을 누렸다. 양부모님은 어느 날 나한테 물었다.

"용덕아, 너 이담에 크면 어떻게 할래?"

나는 조금도 주저하지 않고 대답했다.

"나는요, 이다음에 서울에 가서 누나한테 갈 거예요."

"정말, 누나한테 갈 거야?"

"예! 서울에 누나 있어요!"

양부모는 양자 포기를 하셨는지 한참 동안 침묵하셨다.

그리고 며칠 후 10리쯤 떨어진 곳에 친척이 많이 사는 마을로 나를 데리고 갔다. 마을사람 모두가 'ㅂ'씨 성씨였다. 친척들이 모두 나를 보면서 한마디씩 했다.

"그 애로구나! 많이 컸네!"

그러면서도 어느 누구도 나를 맡아주려 하지 않았다. 그때야 갑자기 잊고 살던 아버지, 엄마, 누나가 보고 싶어졌다. 나는 울면서 오던 길을 되돌아 서울 쪽을 향하여 무작정 뛰기 시작하였다.

"아빠! 누나!"

이렇게 부르면서 가족들을 떠올렸다. 눈물에 가려 넘어지고 엎어지기를 거듭하다 너무 서러워 주저앉아 땅을 치며 엉엉 울기도 하였다.

친척이 모여 사는 동네, 친척집 이 집 저 집을 차례로 돌며 날을 보냈다. 가는 집마다 아이들이 놀리고 차별을 했다.

"야, 서울 놈!"

"어이, 서울띠기!"

또 어른들은 이런 말도 했다.

"먹을 쌀이 없으니 동냥해 오면 우리 집에서 밥 먹여 줄게!"

나는 그 말을 듣고 개성 시내나 조금 떨어진 동네 집을 돌아다니며 동냥을 했다. 어른이 이렇게 가르쳤다. 쌀 동냥을 할 때,

"미안하지만 쌀 좀 조금만 보태 주세요라고 해라."

그렇게 가르치며 쌀자루를 쥐어 주었다. 멀리 있는 동네로 동냥을 갔는데 거기서도 나를 기억하는 사람들이 있었다.

친척들은 서로 나를 안 받아주려고 기피했다. 그런데 가장 작은 오막 집에 사는 넙지기 할머니는 달랐다. 나를 불쌍히 여기며 밤에 잘 때는 발을 따뜻하게 해야 한다면서 이불로 발을 감싸 주기도 하셨다.

이런저런 일을 겪으며 며칠을 보낸 후 나는 모든 게 너무 원망스럽고 서러워 아침 일찍이 동네가 바라보이는 언덕 위에 올라서서 온 동네가 다 들릴 정도로 방방 뛰며 큰 소리로 울어댔다.

그리고는 친척 마을을 떠나기로 결심하고 넙지기 할머니한테

"할머니! 나 갈래요."

하고 큰 소리로 여러 번 외치고 길을 떠나왔다. 나는 무작정 개성 시내를 돌아다니며 비행기 폭격, 지뢰밭 등에서 죽을 고비도 몇 번씩 겪었었다.

어느 날 저녁때였다. 언덕 위 어느 집을 지나 밥 한 끼를 신세지려 하는데 나와 여러 번 이야기를 나누더니,

"애야, 네 이름이 뭐냐?"

"네! 저는 'ㅂ'용덕이에요!"

그러자 그분이,

"그놈, 참 똑똑하구나! 너 우리 집에서 나하고 살지 않을래?"

하시면서

"우리 아들 하자."고 하셨다.

"우리 집엔 아이가 없어!"

그렇게 하여 나는 그 집 양자가 되기로 하였다. 성과 이름 모두 바꾸기로 하여 '양재복'으로 부르기로 하였다. 이 집에서도 밤이면 방공호에서 자기도 했다. 낮에는 폭격이 자주 있어 인민군은 눈 덮인 밭두렁, 논두렁에서 전투기가 나타나면 여자의 하얀 행주치마를 뒤집어쓰고 엎드려서 몸을 숨겼다.

어느 날 언덕 위 무덤 밑에 굴을 파고 만든 방공호에서 나는 날씨가 차가워 숯불 화로를 가지고 들어가 자다가 가스에 질식했었다. 양부모는 그런 나를 방공호에서 끌어내어 맑은 공기와 동치미 국물을 먹여 간신히 정신이 돌아오게 해 주셨다. 조금만 늦었어도 아마 저세상 사람이 되었을지 모른다.

그러던 중 1.4후퇴 때 남쪽으로 피란하게 되어 양부모와 함께 서울로 돌아왔다. 군용 배로 임진강을 건너 트럭으로 폐허된 서울 시내로 들어왔다. 전차가 보였다. 그 순간 나는 너무나 반가워 소리쳤다.

"야, 전차다! 전차야, 반갑다!"

그러면서 앞에 있는 돌을 들어 멀리 전차가 보이는 곳을 향하여 힘차게 던져 보았다. 마음속으로는 '이제 누나를 만날 수 있겠지!' 하고 희망에 부풀어 군인 트럭으로 달려가 몸을 실었다.

우리 피란민들은 서울역을 지나 노량진 다리를 건너 영등포까지 내려오게 되었다. 영등포에 들어서니 미군 부대도 많고 양색시도 눈에 띄었다.

'서울에 왔으니 누나를 만나리라!'

누나를 찾아 영등포 일대를 돌아다니다가 실망한 나는 다시 서울로 올라가 찾으려고 꽁꽁 언 한강 얼음 위로 건너가려 했다. 그러나 당국에서 한강을 가로막고 민간인이 건널 수 없게 통제하는 바람에 한강을 건너지 못하고 기회만 보고 있었다.

〈3〉

6.25전쟁은 우선 그 발발 성격부터 규명해야만 한다. 그것은 어디까지나 북한의 불법 남침으로 중국과 소련의 지시와 공동모의 하에 이루어진 국제전이었다. 또 공산주의를 세계적으로 확산시키려는 전략하에 치밀하게 준비된 제국주의 전쟁이었다.

한민족의 유구한 역사를 통해 겪었던 전란 중 가장 처참하고 엄청난 피해를 주었던 비극적인 전쟁이 바로 6.25전쟁이다. 70년 전 그날, 이 땅위에서는 한민족 5천 년 역사 이래 가장 많은 국가인 16개국 참전에 약 200만 명의 군인이 한국전쟁을 위해 싸웠었다.

그 결과 인명피해를 비롯해 재산피해가 실로 막대하였다. 한국군 65만 명에 유엔군 16만 명, 그리고 북한군 93만 명에 중공군 100만 명이 죽거나 부상 등의 피해를 입었다. 그뿐만 아니라 민간인 피해 250만 명에 이재민 370만 명, 전쟁미망인이 30만 명, 전쟁고아 10만 명, 이산가족 1,000만 명 등, 당시 남북한 인구 3천만 명의 절반을 넘는 1,800만여 명이 피해를 입었었다.

이러한 천문학적인 숫자는 미국이 5년간 치른 남북전쟁에서도 인구 3%에 해당하는 100여만 명이었고, 제2차대전 시 최대 피해를 입었던 유럽도 인구의 10%인 3,000만 명이 손실을 입은 데 비해 너무도 엄청난 피해였었다.

또한 물적 피해도 전국토가 초토화되는 과정에서 인명피해 못지않게 컸다. 그리고 적이 후퇴하면서 많은 양민을 반동이라는 이름으로 무참히 죽이기도 하였다. 당시 양민을 학살한 수의 통계는 12만 2,799명으로(1952년 기준 : 내무부) 휴전이 1953년 7월 27일에 협정되었으니 실제로는 이 숫자보다 훨씬 더 많았을 것이다. 이처럼 죄 없는 수많은 양민을 학살했는데도 왜 모두 묵살해 버리고 미군의 발자취만 규탄하려 했는지 규명은 공정해야만 할 줄로 안다.

어쨌거나 지금 전쟁은 휴전상태다. 그러나 아직은 절대 끝난 것도 아니다. 나는 뜻밖의 고아신세로 개성에서 양부모와 함께 영등포로

와서 정착하였다. 그래선지 나는 계속 마음을 못 잡고 틈만 있으면 자주 밖으로 나돌기만 하였다. 왜냐, 누나를 찾을까 해서였다. 거의 날마다 내가 집을 나가 여의도까지 맴돌다 지쳐 돌아오는 나를 보고 하루는 양어머니가 물었다.

"넌 도대체 날마다 어디를 그렇게 나돌다 오는 거냐?"

"예, 죄송합니다! 누나 좀 찾아보고 싶어서 그래요!"

그날 밤이다. 잠자리에 들었을 때 양부모는 내 발치에서 내가 잠든 줄로 알고 속삭였다.

"여보, 저 재복이 길러도 소용이 없을 것 같아요. 누나 찾으면 나갈 아이 같은데 길러야 소용이 없잖아요? 아예 누나한테 찾아가라 합시다!"

양부모님도 생활이 어려운 것 같았다. 다음날 나는 조용히 그 집을 나왔다.

그러나 한강을 건너지 못했다. 갈 곳이 없어 영등포시장을 떠돌다 시장 쌀 창고에 숨어 자곤 했다. 자고 나면 자주 동상에 걸려 얼어 죽은 사람들 시체를 보았다. 양색시가 낳은 아기를 그냥 버리는 장면도 보았다. 나도 저녁이면 잘 데가 없어서 처마 밑에 앉아 징징거렸다. 하루는 잘 데가 없어서 쌀가마니를 얻어 쭈그리고 잠을 청하는데 왠지 포근하고 따뜻한 솜이불을 덮고 자는 것 같았다.

그런데 환하게 밝은 느낌이 들 때 차가운 것이 얼굴에 와 닿았다. 눈을 떠보니 하얀 눈이 흠뻑 내려 나를 푹 덮고 있어 온 세상이 눈 바다였다.

- 처마 밑 가마니 속에 잠든 나를 하얀 눈으로 덮어 얼어 죽지 않게 안아 주신 하나님께 감사드립니다. -

그날 나는 세상에서 참 좋으신 하나님의 사랑을 발견하게 되었다.

이 세상의 친구들 나를 버려도 나를 사랑하는 이는 예수뿐일세
검은 구름 덮이고 광풍이 일어나도 예수 나의 힘 되니 겁낼 것 없네
- 예수 내 친구 날 버리지 않네 온 천지는 변해도 날 버리지 않네 -

우리 남매는 헤어진 지 30년 만에 만났다.

1980년도 KBS에서 시행한 '이산가족 찾기 운동' 때 나는 누나를 찾기 위해 방송에 나가 누나를 찾는다는 인터뷰를 했다. 그 장면을 본 나의 6촌 누나가 방송국으로 연락을 하여 내가 동생이라는 것을 확인했다. 그 후 나는 6촌 누나를 통하여 친누나 주소를 알고 천호동 누나네 집으로 찾아갔다.

나를 만난 누나는 어리둥절했다. 내가 죽었다는 말을 들었기 때문에 이 세상 사람이 아닌 것으로 생각했는데 살아서 찾아왔다니 놀라서 그런 것이다. 살아 있는 나를 확인한 누나는 나를 얼싸안고 기쁘게 반겼다.

평양에서 부산까지

박 철 현

아호:평호(平湖), 고려대정외과 졸업, 시인, 한국문인협회, 용산문인회 회원, 한국장로문인회 고문, 한국크리스천문학가협회 부회장, 푸른초장 문학회 자문위원, 수상:한국장로문학상(11회), 한국크리스천작가대상 수상(16회) 작품집(시집) :「두 얼굴의 초상」,「백자」,「늘푸른 그림들」「세 개의 태양」 외

나는 평양에서 태어났다. 6.25전쟁이 났을 때 초등학교 3학년(제9인민학교, 10살)이었고 평양시 서남쪽 외성리 쪽의 황금동(현재는 평양특구 중구역 연화동)이라는 곳에 살았다. 6.25전쟁이 일어났을 때 북한에서 경험하고 보았던 상황을, 그리고 1.4후퇴 피란 시 우리 집 상황과 피란 와서 겪었던 것들을 적으려 한다.

평양에서 살던 우리 집은 2층 집(외할아버지 집)이었는데 집 앞에는 4차선 정도의 비교적 넓은 차도였던 것으로 기억한다. 건너편에는 '황금면옥'이라는 2층짜리 큰 냉면집이 있었고 그 집 우측에는 국기게양대가 있었다.(당시 우리 집 주소 : 황금동 77번지였음)

그 황금면옥의 뒷마당은 넓었었는데 외할아버지의 제분, 제면소가 담을 사이에 두고 있었고 할아버지 집(공장)의 정문 앞을 나와 대동강 동쪽으로 골목길 따라가면 큰 공터(한동안 인민군들이 제식훈련을 하던 곳)가 있었고 공터를 지나 100미터쯤 더 가면 대동강(양각도 앞)이 있었고 강 앞에는 일제 강점기에 유곽이었다는 옥류관 같은 건물들이 몇 동 있었다.

해방 직후부터 평양시청에 근무하시던 아버지는 반동분자로 몰려 당시 남쪽으로 피신하여 계셨었고, 30대 초반의 어머니 혼자 1층에 잡화점 가게를 하며 4형제를 키우고 계셨다. 간간이 내무서에서 아버지를 잡으려고 어머니와 우리들에게 아버지에게서 연락이 없냐고 넌지시 물어보던 기억이 난다. 당시 우리는 전쟁이 난 줄도 모르고 있었다. 전쟁이 나기 약 2개월 전, 내무서에서는 집집마다 9시에는 문을 닫아야 하고 모든 전등을 꺼야 하며, 집집마다 방공호를 파라는 명이 하달되었었다.

또 기억나는 것은, 9시 이후가 되어 어두워지면 우리 집 앞으로 많은 군인들과 차량들 소리, 구둣발소리, 호령소리, 호각 소리, 탱크들의 굉음이 밤새도록 그리고 새벽까지 들렸었다. 후에 생각하니 남쪽 전쟁터로 가는 부대의 행렬이었던 것 같다.

6월 하순경 평양시에는 갑자기 방공 사이렌 소리가 크게 울렸다. 시민들이 가리키는 하늘을 쳐다보니 까마득한 동북쪽 하늘에 햇빛에 반사되는 반짝이는 물체가 보였고, 이어서 대동강 건너 연안 쪽(선교리 동북쪽에 평양비행장이 있었음)에서 우르릉 쾅, 하는 굉음이 들려왔다. 남쪽의 유엔군 비행기가 비행장을 폭격하는 것 같았다.

이것이 6.25전쟁에 때 유엔군이 참전한 첫 평양 폭격이었다. 그때에서야 평양 시민들은 큰 전쟁이 일어났다는 것을 실감하게 된 것 같다.

우리 친가는 평양에서 대동강 따라 약 30리 떨어진 진남포 쪽으로 가다가 강변에 접해 있는 대동군 남곤면 평호리(일명 석구당)라는 곳에 살고 있었다. 바로 안창호 선생님의 생가인 도농리의 강 건너편 동네 경관이 아주 좋은 곳이었었다는 기억이다.

그 후 본격적으로 평양 폭격이 시작되자, 친할아버지는 우리들이 걱정되어 우리 모두를 석구당 시골로 내려오게 하셨다. 그곳에는 큰아버지 두 분, 그리고 삼촌 한 분과 고모 두 분, 그리고 사촌들이 살았는데, 작은삼촌과 사촌형 2명은 인민군으로 끌려갔다가 모두 탈영하여 비밀스러운 데 숨어 있다가 국군과 유엔군이 평양과 평안도를 탈환한 후 대한청년단에 들어가 크게 활약하였던 기억이 난다. 1.4후퇴 때 삼촌하고 사촌형 한 분 밖에 못 나오고 친척들은 그곳에 남아 있었는데, 나중에 소식을 들으니 남아 있던 친척들은 피란 간 친족이 있다고 하여 심한 고초를 당하고 모두 돌아가셨다고 들었다.

또 한 가지 기억나는 것은, 국군과 유엔군이 평양을 3일간 폭격(B29)한 적이 있었는데, 밤에 평양 쪽을 보면, 3,4일 동안 평양을 붉은 지붕으로 씌운 것 같았고 매캐한 탄약 냄새가 거기까지 풍겨왔다.

드디어 국군과 유엔군이 평양을 탈환한 직후, 10월 중순 평양 집으로 돌아와 보니, 다행히 우리 집은 폭격을 면하고 약간 기울어져 있었지만, 평양 시가지는 물론, 내가 살던 동네는 온통 초토화되어 있었고, 미처 치우지 못한 시신과 신체 부위들이 여기저기 널려 있었다.

시골에 피란 가 있을 당시 지워지지 않는 처참한 정경들이 기억에 남아있다. 그 당시 북한에서는 사내아이들이 15살만 되면 인민군에 끌려갔었는데, 어느 날 보안서원들이 동네 인민군 입대 대상자들을 찾아 다녔는데 외양간의 사료 풀더미 속에 숨어 있던 앞집 형이 총검에 찔려 피를 흘리는 것, 그리고 또 다른 피해자가 숨어 있다가 들켜 수수밭 사이로 도망가는 것을 조준하여 쏴 죽였을 때이다.

그리고 북한군은 퇴각할 때 보안서 유치장에 갇혀 있던 사람들을 다 죽였다고 한다. 그래서 유치장 바닥에 피가 흥건하다는 소문을 들었을 때, 그래서인지 화가 난 애국청년들이 패퇴하여 퇴각하는 인민군 간부들과 보안서원들을 잡아 사살하고 시신을 대동강 뻘에 버려 오랫동안 개펄에 묻혀 있던 시신들의 모습이다. 평양이 탈환된 지 얼마 안 된 12월 초순 국군과 유엔군이 후퇴한다는 소문과 중공군이 밀고 내려온다는 소문이 평양시내에 파다했다. 특히 그들이 쳐들어오면 다 죽인다는 소문에 모두가 뒤숭숭한 상태에서 불안에 떨었다.

특히 기독교인들을 가만두지 않을 것이라는 소문이 더 무서웠다. 우리 집안은 연화동교회에 다니고 있었다.(담임목사 김윤찬: 부산 피란 시절 평양교회 설립. 환도 후 서울 평안교회 설립. 예장통합 총회장 역임) 그리고 부목사님은 김세진 목사(서울 동신교회 설립)이셨는데 당시 김윤찬 공산당 치하에서 감옥소에 계셨었다.

— 최근에 알아보니 교회가 있던 연화동은 평양시 중구로 제일 번화한 거리가 되었다고 한다—

중공군이 전쟁에 개입하여 밀고 내려온다는 소문이 퍼지고 뒤숭숭

하던 12월 10일경, 교회에서 연락이 왔다. 피란 갈 교우들은 대동강 인도교 다리 옆 백사장으로 몇 날 몇 시까지 모이라는 것이었다. 어머님은 피란을 결심한 듯 우리 어린 자녀들을 데리고 그곳으로 나갔다. 외가 어른들이 같이 가기로 해 따라나선 것이었다.

어머니 쪽 친척들은 우리집 아이들이 너무 어리다고, 어머니(당시 32세) 혼자 힘들겠다고 또 국방군과 유엔군이 금방 반격하여 평양을 곧 다시 탈환할 테니 시골 친가에 가 있으라고 하였었다. 그러나 어머니의 결심을 꺾을 수 없었나 보다.

교회에서 모이라는 그곳에 오후 2시경 나가니, 그곳에는 미군과 한국군이 새끼줄을 쳐놓고 경계를 서고 있었고 부목사님이신 김세진 목사님이 우리 교인들이라는 것을 일일이 확인해 주고 있었다. 우리 식구도 경계 줄 안으로 들어갈 수 있었으며 대동강 건너편 선교리로 가는 쪽배(10여명 남짓 탑승 가능)에 탈 수 있었다.(그때 이미 대동강 철교, 인도교는 파괴되어 있었고, 선교리에 가야만 남행기차를 탈 수 있었다. 그렇지 못하면 걸어서 피란을 가는 수밖에 없었음)

지금도 항상 감사하는 것은 공산당 치하에서도 교회에 출석했었기 때문에 하나님 인도를 받아 남한으로 와서 살게 되었다는 사실이다.

그 당시 마침 선교리에는 먼 친척 되는 신언각 목사님(육촌고모 남편, 60년대 대방동교회 담임)이 계셨었다. 다행히 대동강을 건너온 외가친척 20여 명은 이틀 남짓 그 집에 머물며 남행 화물열차가 있나 알아보게 되었다. 드디어 13일경 화물이 가득 실린 기차를 찾을 수 있었는데 그 기차에는 전쟁으로 파괴된 개울의 다리 복구용 철제인 조립식 앵글들이 실려 있었고 화차 울타리는 반만 있는 지붕이 없는 화물 기차였다.

당시의 날씨는 영하 20도가 넘는 강추위였었는데 그 화물칸에 실린 물건들이 철제라 더 차가웠다. 더구나 우리 식구가 탄 화물칸 바닥에는 큰 구멍이 나 있어 기차가 달리면서 올라오는 칼바람에 얼마나 떨었던지……. 그래도 우리는 남쪽으로 가는 기차를 용케 찾아 탔으니 모두 감사해했다. 식량은 어른들이 엿을 준비해 놓으셨다. 참으로 지혜로우셨던 것 같다. 그때는 기차가 중간중간 서기는 했지만, 밥해 먹을 겨를도, 사 먹을 곳도 없어서 엿이 아니면 굶을 뻔했다. 또한 화장실 문제도 컸었다.

평양을 출발한 기차는 중간 중간에 서는 바람에 서울까지 8일이 걸렸다. 서울역에 도착했는데 내려 주지 않고 우리 피란민들을 인천 포로수용소로 보냈다. 거기서 3일간 신분조사를 받았었는데 혹시나 피란민 중에 간첩이 섞여 있지 않나 조사하기 위해서였다고 했다.

그곳에서 풀려난 후, 인천에서 서울까지 피란 보따리를 둘러메고 걸어서 왔다. 당시 피란민들은 서로의 생사와 연락처를 알기 위해 영락교회로 모였었다. 그래서인지 우리도 영락교회로 갔다. 어둑어둑한 저녁 무렵이었는데 피란민과 보따리들이 가득하였다.

지금도 영락교회 본당 앞에 있는 그때의 그 층계가 그대로 있어 갈 때마다 옛 생각이 떠올랐다. 어머니는 그곳에서 아버지와 연락을 하였고 다음날 만나기로 했었다.

다음날 오후 늦게 서대문 농협(당시 금융조합)으로 갔는데 아버지는 수위실 앞에 서 계셨다. 3년여만의 재회였었다. 당시 서울은 1.4후퇴 선언으로 서울이 며칠 전부터 텅 비어 있었다는데, 아버지는 우리가 온다는 기별을 듣고 피란을 가지 않고 기다리신 것이었다. 아마도 이 재회 때 어머님과 아버님의 반가움은 우리 어린 자녀들이 생각하지 못할 만큼 감회가 남달랐을 것이다.

아버님은 그 당시 농림부 직원으로 계신다고 하였다. 1.4후퇴 막바지였지만 공무원이셨던 덕분에 우리 가족은 늦게나마 기차의 화물칸의 지붕 위였지만 부산까지 가는 피란민 기차를 얻어 탈 수 있었다.

아버지를 금융조합 정문에서 만나 만리동에 사신다는 의형이신 분(의사, 6.25때 피란을 가지 못한 아버지는 이 집 천장에 숨어 있었다고 했다) 댁으로 가서 하루를 자고 다음날 마포나루에서 나룻배로 여의도로 건너가게 되었고, 여의도 모래사장을 걸어서 영등포 당산동에 있는 아버님 친구의 빈집(이미 피란 가심)에 가서 3일간을 머물며 부산 가는 기차 편을 찾게 되었다. 다시 한당다리는 끊겨 있었고 서울역도 폐쇄되어 있었다.

그리고 영등포 공업지역도 폭격으로 폐허가 되어 있었고 유엔군 부대의 텐트들만 군데군데 보였었다. 그 집에 머무는 동안 아버지는 남쪽으로 내려가는 기차편을 찾을 수 있을까 하여 여러 곳을 수소문하며 알아보셨다. 그러다가 3일째 되는 날, 아버님은 마침내 남행기차를 찾았다고 하시며 영등포역으로 우리들을 데리고 갔다. 늦은 저녁때였는데 그곳에는 벌써 피란민들로 인산인해를 이루고 있었다.

아버님은 역 구내에서 출입을 통제하고 있는 헌병들 앞으로 가 무슨 증명서 같은 걸 보여주었고 우리는 통과 되었다. 플랫폼 안에는 전쟁 물자를 실은 화물열차가 서 있었는데 지붕 위에는 이미 피란민들로 가득했고 피란민들은 서로 먼저 기차 지붕에 오르려고 옥신각신하고 있었다. 드디어 우리도 조금 여유가 있어 보이는 화물칸 지붕으로 올라갔는데 마침 화통이 있는 기차의 앞대가리에서 3번째 화물칸 지붕이었다.

아버님은 우리가 평양에서 너무 늦게 내려와 이 기차의 지붕에라도 탈 수 있다는 것이 다행이라고 하시며 떨어지지 않게 우리들의 허리를 띠로 묶었다.

드디어 기차가 부산을 향하여 출발했다. 기차는 느리게 달렸지만 도중에 떨어져 다치는 사람이 속출하였다. 그런데 가장 힘들었던 기억은 대구 못미처서 통과해야 하는 10리 굴(추풍령)에서 기차가 너무 많은 화물칸을 끌어서인지 제대로 가지 못하고 굴속에서 멈추어버려 가스와 연기를 내뿜는 통에 질식해 죽을 뻔한 일이다. 그때 몇명은 뛰어 내리든가 떨어져 다치고 연기에 질식해 죽었다고도 했다.

우리는 4일 만에 부산역에 도착하고 도착하자마자 숙식할 곳을 찾는 일이 가장 큰 문제였다. 그 당시 대구도 위험하다며 수많은 피란민들이 모두 부산으로 몰려들었기 때문에 숙식할 곳을 찾는다는 것은 하늘의 별 따기였었다.

다행히 아버님은 공무원 신분이라서 그런지 미리 연락이 되어 있었는지 정부 부처가 임시로 사용하는 부민동의 경남도청 내 농림부 연구실로 우리를 데려갔고 그곳에서 몇 개월 동안 살게 되었다. 당시 우리는 같이 피란 나온 20대의 외사촌 누님 두 명, 그리고 혼자 나온 나와 동갑내기 외조카 한 명도 함께 있었다.

그때 우리는 아침 일찍 직원들이 사무를 볼 수 있게 비워주고 직원들이 다 퇴근한 후에 들어가 책상들을 붙여놓고 잠자리를 마련하곤 하였었다.

약 2개월 후 아버지는 부민동 야산 쪽에 조그만 터를 마련하였고 그곳에 군용 텐트를 치고 바닥에는 가마니를 깔고 살 곳을 마련하여 이사하게 되었다.

그 당시 4살 위의 형과 나는 신문팔이를 했는데 아침에 신문사로 가서 그날 신문을 200장, 300장을 받아 서대신동 쪽으로 뛰기도 하고 부산본역을 거쳐 범일동, 서면까지 뛰었던 것이 기억난다. 조금이라도 먼저 가야 한 장이라도 더 팔 수 있었으니까. 나중엔 다방에도 들어가 팔기도 하고 국제시장을 맴돌기도 했었다. 그러다가 남은 것은 밤 12시까지 부민동 전차정거장에서 팔다가 통금 사이렌이 울리면 텐트 집으로 돌아오곤 하였다.

어떤 날은 다 팔지 못해 한 아름 안고 들어오기도 하고…….

그 당시 가슴이 제일 아팠던 것은 같이 살던 동갑내기 외조카를 부민동 산에 있는 고아원에 데려다주며 같이 울었던 기억이다. 당시 우리 부모님은 고아원에 가면 세 끼니를 다 먹을 수 있다고 했고 본인도 좋다고 하여 나랑 같이 갔었던 것이다.

아버지가 노총에서 허가를 얻었는지 약 1년 반 후 부평동 대한노총 건물 마당에 3평 정도의 하꼬방을 마련하여 이사하게 되었으며 아버지는 나를 피란초등학교(부민피란국민학교)에 넣었고 형은 중학교(송도, 대광중학)에 입학시키셨다.

그 후 아버님이 친우들과 조선비료공업(주)을 설립하게 되며 우리는 영도 남항동 공장 사택으로 옮겨 가게 되었고 나는 영선이라는 국민학교로 전학하였다. 졸업 후 나는 서울로 진학하였고 중고, 대학을 서울에서 다니게 되었다.

나는 서울에서 학교 다니며 하숙도 해보고 자취생활(고1 때부터)도 하며 지금의 내가 되었다.(서울중고, 고려대 졸업)

꼬마 연락병

유 영 자

「크리스천문학나무」 등단, 저서 『24가지 동화로 배우는 하나님 말씀』, 수필집 『양말 속의 편지』, MBC 문화방송 신인문예상 수상, 크리스천문학나무문학회 회원, 남포 교회집사

1950년 6.25전쟁이 일어나던 해, 난 6살 어린아이였다. 워낙 어린 나이에 피란을 위해 고향을 떠났기 때문에 많은 기억이 남아 있지 않다. 그러나 치열한 전투 현장을 고스란히 눈에 담았던 탓인지 지워지지 않는 기억이 있다. 얼마나 정확한지는 모를 일이지만, 가슴속에 가시처럼 박혀버려 평생 잊히지 않는다.

내 고향은 황해도 옹진의 작은 마을이다. 아버지 말씀에 의하면 그곳은 감나무, 살구나무, 대추나무, 밤나무가 즐비한, 살기 좋은 동네였단다. 우리 식구는 맘씨 좋은 이웃들과 농사를 지으며 오순도순 평화롭게 살았다. 그러던 어느 날, 사람들의 술렁거림과 함께 불안한 기운이 마을에 감돌기 시작했다.

"큰일 났어요, 인민군이 내려오고 있대요."

누군가의 말에 아버지는 서둘러 마당 네 모서리에 말뚝을 박고 새끼줄을 빙 둘러치셨다. 그리고 빨간 글씨로 '장질부사'라고 쓴 종이를 새끼줄 곳곳에 매달았다. 인민군은 전염병을 두려워했기 때문이다.

방으로 들어오신 아버지는 식구들에게 이불을 덮고 누워 있으라고 했다. 잠시 뒤, 비행기 소리와 폭탄 터지는 소리, 대포 소리가 들리면서 지진이 난 것처럼 땅이 흔들렸다. 그리고 우리 마을을 사이에 두고 전투가 벌어졌다. 국군은 앞산, 인민군은 뒷산에서 몸을 숨기고 서로에게 끊임없이 총을 쏘았다. 우리 식구가 할 수 있는 것이라고는 이불 속에서 공포에 떠는 것밖에 없었다.

해가 서산으로 기울 무렵 끔찍한 총소리가 멈췄다. 인민군이 잠시 후퇴했다는 소식이 들려왔다. 동네 사람들은 서둘러 봇짐을 싸 들고 피란을 떠났다. 인민군에게 끌려갈 위험이 있는 젊은 남자들이 대부분이었다. 아버지는 일단 고모와 언니만 데리고 피란을 가기로 했다.

"얘들아, 엄마 말 잘 듣고 있어. 아버진 고모와 언니랑 섬에서 지내다가 상황이 안정되는 대로 돌아올게."

그때 고모는 20살, 언니는 16살, 아리따운 아가씨들이었다. 이렇게 젊고 예쁜 여자가 인민군의 눈에 띄었다가는 무사하지 못할 것이 불 보듯 뻔했기에 가장 먼저 피란길에 나서게 된 것이다.

마을엔 엄마들과 아이들, 노인과 병약한 사람들만 남았다. 인민군들은 서너 명씩 무리를 지어 마을을 드나들기 시작했다. 그들은 집집이 뒤지고 다니며 미처 피란 못 간 젊은이들을 발견하면 무조건 끌고 갔다. 또한, 쌀, 보리, 고구마, 감자 등 먹을거리가 눈에 띄면 모조리 빼앗아갔다. 어떤 날에는 돼지까지 끌고 가기도 했지만 저항할 힘이 없는 마을 사람들은 그저 당하는 수밖에 없었다. 게다가 마을에 남아 있는 사람들의 힘으로는 농사를 짓고, 소를 치고, 돼지우리를 치우고, 부서진 집을 고치는 일이 쉽지 않았다. 젊은 남자들의 손길이 절실했다.

밤이 되면 마을은 인기척 하나 없이 정적만 가득했다. 그때 발소리를 죽여 가며 우리 집에 찾아온 손님이 있었다. 피란을 포기하고 고향에 남아, 목숨을 걸고 마을 사람들을 돕기로 한 4명의 청년이었다. 며칠간 방공호에 숨어 있던 그들은 협조를 부탁하러 왔노라며 밤늦도록 어머니와 의논을 했다. 그리고 비밀리에, 청년들은 마을을 지키는 청년방위대원으로, 어머니는 인민군을 망보는 파수꾼으로 각자 역할을 정했다. 어린 나에게도 연락병이라는 역할을 줬지만 나는 그 뜻이 무엇인지조차 알지 못했다.

그날 밤, 어머니는 호롱불 밑에서 밤을 새워가며 내 옷을 만들었다. 짧은 검정 한복 치마와 흰 저고리였다. 그 옷은 심부름 갈 때만 입는 것이라 하셨다. 아침 해가 뜨자 어머니는 동산에 올라가 비쭉비쭉 자라난 녹색의 여름풀 사이로 뻗어있는 길 주변을 망보았다. 그리고 그 길에 인민군의 그림자가 보이자 집으로 돌아와 나에게 새로 만든 옷으로 갈아입히고 심부름을 시켰다.

"점예네 집에 고구마 좀 갖다 주고 오너라."

아무것도 모르는 나는 새 옷에 취해 나풀나풀 가벼운 걸음으로 심부름을 갔다. 점예네 근처에서 마을 일을 돕고 있던 청방대원들은 내가 나타나자 산속으로 몸을 숨겼다. 나중에 안 일이지만, 나의 검정 치마와 흰 저고리는 '인민군이 나타났다'는 어머니와 청방대원만의 비밀암호였다고 한다. 나는 나도 모르는 새 어머니의 메시지를 청방대원에게 전달하는 임무를 수행하고 있었던 것이다.

엄마의 심부름은 매일같이 계속되었다.

"오늘은 창식이네 쑥버무리 좀 갖다 주고 오너라."

새 옷을 입는 것이 좋았기에 나는 콧노래를 불러가며 즐겁게 심부름을 했다. 청방대원들도 나를 발견하면 슬그머니 방공호로 숨을 뿐, 내게는 한마디 말도 건네지 않았다. 그래서 가깝게 지내는 마을 사람들조차 내가 중요한 임무를 수행 중인 연락병이라는 걸 전혀 눈치 채지 못했다.

연락병 노릇을 순조롭게 진행하던 어느 날이었다. 동산에서 헐레벌떡 뛰어 내려오신 어머니의 얼굴이 하얗게 질려 있었다.

"오늘은 걷지 말고 힘껏 뛰어야 한다. 꼬부랑 할머니 댁 알지? 자, 어서 뛰어!"

옷을 갈아입히는 손이 부들부들 떨려 어머니는 제대로 옷고름도 매어주지 못하고 내 등을 떠밀었다. 나는 옷고름을 풀어헤치고 달리기 시작했다. 숨이 차고 심장이 뛰어 당장에라도 주저앉고 싶었지만, 사색이 된 어머니의 얼굴이 떠올라 멈출 수가 없었다. 심장박동이 최고조에 달했을 때, 꼬부랑 할머니 댁에 도착했다. 소여물을 썰던 청방대원들이 내 거친 숨소리에 비상사태임을 직감하고 "뛰어!"라는 말과 함께 옆 산으로 도망쳤다.

"저놈 잡아라!"

이미 대문 안으로 들어선 인민군들이 고함을 지르며 총질을 했다. 그 사이 난 발길을 돌렸다. 가슴이 마구 방망이질을 하여 빨리 걸을 수가 없었다. 그때 뚜벅뚜벅 구둣발 소리가 쫓아오는 듯하더니 성큼 나를 앞질러 길을 막았다. 순간 이제 죽었구나 싶어 몸을 부르르 떨었다. 인민군이 내 손을 움켜잡고 물었다.

"왜 떨어?"

"추워서요."

얼결에 엉뚱한 대답이 나왔다.

"어디 갔다 오는 길이야?"

"옥자네 집에서 실뜨기하고 오는 길이에요."

"거짓말! 너 연락병이지?"

"연락병이 뭐예요?"

때마침 물동이를 이고 지나가던 어머니가 나를 발견하고는 손을 잡아끄셨다.

"너 여기서 뭐 하니?"

난 어머니 치마폭에 얼굴을 묻고 엉엉 울었다. 어머니는 "괜찮아, 괜찮아."라며 내 손을 잡고 집으로 돌아왔다. 물동이를 내려놓는 손이 바르르 떨리고 있었다. 물동이는 비어 있었다. 나를 구해오려고 빈 물동이를 이고 지나가는 척 연기를 하셨던 것이다. 뒤이어 인민군들이 들이닥쳤다. 인민군은 총부리를 어머니의 가슴에 겨누고 살기 가득한 눈빛으로 노려보며 묻기 시작했다.

"남편 동무 어디 갔어? 아이 새끼 연락병은 누가 시켰어? 도망친 놈은 누구냐? 네놈들 다 한 패지?!"

어머니를 반동분자라 부르며 악을 쓰던 인민군은 종이와 연필을 꺼내 들고 어머니와 나의 얼굴 생김, 옷 입은 모습, 옷의 색깔까지 자세히 적었다. 그리고 내일 다시 조사 나올 것이고, 그 사이 도망치거나 숨으면 당장 총살이라며 잔뜩 겁을 주고 돌아갔다.

밤이 되자 마을 사람들은 돼지고기 수육을 만들어 가지고 찾아왔다.

"어떡해요, 내일이면 분명 이북으로 끌고 갈 텐데……."

마지막 밤이 될지 모르니 아이들이나 실컷 먹이라는 말에 어머니는 동생과 나를 붙들고 통곡했다. 인생의 마지막 날을 앞두고 열린 사별식 같았다.

얼마나 밤이 깊었을까, 깜빡 잠이 들었다가 도란도란 말소리에 눈을 떴다. 그 목소리의 주인공은 놀랍게도 청방대원 아저씨들이었다. 한 명도 다치지 않고 무사한 모습이었다.

"고맙다. 네 덕분에 살았어."

눈물까지 글썽거리던 청방대원은 우리를 구하러 왔다고 했다. 당장 피란을 떠나야 목숨을 지킬 수 있다며 서둘렀다. 전쟁이 터진 이후 매일같이 신발까지 신고 자던 동생과 난 벌떡 일어나 재빨리 작은 봇짐을 메고 어머니와 함께 아저씨 뒤를 따랐다. 바닷가엔 작은 배 한 척이 기다리고 있었다. 우리 식구를 태운 배는 어둠 속에서 곡예를 하듯 파도를 헤치며 뭍에서 점점 멀어져갔다.

붉은 해가 떠오르는 아침, 드디어 창년도라는 작은 섬에 도착했다. 부둣가엔 아버지와 고모, 언니가 마중 나와 있었다. 눈길이 마주치자 가슴 속이 뭉클해지며 눈물이 핑 돌았다. 3달 만에 다시 만난 우리

가족은 서로 엉켜 눈물을 쏟았다. 죽음의 사슬에서 풀려나 이산가족이 될 뻔한 위기까지 모면하고 나니 감사함이 마음 가득 넘쳐흘렀다. 오! 하나님. 저절로 감사 기도가 나왔다.

섬에서 있었던 일

창년도 섬에는 노부모, 어린 자녀, 아내를 고향에 남겨 두고 다 큰 자녀만 데리고 피란 나온 사람들이 대부분이었다. 금세 전쟁이 끝나고 집으로 돌아갈 줄 알았기 때문이다. 아무도 전쟁이 3년 넘게 계속되다가 나라가 남북으로 나뉘어 이산가족이 될 거라고 예상하지 못했다. 다행히 우리 식구는 한 명의 낙오자도 없이 피란을 나와 섬 구석에 움막을 치고 살게 되었다.

창년도는 아주 조그마한 섬이었다. 섬 크기에 비해 피란민이 너무 많았다. 양식은 순식간에 바닥이 나고 사는 형편이 극도로 어려워졌다. 굶주림을 견디다 못해 밤이 되면 육지로 양식을 구하러 나갔다가 인민군들한테 들켜 영영 돌아오지 못하는 가슴 아픈 일도 허다했다. 하지만 우리 가족에게는 몰래 음식을 가져다주는 사람들이 있었다. 청방대원 아저씨들이었다. 인민군으로부터 목숨을 구해준 은혜를 갚아야 한다며 양식이 떨어질 만하면 가져다주었다. 그들만이 아는 비밀 통로를 통해서 말이다.

아버지는 그 양식을 섬 안의 굶주린 사람들에게 나누어 주었다. 그걸 못마땅하게 여긴 우리는 볼멘소리로 불평을 했다.

“아버지, 양식을 다 나누어 주고 나면 우린 뭘 먹어요?”

"하나님이 계시는데 뭐가 걱정이야. 아무 염려 말라우."

아버지는 매일 바다에 나가 생선, 조개, 미역 같은 해산물을 구해다가 식생활에 보탰다. 다른 사람들 역시 바다에 매달려 끼니를 해결했다. 바다는 피란민들의 좋은 음식 창고가 되어 주었다. 하지만 이도 오래 가지 못했다. 극심한 가난의 고통 속에서 체면도 품위도 잃어버린 사람들은 아무 데서나 용변을 보기 시작했다.

결국, 넘쳐나는 오물과 쓰레기들이 바다를 오염시켜 악취가 심해지고 해산물은 자취를 감췄다. 그뿐만이 아니었다. 마땅히 목욕이나 빨래할 장소가 없다 보니 사람들 몸에 이가 들끓었다. 어찌나 많은 이가 들끓는지 가려움을 견디다 못해 바닷가 모래사장에서 옷을 털어 입는 이들도 있었다. 섬의 위생 상태는 최악으로 치달았다.

엎친 데 겹친다고 했던가? 이번엔 전염병이 돌기 시작했다. 장질부사였다. 요즈음 코로나19 바이러스 감염증이 전 세계에 퍼져 많은 사람들이 외부 출입도 못하고 집 안에 갇혀 사는 신세가 되었다. 그때도 마찬가지로 장질부사가 나돌아 모두를 공포에 떨게 했다. 장질부사는 발열과 설사를 동반하는, 치사율이 높은 급성 전염병이었다. 염병이라고도 불리던 이 못된 병은 죽음의 사신이나 다름없었다. 오죽하면 '염병할 놈'이라는 욕까지 있을까. 전염성이 강해서 병에 걸린 사람은 반드시 격리해야 했지만 그 난리 통에 병에 걸려도 그냥 가족들과 같은 공간에서 뒹굴다 보니 병은 섬 전체로 급속히 퍼져나갔다. 의사는커녕 약도 없이 자연 치유에 매달리다 보니 죽음의 냄새가 섬 안을 빠져 나가지 않았다.

그 즈음 아버지가 안색이 창백해진 채 돌아오셨다. 열이 치솟더니 몸이 불덩이가 되어 정신을 잃으셨다. 장질부사에 걸린 것이다. 우리 가족은 하나님께 매달려 눈물을 흘리며 기도를 했다. 그러나 전염병은 우리 식구 중 누구 하나는 꼭 데려가겠다는 듯 차례대로 한 명씩 쓰러뜨렸다. 하지만 웬일인지 나만 멀쩡했다.

"하나님께서는 간호할 사람 한 명은 꼭 남겨 놓고 병을 주신단다. 얼마나 고마운 일이니?"

아버지는 고통 중에서도 감사를 잊지 않으셨다. 나는 아끼고 아끼던 쌀자루 속에서 쌀을 푹 퍼내어 씻었다. 그리고 어머니가 가르쳐 주신 대로 죽을 쑤었다. 보리죽이나 좁쌀죽이 아닌 쌀죽을 먹으면 우리 식구가 전염병을 이길 것 같았다. 매운 고춧가루도 한 숟가락 듬뿍 넣었다. 고춧가루를 먹으면 병균이 매워서 도망갈 거라는 생각이 어린 마음에 들었기 때문이다. 식구들은 내가 쑨 매운 죽을 후후 불며 한 그릇씩 잘도 먹었다. 그렇게 며칠이 흘렀을까? 기적이 일어났다. 가족들 모두 자리를 털고 일어난 것이다. 한 명도 빠짐없이 무서운 장질부사를 이겨냈다. 아버지의 간곡한 기도와 어린 나의 정성을 하나님은 외면하지 않으셨다.

계속해서 기쁜 일이 생겼다. 창녕도 피란민들을 목포로 이주시켜 준다는 소식이었다.

"여러분! 곧 미군 군함이 우리들을 데리러 온다니 떠날 준비들 하세요."

섬 대표의 말에 흥분되고 마음이 설레었다. 바닷가엔 생전 처음 보는 크기의 3층짜리 군함이 도착했다. 피란민들은 만세를 부르며 배에 올랐다. 목포에 도착하자 부둣가엔 흰 가운을 입은 공무원들이 우리를 기다리고 있었다. 그들은 친절한 얼굴로 피란민 한 명 한 명에게 흰색의 DDT 가루를 머리에서부터 발끝까지 뿌려 주었다.

"드디어 남쪽에 왔구나."

아버지는 감격하여 눈물을 글썽이며 식구들을 꼭 끌어안았다.

희망을 찾아서

"자, 우선 감사예배부터 드리자."

아버지는 식구 전체가 무사히 목포까지 오게 됨을 감사했다. 어머니와 세 자매, 고모까지 다섯 명의 여자는 오물오물 모여 굶주린 배를 움켜쥐고 아버지만 바라보았다. 그러나 이 많은 가족을 책임지기에는 아버지의 손은 텅 비어 있었다. 가장 큰 문제는 코흘리개 두 딸이었다. 어린것들을 꿰차고 다니며 돈벌이를 할 수도 없고, 어디다 맡길 곳도 없는 막막한 상황이었다.

결국, 아버지는 가슴 아픈 결단을 내릴 수밖에 없었다. 다섯 살, 여섯 살이었던 동생과 나를 부잣집에 양녀로 주기로 한 것이다. 말이 양녀지 평생 남의 집 식모살이로 보낸 것이나 마찬가지였다.

우리를 보낸 뒤 아버지는 언니를 데리고 빵 장사를, 어머니는 고모와 과일 장사를 시작했다. 그러나 이북에서 농사만 짓던 고지식한 분이 얼렁뚱땅 능청을 떠는 장사가 체질에 맞을 리 없었다. 거기다 시간이 지날수록 어린 딸들이 눈에 밟혀 도저히 견딜 수가 없었다.

그때 마침 강원도 철원에서 피란민들에게 농사를 지을 수 있는 농토를 무상으로 분양한다는 소식이 들려왔다. 아버지는 당장 짐을 꾸려 놓고 단숨에 딸들을 찾으러 갔다.

"이사를 가게 되어 아이들을 데리러 왔습니다."

아버지의 공손한 방문에 주인아주머니는 화를 버럭 냈다. 한 번 맡겼으면 그만이지 다시 찾으러 오는 법이 어디 있냐며 아버지를 쫓아냈다.

"일 잘 가르치고 잘 먹여서 시집까지 보낼 테니 아무 걱정 말고 돌아가세요."

주인아주머니는 딸들 얼굴조차 보여주지 않았다. 자칫 감정이 상해 싸움이 벌어질 경우 딸들을 영영 뺏길지도 모른다는 불안감에 아버지는 지혜롭게 사정을 했다.

"명색이 애비인데 그냥 헤어지는 건 도리가 아니지요. 마지막으로 딸년들한테 옷이나 한 벌씩 사 입히고 음식을 사 먹여 돌려보내겠습니다."

그제야 안심을 한 주인이 냉랭한 말투로 "너무 늦지 않게 데리고 오세요."라며 우리를 데리고 나왔다. 그 사이 동생과 난 완전 거지꼴이 된 데다 주눅이 들어 눈치까지 보더란다. 얼굴엔 때가 꼬질꼬질하고 손등이 터져 피까지 흐르는 모습을 본 아버진 가슴을 치며 눈물을 끝없이 흘리셨다.

"애들아, 미안하다, 미안해. 아버지를 용서해라."

우리의 부르튼 손을 꼭 잡은 아버진 주인아주머니가 쫓아올까 두려워 도망치듯 걸으며 계속 미안하다고 하셨다. 워낙 어렸을 때 생긴 일이라 동생과 나의 기억에서 완전히 지워졌지만 아버지는 두고두고 그때 일을 사과하셨다. 전쟁 통에 가난을 극복할 힘이 없는 부모들은 자식을 남의 집 식모로 보내거나 고아원을 통해 외국에 입양 보냈다. 그렇게 헤어진 이산가족이 목메어 서로를 찾는 비극이 얼마나 많았는지 모른다.

그 후 아버진 우리 다섯 식구를 트럭에 태우고 목포에서 철원까지 이사를 했다. 사방이 논과 밭으로 둘러싸인 평화로운 철원 마을에서 아버지는 다시 농사를 짓게 되었고, 우리 식구는 넉넉하지는 않지만 따뜻하고 행복한 삶을 일구어 나갈 수 있었다.

6.25의 소년과 간호장교와 인민군 장교

현 의 섭

「소설문예」 등단, 장편 『죄인의 아들』, 『어찌하여 나를 버리시나이까』, 『소설 예수 그리스도』, 『제5복음서』 외, 한국문인협회, 국제펜, 한국소설가협회 회원, 한국크리스천문학상 수상

6월 23일 금요일의 비상해제

북한은 1950년 6월 23일에 38도 선상에 보병 7개 사단, 보병 1개 여단, 2개 전차 사단을 집결시켜 남침에 필요한 병력 배치를 완료하였다. 그러나 한국은 항간에 유포된 5,6월 위기설로 유지해 오던 전군 비상근무 상태를 6월 23일 해제하였다. 금요일이다. 이 조치로 외출외박이 금지되었던 한국군은 6월 23일 24시, 즉 토요일인 6월 24일 0시를 기해 비상경계령 해제로 그날 오후부터 장병들의 외출과 외박을 허용하였다. 북쪽에서는 38선 전역에 인민군을 전진 배치하여 공격준비를 완료하였는데, 한국군은 일부 병력만 남기고 많은 장병들이 외출과 외박으로 병영을 떠났다.

서부전선 1950년 6월 25일 일요일 04시

옹진반도의 인민군 제6사단 14연대와 제3경비여단이 국군 17연대를 공격해 왔다. 개성 정면으로는 인민군 제1사단과 제6사단이 국군

제1사단 13연대를 공격해 왔고, 동두천 전면에서는 인민군 제4사단이 국군 제7사단 1연대를 공격해 왔다.

중부전선

포천에서는 인민군 제3사단이 국군 제9연대를 공격하였다.

중동부전선

춘천 전방에서는 인민군 제2사단이 국군 제6사단 7연대를, 홍천 전방에서는 인민군 제7사단이 국군 제2연대를 03시 30분부터 공격해 왔다.

동부 해안선

인민군 제5사단이 국군 제8사단을, 동해상으로는 인민군 유격부대와 육전대(陸戰隊)가 상륙해 왔다. 그러나 한국군은 그 날 그 시간, 오랜만의 외출 외박으로 부대를 떠난 병사들로 우리 군부대는 텅 비어 있었다. 이 현상은 북한의 남침을 여실히 증명하고도 남는 상황이다.

1. 인민군 고위 정보장교 허 진

6.25전쟁으로부터 40여년이 흐른 1992년 12월, 나는 10여 명이 참석하는 조촐하지만 품격 있는 송년 만찬에 초대받았다. 잘 나가는 기업 회장과 그 자녀들과 소설가 등 문인 몇이 모인 호텔의 VIP룸이다. 마침 한국에 머물고 있던 러시아 피아니스트의 연주를 들으며 식

사하는 그 자리에 불청객 한 사람이 합석하게 되었다. 러시아의 모스크바에 거주하는 북한군 고위 장교 출신인 그 사람은 1990년의 한국과 러시아의 국교수립에 공헌한 인물로 알려졌으며, 당시 대통령 취임식을 앞둔 김영삼 당선자로부터 취임식에 초청된 사람이다.

그의 이름은 허 진.

그 날의 화제는 6.25와 관련된 흥미로운, 우리 모두가 전혀 알 수 없었던 그의 경험담이었다.

이야기는 1950년 6월 24일부터 시작되었다. 그는 그날 김일성의 호출을 받았다. 김일성은 봉함된 봉투 하나를 주면서 짧게 명령하였다. 서부지역 38선에 인접한 황해도 해주에 있는 인민군 제1사단 사단장에게 그 비밀명령서를 전달하라는 임무를 부여받았다.

허 진은 즉시 평양을 출발하여 해주로 갔고, 사단장에게 비밀명령서를 전달하였다. 긴장한 사단장은 봉투를 열어 문서를 읽더니 짧게 말했다.

"동무, 내일 새벽 04시에 남쪽 하늘을 향해 신호탄을 발사하시오. 수령님의 명령이오."

사단장은 신호탄을 내주면서 절대로 실수가 있어서는 안 된다고 강조하였다. 극비사항이라 더 말이 없었고 묻지도 않았다. 그러나 정보장교인 그는 드디어 내일 04시에 남조선 해방을 위한 전쟁이 시작되는 것을 알았다.

부대 내 숙소에서 깊은 잠을 못 자고 새벽을 기다린 허 진은 막사를 나와 04시에 남쪽 하늘로 신호탄을 쏘았다. 완전무장을 하고 비상대기상태였던 인민군이 즉시 남쪽을 향해 진격을 시작하였다. 김일성으로부터 다른 명령을 받지 못한 허 진은 진격해가는 최1선 공격부대와 함께 남쪽으로 향하였다.

그 날 그 시간, 최전방의 한국군 병영은 거의 비어 있었다. 비상경계령이 해제되어 어제 오후부터 외출외박으로 많은 장병들이 병영을 빠져 나갔기 때문이다. 전쟁이 시작되었는데 한국군은 무방비 상태였다.

인민군은 탱크부대를 앞세우고 국도를 따라 빠른 행군속도로 전진하였다. 한국군은 전쟁을 전혀 예상하지 못한데다가 탱크 한 대 없는, 그야말로 전투능력이 북한 인민군에 비하면 사실상의 비무장 상태나 마찬가지였다. 해주에서 38선을 넘어 개성을 거쳐 서울을 점령하기까지 단지 3일이 걸렸다는 사실만으로도 전투력 없는 한국군이었음은 명백하다.

6.25당시 허 진의 계급은 인민군 상좌였거나 중좌였다고 기억된다(지금으로부터 28년 전에 들은 이야기여서 기억이 분명치 않다. 상좌는 우리 군인 계급으로 대령, 중좌는 중령이다).

인민군은 그야말로 파죽지세로 진격하였다. 전광석화 같은 서울 점령은 인민군의 사기를 치솟게 하였다. 개전 사흘 만에 남조선 통일의 확신으로 사기충천한 인민군은 한강을 건너 빠른 속도로 경기 남부와 충청도와 전라도와 경상도로 전선을 확대해 갔다.

명동성당의 인민군 정보부

정보장교 허 진은 서울 명동성당을 본부로 삼고 정보활동을 전개하였다. 미처 피란을 떠나지 못한 공무원 등을 비롯하여 각계각층의 유력한 인사들을 조사하여 정보를 수집하였다.

그러한 과정에서 가수 등 이른바 인기 연예인 등이 발견되어 그들을 적절히 활용할 계획을 세우게 되었다. 인민군 위문단을 만드는 것이었다. 처음엔 몇 안 되는 연예인이었으나 그들이 제공하는 정보로 상당수의 연예인들로 위문공연단을 만드는 것은 별로 어렵지 않았다. 미처 피란길에 오르지 못한 연예인들은 적군이 점령한 도시에서 점령군의 요구를 거부할 수 없었다.

허 진은 정보활동과 인민군위문공연단의 활동을 지원하는 등 그 무더운 여름의 서울생활이 한가롭지 않았다. 그러나 불과 3개월 만에 그는 서울을 떠나 북으로 돌아가야 했다.

한 많은 미아리고개

제2차 세계대전의 노르망디 상륙작전과 함께 세계 전쟁사에 빛나는 더글러스 맥아더 UN군 사령관이 지휘하는 한국군과 유엔군의 인천상륙작전 성공으로 한반도의 전세가 역전되었다. 작전이 성공할 확률은 5000분의 1로 예측되었다. 사실상 불가능한 상륙작전이었다.

하나님이 도우신 기적의 인천상륙작전에 성공하자 부산, 마산 등 한국 최남단 일부만 남겨놓고 낙동강 전선까지 진격했던 인민군의 허리가 끊겼다. 파죽지세로 서울로 밀려들어오는 UN군과 한국군에 의해 인민군은 썰물 빠지듯 북으로 북으로 후퇴하게 되었다.

허 진은 서울에서 확보한 공무원 등 각계각층의 많은 사람들을 북으로 납치해 갔다. 2003년 월간조선사 발행의 〈6.25납북자-6.25사변 피랍자 명부〉에는 82,959명(전2권)의 이름이 있다(참고/전국의 6.25피살자 59,994명의 명단이 기록된 책은 2003년에 동일 출판사에서 발간되었다).

6.25 이후 우리나라의 유행가 중 하나로 많이 불려진 '한 많은 미아리 고개'는 그때 후퇴하는 인민군에게 잡혀 서울 북부의 미아리 고개를 넘어가는 장면을 노래한 애절한 히트곡이었다. 주로 서울에서 체포된 공무원 등 유력인사들과 인민군 위문단 구성원이었던 연예인들이 허 진에 의해 납북되었다. 그들 중 다수는 강제로, 위문단 연예인 중 소수는 자진월북으로 미아리 고개를 넘어 북으로 갔다고 허 진은 말하였다.

허 진은, 시기는 알지 못하지만 김일성 시절에 일찍이 북한을 떠나 소련으로 망명한 사람이다. 모스크바에 거주하면서 소비에트연방이 붕괴된 후 러시아의 한인회를 결성하였고, 한글판 신문을 발행하는 등 활발하게 사회 활동을 한, 러시아 한인사회의 저명인사다.

1992년 연말의 만찬을 함께한 허 진을 다음 해 2월에 문인들과 함께 러시아 문학기행을 갔다가 모스크바 공항에서 만났다. 우리 일행 중 서울의 만찬장에 함께했던 소설가 김승옥과 나만 그를 아는 터였다. 그 후의 소식은 모른다.

2. 개성 성남병원의 간호사 오금손(吳錦孫)

개성이 지금은 휴전선 이북이지만 6.25가 일어나기 전에는 38선 남쪽, 대한민국이었다. 북한의 해주와 남한의 개성은 38선을 사이에 둔 도시였다. 충분히 공격준비를 해둔 해주의 인민군은 6월 25일 04시에 무방비상태로 깊이 잠들어 있는 개성에 탱크를 앞세우고 진입하였다. 북한의 옹진반도에는 인민군 제6사단 14연대와 제3경비여단이 국군 제17연대 경계진지로 공격해 들어왔다. 오금순 간호사가 근무하던 개성에는 인민군 제1사단과 제6사단이 한국군 제1사단 13연대를 공격해 왔다.

해주를 출발한 인민군 공격부대는 순식간에 개성에 들이닥쳤고, 개성은 아비규환이었다. 1950년 3월에 개성의 간호전문학교를 졸업하고 성남병원 간호사가 된 오금손은 병실에서 환자를 돌보다가 인민군의 총에 죽을 뻔한 위기를 겪고 급히 후퇴하는 한국군 부대를 따라갔다. 부상병이 실려 오면 간호사로서 응급처치를 하는 등 사실상의 육군간호병이 된 셈이다. 민간인 간호사였던 오금손은 그렇게 군부대 간호사로 전쟁을 하는 동안 전선을 떠나지 못하였다. 그런 동기로 현지입대 간호장교로 신분이 바뀌었다(현지입대란 전쟁 중에 입대절차도 없고 훈련도 받지 못한 채 군인 신분이 된 경우의 군번 없는 군인 신분이다).

군번 없는 간호장교 오금손은 3년의 전쟁이 끝날 때까지 최전선 야전군에 속하여 부상병들을 치료하다가 적군에게 포로로 잡히기도 하였고, 진격해 오는 국군을 향해 탈출하다가 포탄의 파편을 맞아 큰 부상을 당하기도 하였다. 훗날 그때의 상처로 결혼과 출산을 할 수 없는 몸이 되었다. 상이용사 2급 갑의 판정을 받았다.

개성의 병원에서 갑자기 들이닥친 인민군에게 죽을 위기를 넘긴 오금손은 1950년 6월 25일 미명에 맨 먼저 인민군의 침공을 경험한 최전방 증인이다. 그는 훗날 KBS TV에 출현하여 그 경험을 낱낱이 증언하였으며, 나는 그분의 인생경험을 듣고 책을 써 주었다(규장문화사 발행 〈파로호〉 1985년 오금손). 1962년에도 〈피로 물든 파로호〉라는 제목으로 육군본부에서 오금손의 전쟁수기를 발간하였다.

오금순 여사는 중국 상해 임시정부의 독립군 제3지대 대원 시절에 8.15해방을 맞아 귀국한 후 6.25에 참전하였고, 현지입대 간호장교로 3년을 최전선에서 부상자들을 돌보다가 대위로 제대한 후 호국강사로 한 평생 헌신하였다.

3. 나는 열 살 때 전쟁피해자가 되었다

1950년 6월 25일 일요일. 우리 가족은 다급하게 피란길에 올랐다. 뒤에서 인민군의 대포소리가 들려왔고, 천둥번개와 함께 폭우가 쏟아져 내렸고, 잔뜩 등짐을 진 피란민들은 겁먹은 얼굴로 허둥거리는, 그래서 마음은 몹시 급하였고 두려움은 증폭되었다. 그 혼란스러운 와중에 75세였던, 이승만 대통령과 동갑으로 당시로서는 무척이나 장수하신 나의 할아버지가 실종되었다. 나는 이렇게 전쟁의 첫날을 맞이하였다.

나의 연로하신 할아버지는 가족을 잃고 헤매다가 더 이상 걸을 수가 없어 친구의 집을 찾아갔으나 이미 피란을 떠나 텅 빈 집이었다. 노인 홀로 점심과 저녁과 다음 날 아침까지 세 끼를 내리 굶고 다음 날 아침 북쪽을 향해 집으로 돌아오셨다. 얼마나 길고 긴, 두렵고 떨리는, 긴장과 염려의 하룻밤이었을까.

피란길에 올라 있는 우리 가족은 적군의 진로를 지연시키려고 폭파한 천호동의 광나루 다리가 없어져 강변에서 지체하다가 어렵게 작은 배를 교섭해서 강을 건넜다. 그러나 다음 날 아침 남쪽을 향해 길에 나서자마자 벌써 강을 건너 온 인민군을 만났고, 겁먹은 우리에게 그 낯설고 두려운 인민군이 명령하였다.

"동무들, 집으로 돌아가라우."

두려워서 즉시 발길을 돌렸다. 우리가 집에 도착한 것은 피란길에 올랐던 날로부터 며칠 후였는데, 정확하게 기억나지 않는다. 작은 낚싯배를 빌려 강을 다시 건너는데 많은 시간이 소요되었고, 우리 남매들이 어려서 다리가 아프고 더위에 시달려 행보가 무척 느렸기 때문이다.

그 짧은 시간에 마을 분위기가 변해 있었다. 피란을 못 간 청년 몇몇이 점령군에 붙어 거들먹거리며 횡행하였다. 살판 난 듯 설쳐대면서 미처 피란가지 못하고 숨어 지내던 경찰 가족을 찾아냈고, 공포에 질린 그들은 나의 할아버지와 함께 인민재판을 받았다. 할아버지의 죄는 경제적으로 잘 사는 죄, 이른바 가진 자라는 이유(부르주아)였으며, 그날로 경찰가족과 함께 총살하였다. 너무 끔찍한 예측불허의

돌발 사태에 아버지는 넋을 잃으셨고, 엄마와 우리 어린 남매들 모두는 슬픔과 두려움에 휩싸여 벌벌 떨었다. 할아버지는 마을에서도 존경받는 어른이었다.

그 시절, 나의 집은 확실히 부자였다. 내가 태어나던 6개월쯤 전에 찍은 가족사진의 두 누나와 형과 엄마는 공단두루마기에 검정 구두를 신은 모습이다. 1941년 초의 사진이다. 유일하게 그 가족사진 한 장이 지금도 내게 있다. 겨울이면 아버지는 사냥총을 메고 사냥을 다녔다. 우리 마을에서 사냥총을 가진 사람은 나의 아버지뿐이었다.

그 해 겨울, 중공군의 북한군 지원으로 강추위 속에서 또다시 피란을 떠났다. 1951년 1월 4일의 작전상 후퇴명령으로 떠나는 피란이어서 1.4후퇴라고 한다. 우리는 여러 날에 걸쳐 남쪽을 향해 정처 없이 걸었다. 피란민 대열은 끝없이 이어졌다. 그 추운 겨울의 정처 없는 피란길은 죽고 싶을 만큼 힘든 고생이었다. 우리는 충청도 진천의 철길이 앞을 지나는 어느 작은 시골 마을에 주저앉았다.

작은 마을의 피란 떠난 빈 농가에 머물던 우리는 5월에 집으로 돌아왔다. 그러나 마을 중심권 도로변에 있던 우리 집은 폭격으로 불타서 흔적조차 사라졌고, 하나뿐인 형은 전선으로 떠난 후 실종되었으며, 몇 년 후에 어머니가 돌아가셨다. 내가 중학교 3학년이 된 봄이었다.

모든 것이 무너져 내린 아버지는 허망하여 주저앉았고, 그 후 5년 만에 돌아가셨다. 우리 가정은 이렇게 몰락하였다.

할아버지의 부동산 등기 등 재산관련 구체적 내용을 아버지는 알지 못하였다. 아버지는 할아버지가 총살당하신 후 온전한 정신이 아니었다. 우리 집이 폭탄 맞아 사라졌으니 아버지는 빈손이었다. 아버지가 알고 있던 우리 땅의 지극히 일부만 헐값에 팔았다. 전쟁 통에 급하게 파니까 헐값이었다. 그 돈으로 근근이 살다가 아버지마저 돌아가시니 속수무책의 우리 남매들 앞에는 고생문만 활짝 열렸다.

내 나이 30대가 되어서야 할아버지의 부동산을 찾기 시작하였다. 결과는, 오래 전부터 몇 차례 소유권 이전등기가 되어 있는 것이었다. 모두 합법적인 절차에 따라 이전되고 또 이전되었다. 소송을 해도 소유권을 되찾는 게 법적으로 가능하지 않았다. 전쟁과 긴 무관심과 무지의 소치다.

전쟁은 인간이 저지르는 명분 있는 가장 끔찍한 죄악이다.

그게 인민군인 줄도 모르고

신 건 자

「시와 의식」 등단, 수필집:『미루나무가 서 있는 풍경』, 『그곳에서 꽃밭을』, 『겨울 숲』외. 동화집: 『만세 정전은 끝났다』외, 한국문협, 한국크리스천문협, 한국수필문학가협 회원. 아동문예작가회회장. 한정동아동문학상.

눈이 하얗게 쌓인 수리산에 또 눈이 내린다. 벌거벗은 나무들은 희끗거리는 눈발 속에 언 채로 서 있다. 그 모습을 보니 문득 그날이 떠오른다.

70십년 전, 내가 초등학교 삼학년 때 6.25전쟁이 났다. 얼떨결의 상황에 미처 피란을 못 간 우리 가족은 육군 장교 삼촌을 둔 덕분에 공산당원들에게 시달림을 받았다. 특히 아버지와 큰오빠가 그랬다. 큰오빠는 의용군으로 끌려가다 구사일생으로 도망쳐 수봉산 계곡 바위굴로 숨어들어 한여름을 죽은 듯이 살았다. 들키면 총살될까 봐 간을 조이며 초죽음이 된 상태로 석 달을 지낸 구월 하순경 한밤중, 느닷없이 하늘 높이에서 조명탄이 터지며 산야를 환히 비추었다.

처음 보는 구경거리에 어린 나는 손뼉을 치며 좋아했다. 그러나 잠시 후 마을 뒤를 에워싼 수봉산 너머 서해에서 어른 키만 한 대포알이 포물선을 그리며 '쓩~ 꽈당!' 굉음과 함께 넘어와 마을 앞 경인도로로 떨어졌다. 순식간에 길이 한 길 넘게 파이고, 아랫마을 집이 부서지고, 사람이 죽고……. 놀란 나는 엄마 손에 이끌려 오빠가 숨어 있는 수봉산 계곡 바위 곁으로 가 귀를 막고 엎드려 밤새 오들오들 떨었다.

어둠이 채 가시지도 않은 여명 속, 빗발치는 포탄을 피해 주안 염전 둑을 타고 도망치던 공산군들 모습이 조명탄 빛을 받고 실루엣처럼 투영되는 걸 보면서, 어린 나는 서로 다른 이념이 빚어 낸 전쟁의 무서움을 실감하고 몸을 떨었다.

아침햇살이 밝게 퍼지자 수봉산 등성이로 맥아더 장군이 이끌고 온 유엔군이 넘어왔다. 유엔군 총대에 꽂힌 태극기를 보고 석 달 동안 바위굴 속에서 송장처럼 지낸 오빠가 뛰쳐나오며 목이 터져라 만세를 외쳤다. 눈물겹던 그날, 그 장면이 가슴을 친다.

며칠 후 유엔군은 9.28수복이란 역사의 날을 만들고 빼앗긴 땅을 다시 찾으며 북진을 계속했다. '드디어 전쟁이 끝나는구나.' 싶어 한숨을 돌리던 1월, 또다시 공산군은 중공군을 대동하고 물밀듯 쳐내려와 우리 군으로 하여금 1.4후퇴라는 오명을 남기고 후퇴케 했다.

달구지를 끌고 오는 공산군을 보고 6.25때 피란을 못 가 곤혹을 치렀던 우리 가족은 허둥지둥 수리산 자락에 있는 외삼촌댁으로 피란을 갔다.

외삼촌댁에서 맘 놓고 피란생활을 하던 며칠 후 저녁 무렵이었다. 그날도 오늘처럼 수리산에 눈이 쌓이고 칼바람이 매섭게 몰아쳤다. 가족들은 방에서 화롯불 가에 둘러앉아 도란거리고 나만 밖에 나와 눈사람을 만들고 있었다.

그때 낯선 인민군이 불쑥 나타나 말도 없이 부엌으로 들어갔다. 나는 겁 없이 그 뒤를 따라 부엌으로 들어가 보았다. 그 뒤에 선 나를 아랑곳하지 않은 인민군은 부엌 구석에 쌓인 솔가지를 아궁이에 넣고 불을 지폈다. 불이 활활 타오르자 인민군은 어깨에 멘 따발총과 탄알이 주르르 박힌 허리띠를 벗어 옆에 놓고 아궁이 앞에 앉아 언 신발과 옷을 말렸다.

탄알 띠에 호기심이 간 나는 인민군 옆에 쪼그리고 다가앉으며 탄알 띠에 손을 댔다. 그 순간

"안 돼! 위험해!"

인민군이 다부지게 소리치며 나를 보았다. 그러나 목소리와 달리 나를 바라보는 눈빛은 큰오빠의 눈빛처럼 따뜻해 보였다. 나는 무안했던 맘이 풀려 그에게 물었다.

"아저씨는 어디서 왔어요?"

인민군은 대답 대신 빙긋 웃으며 손가락으로 내 머리를 톡톡 쳤다. 그러더니 따뜻이 말린 신발을 신고 따발총과 탄알 띠를 차고 밖으로 나갔다. 나도 그 뒤를 따라 나가 보았다. 발 빠른 인민군은 벌써 먼발치의 마을 어귀에 서서 손을 높이 흔들어 보이곤 눈발이 흩날리는 수리산 속으로 달려갔다. 나는 그의 뒷모습이 안 보일 때까지 지켜보았다.

며칠이 지났다. 미군 전투기가 수리산 전역을 폭격했다. 수리산 나무들이 뿌리째 뽑혀 솟구치고 산 속에 주둔한 중공군과 인민군들이

전멸했다고 사람들이 수군댔다. 하지만 나는 그 인민군만은 살아 있길 바랐다.

칠십 평생을 스치고 간 숱한 날들! 그 한 날, 한 날은 나름대로의 의미를 담고 있다. 그 많은 날들 중 오늘처럼 수리산에 눈이 하얗게 쌓이는 날엔 어김없이 그날이 떠오른다. 그날 눈발 속을 달려가던 그 인민군은 지금까지 살아 있을까?

나는 지난 그날을 되새기며 다가올 또 다른 그날을 기다린다. 갈라진 동족간의 이념이 하나로 뭉쳐 통일을 이루는 날이다. 그날이 오면, 팔십 세가 넘었을 그 인민군을 만날 수 있을까? 만나면 반갑게 손을 잡고 그때 그날을 이야기하리라.

6.25의 끝자락

남 춘 길

「문학나무」 등단, 수필집 『어머니 그림자』, 범하문학상 수상, 정신여중고 총동창회장 역임, 한국문협 회원, 서울시 청소년 선도위원, 순국선열 김마리아기념 사업회 이사, 남포 교회 권사

꿈은 과거와 현재를 이어주는 징검다리일까.

오래 전 시간으로 돌아가 생생하게 그 시절을 되살려내는 건 꿈속에서만 가능한 일일 것이다. 수십 년의 시공을 넘어 전에 겪은 무서운 일들이 무의식 세계 속에서 일깨우는 꿈의 세계는 어려서부터 지금까지 풀리지 않는 수수께끼다.

어젯밤 나는 열 살로 돌아가 피란 가는 꿈을 꾸었다.

단잠을 자고 평소처럼 일어난 6월 25일 아침, 라디오에서 학생들은 등교하지 말고 집에서 대기하라는 방송이 나왔다. 그 방송이 나오고 갑자기 어수선한 가운데 흉흉한 소문이 돌았다. 이북에서 공산당이 쳐들어 왔으니 피란을 가야 한다는 것이었다.

집에서 두려움에 떨고 있던 우리 가족들 앞에 붉은 완장을 찬 사람들이 불쑥 나타나 '아버지가 어디 있느냐'고 윽박지르기에 모른다고 하자 대신 엄마를 붙잡아 갔다.

갑자기 우리만 남은 어린것들이 피란을 간다는 것은 불가능한 일이었다. 그때 마침 우리들을 할머니가 시골집으로 데리고 가겠다고 오셨다.

그렇게 하여 우리는 서울을 떠나 피란길에 올랐다. 경기도 양주에 있는 시골집으로 가기로 했다. 거기까지 가기 위해서는 상계동 고갯길을 넘어 수락산까지 가야 했다. 그 길이 의정부 쪽으로 가는 길이었던 것 같다. 그때 이미 멀리서 포성이 들려왔고 하늘에는 B29폭격기가 무서운 굉음을 내며 날고 있었다.

언니가 13살 동생이 7살, 나는 10살이었다. 할머니는 비행기가 지나갈 때마다 우리들을 감싸 안고 수시로 두 손을 모으고 '어린것들 무사하게 하소서' 하고 빌고 빌었다. 인적이 드문 산속 고갯길에는 산딸기가 빨갛게 가지마다 주렁주렁 달려 있었다. 우리들은 시골 사정을 모르기 때문에 그것이 무엇인지 잘 몰랐다. 그런데 할머니가 빨간 딸기를 한 움큼 따다가 먹으라고 했다. 말랑말랑하고 빨갛고 예쁜 딸기를 입에 물었을 때 그 상큼하고 단 맛은 말로 할 수 없는 꿀맛이었다. 그렇게 달고 맛있는 나무열매가 세상에 있다는 것이 너무너무 신기했다. 그때 먹어본 딸기 맛은 지금도 잊을 수가 없고 언제나 피란 가는 꿈을 꿀 때면 그 산딸기가 보인다.

얼마 후 끌려갔던 엄마는 무사히 돌아오셨다. 붉은 집단의 높은 간부 한 사람이 옛날 아버지께 은혜를 입은 사람이 있어서 불이익을 당하지 않고 압수당했던 물품도 찾을 수 있었다고 했다.

엄마마저 잃을지도 모른다는 불안감에 가슴 조이던 우리 형제들은 엄마가 무사히 돌아온 것만으로 배고픔과 두렵던 전쟁 중의 날들을 견디어낼 수가 있었다. 번뜻하면 방공호 속으로 숨어들던 여름을 보내고 9.28수복의 기쁜 날을 맞았다.

1950년, 수복 후 늦가을이었다. 전쟁이 끝나고 평화가 완전히 온 것은 아니지만 여행이 가능하던 때였다. 외할아버지의 생신 즈음인 11월 중순이었다. 엄마는 나를 데리고 외가 나들이를 하셨다. 여행증을 거주지 면사무소에서 발급받아야만 여행이 가능하던 시절이었다.

교통수단이 전혀 없어서 걸어가야만 했다. 산을 넘고 내를 건너 하루 종일 걸려 저녁 어둑어둑할 때 외가에 도착하였다. 내가 피란 가 있던 시골집은 경기도 양주였고 외가는 가평이었다.

외할아버지께서는 사랑채에 계셨다.

"아이구, 내 새끼!"

엄마가 절을 올리기도 전에 외할아버지는 나부터 끌어안으셨다. 할아버지의 목소리와 눈빛에는 아버지를 잃고 전쟁 중에 살아남은 외손녀에 대한 사랑과 애처로움이 가득했다. 수염은 까끌까끌 따가웠다. 그렇지만 할아버지의 품은 넓고도 따뜻했다.

무뚝뚝하신 친가의 할아버지와는 전혀 다르게 느낄 만큼 외할아버지는 자상하고 따듯했다.

외삼촌 내외분과 외사촌들도 반갑게 맞아주고 모두 친절하였다. 준비한 저녁상에는 갈비구이와 맛깔스러운 찬들이 올라왔다. 정말 오랜만에 먹어보는 진수성찬은 황홀하였다. 외가의 형편이나 분위기가 우리 시골집과는 완연히 차이가 났다. 6.25전쟁 전 우리 집이 여유 있을 때는 외가가 그리 풍요롭게 느껴지지 않았었는데 어린 나이에도 환경 따라 변한 내 안목과 처지가 서글펐다. 저녁식사가 끝난 후 사촌들과 즐거운 놀이가 한창 무르익었을 때 멀리서 총성이 들려왔다. 밖이 소란스러워지고 어른들의 표정이 어두워졌다. 늦가을 11월 밤은 차갑고 싸늘하였다.

검은색 털 코트로 외출 준비를 하신 할아버지께서 엄마에게 말씀하셨다.

"어린것을 데리고 길을 떠나 왔는데 어쩌면 좋으냐. 빨치산 놈들이 또 일을 꾸민 것 같다. 나는 지금 길을 떠나 피해야 한다. 너는 날이 밝는 대로 형네로 가거라(이모님댁을 말씀하시는 거였다). 거기서 일이 되어 가는 걸 보고 빨리 너희 집으로 돌아가거라."

(외할아버지께서는 나를 잠깐 감싸 안으셨다가 내게서 안쓰러운 시선을 거두셨다. 외할아버지와는 그것이 마지막이었다. 빨치산 난리는 겨우 무사히 넘기셨지만 외할아버지는 산속 피란처에서 병환을 얻어 1.4후퇴 때는 피란도 못 가셨고 휴전으로 마무리되는 것도 못 보고 돌아가셨다고 한다. 나는 지금도 외할아버지의 사랑이 가득한 눈길이 보고 싶다. 푸근하고 인자하고 덕과 사랑을 갖추셨던 외할아버님!)

할아버지가 서둘러 떠나시고 난 다음 우리는 뜬눈으로 밤을 새웠다. 아침 일찍이 엄마와 나는 이모님 댁을 찾아 비게미라는 마을로 갔다.

비게미라는 마을은 가평 중심지에서 벗어난 조용하고 잣나무가 무성한 구석진 동네였다. 어쩌면 지금은 전원주택이 들어선 휴양지가 되어 있을지도 모른다.

우리가 위험을 피해 찾아든 곳은 더 무서운 사자 굴이었다. 사람들의 생각은 다 비슷하여 비게미라면 그곳은 안전하리라 생각하고 사방에서 모여들었다. 그러자 비게미는 빨치산들의 주목을 받게 되었다.

법도 질서도 없던 때라 그들의 생각과 결정이 곧 법이었다. 밤이면 숨어 있던 빨치산들이 산에서 내려와 공산주의를 반대하는 사람들을 이 잡듯 찾아내어 무자비하게 죽였다.

한번은 쫓기고 쫓기던 사람들이 어느 집 사랑방에 빽빽이 모여 밤을 밝히고 있었다. 손바닥만 한 좁은 마을이라 달리 숨을 곳도 없었다. 수시로 총을 멘 빨치산들이 머리를 들이밀고 방안을 휘 둘러보고 한 사람씩 사람을 끌어내기 시작했다. 밖에서는 따쿵따쿵하고 총 소리가 끊임없이 들려왔다.

먼저 붙잡혀간 사람이나 방금 끌려간 사람을 쏘아 죽이는 소리였다. 가족이 끌려간 사람들은 몸부림치며 통곡을 했고 남은 사람들은 겁에 질려 아무 소리도 내지 못하였다.

엄마와 나는 아는 사람 하나 없는 타지 사람이라 불안하고도 외로웠다. 그때 나는 엄마가 만들어준 감색 멜빵바지에 곤색 세루잠바를 입고 있었다. 누가 봐도 그 지역 사람들과 구분되는 옷차림이 그들의 눈에 거슬려 끌어낼지도 모른다는 두려움으로 발발 떨었다.

길고긴 밤이 지나고 새벽이 밝았을 때 공비들은 사라지고 살아남은 사람들은 안도의 숨을 내쉬었다. 그러나 한숨도 잠시, 두 아들의 주검을 발견한 늙은 아버지가 충격을 받아 미쳐 날뛰었다. 옷을 홀랑

벗은 채 식칼을 들고 어른 아이 할 것 없이 눈에 띄는 대로 찔렀다.

그 서슬에 사람들은 끼고 다니던 보따리고 뭐고 다 팽개치고 허둥지둥 달아났다. 아수라장이 된 상황은 미친 노인을 더 자극하여 더욱 미친 듯이 날뛰었다. 아우성치며 정신없이 도망치는 사람들에 섞여 엄마와 나도 죽을힘을 다해 뛰었다. 살기 어린 식칼이 곧 등에 와 꽂힐 것만 같았다.

엄마의 손을 꼭 잡고 부들부들 떨리는 다리로도 10살이었던 나는 잘 뛰었으나 40대 중반 엄마는 잘 뛰지를 못했다.

"엄마 빨리. 엄마, 빨리 뛰어!"

시간이 얼마나 지났을까, 발광 노인이 지쳐 쓰러졌는지 조용했다. 우리 모녀는 공포의 땅을 벗어났는지 어떤지를 알 수 없었지만 엄마와 나는 무사했다. 위기의 순간에 살려는 의지는 강렬하고도 처절했다. 살아야 한다는 이성적 판단보다는 삶을 향한 무조건적인 본능이었다.

무법지대인 그곳은 경찰의 손도 미치지 못했다. 거지꼴이 된 모습으로 집에 돌아왔을 때 아무도 엄마와 나의 이야기를 믿어주지 않았다.

9.28수복 후 정부가 서울로 환도했으나 언론도 제구실을 못한 듯 신문에도 보도되지 않았다.

6.25전쟁이 발발하면서 잘살던 지배계급은 곧 반동분자로 낙인 찍혔다. 인민의 피를 빨아먹으며 잘 살던 집단이라고 무조건 가두고 죽였다. 좌익의 행패는 잔인했다. 9.28수복 후 국군이 돌아왔다. 동시

에 붉은 천하는 3개월로 끝났고 좌익에 가담했거나 협조했던 사람들은 무참하게 보복 당했다.

그 당시 양쪽 모두 이데올로그에 얼마나 충실했을까. 민주주의 · 공산주의 · 사회주의에 대한 올바른 이해가 있기나 했을까? 6.25동란으로 얼마나 많은 사람들이 희생했으며 고통 속에 살아남았는지! 나의 시댁도 6.25동란 끝 무렵 온 가족이 희생당했다. 시부모님, 조부모님까지. 남편과 시동생만 13살, 10살 어린 나이로 살아남았다.

6.25전쟁으로 배고픔과 가난을 겪으며 성장한 나의 고통은 남편에 비하면 훨씬 나은 상황이었던 것 같다. 내게는 어머니가 계셨으니까. 6.25전쟁으로 폐허가 되었던 우리의 조국은 눈부시게 발전했다. 경제대국으로, K팝, 영화, 스포츠, 의료계의 선두주자로 잘사는 나라가 되었다. 그러나 아직도 세계 유일의 분단국가로 두 동강 난 대한민국이 안타깝다.

핵을 앞세워 도무지 이해할 수 없는 만행을 저지르는 북한을 바라보는 마음은 서글픔에 앞서 분노가 차오른다.

* 비게미 : 가평군에 있는 작은 마을.

낮과 밤 사이

최 건 차

월간「한국수필」,「창조문예」등단, 수필집『진실의 입』,『산을 품다』 외, 한국문협한국수필문학가협회 이사, 수원 샘내교회 담임목사

6월이 되면 낮과 밤 사이에 운명이 바뀌었던 지역에서 겪었던 일이 회상된다. 여수와 순천의 국군 14연대가 반란군들이 되어 지역 빨치산들과 합세하여 파괴활동을 심하게 했던 지역에서 살았을 때다.

아버지는 장흥군 유치면 호적계 서기였고 큰외삼촌이 장흥읍 재판소에 다니고 있어 반동으로 몰릴 처지였다. 다행히 사촌 외가 쪽으로 빨치산 활동을 하는 이가 있어 당장은 화를 면했지만 감시를 받고 살았다.

겨울 해가 진 어느 날 빨치산들이 지서를 습격하려 들었다. 중공군들처럼 징과 꽹과리를 울리고 횃불을 돌리면서 지서를 향해 좁혀들었다. 총을 마구 쏘아대는 경찰들을 향해 '워리~워리, 검둥아, 손들고 나와라'며 조롱하다가 방호벽을 무너뜨리고 지서를 점령했다.

저들은 경찰관들을 살해하고 식량과 무기를 탈취한 후 면사무소와 학교에 불을 질러놓고 사령부가 있는 암천리로 들어갔다.

이듬해 봄 경찰토벌대의 반격으로 면 소재지가 일단 회복되었다.

하지만 우리가 사는 강동마을은 낮에는 토벌대가, 밤에는 빨치산들이 찾아들어 낮과 밤사이에 주인이 뒤바뀌는 판국이었다. 경찰들은 빨치산들의 습격을 막아내려고 방호벽을 다시 쌓기 시작했다. 돌로 튼튼하게 쌓고 밖에는 해자를 만들어 바닥에 대나무를 뾰족하게 깎아 박은 다음 외곽에 대나무 울타리를 겹으로 세우는 일에 주민들이 동원되었다.

경찰력이 미치는 곳의 주민들은 싫어도 낮이면 지서에 나가 일을 해야 했다. 그러지 않으면 빨갱이로 몰리고, 그 일을 하면 빨치산들이 밤에 내려와 반동이라고 죽이는 판국이었다. 이웃들은 빨치산을 더 두려워하여 일찌감치 산으로 피했으나 우리 집에서는 어쩔 수가 없어 형이 부역을 나가게 되었다.

꽃샘바람이 몹시 부는 날이었다. 어머니가 점심을 싸주시면서 조심해서 형한테 다녀오라고 했다. 나는 점심밥을 들고 지서로 가 형이 밥을 다 먹은 빈 그릇을 싸 들고 집으로 돌아오는 길이었다. 마을을 향해 혼자 후미진 물레방앗간 앞을 지나고 있을 때였다. 무장한 군인들이 길 양쪽으로 줄지어 내려오다가,

"야, 꼬마야, 너 지금 어디서 오는 거며 손에 든 것이 무엇이냐?" 하고 물었다. 나는 우리 형이 지서에서 일을 하는데 점심밥을 내다 주고 빈 그릇을 들고 간다고 답했다.

내 손을 붙잡은 군인이 중대장에게로 가 보고했다. 중대장은 너 사는 동네가 어디냐고 물었다. 손을 들어 우리가 사는 동네를 가리키며 "예, 저기 연기 나는 데가 우리 동넨데요"라고 하자 중대장이 동네에

불을 지르지 말라고 소리를 지르면서 나의 손을 붙들고 동네를 향하여 뛰어갔다. 빨리빨리 불을 끄라는 호령에 군인들은 철모를 벗어 헛간에 있는 오줌까지 떠다가 불을 껐다.

불을 다 끄고 난 후 중대장은 동네 사람들을 향하여,

"오늘 이 아이가 아니었으면 이 마을은 불에 다 탈 뻔했습니다. 우리는 지서에 나가 일을 하지 않는 마을을 모조리 소각해 버리라는 명령을 받고 이쪽 마을들을 모조리 태우고 있는 중입니다. 여러분은 내일부터 지서에 잘 협력하기 바랍니다."

라는 당부를 하고 떠났다.

이듬해 봄 지서가 다시 빨치산들의 수중에 들어가게 되어 여러 사람이 희생됐다. 우리 마을에는 빨치산 장흥군당 요원들과 낙동강에서 밀려온 인민군 패잔병들이 들어와 있었다. 말을 타고 다니는 인민군 군관과 그 부하들이 우리 집 안방과 건넌방을 차지하고 있어 우리 식구는 부엌방과 헛간에서 죽은 듯이 지내야 했다.

그러던 어느 날 간밤에 먼 데 있는 지서를 까부수었다며 쌀가마와 보급품을 메고 들어올 터이니 백여 명의 점심밥을 준비하라고 했다. 동네 사람들이 동구 밖 팽나무 정자 아래 큰 솥을 내다 걸고 밥을 짓고 국을 끓이기 시작했다.

나는 아버지를 따라 동구 밖 냇가로 나가 있었다. 점심때가 다 될 무렵 쌀가마를 등에 멘 민간인들과 빨치산 부대원들이 들어오기 시작했다. 냇물 건너편에서 우리 마을 쪽으로 뻗은 산등성이를 바라보고 있는데 무엇이 움직이는 것 같았다. 이상해서 다시 보니 분명히 무엇이 움직이는 것 같아 아버지께 말씀드리고 집으로 뛰어가서 그대로 알렸다. 빨치산 간부가 '이 지역은 우리의 용감무쌍한 군 기동대와 노령산부대가 경계하고 있으니 괜찮다.'며 뭘 잘 못 본 게 아니냐며 윽박질렀다.

그들의 말대로 안심하고 밥을 먹으려고 할 때 갑자기 기관총탄이 쏟아져 들어왔다. 토벌대가 은밀하게 추격해 온 것이다. 모두가 혼비백산하여 동네 뒷산 골짜기로 뛰는데 나는 앞에 있는 미끄러운 바위를 넘을 수가 없어 엎드려 있었다.

머리 위로 바위에 맞은 총탄 파편이 튀고 있는데 빨치산 한 명이 달려와 넘으려 했다. 이때다 싶어 얼른 그의 아랫도리를 붙잡고 막 넘으려는 순간 총탄이 날아왔다. 그 순간 뜨거운 피가 얼굴 위로 흐르면서 그가 내 위로 푹 쓰러지는 것이었다. 나는 잠깐 정신을 잃었다. 그리고 정신을 차렸을 때는 사방이 어두워지고 빨치산은 보이지 않았다. 혼자서 동네로 돌아오다가 머리에 총탄을 맞아 처참하게 죽어 있는 이웃집 아주머니를 보았다.

그때로부터 군경토벌대가 증강되어 연일 대대적인 소탕작전이 펼쳐졌다. 빨치산들은 전열을 가다듬지 못하고 괴멸되기 시작했다. 그 틈에 우리 가족은 위험한 고비를 몇 차례 더 넘기면서 후방으로 빠져나왔다.

엉골 깊은 곳에 숨어 있다가 52년 봄 토벌대를 만나 자유를 찾게 되었다. 이후 피란민수용소 생활을 하면서 토벌대를 따라다니다가 역병에 걸렸다. 환자들은 멀리 떨어진 냇가로 격리되었다. 가족과 떨어져서 죽으면 전염을 막기 위해 시신을 움막 째로 불태워버린다는 것이다.

밤중에 아버지가 몰래 찾아와 나를 업고 빈재를 넘어 부산면 용두리 외갓집으로 피했다. 외갓집 식구들은 더 안전한 장흥읍내로 피란을 가고 없었다. 누나와 동생까지 셋이서 앓아눕게 되었다. 땀을 쭉 흘려야 살아난다고 해서 방을 뜨겁게 한 후 솜이불을 덮고 땀을 쭉 흘리기를 두어 번 한 후에 살아났다.

내 삶을 깨우쳐준 하나님의 종소리

신 성 종

「창조문예」 등단, 시집 『바람이어라』 외 5권, 연세대학교 졸업, 미국 Temple University에서 철학박사, 한국문인협회 회원, 명지대 교수, 총신대학 대학원장, 대전중앙교회, 충현교회, 현) 순회선교사

내가 수안보 초등학교를 졸업한 것은 1950년 2월이었다.

시골에서 공부한 나는 아버지의 간절한 소원인 서울에서 공부하기 위해 무조건 서울로 떠났다. 당시 아버지는 서울서 장사를 하고 있는 큰 외삼촌의 도움을 받아 작은 가게를 얻어 '충북상회(忠北商會)'란 이름으로 방산시장에서 양말가게를 시작하였다.

시골에 있는 논과 밭을 팔아 서울에 겨우 방 한 칸짜리를 얻어 여동생(신경자)과 남동생(신광종)과 함께 좁은 집에서 살았지만 시골서 살다가 서울에 온 것만으로도 나는 큰 성공이라고 생각하고 살았다. 시골서도 초등학교의 공부를 중간 이하를 했던 나는 일차시험에서 떨어지고 이차인 균명중학교에 입학했다.

중학교에 오니 영어란 새로운 언어를 공부하는 것이 너무 기뻐 열심히 공부를 했다. A.B.C.D.E……. 하면서 한참 신나게 배우던 때 갑자기 6.25가 일어난 것이다. 당시 국군은 M1과 칼빈총, 그리고 기관총과 박격포와 연습용 비행기가 전부였다.

북한이 쳐들어올까 봐 염려돼서 미국이 제2차 세계대전 때에 사용했던 무기와 몇 편의 연습용 비행기를 이승만한테 준 것이 전부였다.

그러나 전쟁이 일어나자 이승만 대통령은 며칠 안으로 백두산에 태극기를 꽂을 테니 염려 말고 생업에만 종사하라는 방송이 고작이었다. 나중에 안 일이지만 이 방송은 이승만 대통령이 수원으로 피란가기 전에 녹음한 것이었다. 인민군이 서울에 들어온 뒤에도 똑같은 방송이 계속 나왔다.

북한 김일성은 러시아의 스탈린이 도와준다는 허락을 받고 많은 무기, 그 중에서도 많은 기관총과 소총과 비행기를 얻어왔고, 모택동에게서는 더 많은 도움과 도와준다는 약속까지 받았다. 북한의 김일성은 스탈린과 모택동을 통해서 많은 도움을 약속받고 아무 준비도 없는 남한을 향해 6월 25일(일요일) 새벽 4시에 242대의 전차를 앞세워 38선을 넘어왔다.

6월 25일 한낮에 서울 하늘 위로 북한 비행기가 날아다니는 것을 나는 보았다. 폭격하기 전이었으므로 비행기가 날아다니는 것을 처음본 나는 재미있어서 신나게 구경을 했다. 당시 우리 집에는 라디오(아주 귀한 때였다)가 있어서 아버지는 그 방송을 유심히 듣고 여러 소식을 이웃 사람들에게 알려주었다.

그러나 알려주는 장면을 경찰이 목격하고 다음날 경찰서로 나오라고 통보했다. 혹 북한의 비밀첩보원이 아닌가 하고 의심했던 모양이다. 사흘이 되던 날 북한의 탱크가 서울 이곳저곳을 헤집고 다닐 때 아이들은 무슨 구경이나 하듯이 밖에 줄지어 나와서 보았다. 여기저기서 만세 부르는 사람들의 손에는 인공기가 들려 있었고 소매에 붉은 완장을 차고 인민군을 환영하고 있었다.

이때 우리는 한강을 건너 고향인 수안보로 떠나려고 했으나 한강다리는 국군이 후퇴하면서 북한의 전진을 더디게 하려고 이미 무너뜨린 뒤였기 때문에 갈 수가 없었다. 몇 달이 지난 뒤에 고향으로 갔다. 아무것도 없이 친척들이 산다는 이유만으로 간 것이다.

이때 우리 생활은 동물과 같았다. 뭐 장사라고 할 것이 없나 해서 충주로 갔다. 산에서 솔잎을 따서 밥 대신 먹었고 개울에 가서는 쑥을 뜯어다 방앗간에서 겨를 얻어다 개떡을 해 먹고 양조장에 가서는 술지게미를 얻어다 사카린을 넣어 먹었다. 재수 좋은 날은 꽁보리밥을 먹는 것이 고작이었다. 그렇게 여름을 보낸 가을 미군이 참전하면서 서울은 회복되었다.

그러나 우리 가족은 서울로 갈 수가 없어 충주에 눌러 살았다. 우리 남매들은 양키 물건을 사서 어깨에 메고 다니면서 다방이나 버스 정거장을 돌며 장사를 했다. 그때 양키 물건은 껌과 초콜릿, 담배가 가장 잘 팔렸다. 저녁때 돌아와서 계산해 보면 여동생이 가장 많이 팔았다. 사람들에게 더 귀여움을 받았기 때문일 것이다.

나중에는 길가에서 보자기를 깔고 양키 물건을 벌여놓고 팔았다. 가끔 단속 경찰이 물건을 압수하기도 했기 때문에 동생들 중 한 사람은 언제나 망을 보았다. 그렇게 사는 동안 3년 1개월 만에 휴전하여 싸움이 끝났다. 나는 충주에 누구나 들어갈 수 있는 충주농업기술학교에 입학했다. 시험도 서류도 없이 원하는 사람은 누구나 다닐 수 있는 무인가 학교였다. 3년 동안 공부하고 싶었던 것을 참았기 때문에 열심히 죽자사자 공부했다. 3년 만에 졸업을 하고 검정고시를 통해서 고등학교에 입학할 수 있는 자격을 갖추었다. 가난한 집에서 고생하며 자란 나는 아무래도 기술을 배워서 취직하는 길이 최선이었다. 그러므로 한양공업고등학교에 입학했다.

사실 내가 정식으로 공부했다면 공업고등학교에 들어가지 않고 일반 고등학교에 들어갔을 것이다. 그러나 내게는 대가족(동생들이 5명)에 부모까지 있었기 때문에 취직을 하는 것이 급선무였다. 그러나 나의 운명이 변한 것은 바로 한양공업고등학교에 입학한 후였다. 여기서 김선운 선생님을 만나 전도를 받게 된 것이다. 그 선생님은 나와 이종윤 군(오늘날의 이종윤 목사)을 무척 사랑하셨다. 영어를 잘하려면 영어성경 중에 요한복음을 매일 한 장씩 읽고, 교과서는 배우기 전에 60번씩 읽으면 된다고 했다. 아주 쉬워 보였다. 당시 우리 영어책은 유니온(Union)이 교과서였는데 나는 매 과목을 60번씩 바를 정(正)자를 써가면서 읽었다. 매일 영어를 배우는 데 적어도 7시간 이상 걸렸다.

이렇게 하다 보니 고등학교 3학년까지 3권의 영어교과서를 거의 외웠다. 이것이 내가 영어를 잘하게 된 동기이다. 또 전국 영어 웅변대회에서 일등을 한 것도 큰 자신감을 주었다. 졸업할 때 본래는 김선운 선생님처럼 서울대학 문리대에 있는 종교학과에 들어가려고 했다. 종교학과의 주임 교수인 신사훈 박사가 오면 입학시켜 주겠다고 격려까지 해주었으나 친구의 성적이 좀 모자라서 함께 들어갈 수 있는 연세대 신학과에 무시험으로 함께 들어갔다. 지금 생각해 보면 연세대 신학과를 들어간 것이 나에게는 큰 축복이었다. 보수주의적으로만 보던 나의 눈을 크게 뜨게 해주었기 때문이다.

당시 내가 다닌 교회는 충현교회였는데 충현교회는 고려파였기 때문에 지독한 보수주의적 교회였다. 여기서 나는 김창인 목사에게서 수십 년 동안 목회학과 설교학을 배우게 되었다. 그것이 나의 신앙적 뿌리이다.

6.25가 내게 준 것은 무엇인가?

가장 중요한 건 어떤 역경에서도 그것을 힘들게 생각지 않고 묵묵히 헤쳐 나가는 끈기를 배운 것이다. '나는 할 수 있다'는 자신만 가지면 처음에는 그런 능력이 없던 사람도 끝내는 해낼 수 있는 능력을 발휘할 수 있다는 자신감을 갖게 되었다. 많은 사람들이 성공하지 못하는 이유가 어디 있는가? 세상에 노력과 끈기 없이 이룰 수 있는 일은 없다. 성공케 하는 것은 힘이 아니라 끈기와 집념이다. 일을 성취케 해주기 때문이다.

나는 여기저기 다니며 밥을 구걸하면서도 한번 결심한 공부를 끝까지 했던 것이다. 그때 나는 미국에 가서 철학박사 학위를 받아 한국에서 영어를 제일 잘하는 선생이 되겠다는 것이 꿈이었다. 그래서 1990년 6.25날 여의도 광장에서 빌리그레함 박사가 100만 명이 넘는 청중에게 설교할 때에 내가 통역을 함으로 꿈을 이룬 것이다. 그 때 김장환 목사와 김준곤 목사가 추천하여 내가 통역을 했던 것이다.

둘째는 비록 중학과정이 정식 과정은 아니었지만 교장선생님이 조회 때에 말한 것이 평생의 교훈이 되었다. 그것은 19세기 일본의 개화기에 삿포로 도심에 있는 홋카이도 대학의 총장으로 있던 윌리엄 스미스 클라크(William Smith Clark)가 일본을 떠나면서 남긴 말이다. "소년들이여, 야망을 가지라."는 말이다.

이 말은 "Boys, be ambitious."란 말로 알려져 있으나 사실은 그 뒤에 "in Jesus Christ."라는 말이 있었다고 한다. 그러나 일본 농과대학에서 공부한 권영찬 교장선생님은 불신자여서 그런지 "예수 그리스도 안에서"란 그 말은 빼고 전해주었다고 한다. 클라크의 말은 일본의 많은 사람들에게 영향을 주어 기독교의 유명한 제자를 배출시키고 일본의 현대화에 큰 영향을 주었다. 여기서 중요한 것은 인간에게 있어서 꿈이란 것이 얼마나 중요한가이다.

모든 동물은 다 머리가 밑을 향해 있기 때문에 밑에 있는 것만 구하지만 인간은 머리가 위를 향해 있어 위의 것을 찾아야 함을 말해주는 말이다. 꿈이 없었던 나에게 고등학교에 들어간 뒤에 꿈을 찾게 해준 것을 평생 감사한다.

셋째로 6.25는 나로 하여금 예수를 믿는 동기와 기회를 만들어주었다고 믿는다. 어린 시절 나의 꿈은 고향에 초가삼간을 짓고 약간의 논과 밭을 가지고 농사지으면서 하루에 세 끼 쌀밥 먹고 매일 달걀 한 개씩 먹으며 한 달에 한 번쯤 닭고기를 먹으면 된다고 생각했던 촌뜨기 시골 소년이 박사 학위를 받고 신학교에서 5천여 명의 제자들을 키워 목회자가 되게 하고, 세계를 다니며 선교도 하고 수많은 책을 통해 제자들을 기르는 이 축복이 얼마나 감사한가? 고향에 가면 지금도 나를 보고 모두들 깜짝 놀란다. 신문과 잡지와 책에서 보았던 사람이 앞에 와 있기 때문이다. 그러고 보면 6.25의 새벽에 울린 총소리는 나밖에 모르던 꿈 없는 소년을 깨우게 만든 하나님의 종소리가 아닌가?

터진 웅덩이

이 건 숙

한국일보 신춘문예 당선, 서울대학교 독어과 졸업, 미국 빌라노바 대학원 도서관학 석사, 단편집:『팔월병』 외 7권, 장편 『사람의 딸』 외 9권, 외 다수의 수필집과 꽁트집, 들소리 문학상, 창조문예 문학상, 현:크리스천문학나무(계간 문예지) 주간

눈을 뜰 수 없을 지경으로 함박눈이 마구 쏟아진다. 우리 식구는 나를 포함해서 오빠, 남동생 둘, 외할머니, 할머니, 어머니 모두 7명이 이제 14세 난 오빠가 끌고 가는 리어카 뒤를 천천히 걸었다. 꽁꽁 얼어붙은 한강을 건넜다. 아직 단단히 얼어붙지 않은 탓으로 소가 끄는 달구지가 피란 짐을 잔뜩 실은 채 강물 속에 처박혀 있다.

우리는 혹시나 얼음이 깨져 강물 속에 빠질까 봐 조심스럽게 흩어져서 걸었다. 어찌나 피란민이 많은지 한강은 간신히 건넜으나 길은 사람들로 바늘 꽂아놓은 듯 촘촘히 박혀 있어 서너 발자국 걷고 멈춰서기 일쑤였다. 하루종일 먹지도 못하고 피란대열에 끼어 걷는 동안 어둠이 내려앉아 우리 식구는 얼어붙은 논 위에 7식구가 이불을 뒤집어쓰고 흥부의 자식들처럼 오그르르 모여앉아 서로의 온기로 몸을 덥혀 얼어 죽지 않으려고 안간힘을 썼다. 입에서 나오는 김이 제일 따뜻하다고 느꼈다. 서로의 몸으로 덥히는 것보다 이불 밑에 고인 입김이 제법 몸을 녹여주었기 때문이다. 밑에서 올라오는 한기에 몸을 웅크리고 나는 어서 멀리멀리 도망가야 된다는 생각으로 몸을 떨었다.

눈 위에 식구들이 서로 얽혀 있으면서 나는 계속 헛구역질을 참을 수가 없었다. 머리에서 지울 수 없는 그 기억 때문이다. 우리 집 근처 큰길가에 인민군이 청년 다섯 명을 꿇어 앉혀 놓고 총을 겨누었다. 살려달라고 다섯 명은 얼굴이 노래져서 죽을상을 하고 손을 싹싹 비볐다.

그들을 향해 총을 발사하자 젊은이들은 피를 튀기며 길바닥에 쓰러졌다. 지붕 위에서 떨어진 참새 새끼들처럼 발발 떠는 저들의 모습에 나는 그 자리에 펄썩 앉아 토악질을 하며 일어서지를 못했다. 두 다리에서 힘이 빠져나가 도저히 일어설 수가 없었다.

그 무서운 광경으로 인해 나는 어서 도망쳐야 한다는 생각으로 훌쩍이면서 식구들 틈에 끼어 앉아 잠을 청했다. 배가 고파 지니고 온 양식으로 밥을 지으려고 아침이 되자 땔감으로 여기저기 흩어진 초가의 이엉을 끌어모으면 그 밑에 얼어 죽은 어린아이 시체가 나왔다. 오빠와 나는 기겁을 해서 벌벌 떨었다.

평화롭던 시절 아버지는 우리나라에 처음 수입된 토마토를 심어 처음 맺은 열매를 썰어서 소금을 뿌려 강제로 먹였던 장면이 떠올랐다. 토마토 특유의 비리비리한 풋냄새 때문에 먹지를 못하는 나를 아버지는 영양이 많은 채소라고 강제로 먹였는데 하필이면 그 소금 친 토마토가 먹고 싶었다. 배가 너무 고프니 음식만 눈앞에서 어른거렸다.

우리 식구는 더 멀리 남쪽으로 가지 못하고 수원 근처의 박골이라는 산골마을에 머물렀다. 인민군이 우리보다 남쪽으로 먼저 진군하고 있어 피란민들은 모두 사방으로 흩어져버렸다. 겨울 추위를 피해 농가집의 방이라도 한 칸 얻으려 했으나 우리 차지는 헛간이었다. 아직 돌을 지나지 않은 어린 동생을 업고 있는 엄마를 딱하게 여긴 주인이 우리 식구를 피란민들로 눕지도 못하고 빼곡히 앉아 있는 방안으로 들이밀었다. 만원 버스에 밀려들어가듯 서로 살을 맞대고 앉아 혹독한 추위의 겨울밤을 보내는 동안 제일 문제는 이가 머리고 등이고 어깨 밑으로 설설 기어 다니며 물어뜯어 모두 긁적이느라고 잠을 이루지 못했다는 점이다. 나도 가슴팍으로 설설 기는 이를 손을 넣어 잡아서 톡 터뜨리면 어찌나 피를 많이 빨아먹었는지 물컹하고 터졌다.

거기서 며칠 밤을 이렇게 보내다가 어머니는 큰 결단을 내렸다. 북상하여 수원에 있는 큰 이모집으로 가자는 것이다. 거길 가자면 수원 비행장을 거쳐야 되는데 사람들 말로는 미군의 쌕쌕이가 기관총을 마구 난사해서 절대로 갈 수 없다는 것이다. 그래도 여기서 일곱 식구가 굶어죽을 수는 없다는 어머니의 결단에 죽기를 각오하고 오빠가 끄는 리어카 뒤에 죽 늘어서서 겨울바람이 몰아치는 황량한 비행장을 가로지르기 시작했다.

흰 눈 위에 비행기에서 쏜 총알에 맞아 죽은 사람들이 널브러져 있고 흰 눈 위에 붉은 핏자국은 장밋빛보다 선명했다. 시체를 뜯어먹던 까마귀들이 우리를 보고 무서워하지도 않고 도망도 가지 않았다. 예상대로 쌕쌔기가 우리 머리 위로 낮게 날았다.

위기의 순간 곧, 다 죽을 판이었다. 어머니가 목에 두른 흰 명주 목도리를 머리 위로 높이 들어 휘둘렀다. 우리도 모두 항복한다는 뜻으로 두 손을 번쩍 들고 흔들어대자 낮게 날던 비행기가 위로 올라가더니 멀리 사라졌다. 죽음의 고비를 넘긴 것이다. 우리는 겨우 14세 된 오빠를 가장으로 의지하고 눈길을 뚫고 어머니의 지시를 따라 큰이모네로 향했다.

간신히 찾아들어간 마을은 폐허였다. 모두 불타버리고 오직 이모네 집만 덜렁 남아 있었다. 우리 식구들은 우선 추위를 피해 파편으로 구멍이 숭숭 뚫린 방안으로 기어 들어갔다. 미군 비행기가 폭격을 한 뒤에 휘발유를 뿌리고 불을 질러 벽에는 파편들이 듬성듬성 박혀 있었다. 다행히 쌀독에 쌀이 휘발유에 범벅이 된 채 남아 있어 그걸 수십 번 씻어 밥을 지어 먹었다. 휘발유 냄새로 이상한 맛이 나는 밥이지만 그래도 굶어 죽지 않으려고 식구들은 그걸 소금에 찍어 열심히 먹으면서 목숨을 부지했다.

이모네 집이 철도 옆이라 미군들이 제1진으로 서울을 수복하면서 그 철도 위를 걸어 들어오기 시작했다. 이모네 집에 있는 우물은 뚜껑을 해 닫아서 우리 식구들의 식수로 아주 중요했다. 얼굴이 검고 이상하게 생긴 미군들이 총을 겨누고 우물 뚜껑을 열고 겁에 질려 뭐라고 외치는 소리를 들으면서 나는 숨어서 지켜보며 웃음을 참느라고 킬킬거렸다.

피란 시절 나는 소쿠리를 들고 내 생애 처음으로 들판에 나가 나물을 뜯으며 세상으로 나가고 있었다. 봄이 오자 근처 밭에는 냉이, 꽃다지, 소리쟁이, 쑥, 구슬나물 등이 예쁘게 자랐다. 내가 나물을 뜯어

오면 어머니는 그걸로 죽을 끓이든지 국을 끓여 식구들의 배고픔을 달래주었다. 휘발유로 범벅이 된 쌀이 떨어지자 어머니는 양식을 구하러 막 돌 지난 막냇동생을 내게 맡기고 할머니들도 모두 양식을 구한다고 나가셨다. 동생은 내 등에서 발버둥을 치며 울어댔다. 배가 고파 우는 것이었지만 먹여 줄 것이 아무것도 없었다. 나는 어머니가 일러주신 대로 쌀 한 움큼을 솥에 넣고 불을 지폈다. 뽀얀 물이 우러나와 그걸 숟갈로 떠서 동생 입에다 넣어주어 울음을 달랬다.

피란에서 돌아온 이웃들이 모여들면서 나는 내 또래의 아이들을 따라 동생을 업고 들판으로 나갔다. 아이들의 양식은 개구리를 잡아 허리 위는 버리고 다리만 구워 먹었다. 그곳에는 개구리가 많았다. 그건 뱀이 많다는 뜻이다. 제일 나이든 아이가 앞장서서 작대기를 휘둘렀다. 그건 사람이 가니 뱀들이 피하라고 경고하는 것이라고 했다. 나는 동생을 업고 그들 맨 뒤에 서서 따라갔다. 개구리 다리를 혹시나 한두 개 얻을까 해서이다. 갑자기 아이들이 뛰어 달아나면서 일제히 외치기 시작했다.

"떼 뱀이다. 떼 뱀이야! 도망쳐라!"

나는 그게 무슨 말인지 몰라 모두 달아난 그 자리에 우뚝 서서 멈칫거렸다. 동생은 배가 고프다고 칭얼대며 뒤로 발딱발딱 넘어지며 운다. 논에 고인 물속에 뱀들이 우그르르 머리를 맞대고 수십 마리가 오글거리는 장면이 눈에 들어왔다. 나는 겁에 질려 발을 떼어놓지도 못 하고 서 버렸다. 순간 나를 이렇게 되도록 가두고 키운 부모님이 원망스러웠다.

내 별명은 얌전이고 더러는 벙어리라고 놀렸다. 태어날 적부터 몸이 작아서 병치레가 많았다고 한다. 해서 늘 울안에서 혼자 소꿉놀이를 하고 지내서 말이 없었다고 한다. 홍역을 치르면서 죽어서 윗목에 밀어놓고 할머니가 그래도 한번 해보자고 체를 받치고 얼굴에 찬물을 뿜었더니 숨을 쉬더라나.

어머니는 나를 업고 많이 울었다고 한다. 할머니 명주옷을 늘 빨고 풀을 먹여 다리고 바느질하느라고 어리고 아픈 딸을 돌볼 시간이 없어서 그게 죄스러워 죽으면 어쩌나 하고 마음을 졸였다고 한다. 지금도 어렴풋이 떠오르는 장면은 보름달이 두둥실 뜬 하늘을 이고 서서 어머니는 내게 다짐을 했다.

"꼬까옷을 지어 입히겠다고."

그리고 색동저고리에 빨간 치마 한복을 곱게 만들어 입히고 그 뒤부터 어머니는 모자랑 원피스까지 손수 만들어 나를 인형처럼 가꾸기 시작했다. 심지어 할머니가 좋아하는 막걸리를 담그면 용수처럼 생긴 체를 부글부글 끓어오르는 술독에 넣어 한 공기를 담아 밥을 말아서 먹이기도 했다. 덜 익은 술은 설탕을 치지 않아도 달콤해서 넙죽 맛있게 받아먹던 기억이 새롭다.

일본에서 대학을 나온 아버지는 나를 그 당시 부자들만 다닌다는 일본 사람이 운영하는 유치원에 넣었다. 머슴이 자전거에 태워다 내려놓고 유치원 입구에 그대로 꼼짝 않고 서 있어 기모노를 입은 일본 선생이 나를 안아다 고다쓰가 있는 방에 아이들과 둘러앉혔다. 그러나 공부를 하는 동안 나는 아이들과 선생을 쳐다보거나 놀지도 않고 고개를 푹 숙이고 있어 곤란해진 선생님은 한 달이 지나자 엄마를 불러 이렇게 말했다고 한다.

“아직 유치원에 다닐 정도가 아니니 내년쯤 집에서 더 양육하여 보내주세요. 지금 상태로는 가르칠 수가 없어요.”

“이유가 뭐라고 생각하십니까?”

“지능이, 아무래도 지능이…….”

그 말에 어머니는 울면서 나를 업고 돌아왔다고 한다. 그런 내가 전쟁이 터진 열한 살의 나이에 동생 암죽을 끓여 먹이고 그 애를 들쳐업고 키우느라고 2년을 학교에 가질 못했다. 동생이 어느 정도 크자 나는 피란국민학교 6학년에 들어갔다. 4학년 여름에 전쟁이 터져 학교를 쉬었는데 6학년으로 들어갔으니 5학년은 물론 4학년도 절반만 배우고 월반한 셈이다. 구구단이 무언지 몰라 오빠가 가르친다고 어찌나 무섭게 꿀밤을 주는지 머리를 만질 수도 없었다.

학교에 가면 머리가 하얀 할아버지 선생이 우리를 앉혀 놓고 질질 짜면서 조국을 걱정하며 울부짖는 바람에 영문도 모르고 우리도 따라 서럽게 울었다. 겨우 벽만 남은 건물에 유리창은 다 깨지고 겨울바람이 펑펑 쏟아져 들어오던 교실, 바닥엔 가마니를 깔고 양반다리를 하고 책도 없이 선생님이 입으로만 가르쳤다.

나중에 이름을 날린 이홍렬 음악 선생님이 풍금도 없이 그냥 입으로 노래 부르고 따라 하라고 하면 종달새들처럼 입을 짝짝 벌리고 따라서 흉내를 내며 노래를 불렀다. 그러다 비행기가 뜨면 선생님은 다급하게 외쳤다.

"모두 산기슭이나 논둑 밑으로 숨어라."

우리는 모두 토끼처럼 달아나서 논둑이나 산기슭 으슥한 데 숨어서 비행기가 지나가기를 기다리다가 조용해지면 교실로 들어왔다. 그 시절 겨울은 어찌나 추웠던지! 쉬는 시간에는 남녀를 가리지 않고 모두 햇볕 쪼이는 건물 벽에 한 줄로 서서 소위 기름 짜기를 했다.

가장자리에 선 아이가 추우니까 안으로 들어오려고 힘껏 밀어붙이면 가운데 아이가 밀려서 튕겨 삐져나가 가장자리로 가서 다시 기름 짜듯 밀어내는 놀이다. 그렇게 안간힘을 쓰다 보면 몸과 몸을 비벼대서 추위도 가시고 땀이 이마 위로 송골송골 맺혔다. 그 학교에서 6학년을 마쳤다. 지금도 생생하게 기억되는 것은 여름 한더위에 허리에 찬 보자기에 싼 공책을 냇가에 놓고 팬티도 벗어 던지고 알몸이 된 여자애들끼리 냇물에 들어가 개헤엄을 치면서 놀던 장면이다. 그때 사금파리에 엄지발가락 밑을 다쳐 까치눈이 떴다고 집에 돌아와 어머니에게 지청구를 들은 적도 있다. 배가 고파 까맣게 익은 까마중이나 멍석딸기를 따먹고 입술이 까맣도록 깜부기도 따먹었다. 찔레꽃 순도 좋은 요깃거리였다. 울안에 갇혀 화초처럼 보호를 받던 내가 친구들과 어울리고 세상이 좁은 듯 돌아다니면서 자란 자유의 시절을 맞은 셈이다.

지난날들을 되돌아보면 오빠와 함께 들어간 황금정 육정 목의 사범부속초등학교는 시험을 봐서 들어가는 입학이 어려운 곳이다. 그 당시 검사였던 아버지는 오빠와 나를 그 학교에 넣고 가정교사까지 두었다. 거기서도 말없이 벙어리로 지냈다. 키는 작아서 맨 앞줄에 앉은 내게 그 당시 동시를 쓰셨던 이희복 선생님이 내 입을 열게 하려고 별짓을 다 해도 입을 꼭 다물고 말을 아꼈다.

통지표를 받아온 날 밤, 아버지와 어머니가 속삭이는 말이 아직 선잠으로 뒤척이던 내 귀에 녹음하듯 생생하게 입력되었다.

"저 애가 우등상을 타왔네요. 믿을 수가 없어요."

다급하게 내 성적표를 어머니의 손에서 낚아챈 아버지의 탄성이 내 귀에 꽂혔다.

"어머머! 우리 딸내미가 저능아인 줄 알았는데 그게 아니잖아. 유치원에서 쫓겨난 아이라 그간 당신에게 말도 못하고 속을 끓였는데……."

나는 자는 척하고 누워서 킬킬 웃음을 참았다. 아버지가 인정해줘서 신이 나서였다.

그렇게 웅덩이에 갇혀 자라난 내가 전쟁이 나니 천덕꾸러기가 되어서 터진 웅덩이에서 빠져나온 물고기처럼 논으로 밀려나와 시냇물을 따라 떠돌다가 나중에는 바다로 마구 헤엄쳐 다니게 되었다. 이상한 것은 못 먹고 고생하는 시기에 나는 무럭무럭 자라서 여자아이로는 키도 몸집도 다부지게 성장했다.

어쩌다 친척들을 만나면 모두 나를 앞에 앉혀놓고 이렇게 외쳐댄다.

"어머머! 저 애가 인형처럼 예쁘고 병약했던 그 애 아니야? 옛날 모습이 하나도 없네."

그 말을 들을 적마다 나는 씁쓸했다. 이제 예쁘지 않다는 뜻일 터이니 말이다. 아무튼 6.25전쟁은 내가 갇혔던 웅덩이가 터진 시절이다. 이 시기에 우리나라도 좁은 웅덩이에 갇혀 작은 시야를 지녔던 사람들이 모두 좁은 웅덩이를 벗어나 전 세계로 퍼져나가 바다처럼 넓은 무대 위에서 활동하는 민족이 되었으니 하나님은 전쟁을 통하여 나도 우리나라도 축복하는 계기가 되었다.

사선을 여러 번 넘은 쓰라린 추억

조 신 권

「새시대문학」 평론 등단, 저서 『존 밀턴의 문학과 사상』 외 다수. 미국 예일대학교 객원교수, 연세대학교 영어영문학과 명예교수, 총신대학교 초빙교수, 한국밀턴학회 회장 역임.

말 빼앗긴 서러움

국가적인 치욕을 잊지 않기 위하여 정한 날이 국치일이다. 중국과는 달리 우리나라에서는 1910년 8월 22일 한일합방문서(韓日合邦文書)에 조인, 동월 29일 이를 발표함으로써 일제에 강제 합방한 날이 바로 국치일이다. 참으로 분하고 수치스러운 날이라 아니 할 수 없다. 내가 태어나기 24년 전 이미 이 땅의 강토는 왜인(倭人)들의 말발굽에 유린되어 가고 있었다.

이후로부터 해방되기까지 36년간 우리나라는 주권을 빼앗긴 채 굴욕적으로 살게 된다. 한일합방이 이루어지자 왜인들은 고유한 우리 문화의 씨를 말리려고 식민지 반문화정책을 펴나갔다. 강압적으로 창씨개명을 단행하였고, 단발령을 내려 어른들의 상투를 잘라버렸으며, 한글 대신에 일본말을 쓰게 하였던 것이다. 더욱이 그들은 집집마다 '아마데라스 오미가미'라는 신을 두고 섬기게 하였으며 신사참배를 강요하였다.

해방이 되던 해 나는 소학교(초등학교) 5학년이었다. 나는 황해도 안악군 서하면 한 산골 마을에서 해방을 맞았다. 아주 어린 나이에 요즈음 내 또래의 아이들이 감히 상상도 못하는 고초를 겪고 어른 못지않은 상처를 받았다. 강압에 못 이겨 우리말 대신 일본말을 써야만 했고, 우리의 동요 대신 왜요(倭謠)를 부르지 않으면 안 되었었다.

나는 그때 말과 노래를 빼앗긴 채 '기미가요'(일본국가)나 부르고 '덴노헤이카 반자이'(천황폐하 만세)나 외치며 살았으니 무슨 꿈인들 품을 수 있었겠는가? 미래를 내다보며 꿈을 꿀 수 있는 사람은 참으로 행복한 사람이라 아니 할 수 없는데, 어린 시절 이런 꿈을 빼앗긴 채 말 못할 서러움 속에서 기를 펴지 못하고 살았다.

일제는 1937년부터 우리나라의 모든 학교에서 우리말을 가르치는 조선어 시간을 없애고, 일본말 쓰기만을 강요했다. 이 같은 우리말 말살 시책은 날이 갈수록 강화되었고, 1940년 미나미 지로(南次郎) 신임 조선총독이 부임하자 창씨개명과 함께 우리말을 완전히 쓰지 못하게 하였다. 이를 전후하여 우리말 신문인 동아일보와 조선일보도 폐간되었고, 마지막까지 우리말의 맥락을 유지하던 순수문학지 『문장』도 그 이듬해인 1941년 4월 폐간됨으로써 우리나라는 완전히 벙어리처럼 되고 말았다. 어문으로 뜻을 세우고 나가려고 하는 사람들에게 있어서 그 어문을 빼앗긴다는 것은 죽음을 의미했다. 모국어를 잃은 분노와 절망은 무엇에도 비길 수 없이 크고 깊었다. 자라나는 아이들이 우리말을 빼앗겼다고 하는 것은 돋아나는 싹을 잘라놓은 것이나 다름이 없었다.

소학교에서 일인교사들이 가르치는 일본식 교육을 받기는 했지만, 그러나 그것도 일제 말기에는 수업은 뒷전이고 날마다 각반을 차고 다니며 군사훈련을 받아야 했고, 시도 때도 없이 동원되어 관솔을 따다 바치지 않으면 안 되는 거의 노예나 다름없는 삶을 살았던 것이다. 왜인들은 고사리 같은 손으로 따서 모아온 관솔로 기름을 짜서 비행기 연료로 썼다고 한다. 유기그릇도 전부 공출로 바치지 않으면 안 되었다. 그것도 모르기는 해도 병기를 만들어 쓰는 데 이용되었을 것이다. 기껏 농사를 지어 놓으면 공출이라는 명목 아래 강제로 빼앗아 갔다. 농민들은 농사를 짓고도 굶지 않으면 안 되는 농노에 불과했다. 소기의 목적을 달성하지 못하면 집집마다 뒤져서 있는 대로 마구 가져갔다.

내가 이런 노예문화 아래서 자란 아무것도 배운 것 없는 그런 노예였다. 이때 당한 굴욕과 수모 그 아픔은 잊으려 해도 잊혀지지 않는 트라우마다. 그래도 다행스러운 것은 일찍이 기독교를 받아들여 목사가 된 아버지와 자애로운 어머니로부터 신앙을 물려받은 것이었다. 그 작은 신앙이 있었기에 견디기 어려운 강압과 탄압에도 굴하지 않고 강한 용수철처럼 미래의 꿈을 향하여 튈 수 있었던 것이다.

일본인들의 압제와 압박은 오히려 나에게 있어서는 금을 연단하여 정금을 만들어내는 풀무나 용광로 같은 것이었다.

광복의 기쁨은 곧 사라지고

1945년 8월 15일에 제2차 세계대전이 연합군의 승리로 종전되면서 다행스럽게도 우리는 일본의 압제로부터 자유해방을 얻게는 되었지만, 그 해방의 기쁨 속엔 또 다른 불행의 씨앗이 깊숙이 숨겨져 있었다. 그 불행한 씨앗이란 미군과 소련군이 그럴듯한 명분을 내세워서 남과 북으로 진주해 들어오게 된 것이다. 그들의 명분은 패전국인 일본 군대를 무장 해제시킨다는 것이었지만 사실인즉 승전국들의 국익 챙기기를 위한 야욕에서 비롯된 것에 불과했다.

25군사령관 이반 엠 치스타코푸를 앞세워 소련군은 1945년 8월 9일 한반도에 진주하였고, 그 해 9월 7일에 미군의 하지 중장이 미 제24군단을 일본의 오키나와로부터 이끌고 인천에 상륙하였으며 12일에는 아놀드 장관이 군정을 실시하였다. 그러나 분단이 현실화된 것은 1945년 12월 모스크바에서 열린 미·소·영 3개국 외상회의의 결의에 의한 것이라고 생각한다. 그들의 결의 내용은 한국의 통일독립을 위하여 5년간의 유예기간을 두고 신탁통치를 하자는 것이었다. 그들이 내세운 신탁통치의 이유는 한반도를 민주국가로 발전시키고 남북 정치인들의 정치활동을 원활하게 하는 것을 도와준다는 것이었다.

이런 모스크바 3개국 외상회의의 결의 내용을 놓고 남북에서는 신탁과 반탁, 두 갈래로 갈려서 치열하게 투쟁을 벌였다. 북한보다는 남한이 신탁통치에 더욱 강렬한 반기를 들었었다. 이북에서는 조만식 장로를 비롯한 극소수의 기독교계 인사들과 평양신학교 학생들만이 신탁 반대 운동을 벌였으나 이남에서는 신탁통치를 거국적으로 결사반대하였다.

우리 강토는 이처럼 우리들의 의사와는 전혀 상관없이 외세에 의해서 분단되었다. 그래서 우리 민족은 더욱 울분을 토로하는 것이다. 좀더 솔직하게 말하자면, 소련은 러시아의 남진정책의 일환으로 북쪽에 진주하였고, 미국은 극동정책의 일환으로 아시아와 태평양권의 세력 판도를 위한 전초기지를 구축하기 위해서 남한에 진주하게 되었던 것이다.

이북으로 소련군이 진입하였을 때, 우리 가족은 상지 마을에 살고 있었다. 이북으로 진입한 소련군은 흔히 양콥스키라고 하는 백계노인(白系老人)들과는 완전히 달랐다. 백계노인들은 대부분이 귀족 출신으로 얼굴들이 희고 교양이 있으며 점잖은 편이다. 그런데 이북으로 진입하여 들어온 소련군들은 그들과는 딴판으로 시뻘건 얼굴에 우람한 체격을 가진 인상이 아주 험상궂은 사람들이었다. 사실 그들은 대부분 시베리아 감옥에서 방금 출소한 흉악범들이었다고 한다. 주둔지에서 그들은 으레 민가를 덮쳐 시계나 재산이 될 만한 물건들을 닥치는 대로 약탈하기 일쑤였고, 집을 뒤져 아낙네들을 잡아다가 돌아가며 능욕하기도 예사였다. 그들이 소련말로 외쳐대던 '다와이'(달라)라는 말과 그 야만적인 행태는 수십 년이 지났는데도 지금까지 잊을 수가 없다.

소련군과 공산당이 잽싸게 점령한 북한 땅에 머물고 있던 일본인들은 처참하기 그지없었다. 그들은 그야말로 몸뚱이 하나, 목숨 하나 부지하여 자기 나라로 돌아갈 수 있는 것만 해도 감지덕지할 판이었다. 패물 나부랭이, 세간 하나 몸에 지니지 못한 채 밥도 먹지 못하게 하고 내쫓았다. 훗날, 월남하여 들어보니 남한 땅에서는 참으로 후한 대접을 받아가며, 가질 것 다 가지고 편안히 배 태워 보냈다는 말을 들었다. 소련군이 이북으로 들어와 김일성을 앞세워 펼친 정치노선은 공산주의였다. 공산정권이 들어서면서 근본적으로 자기들의 사상노선과는 배치되는 기독교를 박해하기 시작하였고, 그 당시 민족의 지도자격이었던 목사님들을 핍박하고 잡아 가두기 시작하였다.

당국의 체포영장이 떨어졌다는 말을 전해 듣고 아버님께서는 공산당 정권의 박해를 피하기 위하여 부랴부랴 1946년 5월경에 홀로 월남하셨다. 아버님께서 월남하신 이후 1년 동안 우리 가족은 반동분자의 가족이라는 낙인이 찍혀 말할 수 없는 고통을 당하며 겨우 목숨만 이어갔었다. 감시가 너무 심해서 교인들조차 우리를 돕고 싶어도 도울 수가 없었다. 살 길이 막막하여서, 우리는 하는 수없이 스스로 살 길을 찾지 않으면 안 되었다. 그래서 생각해 낸 것이 나무를 해서 파는 일이었다.

간신히 구한 도끼를 가지고 뒷산으로 올라가 거기서 생나무가 아닌 나무 등걸 같은 것들을 힘들게 찍어 자르거나 캐내어 장터에 내다 팔았다. 그 나무 판 돈으로 쌀을 한두 되씩 사다가 입에 풀칠이나 하면서 지냈다. 이때 소년 가장으로서 겪은 나의 고통은 당해 보지 않은 사람은 어느 누구도 알 수가 없을 것이다. 공산 치하에서 우리가 산 생활은 마치 생지옥에서 족쇄 차고 고통스럽게 사는 것과 같은 그런 끔찍스러운 형국이었다.

우리 가족은 견디다 못해 월남하기로 결심하고 꽤나 비싼 돈을 주고 구한 안내인의 인도를 받으며 해주에서 육로로 38선을 넘다가 소련군에게 붙잡혀 상스럽게 끌려가 많은 곤욕을 치르기도 하였다. 그러기를 거듭하던 끝에 네 번째 만에야 겨우 38선을 넘을 수가 있었다. 38선을 넘어 개성 접경 도시인 장단으로 들어왔을 때의 그 감회는 무엇이라고 형용할 길이 없었다.

장단 피란민 수용소에서 주는 꽁보리 주먹밥으로 며칠을 지내고 나서 절차를 밟아 개성을 거쳐 서울로 왔다. 공산당의 야만적인 횡포를 경험한 나로서는 체질적으로 공산당을 싫어하지 않을 수 없게 되었다. 특히 90에 가까운 할머니를 죽창으로 난도질해서 살해했다는 사실과 매형을 반동분자로 몰아 인민재판을 거쳐 총살시켰다고 하는 이야기를 훗날 전해들은 나는 공산당에 대해 더욱 분노하지 않을 수 없었다. 그런데도 기독교인들 가운데는 공산주의와 타협하자고 하는 사람들이 많이 있었다. 이런 기독교인들을 만날 때 심한 충격과 갈등을 느끼지 않을 수 없다.

생명의 은인, 한 이름 모를 대위에 대한 회고

1950년 3월에 나는 신흥중학교를 마치고 광주 숭일고등학교로 전학하였다. 그것은 아버지께서 전라남도 광산군 송정읍 송정교회로 목회지를 옮겼기 때문이었다. 물론 송정읍내에도 고등학교는 있었지만, 아버지께서는 기어코 미션스쿨인 숭일고등학교로 전학하게 하였다. 송정리에서 광주까지는 근 삼십 리 길이었다. 물론 기차 통학도 가능했지만 나는 현재 광주에 살고 있는 주기철 장로와 작년에 소천한 나홍석 목사와 함께 자전거 통학을 하였다. 그것은 무척 고된 일이었지만 매우 신나고 재미있는 일이었고 건강에도 큰 도움이 되었다.

광주 숭일고등학교로 진학한 지 겨우 3개월이 채 안 되어서 6.25 전쟁이 일어났다. 1950년 6월 26(월)일에도 다른 날과 마찬가지로 아무것도 모르는 나는 자전거를 타고 지각하지 않으려고 열심히 양림동에 있는 학교까지 서둘러서 갔다. 그런데 이상하게도 학교 교실 안의 분위기는 썰렁하였고 학생들은 두서너 명씩 모여서 쑥덕쑥덕 술렁대는 것이 무엇인가 심상치 않았다. 무슨 일이 있느냐고 물었더니 급우들은 나에게 확실치는 않지만 어제(6월 25일) 북괴군이 탱크를 앞세우고 38선을 넘어 남한으로 쳐들어왔다고 말해 주었다. 고등학교 3학년생들 중에는 혈서를 쓰고 의용군으로 지원하는 학생들이 꽤 있었다. 그들은 대부분 이북에서 넘어온 사람들로서 서북청년단 소속 학생들이었다.

숭일고등학교 시절 가장 가깝게 지냈던 친구는 현재 미국의 L. A. 지역에서 역동적인 목회를 하다 지금은 은퇴한 천방욱 목사다. 나는 방욱에게 집으로 돌아간다는 말을 남기고 곧장 자전거를 몰고 집으로 돌아왔다. 아버님께서도 근심 어린 표정으로 내가 오는 것을 보시고는 반겨 맞으며 방송에 계속 귀를 기울이셨다. "서울은 절대로 사수하겠으니 시민은 안심하라."는 방송이 잇달아 흘러 나왔다. 그러나 시민과 함께 서울을 사수하겠다던 이승만 대통령은 고관들을 거느리고 어느새 대전으로 철수하였고, 6월 28일 새벽 한강 인도교는 작전상 폭파되었다. 27일 밤에서 28일 새벽에 걸쳐 서울로 북괴군은 탱크를 몰고 진격하여 들어왔다.

사태가 심각한 것을 직감한 아버님께서는 가족을 대동하고 목포까지 갔었다. 그것은 목포에서 배를 타고 제주도로 가기 위한 것이었다. 그러나 이미 목포에서 떠나는 제주행 배는 모두 끊어진 상태였다. 하는 수가 없어서 우리 가족은 그 길로 돌아서서 기차를 타고 순천까지 갔다. 순천 매산학교 교목으로 계셨던 손두환 목사님 댁에서 이틀 동안 신세를 지고 가지고 갔던 많은 짐들 중에서 꼭 필요한 것들만 챙겨 가지고 도보로 피란길에 올랐다.

6월 30일쯤 우리는 섬진강을 건너 하동 땅으로 들어가기 위해 남부여대하고 출발하였다. 나는 소위 이민가방이라고 하는 아주 큰 가방에다 미싱(재봉틀) 대가리와 식기류를 넣어 짊어지고 다녔다. 지금 생각하면 피란길에 재봉틀 대가리를 떼어 짊어지고 다녔다고 하면 지나가던 개도 웃을 일이다.

그러나 그 당시에 있어서 재봉틀은 재산 목록 1호쯤 되니까 꽤나 소중한 것이었다. 후일 피란지에서 송정리로 돌아와 요긴하게 사용하기도 하였다. 그 무거운 가방에 짓눌리고 잘 먹질 못한 탓이었는지 그만 내 키는 1미터 65센티미터로 멈추고 말았다.

손두환 목사님의 사택을 떠나 순천군청 앞에 이르렀을 때, 양민을 잡아 오열(五列)로 세워놓고 총살하는 장면을 두 눈으로 똑똑히 목격하였다. 총 두 방을 맞더니 아무 소리도 못하고 두 눈이 풀리면서 픽 쓰러지는 것이었다. 산 사람을 눈 하나 깜짝하지 않고 죽이는 것을 처음으로 보았다. 그 충격은 오래오래 지속되었고 인생의 무상함과 전쟁의 비참함을 새삼 느끼게 하였다.

근 10여 일을 걸어서 간신히 후퇴하는 아군 패잔병들의 뒤를 따라 부산에 도착하게 되었다. 그 사이에 겪은 이야기들은 전쟁 시가 아니라면 아주 낭만적인 것으로 받아들일 수 있었겠지만, 뒤에서 울리는 대포 소리를 들으면서 지친 발걸음으로 하루에 백 리씩 걷는 일은 낭만이 아니라 죽지 못해 지르는 곤욕이었다.

비가 추적추적 처량하게 내리는 7월 초순 어느 날이었다. 아버지는 무거운 짐을 짊어지시고 여러 날 무리하게 걸어오신 데다 소위 학질이라고 하는 말라리아에 걸려서 고열이 나고 오한이 나서 도저히 더 이상 갈 수가 없었다. 그러나 전세는 그렇게 할 여유를 우리에게 주지 않았다. 하는 수 없이 어느 시골 외양간에서 가마니를 주워 쓰고 걷다가 지나가는 달구지가 있으면 사정해서 얻어 타고 가기도 하고 걷기도 하며 부산을 향하여 계속 행진하였다. 그 고역을 어찌 잊을 수가 있겠는가. 길 떠난 사람에게 있어서 가장 크게 서러운 것은 병을 얻는 일이 아닌가 한다.

다행히도 이렇게 어려운 가운데서도 아버지께서는 한 이틀 심하게 앓으시고는 거뜬하게 나으셔서 계속 진주를 지나고 마산을 거쳐 삼랑진까지 갔다. 때는 여름철이라 눕는 데가 방이고 하늘이 천장인 잠자리였다. 지나가면서 남의 밭 하지감자도 캐서 찌지도 않은 채 진(전분)이 흐르는 쌉쌀하고 아린 것을 생으로 먹던 기억은 다시 떠올리고 싶지도 않다. 오이나 참외도 따 먹고 아무 집이나 들어가 밥 한술 구걸하여 주면 먹고 안 주면 굶은 채 잠을 자지 않으면 안 되었다.

그렇게 걷고 걸어 우리 가족은 지친 몸을 이끌고 부산에 도착하였다. 수소문해 보니 교역자들 가족들은 대부분 부산 초량동에 있는 초량교회에 모여 있다고 했다. 그래서 초량교회를 찾아가 보니 이미 재주 좋은 목사님들의 가족은 기차를 타고 편히 다 와 있었다. 그때 느낀 야릇한 심정은 누구도 알지 못하리라.

그곳에는 전국에서 피란 나온 목사 가족들과 전도사들이 거의 다 모여 있었는데, 그들은 6.25전쟁에 대한 책임을 통감하면서 통회 자복하며 참회의 눈물을 흘렸다. 이 일은 젊은 나에게 신선한 신앙적 충격을 주었다. 나도 이때 교역자들 틈에 끼어 한 번만 살려주면 주를 위해 '헌신하겠습니다'라고 기도하였다. 그 일을 충실히 지키지 못해서 나는 눈을 감을 수가 없다. 좀 더 살아서 내가 할 수 있는 최선의 헌신을 해야만 내 책임의 굴레에서 벗어날 수가 있을 것 같다.

일주일 후 우리 가족은 울산 방어진으로 이동하여 거기에 있는 방어진초등학교에서 약 3개월간 머물렀다. 이 3개월 동안 특별히 할 일이 없었으므로 시간이 날 때마다 나는 신구약 성경을 통독하였다. 그것이 후일 내가 교회 직분자로서 감당한 사역에 크나큰 도움을 주었다. 이곳에서 이환수 목사님의 동생 이명수 장로님 가족과 가깝게 지냈다. 이장로님의 온화하고 겸손한 모습에서 나는 의사라기보다는 성직자의 모습 같은 것을 보았었다. 지금까지 그런 말을 이 장로님께 한 일이 없다. 이미 그분들은 하나님의 부르심을 받은 지 오래다.

방어진초등학교에 머물고 있을 때 내 나이 열여섯 살쯤 되었을 것이다. 이때는 사춘기에 접어든 때라 모든 것이 신기하고 해보고 싶었다. 그래서 하루는 시내 구경을 나갔다가 강제 징병하는 틈에 끼어서 포항 전선으로 끌려갈 처지에 있었다. 이름도 기억되지 않는 한 대위가 나의 아버님 이름을 대면서 "조봉하 목사 아들 아니냐?"고 물어서, 그렇다고 했더니 눈짓을 하면서 뒤로 빠지라는 것이었다. 그는 당시 대위로서 모병관이었다. 그래서 나는 뒤로 슬슬 빠져서 포항 전선에 투입되지 않고 살아났다.

그때 포항 전선에 투입된 학도병들은 거의가 몰살되었다. 좋게 말해서 학도병이지 무기도 변변한 것 하나 지급되지 않았고, 총을 주어도 쏠 줄을 몰랐다. 그저 방아쇠 당기는 법만 가르쳐 다급한 불을 껐던 것이다. 이때 투입된 학도병들은 사실 조국을 위하여 라는 아름다운 이름 아래 개죽음을 당한 억울한 희생양이라고 할 수 있다. 물론 학도의용병은 다르다. 그들은 대개 서북청년단을 중심으로 한 이북에서 넘어온 학생들로서 나라를 사랑하는 마음으로 자원하여 군대에 입대했기 때문이었다.

강제징병에서 나의 생명을 구해준 그 대위는 후일 서울 충무로 교회로 우리가 옮겼을 때도 자주 우리 집을 드나들었다. 그런 것을 보면 아버님하고는 상당히 친분이 두터운 것 같았다. 친분이라기보다는 아버지보다 훨씬 아래였으니까 스승처럼 따르는 아버지의 동생뻘 되는 분이었던 것 같다. 아버지가 돌아가시고 나서는 만나본 일이 없어서 생사를 알 수가 없다.

1950년대 우리 집을 드나들 때 들었던 바로는 이상○ 소령이라고 했었다. 그런데 지금은 그 이름이 생각나질 않는다. 배은망덕한 처사라 아니 할 수 없다. 사람이 어떻게 그리도 무심할 수 있단 말인가! 자신의 생명의 은인인 분의 이름도 기억하지 못한단 말인가! 지금은 후회막급이지만 과거로 되돌아갈 수가 없으니 후회는 그저 후회로 남을 뿐이다.

6.25 당시의 나의 모습을 돌이켜 보면 너무 부끄러워서 지울 수만 있다면 지우개로 지우고 싶다. 그런 일이 어디 한두 번뿐이겠는가? 그중에서도 은혜를 망각한 일은 용서받을 수 없는 대죄라 할 수 있다. 배은망덕은 단테의 『신곡』 '지옥편'에 따르면 가장 무거운 죄에 해당된다. 그런 의미에서 나는 죽어 마땅하다. 남자들은 철이 들면 죽는다는 말도 있기는 하다. 6.25전쟁을 겪으면서 직접 폭격을 당하거나 참전한 용사는 아니지만 천여 리 길을 걸어서 풍찬노숙(風餐露宿)하며 당한 공산군의 대포의 위협과 굶주림의 궁경은 죽음에 진배없는 고통이었고, 당시 사용하던 '빽' 없는 사람이 당하는 설움은 당해 보지 않은 사람은 알 수가 없다. 여름에 시체 썩는 냄새를 맡으며 사체 사이를 헤집고 다니면서 먹을 것을 찾던 일과 동족끼리 총부리를 겨누고 싸우는 바람에 꽃과 같은 나이에 꿈의 날개 한번 펴보지 못하고 죽어간 젊은이들과 학도병들을 생각하면 아직도 눈시울이 뜨거워진다. 죽음보다 더 심한 고통이 소외당하고 자유를 빼앗기는 일이다. 다시는 이런 동족상쟁의 전쟁은 없기를 바란다. 그렇다고 아무렇게나 통일만 되면 된다고 하는 생각도 위험하다. 반드시 나의 조국은 복음으로 평화 통일되어야만 한다.

그날은 일요일이었다

오 경 자

「수필문학」 등단, 수필집 『바퀴 달린 도시』 한국문인협회, 국제펜회원, 수필문학상, 한국크리스천문학상, GS문학상 수상, 고려대학교 사회교육원 교수

아버지는 등의자에 기대앉으시고 우리 가족들은 그 앞에 둥그렇게 모여 앉았다. 창밖의 정원은 여전히 아름답고 고즈넉했다. 적산가옥이라 일본식 정원이었지만 9살짜리 내게는 정원의 국적 같은 건 관심 가질 나이가 아닌지라 그냥 좋았다. 잘 배치된 소나무도 좋았고 크고 작은 돌들이 어우러져 있는 것이 동산 같아서 더 좋았던 것 같다. 자갈돌들이 잘 깔린 길을 따라서 옥잠화가 나지막하게 심겨져 있었는데 그것은 훗날 어머니의 옥비녀와 함께 하나의 어머니 이미지로 박제되었다.

점심을 먹기 전이었는지 후였는지까지는 잘 기억나지 않지만 바로 한 주일 전 저녁에 상경하신 아버지와 처음 맞는 일요일 낮이라 온 가족들이 한자리에 모여 앉았다. 아버지의 말씀을 들으려는데 고대생 사돈총각이 급한 뉴스라며 라디오 소리를 키웠다.

—오늘 새벽에 38선에서 북괴군이 쳐들어와 즉각 물리쳤다. 시민들은 안심하시고 국군장병은 모두 즉시 귀대하라.—

이런 내용의 방송이었다. 몇 시경부터 그런 방송이 나왔는지는 알 수 없으나 아무튼 우리 가족들은 느긋한 일요일 낮에 한가롭게 모여 앉았다가 날벼락 같은 소식을 접한 것이다.

바깥이 소란스러워지더니 일하는 언니가 뛰어 들어와 다급하게 어머니를 부른다. "마님, 나와 보세요. 의정부에서 왔다는 사람들이 물 좀 달라 해서 주었는데 새벽에 길을 뜬 피란민들이랍니다. 아침도 제대로 못 먹은 사람도 많대요. 우리 보고 왜 피란 안 가고 이러고 있느냐며 어서 떠나래요."

어머니는 쌀부터 담가 밥을 지으라며 일어서서 바깥으로 나가셨다. 쪼르르 따라나가 보니 하얀 옷을 입은 사람들이 등짐을 지고 머리에 흰 끈을 동여매기도 하고 지게를 진 사람도 있는 것 같고, 아무튼 우리 집 큰 대문 안 중간 뜰이라 할 공간에 하나 가득 모여 있었다. 한 이삼십 명 되는 것 같았다. 어머니가 밥을 짓는 중이니 요기들을 하고 떠나라고 하면서 도대체 어찌 된 일이기에 이렇게 피란 짐을 쌌냐고 물으셨다.

"아이고 말씀도 마십시오. 새벽에 총소리가 콩을 볶더니 북괴 놈들이 쳐내려오는 중이라 해서 밥도 제대로 못 먹고 우선 입을 옷가지와 양식 좀 챙겨 들고 정신없이 달려 내려온 겁니다. 이 댁도 이러고 있지 말고 빨리 뜨셔야 해 안에 한강을 건너실 텐데 우리 밥을 먹여 주신다니 고맙습니다. 어서 짐을 싸시고 우리와 함께 뜨십시다."

어머니는 지금 방송에서 다 물리쳤다고 하며 국민들은 안심하라고 하던데 너무 성급하게 내려오셨으니 요기하시고 어서들 댁으로 돌아가시라고 했다. 그러자 그들은 북괴군이 지금 미아리고개를 넘고 있지나 않은지 모르겠는데 태평한 소리 하지 마시고 어서 짐을 싸라고 안타까워했다. 안으로 들어온 어머니가 그 말을 아버지께 전하니 아버지는 백성들이 이렇게 나라가 하는 말을 못 믿으니 참 정부도 일하기 힘들겠다며 혀를 끌끌 차셨다.

하루 굶어서 안 죽는다며, 밥을 언제 기다리느냐고 길을 뜨는 사람들도 있었지만 대부분 기다렸다가 밥을 먹은 후 고맙다며 함께 떠나지 않는 우리를 걱정스러워 하며 몇 번씩 더 설득하다가 고개를 가로저으면서 떠나갔다. 그들은 자기들 말대로 해 안에 한강다리를 건넜을 것이고 목숨들을 지켜냈을 것이다. 밖에서는 안 떠나는 우리가 이해 안 되고 안에서는 공연히 고생을 사서 하는 사람들이라고 그 피란민들이 이해가 안 된다고 했다. 의정부 동두천 등의 지명은 내가 태어나서 그날 처음 들었고 평생 공포가 먼저 떠오르는 지명이 되었다. 그들은 떠났고 방송은 계속 같은 내용의 공지문을 뉴스로 내보냈다. 우리는 아버지의 5.30선거 후일담 등과 나라의 분단에 얽힌 이야기들을 나누었던 것 같다. 그 사람들 공연히 고생들 하겠다며 뒤숭숭하기는 하지만 오랜만에 아버지가 계셔서 아주 즐거운 시간을 가졌다.

2대 국회의원 총선거인 5.30선거에 고향 김제에서 입후보한 아버지가 선거 치르러 어머니와 함께 몇 달 전에 내려가셨다가 어머니는 끝나자마자 올라오시고 아버지는 1주 전인 6월 18일 저녁에 상경하신 것이다. 아버지는 예상을 뒤엎고 차점도 아닌 3등이라는 초라한 성적표를 받고 낙선했다. 패배의 잔이 쓰기도 했겠지만 정리할 일들도 많고 마음도 그렇고 여러 가지 사정으로 고향에 계셨는데 내가 백일해로 반년쯤 콜록거리며 사경을 헤맬 지경이니 급히 올라오신 것이다. 고향 만경강의 민물고기 빠가사리가 백일해에 특효약이라고 해서 그걸 새끼줄에 꿰어 들고 올라오셨다. 그것이 원수의 6월 25일, 바로 그날 단 1주일 전 일요일이었다. 이런 일정들이 운명의 날들로 내 머리에 가시처럼 박힐 줄 그 때는 아무도 상상조차 하지 못한 일들이었다.

나는 원 없이 아버지 품에 안기어 그동안의 외로움을 달래고 마음껏 아양을 부리며 가슴을 파고들었다. 4월 개학이지만 백일해로 거의 학교에 가지 못하고 날마다 일요일같이 보내고 있던 중이었지만 그날 일요일은 아버지가 계시고 여러 일들이 있어서 특별하고 재미있는 일요일이었다. 일상인 줄 알았던 그날 그 광경이 내 생애 마지막의 것이 되고 말 줄 어느 누군들 알았으랴. 1950년 6월 25일은 그렇게 찬란하게 지나갔다.

정부 발표 믿은 덕에 '독 안에 든 쥐' 신세

6월 26일은 일상적으로 보냈다. 북이 38선에서 총격을 가하고 도발했지만 물리치고 오히려 북으로 밀고 올라가는 중이라며 모두 안심하고 있으라는 방송만 계속되었다. 그날부터인가 다음날 인가 지하실로 내려갔다. 지상으로 노출된 부분이 없이 완벽하게 지하에 묻힌 공간이었다. 그야말로 방공호였다. 잘 지은 적산 가옥이라 그런 구조였던 것 같다. 이승만 대통령이 직접 육성으로 지금까지 방송되던 내용 그대로를 국민에게 직접 알린다고 방송하였다. 지하실에서 그 소리를 듣고 잤는데 6월 28일 새벽에 깨어나 보니 서울 시내에 소련제 탱크가 밀고 들어와 있었다. 그리고 한강 다리는 이미 끊긴 후였다.

이렇게 서울 시민은 순식간에 독 안에 든 쥐 신세가 되어버린 채 9월 28일 서울이 탈환되는 날까지 꼬박 3개월을 적의 수중에서 온갖 고초를 겪으며 굶주림에 시달려야 했다. 가만히 있으라고 해서 말 잘 듣고 가만히 있은 사람은 사지에 내몰리게 되고 말 안 듣고 잽싸게 떠난 사람들은 일단 죽을 곳에서는 피하게 되었다. 이승만 대통령의 그 방송을 당연히 경무대에서 하는 것으로 알고 철썩같이 믿으며 잠자리에 들었는데 그때 대통령은 경무대가 아닌 대전의 충청남도 도지사 관사에서 그 방송을 내보내고 있었다니 입이 다물어지지 않는다. 훗날 그 말을 듣고는 하도 어이없고 기가 막혀서 분노로 몸을 떨거나 그런 기분도 아니었다. 슬픔이 극에 달하면 눈물도 나지 않는다는 경우와 비슷한 감정이었던 것 같다.

우리 집은 현재 영락교회 선교관(50주년 기념관) 자리로 서울특별시 중구 저동 2가 14번지 소재의 적산가옥이었다. 일제 때 일본인 부자가 지은 대저택으로 총독관저 다음으로 잘 지은 집으로 꼽히는 집이었다고 한다. 일제 말엽 총독부 농림국장의 관사로 쓰였다고 들었다. 광복 후 아버지가 불하를 받아 정식 절차를 다 거쳐서 아버지 소유가 되었지만 6.25 때 관재국 서류가 불타서 연고자의 신고를 받아 재정리를 할 때 전주로 피란 가 있던 어머니가 날마다 울고만 있느라 그런 신문광고를 접하지 못해 어이없게 우리 손을 떠나 버렸다.

북괴군이 들어와 살펴보니 가장 눈에 띄는 대저택인지라 신경을 곤

두세우고 감시하기 시작했을 건 뻔한 노릇이었다. 아버지는 일단 지하실로 숨고 서울에 안 계신다는 것으로 우선 위장을 하며 지냈다. 우리 집을 지을 때 일본인 부자는 일본의 풍습대로 아들을 한 집 안에서 살되 숙식을 따로 하는 양식의 집을 지었다. 지금 평화방송 앞길에서 남산 쪽을 향해 올라가는 방향에서 왼쪽에 위치한 집인데 큰 대문을 들어서면 왼쪽에 우리 같으면 사랑채나 행랑채라 할 위치에 작은 규모의 독립 주택을 짓고 그 경계선에 옆문을 내고 그 집 뒷문과 우리 집 부엌 뒷마당, 즉 다용도 공간을 지나 안으로 들어가면 그 집으로 들어가는 뒷문과 우리 집 부엌으로 통하게 연결되어 있었다. 아들의 집이다. 우리 집은 본채로서 대문을 들어서서 곧장 걸어 들어오면 계단이 있고 그 위에 현관이 있고 현관 옆으로 우리 집 넓은 마당에 들어가는 옆문이 있는 구조였다. 마당은 넓은 채소밭이었고 우리 집 안방 마루 건너 창밖에 아름다운 정원이 배치되어 있었다. 대지 450평짜리 집으로 2층인데 전통 일본 양식이며 다다미방에 고다쓰가 있었고 아마 안방과 오빠가 쓰던 방 정도만 온돌로 개조가 되어 있었던 것 같다. 부엌 안에 지하실로 통하는 입구가 바닥에 깔려 있어서 아는 사람이 아니면 거기 방공호 수준의 지하실이 있는 것을 찾기 힘든 구조였다. 집 전체에 둘러쳐진 커튼은 검정색 인조 같은 느낌인데 두껍고 2중으로 된 것이어서 그것을 둘러치면 불빛 하나 새어나가지 못하게 되어 있었다. 일제의 전쟁 난리

대비 용으로 그대로 남아 있어서 등화관제용으로 만점이라 서울 폭격에 대비한 등화관제 때는 안심하고 지낼 수 있었다. 정원 앞으로는

당시의 영락교회 일부와 중부경찰서가 자리 잡고 있어서 중부경찰서 뒷집이 우리 집이었다.

아버지가 그 집을 불하받을 때 당신 회사의 아끼는 젊은 직원에게 당신이 불하받은 것을 분할하도록 해서 그 직원에게 불하받도록 배려해 주셨다. 입구의 사랑채 격인 집을 나누어준 것이다. 부모님과 여러 남매의 형제를 부양하는 젊은 직원의 형편을 생각해 당신 몫을 떼어준 것이다. 소년 사원일 때부터 신임하고 키워서 정규사원으로 자리 잡게 해 준 청년에게 집 장만이라는 큰 혜택을 받게 하셨으니 그 댁에서는 우리를 은인처럼 대하고 뒷마당도 공동으로 사용함은 물론이고 채소밭도 마음껏 채소를 심어 먹도록 하였다. 그런 사이이니 이런 난리통에 얼마나 우리에게 마음놓이는 이웃이었겠는가?

나는 철이 없어서 그 댁에 가서 밥도 많이 먹었다. 여름이면 오이지 하나 물에 썰어 넣은 것하고 암치포라는 것을 찢어서 접시에 조금 담고 고추장 한 종지 곁들이는 게 그 댁 밥상인데 우리 집 고기반찬보다 그게 더 맛있어서 밥 때가 되면 괜히 미적거리고 앉았다가 먹으려느냐고 물으면 반색을 하고 숟가락을 들고 덤볐다. 나는 그때 매일 아프기만 하고 밥을 안 먹어서 일하는 언니들이 밥그릇을 들고 대문 밖까지 쫓아 나와 한 숟갈만 먹으라고 사정하던 때였다. 어느 날은 싫다고 투정하는 나를 따라 지금의 평화방송 근처까지 따라 내려온 적도 있었다.

집에서는 굴비만 먹어봤지 암치포라는 것은 그 댁에서 처음 먹어봤다. 그 댁의 밥상이 서울 보통 사람들의 괜찮은 밥상이었음을 나중에 듣고 알았다. 그 댁 따님이 숙명학교 학생이었는데 언니가 없는 터여서 그랬는지 자주 놀러가서 그 언니 곁에 있으면 괜히 좋았다. 내게 공부 얘기도 하고 여러 가지로 잘해 주었는데 지금 생각하면 얼마나 귀찮았을까 싶어 미안하고 고맙다.

이런 연고로 우리 집은 6.25전쟁 중에 이 댁의 은혜를 많이 입었다. 반장을 맡고 있는 데다 큰 대문 안에 입구 쪽 작은 집이라 큰 집에 달린 집으로 판단되기 십상이다 보니 내무서인지 무언지 부서는 어디인지 어린 내가 알 수 없지만 아무튼 북괴 사람들이 찾아와서 아버지의 행방을 묻고 우리 집에 대해서 꼬치꼬치 묻고 갔노라고 그 댁 아주머니가 어머니께 달려와서 일러주었다. 저 사람들은 반동들이니 소상히 말하라고 했다는 것이다. 그래서 아주머니는 그 댁이 얼마나 잘 베풀고, 없는 사람들을 위해서 많이 도와주었는지 모른다고 하니까 고개를 가로저으면서, '아니라, 잘 살펴서 그 집 주인남자가 집에 오면 바로 알리라.'고 으름장을 놓고 갔다는 것이다.

우리 집에 일하는 사람이 여럿 있었는데 아버지가 금광 개발 사업을 하시느라 살림이 빠듯해져서 어머니가 침모와 찬모를 내보내고 일하는 언니 중에 제일 나이 많은 순이 언니를 지난해에 시집보내고 그 자리에 인원 보충을 안 해서 스무 살 가량이 된 옥희 언니와 내 또래의 옥례라는 아이가 있었다. 아버지는 지하실에 숨어서 없는 사람으로 돼 있고 2층 방들을 쓰면서 학교 다니던 장정들(사돈총각, 아주먼 집안사람, 외6촌 오빠)은 어떻게든지 서울을 빠져나가겠다고 바로 떠난 후라 어머니는 아홉 살짜리 어린 것들까지 합쳐봐야 여자 셋만을 데리고 큰 집에 홀로 남게 된 것이다. 그러니 그 댁이 얼마나 의지가 되었겠는가?

그 댁이 식구들이 많고 남자들도 많아서 그 도움으로 아버지는 변장하고 빠져나가 명륜동 산속에 숨어 계셨다고 들었다. 시골 외가에서 가을이면 1년 양식을 여러 가마니 올려오는데 선거 때문에 김제로 가져갔는지 어쨌는지 알 수 없으나 아무튼 그 해에는 달랑 서 말 쌀 정도밖에 없는데 전쟁이 터졌다. 쌀이 그것밖에 없다고 어머니가 걱정하니까 아버지가 자기 친구 박○○댁도 선거 치르느라 정신없어 쌀이 없을 것이고 그 친구는 서울을 떴으니 부인 혼자 힘들 것이라며 1말만 나누어 드리라고 하셨다. 어머니는 하도 기가 막혀 자기 혼자 빠져나가면서 전화 한 통 안 해주고 간 사람을 무엇이 예쁘다고 내가 위험을 무릅쓰고 그 댁까지 날라다 주란 말이냐며 거절했다. 국회의원 당선자들만 연락해서 데리고 가는데 어떻게 내게 연락할 수 있었겠느냐, 내 대신 수고 좀 해달라, 안 된다, 아침마다 남산 산책을 같이 하고 우리 집에 들러 차 마시고 일과를 시작하던 사람이 어떻게 그럴 수가 있느냐, 나는 못한다, 우리 먹기도 모자랄 판인데, 안 된다. 어머니는 완강히 거부했지만 그래도 좀 도와주자는 말을 남기고 지하실로 숨어 내려가는 아버지의 뒷모습을 보면서 어머니는 한숨을 짓고 자루를 찾았다.

그 댁이 지금의 남대문세무서 대각선 건너편 옛날 중앙극장 뒤쪽 골목이었으니 별로 멀지는 않지만 쌀 1말을 운반해 가기에는 먼 거리였다. 어머니는 몸이 약하고 마른 체형인데다 개미 허리였다. 북괴군의 눈을 속이려니 쌀을 자루에 길쭉하게 넣어서 묶은 후 양쪽으로 끈을 만들어 허리에 차고 두 다리 사이에 끼워 넣고 걸었다는 것이 아닌가? 부잣집 막내딸로 태어나서 머리에 무엇을 이어 본 적도 없는 여자가 밤에 그런 형상으로 걸으려니 넘어지지 않고 다녀온 것이 기적이었다.

근대가 없었더라면

날이 지나감에 따라 양식이 걱정되기 시작했다. 곧 끝날 줄 알았던 상황이 점점 더 나빠지니 죽을 쑤어 먹을 수밖에 없었고 그것도 동이 나니 죽은 점점 멀개지고 근대잎사귀도 줄어들게 되었다. 그 해 여름에 근대가 없었더라면 아마 서울 사람 다 굶어 죽었을 것이라고 어머니는 회고했다. 근대라는 식물이 워낙 칼로 베고 돌아서면 벌써 자라 있을 정도로 표현될 만큼 왕성하게 잎이 자라는 식물이라지만 그 해에는 유난히 근대 풍년이 들었다면서 하늘이 도우셨다고들 했다. 어머니는 드디어 농지기(혼수품용 피륙)를 쌓아둔 삼층장에서 비단 치마꼬리 한 끝씩을 빼 들고 나가 양식과 바꿔오셨다. 그 비싼 비단 한 끝이 살 몇 줌과 맞바꿔지는 현실이었다. 내 기억에 그때의 근대죽은 엷은 뜨물 같은 색깔에 근대 잎이 한 두어 잎 떠다니는 것 같은 모양새였다. 워낙 음식을 잘 안 먹어 속을 썩이던 애여서 그랬는지 나만 많이 주어서 그랬는지 기억나지 않지만 배가 고파 힘들었던 생각은 나지 않는다. 여전히 백일해 기침으로 콜록거리며 어떻게 살았는가 싶었더니 어머니 친구가 제약회사 사장 부인이라 그 댁에서 보관중이던 마이신을 많이 주었단다. 그걸로 병이 낫고 살았다며 명은 하늘에 있더라고 어머니는 나를 꼭 안아 주시곤 했다.

어머니는 아버지가 무사한 건지 잡수시는 건 어떻게 하는 건지 걱정이 많았지만 어찌 해 볼 수가 없는 형편이어서 매일 불경만 열심히 읽었다. 서울을 점령한 적들은 아이들을 모이라 해서 노래를 가르쳤다. 장-백산 줄기줄기 피어린 자욱,— 김일성 장군- 이 외에도 다른 노래들을 가르쳤는데 그 선생은 낯선 젊은이였다. 언젠지 날짜는 모르겠으나 김일성이 서울에 온다고 온 천지에 김일성 사진으로 도배를 했다. 다녀간 현장이나 행사 같은 것은 보지 못해 모르겠다. 우리나라 전체 지도에 자기들이 진격해 들어가는 대로 빨간색으로 칠해 내려가는 지도를 시내 전체에 붙여놓고 날마다. 빨간 색칠을 해 가는데 부산 쪽만 남아서 정말 새끼손톱만큼만 하얗게 남아 있는 지도가 지금도 눈에 선하다. 어른들은 노력봉사 하라며 불러내고 밤이면 등화관제하라고 난리고 거의 매일이다시피 반장 댁에 다 모이라 해놓고 자아비판을 시키고 전세가 승전일로라며 곧 전쟁이 끝난다, 미제는 쫓겨 가고 여러분을 완전히 해방시킨다고 선전을 해댔다. 어느 날은 우리 동네에서 불빛이 새어나가서 적에게 신호를 주어 적이 폭격하기 좋게 도왔다면서 누군지 빨리 고백하고 자아비판하라고 다그쳤다. 어머니 무릎을 베고 뒤로 숨어 누워 있다가 그 성화 소리도 아랑곳하지 않고 잠이 들었으니 철부지는 철부지였다. 서울시청이 밤이면 불바다처럼 보였는데 나중에 알고 보니 인천 상륙작전으로 조명탄을 쏘아 올린 것이라는데 마치 눈앞의 서울시청이 불타는 줄 알았다.

날마다 여성동맹에 나오라며 어머니를 찾던 여자들이 하루는 오늘도 안 나오면 가만두지 않겠다며 몇 시까지 중앙극장으로 오라고 으름장을 놓고 갔다. 어머니는 오시레에 숨고 남원 할머니가 대신 욕을 먹으며 대꾸해서 보냈다. 도대체 여성동맹이 무엇 하는 곳이기에 저렇게 날마다 오라 하고 어머니는 숨는 것인지 궁금했던 나였다. 그들이 말한 시간에 중앙극장에 가서 빼꼼히 문을 열어보니 휘황하게 밝은 실내에 가득 앉은 사람들을 향해 어떤 여자가 소리 높여 연설을 하고 있었다. 물을 끼얹은 듯 조용하고 불이 어찌나 밝던지 누가 와서 내 머리를 낚아챌 것 같아 냉큼 문을 닫고 다리야 날 살려라 하고 집으로 뛰었다. 시답잖은 호기심은 아마도 천성이었던 모양이다.

어느 날 나가 보니 아이들이 보이지 않는다. 이상해서 혼자 돌아다니다가 집에 들어와 해질녘에 나가니까 아이들이 여럿이서 함께 오는데 손에 바구니가 하나씩 들려 있었다. 왜 너희들끼리만 어디 갔다 오는 거냐고 따지듯이 묻는 내게 숙이가 나서더니 너는 부자잖아? 하는 것이었다. 영문을 몰라 어리둥절하고 있을 때 영이가 설명했다. 한 푼이라도 벌어서 양식을 보태려고 어른들 따라서 자문밖에 나가 자두를 받아다가 팔고 오는 길이라는 것이다. 자문 밖이 어디며 거기가 왜 자두를 받아오는 데냐니까 전체가 자두나무만 보이는 과수원 같은 곳이라고 했다. 전부 자두만 보인다니 궁금해서 살 수가 없다. 내일은 꼭 나를 데리고 가야 한다고 했더니 너 또 거기 갔다 와서 아프다고 하면 우리만 혼나니까 오지 말라고 했다. 새벽에 일찍 간다는 말만 몇 번이나 확인하고 집에 왔다. 어머니에게 가게 해 달라고 했더니 남원할머니에게 저 애 내일 꼼짝 못 하게 잘 지키라고 엄명했다. 이튿날 아침 할머니보다 내가 먼저 일어나려고 잠을 다 설칠 지경이었는데 눈을 뜨니 해가 중천에 걸려 있었다. 여러 날 시도했으나 번번이 실패하고 공연히 낮에도 집에만 갇혀 있게 되었다. 남원할머니의 감시는 철옹성이었다.

할 수 없이 포기하기로 하고 나 혼자 나가서 길을 여기저기 쏘다녔다. 지금의 명보극장 앞을 지나 회현시장까지도 헤매다 들어오기도 했다. 공습경보가 울리면 처마 밑으로 다 숨어들어 한산한 길은 순식간에 텅 비어 버린다. 어느 날은 비행기가 지나가는데 보고 싶어서 길로 나와 하늘을 빤히 올려다보기도 했다. 정찰 비행이었기 망정이지 큰일 날 뻔한 순간이기도 했다. 하지만 아마도 비행기 안의 조종사가 저 꼬마는 겁도 없는 아이구나, 아니면 저 애도 꽤는 개구쟁이인가 보다 했을지도 모른다. 시체들이 널브러져 있는 길을 겁도 없이 어떻게 그러고 다녔는지 모를 일이다. 그렇게 궁금했던 자문 밖이라는 데를 처음 간 것이 스물이 넘은 후인데 그때는 이미 그곳은 자두밭이 아니었다. 지금의 부암동 세검정 일대이다. 동네에서 놀다가 내무서원인지 군인인지 카키색 옷을 입은 남자가 내 가랑머리 땋은 것을 잡아당기며 이 반동분자 놈의 에미나이레 하면서 노려보는 눈초리가 어찌나 무섭던지 주저앉을 뻔했던 기억이 자꾸 떠올라 다른 동네 거리로 돌아다녔다. 나는 그때 그 옷 색깔이 무서워서 지금도 그 색이 싫다.

인민군 소년 병사

지금의 삼일대로가 거의 명동성당 땅이었다. 길을 크게 낼 때 성당의 기증으로 오늘의 삼일대로가 만들어질 수 있었었다. 옛 중앙극장 앞 공터를 조금 빼고는 전체가 성당 땅인데 문으로 닫혀 있지만 전쟁 나기 전에는 마음대로 드나들어서 그리로 해서 성당에 들어가 명동성당이 우리들 놀이터였다. 거기엔 여러 가지 식물이 많이 있었었지만 우리의 관심사는 까마중이었다. 그때 우리는 먹꽈리라 부르면서 여름이면 신나게 따먹었는데 북괴군들이 문을 닫아걸고 못 들어가게 하니 속이 상했다. 보초가 서서 지키는데 어느 날은 우락부락한 어른이 서고 어느 날은 아주 어린 병사가 서있었다. 며칠을 살펴보다가 우리는 어린 병사가 보초서는 날을 거사(?)날로 잡았다. 우리보다 별로 많지 않을 것 같은 나이로 보여서 덤벼보기로 했다. 아무리 보아도 열대여섯 정도 될까 말까 해 보였으니 북괴가 소년병까지 총알받이 삼은 게 사실이었다고 본다.

우선 우리를 들여보내 달라고 사정을 해보기로 하고 그 일을 누가 맡을 것인가를 상의했다. 아무도 그 말을 하러 가지 않겠다는 것이다. 모두들 나를 가리키며 네가 말 잘 하니까 갔다 오라는 것이었다. 나이보다 키가 훌쩍 큰 나는 얼핏 보기에 그 병사와 키도 엇비슷해 보일 정도였다. 잡혀갈까 봐 겁이 나기도 했지만 먹꽈리 맛이 그리워 해 보기로 했다. 주춤주춤 다가서는 나를 보고 막아설 태세가 아니라 무슨 일이냐는 표정으로 지그시 쳐다보기만 했다. 용기를 내서 "저어,

우리 여기 잠깐만 들어가게 해주면 먹꽈리, 저기 저것 한 움큼씩만 따 갖고 나올 테니 들어가게 해 주세요."하고 사정했다. 병사는 깜짝 놀라며 한 발짝 앞으로 선뜻 나서더니 손을 앞으로 내밀며 "어서 가라, 큰일 난다."고 눈을 부릅떴다. 우리는 다른 짓 안 하고 저것만 조금 따갖고 나온다고 같은 말을 되풀이하며 다가섰더니, 여기 이러고 있다가 들키면 너희들 정말 큰일 나니까 어서 가라, 내일 내가 따갖고 나올 테니 너 혼자서만 오라고 했다. 다음날 갔더니 빈손으로 서 있어서 실망했다. 시무룩한 나를 보더니 장난스럽게 빙긋 웃었다.

주머니에서 먹 꽈리를 꺼내 건네주는 표정이 얼마나 흐뭇해 보이는지 지금도 눈에 선하다. 그때 그곳에는 적도 아군도 없고 오직 소년들이 있을 뿐이었다. 그러고도 몇 번 더 우리에게 그 선물을 계속 날라다 주었는데 어느 날부터 보이지 않았다. 아마도 낙동강 전투에 차출당해 서울을 떠났는지도 모른다. 그리고 그 길이 바로 황천길이었을지도 모른다. 자기 조카들이 우리만 해서 조카 생각이 나서 심부름해 준다고 하던 그 소년은 우리와 똑같은 착하고 철없는 아이였다.

1950년 7월인가 8월인가 대한민국 서울 한복판에서 있었던 한 장의 고운 그림엽서이다. 전쟁은 볶아치고 어른들은 식량 한 줌에 목숨을 걸던 때 아이들은 여전히 아이 이상도 이하도 아닌 그저 아이들이었다. 훗날 영화 '금지된 장난'을 보면서 그 어린아이에 내가 겹쳐 지나갔다.

아버지의 납북으로 풍비박산, 행복 끝

매일 여성동맹에 나오라며 어머니를 찾고 옥희 언니는 의용군에 가겠다며 짐을 싸기 시작했다. 여성동맹 사람들이라는 여자들이 한 떼로 몰려와서 우리 집 장롱 속은 물론이고 오시레(벽장) 구석구석을 다 뒤지고 광까지 뒤져서 이불 보따리용 커다란 주머니(후꾸로)에 집채만 한 보따리를 꾸리고 또 꾸렸다. 광목 같은 것들을 필째로 싸고 이불들도 쌌다. 솜도 전쟁 중에 필요한 물자라면서 묶었다. 어머니 삼층장에 가득히 들어 있던 비단, 어머니의 농지기는 도륙이 났다. 옥희가 우리 집에 마루 밑이 온통 쌀이라고 거짓 신고를 해서 우리 집을 북괴가 쳐들어와 다 뒤지고 한바탕 소동을 벌였던 것이다. 옥희는 며칠 후 어머니에게 의용군에 가겠노라 통보했다. 저를 떠나보낼 준비를 해달라고 난리를 피우더니 기어코 일을 저지르고 만 것이다. 집채만 한 보따리를 몇 개씩 싸서 머리에 이고 나가는데 사람이 짜부라들 것 같아 위태로워 보일 지경의 짐이었다. 그 옥희도 아마 낙동강의 이슬이 되었을 것이라는 게 어른들의 말이었다.

예전에 아버지가 남원군수 시절 우리 집에서 일하던 남원할머니가 전쟁이 나자 살고 있던 조카 집을 나와서 우리 집으로 오셨다. 어머니가 걱정되어 조카에게 양해를 구하고 왔다는 것이다. 말이 일 도와주는 할머니이지 마치 우리 엄마를 딸처럼 아끼고 위했다. 그분 덕택에 여성동맹에 끌려가지 않고 엄마가 잘 피신할 수 있었고 훗날 우리에게 소개 가라고 난리칠 때도 모면할 수 있었다.

어느 날 오후 해거름 전 대략 4~5시경이었던 것 같은데 고향 사람들이라고 두세 명의 남자들이 왔다. 고향 사람이라는 말에 집안에 들였다. 아버지의 안부를 묻고 걱정되어 들렀다며 묵어가고 싶어하는 눈치였다. 어머니가 어른도 안 계시고 대접할 것도 아무것도 없다며 은근히 거부의 뜻을 비쳤다. 별탈 없이 그냥들 돌아갔는데 바로 며칠 후 아버지의 납북이 이루어지고 난 후에는 그날의 일이 어머니 마음에 가시가 되어 걸리는 것 같았다.

아침에 주변이 요란스러운 것 같은 분위기에서 눈을 뜨니 아수라장이었다. 어젯밤 보고 싶어 왔노라는 아버지의 품에 안겨 잠이 들었는데 아버지는 방 한구석에 서 계시고 어머니는 벌벌 떨고 있는데 아버지는 모시 고의적삼 차림에 손에 수갑이 채워지고 팔에 포승줄이 묶여 있었다.

방 가운데는 내무서원이라는 사람이 총을 든 채 서서 여러 명의 그런 옷 입은 사람들을 지휘하고 있었다. 카키색 옷을 입은 그들은 우리 집을 구석구석 뒤지는 중이었다. 소위 가택수색을 하였던 것이다.

돌돌 말린 태극기가 나올 때마다 발광하던 그 남자는 불경과 염주가 받쳐진 작은 상을 보더니 발광하며 내던지고 사자같이 울부짖었다. 반동, 반동, 해가면서 구둣발로 짓밟고 내던졌다. 왜 이만한 집에 피아노 하나도 없느냐, 왜 이렇게 아무것도 없느냐 해가며 먼지 한 톨까지도 다 긁어낼 정도로 온 집 안을 이 잡듯이 뒤졌다. 아마도 금광집인데 왜 금이 없느냐는 뜻이던 것 아닌가 하는 것이 지금의 내 생각이다. 새벽 4시도 되기 전에 들이닥쳐 정오가 될 때까지 뒤졌으니 빈대까지도 다 잡고 남았을 시간이었다.

부하들에게 이제 가자고 하며 아버지를 몰아세우자, 어머니가 죽 한 모금만 먹고 가게 해 달라고 사정했다. 인민군이 아니꼽게 쏘아보더니 그러라고 고개를 끄덕였다. 어머니는 하얀 대접에 멀건 근대죽을 담아 들고 아버지 앞에 섰다. 그릇을 받쳐 든 손을 수갑 찬 아버지 손 앞에 대며 풀어줘야 먹을 것 아니냐는 애처로운 눈으로 그 남자를 쳐다봤다. 그는 거만하게 내려다보면서 "믹이오." 하는 한 마디만 던졌다. 어머니는 할 수 없이 아버지의 묶인 두 손 사이로 그 대접을 들이밀어 붙잡게 하려고 안간힘을 썼으나 그 넓이가 되지 않았다. 아버지는 어머니가 너무 애처로워 보였던지 허리를 굽혀 어머니가 받쳐든 대접에 자신의 몸으로 다가가려 했다. 그 시도조차 여의치 않아 재차 꾸부리는데 어머니를 밀치며 라디오를 이고 따라오라 했다. 아마도 전날 밤 새벽에 아버지 나가실 때 드리려고 쑤어 놓았을 그 근대죽은 어머니의 한을 녹인 죽사발이 되고 말았다. 어머니는 그 일로 평생 근대를 입에 대지 않고 이승을 뜨셨다.

자신의 부하들이 여럿인데 굳이 어머니에게 이고 따라오라는 것은 반동들에게 수모를 안겨주겠다는 속셈이 아니고 무엇이겠는가? 우리 집이 중부경찰서 뒷집인데 길은 한 바퀴를 돌아야 가는, 꽤 걸어야 하는 거리였다. 어머니는 묶여가는 아버지의 뒤를 따라 큼지막한 제니스 라디오를 머리에 이고 휘청휘청 걸어서 그들이 내무서로 쓰는 중부경찰서 앞까지 갔다. 아버지를 따라 들어가려 하니 따발총으로 막으며 머리에서 라디오만 낚아채듯이 내리고 밖으로 밀어내서 아버지의 뒷모습만 쳐다보다가 돌아서 와야 했다.

1950년 9월 4일 정오 무렵 우리 아버지(오해건)는 이렇게 역사 속으로 사라졌다. 전날 밤 10시경 우리가 너무 보고 싶어 견딜 수가 없고 걱정이 되어 잠깐 보고 가려고 숨어들었다가 변을 당한 것이다. 얼굴만 보고 바로 나가겠다고 왔는데 막상 보니 하룻밤 자고 새벽에 일찍 가면 마찬가지일 것 같아 몸을 눕힌 것이 화근이 될 줄 누가 알았으랴.

9.28수복 후 경찰의 조사 결과 우리 집에서 먹고 자며 서울 법대에 다니던 아주 먼 집안사람이 그들 세상이 오래갈 것으로 오판하고 저지른 일의 전말이 밝혀졌다. 아버지를 고발하고 그날도 잠입하는 아버지를 확인하고 알려주어서 새벽에 덮치게 했다는 것이었다. 경찰은 그를 즉각 구속했으나 오빠가 그 어머니의 외아들 살려달라는 읍소를 받아들여 석방을 탄원했다. 모두가 민족의 비극이다. 그를 처벌한다고 우리 아버지가 살아 돌아오실 것도 아닌데 풀어주라는 탄원이었다. 피해자 가족의 절절한 부탁에 경찰은 감동하며 풀어주었다. 후에야 그 얘기를 전해들은 어머니는 기가 막혀했지만 이미 상황은 끝난 후였다. 그 사람은 대한민국의 중고등학교 학교장까지 하고 세상을 떴다. 나는 이를 갈았지만 지금 생각하면 오빠가 잘한 일이다. 생사람 앞길 하나 막았다고 무엇이 달라지겠는가 말이다. 하지만 나는 교육자로 둘 수는 없다 싶어서 어머니가 돌아가시는 날 장례고 뭐고 다 그만두고 그 사람 학교에 찾아가 그를 만천하에 고발해야겠다는 생각뿐이었지만 오빠가 그의 행방에 대해 내게 알리지 못하도록 강력 조

치해 놓은 덕에 그 학교를 몰라 포기하고 말았다.

아버지는 영 돌아오지 못하고 9월 28일 서울은 수복되었다.

모두들 살아서 돌아오는데

우리는 아버지를 잡아간 그들에게 바로 집을 비워주고 쫓겨났다. 인민위원회로 쓴다는 것이었다. 두어 집 건너에 아주 작은, 장난감 같은 집으로, 그것도 방 하나만 쓰도록 쫓겨났다. 손수건 만 한 마당이 있는 그 집 방 한 칸에 쫓겨났지만 아버지가 보고 싶은 생각 외에는 아무 생각도 없었다. 날이면 날마다 소개하라고 으르고 갔다. 남원할머니가 우리 마님이 없어 나는 모르는 일이라고 대답하면 마님이 무슨 마님이요, 그런 반동적 말을 쓰지 마시오, 하면서 눈을 부라리고 '동무는' 해 가면서 부당함을 알리고 당신이야말로 공화국의 좋은 동무라고 각인시키고 가곤 했다. 그 남원할머니 덕에 소개를 면했지 하마터면 이북으로 우리 식구 몽땅 끌려갈 뻔했다. 생각만 해도 모골이 송연해지는 일이다.

9월 18일쯤인 것 같은데 정확하게 며칠인지는 기억이 나지 않는다. 그날은 마침 어머니가 집에 계셨는데 웬 낯선 아저씨가 아버지를 찾았다. 어머니는 아버지에게 해가 될까 봐 저어, 저어, 그 어른은 해가며 말끝을 흐리고 있는데 그 아저씨는 "예에, 걱정 안하셔도 됩니다. 저는 서대문 형무소에서 오 선생님과 한방에 있었습니다. 나가서 만나자고 했는데 며칠 전에 오 선생님이 불려나가신 후 안 돌아 오셔서 먼저 나가신 줄 알고 안심했고, 저는 며칠 전에 나왔는데 몸이 좀 아파서 오늘에야 뵈러 왔습니다. 양○○이라고 하십시오."라고 말하며 안을 살폈다. 어머니는 말을 잃었고 이내 그 아저씨는 어쩔 줄 몰라 하며 서둘러 발길을 돌렸다. 9월 4일 아버지가 잡혀가신 후 날마다 아버지의 행방이라도 알겠다며 밤낮 없이 헤매고 다니던 어머니가 처음 들은 아버지의 소식은 그날의 그 대화가 처음이었고 그 후 어머니가 세상을 버릴 때까지, 아니 지금까지 최후의 것이다.

인천상륙작전의 성공으로 서울을 다시 찾고 모두들 살아 돌아왔다. 아버지 말고는 다들 돌아온 것 같았다. 얼굴이 하얗게 된 사람들이 마루 밑에서 지하실에서 산속에서 광명을 다시 찾고 나왔다. 남편이 잡혀가던 날보다 9월 28일이 더 기가 막혔다는 어머니의 회고는 핏빛이었다. 우리 집 앞으로는 남산 쪽에서 을지로 쪽을 향해 군인들이 떼로 지나가고 건너편 명동성당에서는 고아원 아이들인지 많은 아이들과 사람들이 태극기를 손에 들고 만세를 불렀다. 서울 시내는 환희로 넘쳐났다. 그날 밤 도망가면서 적들이 을지로 일대에 불을 질러 시내가 불바다였다.

동네에 나가 놀고 있는데 흑인 병사들이 지프차에 타고 지나가면서 우리들에게 초콜릿과 과자 등을 던져주었다. 아이들과 한 덩어리가 되어 차를 따라 뛰다 보니 한 병사가 카메라를 들이대고 우리를 찍는 게 아닌가? 나는 기겁을 해서 얼굴을 묻고 도망쳐 나왔다. 나야 초콜릿을 밥 먹듯이 먹었으니 그럴 수 있었는지는 모르지만 어린 마음에도 수치심이라는 게 발동했던 것 같다. 나는 지금도 6.25 관련 사진이 나오면 혹시 그때 내 얼굴이 찍혀 있지 않나 싶어 살펴보는 트라

우마가 있다.

학교는 다시 열렸으나 내가 다니던 교동초등학교는 유엔군이 사용하게 되어 우리는 길 건너편 천도교 교당 앞마당을 교실로 썼다. 교실이 없어도 좋았고 햇빛에 글씨가 초록색으로 보여도 좋았다. 그나마 얼마 못 가서 다시 피란 짐을 꾸리고 정부가 서울을 다시 내주게 된다.

어머니는 납치당한 분들의 다른 가족들과 함께 매일 새벽이면 집을 나가 시체를 찾으러 다녔다. 혹시 어딘가에서 학살을 당했으면 시신이라도 수습하겠다는 것이 유족들의 애타는 심정이었다. 문산, 의정부, 동두천 등의 지명은 그때 처음 들었고 지금도 그곳 이름은 가슴을 섬뜩하게 한다. 아무 곳에서도 흔적을 찾을 수 없었고 어딘가에 살아 계실 거라는 한 가닥 희망을 강하게 품고 북녘 하늘바라기가 되어 갔다.

우리가 걱정이 된 오빠가 고향에서 올라왔다. 어머니는 아버지 시체를 찾으러 가서 없고 나는 놀러 나갔다는 남원할머니 말에 오빠는 명동쪽으로 살펴볼 겸 슬슬 걸어 나오다가 소스라치게 놀라는 일이 생겼다. 명동 성당 정문 건너편에서 아이가 볶은 콩을 팔고 있는데 아무리 보아도 나같이 생겨서 눈을 씻고 다시 보았더니 내가 소주잔에다가 볶은 콩을 하나씩 담아서 지나가는 사람들에게 콩 사세요를 외치고 있더라는 것 아닌가?

너무 기가 막혀 한참을 쳐다보다가 다가가서 껴안고 한참을 울었단다. 사연을 물으니 친구가 콩을 팔아서 양식을 보태는데 팔아보고 싶어서 사정해 갖고 대신 팔아주고 있다는 내 말에 어이없기도 하고 억장이 무너지기도 해서 한동안 안고 서 있었단다. 고향에서 아버지 선거일을 돕다가 정리하고 있던 오빠가 서울이 수복되자마자 우리를 데려가려고 상경했던 것 같다. 어머니가 내려간다 했을 리 없고 이제 북진통일이 곧 될 것 같은 분위기이기도 해서 오빠는 옥례만 데리고 내려갔다. 나와 나이 차가 많아 아버지 같은 오빠 덕에 아버지 없이도 나는 대학까지 졸업하고 오늘에 이르렀다. 마음씨 착한 새언니와 오빠의 5남매에 내가 얹혀서 그분들은 6남매를 기른 셈이다.

우리 집에는 6.25때 집이 불탄 아버지 친구 댁과 어머니 후배 아주머니네 식구들이 옮겨와서 함께 지냈다. 집이 워낙 넓으니까 아버지 친구 댁은 2층을 쓰고 아래층 오빠 방 쪽은 어머니 후배 가족이 써도 충분했다. 여러 형제들이 있는 집인데 모두 다 내 동갑내기 남자애들이 있었다. 어린애니까 어머니야 피를 토하고 다니건 말건 그저 아이들과 정신없이 놀 때는 놀았다. 숙제도 없었는지 어쨌는지 잘 모르겠는데 아무튼 우리는 신나게 놀았다. 지금의 충무로 쪽으로 나가서 무너진 집의 건물 잔해 속에서 타일 벽의 조각들을 주워서 그 타일에 묻은 시멘트를 갉아내서 깨끗한 타일로 만들어 서로 누가 많이 했나 내기도 하고 가져다 쌓아 놓기도 했다. 언제부턴가 길 가운데 흙 가마니 같은 것을 쌓아서 동그랗게 만들고 그 안에 군인이 들어가 서 있었다. 그것이 참호인지를 알 바 없고 무엇을 하기 위한 것인지도 모르는 우리 철부지들인지라 군인한테 가서 우리 거기 한 번 들어가면 안 되느냐고 했다. 그것도 먹꽈리처럼 내가 앞장을 섰던 것 같다.

집 안에서는 넓은 집안을 운동장처럼 뛰어다니며 짓궂게 놀았다. 그러다가 저녁이 되면 그 아버지들이 돌아오는데 아빠, 하면서 뛰어나가는 아이들을 보며 얼마나 처량하고 부러웠던지 지금도 그 생각만 하면 눈시울이 붉어진다. 내가 눈을 감기 전에는 못 잊을 그 일은 건망증도 없다.

고개를 외로 꼬고 눈물을 삼키고 방으로 들어가려다 어머니가 보이면 얼른 눈물을 훔치고 잔뜩 장난스럽게 웃으며 어머니 치마꼬리에 매달렸다. 이렇게 어릿광대가 되는 노릇을 어머니가 세상을 버릴 때까지 계속해야 하는 것이 내가 할 수 있는 유일한 효도(?)였다. 6.25날은 그 당시 사진들이 신문에 실리니까, 현충일에는 소복하고 국립묘지에 헌화하며 우는 미망인을 부러워하는 어머니가 가엾어서, 납북어부가 풀려 돌아온 날에는 어머니 가슴이 더 아플 것 같아서 새벽에 일어나 신문을 감추고 라디오 코드를 뽑아 고장 났다고 속이는 어설픈 연기는 어머니가 서러운 목숨을 이어가는 세월 동안 19년을 이어갔다. 그래도 아버지는 돌아오지 못하고 일점 소식 한 톨 날아오지 않았다. 어머니의 발치를 지키던 밥멍덕(밥주발을 넣는 주머니) 덩어리의 찬밥만 해도 수십 가마가 될 것이다.

다시 남으로

전세가 어려워져서 11월쯤에서부터는 서울에서 짐을 싸서 남으로 가는 사람들이 생겼던 모양이다. 외할머니가 트럭 2대인지 3대인지를 빌려서 끌고 올라오셨다. 외숙과 함께 우리를 데리고 내려가실 작정이었다. 외숙은 "준비를 하는데 어머니는 셋이 살러 왔다가 둘이 되어 내려갈 수는 없다. 서울을 지키다가 남편을 만날 것이고 안 오면 찾아서 북으로 가겠다."며 요지부동이었다. 할 수 없이 보름쯤 어머니를 설득하다 실패한 외할머니가 외숙댁만 데리고 내려가셨다.

12월 하순이 되어 그믐이 가까워지는 어느 날 서울을 떠나라는 정부 방침이 내려왔던 모양이다. 어머니는 아무것도 모른 채 그날도 아버지를 찾으러인지 아니면 집에 가만히 있을 수가 없어 서울 어딘가를 헤매고 다녔는지는 모르겠지만 힘이 빠져 집으로 돌아오는데 사람들이 짐 리어카를 타고 부지런히들 움직이는 것 같아 이상해서 물었단다. 그랬더니 피란가라고 해서 그런다는 대답을 듣게 되고 반장을 통해서 연락이 된 지 며칠 되었다는 소리를 듣게 되었다. 순간 어머니는 배신감에 치가 떨렸다고 했다. 세상에 이럴 수가 있나. 사람 하나 없어졌다고 아니 내게 이럴 수가 있단 말인가? 얼마나 사람을 우습게 봤으면 피란 가라는 연락조차 안 해 주다니 이럴 수가 있나 싶어 허둥지둥 집으로 달려와서 그 댁에 들어가 울면서 세상에 이럴 수가 있느냐, 내게 이럴 수가 있단 말이냐, 하고 울부짖었다. 그 아주머니가 어머니를 달래며 경위를 얘기했다. 피란을 권유하라고 연락이 와서 반원들에게 집집이 연락을 했는데 우리 집을 어떻게 할 것인가 온 식구가 상의한 결과 먼저 친정어머니가 차를 갖고 올라왔을 때도 안 간 분이 지금이라고 가시겠느냐? 속만 뒤집어 놓는 일일 수 있으니 연락하지 말자고 했다는 것이었다. 어머니의 오해는 그래도 풀리지 않고 괘씸한 노릇이라며 어떻게든지 살아남아야겠다는 오기가 생기더란다.

그 길로 아버지 친구 댁을 찾았다. 쌀 1말을 갖다 드렸던 그 댁이다. 피란민을 짐과 함께 태워주는 일을 하고 있기 때문이었다. 돈을 주고도 차를 빌리기가 하늘의 별 따기인데 어머니에게는 돈도 없었기 때문이기도 했고 당연히 도움을 받을 수 있으리라 믿고 찾아간 것이다. 부르는 게 값인 그런 사업을 할 수 있는 사람은 돈도 있어야 했고 세칭 빽이라는 것도 있어야 할 때였다. 그 댁에 갔더니 마침 아버지 친구가 마당에 나와 있어서 인사하고 사연을 말했더니 줄 서 있는 사람들에게 차 빌려주는 일을 하고 있는 아들 쪽을 턱으로 가리키며 저 애가 하는 일이니 그리로 가보라고 하고는 안으로 들어가 버리더란다. 당연히 안으로 들어오라 하고 대접해 줄 줄 알았는데 어이없는 일을 당한 어머니는 그길로 돌아서 나오는데 하늘이 도는 것 같았다고 회고했다. 그 친구분은 그냥 친구 사이만이 아니라 아버지가 금광을 개발해서 임원으로 초빙해 함께 일하다가 2대 국회의원으로 당선된 분이다. 어머니는 그길로 다른 친구 분을 찾아가서 기차 편을 구했다.

1.4후퇴 마지막 열차를 타고

어머니가 찾아간 아버지 친구분은 체신부에 계셨는데 체신부의 마지막 남행열차에 탈 수 있도록 주선해 주었다. 통신을 담당한 열차였는데 체신부의 고위간부들 가족들을 함께 태우고 부산으로 가는 열차였다. 우리를 안내하고 중간에 역할을 맡은 분을 소개해 주어서 그분의 안내로 기차를 탔다. 피란 짐을 꾸리고 며칠 동안 먹을 음식을 만들고 비상식량을 쌌다. 어차피 다 두고 떠나야 하는 마당이니 아버지의 강원도 산판에서 가져온 토종 꿀 들을 다 넣고 찰밥을 큰 시루에 하나 가득 쪄서 여러 덩어리로 만들어 쌌다. 같이 탄 가족들에게도 대접하겠다는 어머니 배려였다. 차를 타고 가는 길이니까 싱거 미싱(재봉틀)도 싸고 옷들도 싸고 해서 꽤 큰 보따리를 만들어 짐마차에 싣고 용산역으로 향했다. 나는 동화책과 아버지와 남산 산책길에 아버지가 집어준 작은 계란돌 하나를 몰래 짐 속에 넣었다. 남원할머니가 짐 된다고 내가 책을 싸 놓으면 꺼내서 팽개치곤 했기 때문에 숨겼다가 전날 밤 몰래 집어넣었다.

길이 얼어서 미끄러워 나는 한 발짝도 못 떼고 울상이 되어 어머니만 쳐다보았다. 할 수 없이 나를 짐 보따리 위에 앉히고 밧줄로 고정시킨 후 언덕을 천천히 굴러 내려갔다. 다시 와 볼 수 없을 집인 줄 그때는 모르고 차를 탈 수 있는 것만 다행이라 생각하고 황급히 떠나 나왔다. 그것이 마지막인 것을— 아버지가 애지중지 모으신 서화와 골동품 그리고 엄청난 장서들도 고스란히 우리와 영이별을 한 순간이기도 했다. 청전, 이제, 이당, 남농 등은 아버지가 친구 분들과 서화를 놓고 담소 나누시는 소리를 들어 익숙했던 이름이었다.

용산우체국 앞에서 안내할 분을 만나기로 해서 기다리는데 영 오지를 않으니 어머니가 남원할머니와 나를 남겨 놓고 그 아저씨를 찾아서 용산역 쪽으로 갔다. 어머니가 아직 오지 않았는데 그 아저씨가 와서 늦었다며 빨리 가자고 해서 우리는 따라 갔다. 어머니는 그 아저씨를 찾을 수 없자 서둘러 와보니 우리가 감쪽같이 없어져 버렸더란다. 어린것과 늙은이를 어디다 갖다 버리고 짐을 뺏어갔다는 생각도 들고, 애도 잃었으니 나도 죽자고 생각하고 한강 쪽으로 발길을 옮기는데 벽력같이 소리를 질러 돌아보니 남원할머니가 어디를 쏘다니느냐며 팔을 낚아채서 용산역 쪽으로 뛰어갔다. 이렇게 나는 고아가 될 뻔한 위기를 넘기고 피란 열차에 몸을 실었다.

그렇게 숨막힐 정도로 급박한 상황을 겪어가며 차에 탔는데 밤이 되어도 차는 떠날 생각을 안 했다. 차 안은 전깃불이 아주 밝고 따뜻하고 예상을 뛰어넘어 쾌적했다. 여러 집 사람들이 함께 탔지만 잠자리가 충분했고 모두들 조용했다. 집이나 다름없이 불편하지 않은데 가질 않으니 무서웠다. 대포소리가 꽝꽝 울리는데 꼼짝을 않으니 인민군이 금방 쫓아올 것만 같았다. 마지막 통신 연락 차여서 전황이 아주 급박하게 나빠야 떠난다는 것이다. 하루를 그렇게 지냈는지 어쨌는지 정확히 기억할 수는 없지만 공포에 떨다가 겨우 안양역에 와서 멈춘 열차는 또 꼼짝을 안 하고 며칠을 보냈다. 가져온 찰밥들을 나누어 먹고 다른 집들이 가져온 것들도 나누어 먹으며 몸은 편안히 지냈다.

우리를 안내한 아저씨가 오더니 어머니에게 주소 적은 것을 건네주었다. 이 차는 유엔군이 화통이 고장 나서 이 차의 것을 떼어가는 바람에 갈 수 없게 되었으니 다 내려서 걸어가야 한다는 것이었다. 자기들은 차 지붕에 싣고 온 비상용 자전거로 내려가야 하니 이 주소지에 가서 일단 쉬었다가 우리 목적지 전주로 내려가라는 것이었다.

자기 누님 집인데 천안이라고 했다. 모두 다 그렇게 비상조치를 해서 차에서 내렸다. 떠난 사람들도 있고 아직 남은 사람들도 있었다. 어머니는 어차피 어린것을 데리고 걸어갈 수도 없으니 우선 차 안에서 추위를 피하며 차를 알아보아야겠다고 남았다. 하늘이 도왔던지 이틀날인가쯤에 화통을 달아 주어서 차가 다시 움직였다. 그 후에도 한 발 앞으로 가는가 싶으면 두 발 뒤로 가는 것 같을 정도로 애를 태우면서 거북이걸음으로 조금씩 남하하고 있었다.

평택역에 차가 멎어서 움직일 줄 모르는데 어떤 부인이 체신부 사람들에게 물었다. 한참 서 있을 거면 우리가 마을에 들어가 음식을 좀 구해 갖고 와야겠는데 괜찮겠냐는 것이었다. 당장은 안 떠날 거니까 다녀오라 했다. 각자 되도록 큰 그릇들을 하나씩 들고 동네로 들어갔다. 반찬을 얻으러 가는 길이었다. 그런데 동네를 다 돌아도 모두 다 피란 가고 텅 빈 동네가 아닌가? 할 수 없이 한 부인이 말했다. 어쩔 수 없으니 각자 집에 들어가 반찬을 찾아 먹을 만큼만 잘 담아 갖고 나오자는 것이었다. 어머니와 나도 어느 집에 들어갔다. 남의 부엌에 들어가기는 너무한 것 같아 마당의 묻은 김칫독에서 김치만 조금 담아 가기로 했다. 어머니는 가마니를 젖히고 김칫독을 열다가 주춤 물러섰다. 얌전하게 담아서 꼭꼭 눌러 놓은 김칫독에 차마 손을 대기가 어려웠던 것이다. 헐어서 먹던 김칫독이었으면 훨씬 마음이 편했을 것 같았다고 어머니는 회고했다. 김치를 퍼 담아 들고 나와 보니 모두들 김치와 반찬들을 들고 멋쩍은 표정으로 차에 올랐다. 그날 대문을 나오면서 미안합니다, 하고 말한 것 외에 어떤 방법으로도 그 댁에 감사를 전해 보지 못했다.

이순을 넘긴 어느 날 평택역 앞을 골목마다 돌아보며 반나절을 걸어도 어디가 어딘지 기억이 나지 않아 골목에 대고 고마웠습니다. 미안했습니다를 되뇌고 돌아섰다.

이런 우여곡절을 겪으면서 대전역에 내린 것이 서울 떠난 지 15일 만이었다. 애간장은 탔지만 몸은 편안한 피란길이었으니 얼마나 감사한 일인가? 경부선을 달려야 하는 차니까 우리만 내렸다. 어머니는 전주 외갓집까지 갈 차를 구하는 한편 우선 잠자리를 찾아들었다. 한 방에 남자 여자 할 것 없이 피란민들이 가득 있었던 것 같았다. 그날 밤 나는 고열이 심해 또 어머니의 애간장을 다 녹이고 겨우 살아나서 트럭에 짐을 싣고 전주 외가에 무사히 도착했다. 3이 살러 갔다가 3이 온 것은 맞는데 1명은 아버지가 아닌 남원할머니였다.

피란민

피란민증을 받은 어머니에게 담요가 2장 배급되었다. 2식구라서 그랬던 것 같다. 그 시절에는 군용 담요가 아주 보물 취급을 받을 때였다. 옷감이 귀할 때여서 어머니는 그 담요를 자주색으로 염색해서 내 반코트를 만들어주었다. 광목도 나오고 여러 가지를 받았던 것 같다. 전주는 피란민이 얼마 없어서 풍족하게 주었던 모양이다. 아버지의 소식은 풍문으로도 들을 길이 없었고 전쟁은 계속되다가 3년 후인 1953년 7월 27일 우리 뜻과 달리 휴전협정이 조인되어 일단 포성은 멈추었으나 아직도 그 전쟁은 끝나지 않은 채이다.

그해 초여름 갑자기 군용 물자인 유엔군의 C-레이션이라는 상자가 하나씩 배급되었다. 못 보던 음식을 담은 깡통들로 가득한 그 진귀하고(?) 처음 먹어보는 것들이 많은 그 상자가 북진을 포기하고 포성을 일단 멈추는 것에 대한 위로의 뜻인지를 전혀 모른 채 우리들은 치즈도, 버터도, 새콤달콤한 레몬 가루까지 갖가지 맛을 섭렵하면서 철없이 즐겼다.

그때 내 나이 12살이었다. 어이없이 아버지를 앗긴 지 3년 만이었다. 나는 여든이 돼 가는데 아버지는 아직 그때의 장년으로 박제되어 있다.(2020. 3. 23.)

6·25 전쟁의 초상화

허 숭 실

「문학마을」 등단, 수필집 『꽃은 흔들리며 사랑한다』, 『감사의 향기로 나를 채우다(5인공저)』이대문인회 이사, 범하문학상 수상

대한민국은 1945년 8월 15일, 일본이 항복하면서 광복을 맞았고, 1948년 8월 15일에 우여곡절 끝에 정부를 수립하여 안정을 찾아가던 중이었다. 내몽골에서 8·15광복 후에 귀국한 우리 가족은 정부에서 환국 교민들에게 마련해준 콘셋 마을에서 살고 있었다. 콘셋 마을은 집집마다 꽃을 심고 가꾸어서 꽃동네를 만들었고, 콘셋을 개조하여 기와를 얹고, 온돌방을 들이고 요모조모 고쳐서 아늑한 보금자리가 되었다.

가난하지만 이웃 간에 정이 오가는 정겨운 마을이었다. 만주 땅 한 구석에 얹혀살던 더부살이에서 벗어나, 하늘도 땅도 내 것이라는 자유의 기쁨이 햇살처럼 퍼지는 날들이었다.

6월 25일은 일요일이었다. 또래 아이들은 주일학교에 다녀오자 정릉 개울가로 몰려갔다. 사내아이들은 개구리를 잡고, 물고기도 잡으려고 매미채를 물속에서 휘저으며 놀았다.

1950년 6월 25일 새벽, 북한의 기습적인 남침으로 평화롭던 마을은 전쟁 소식에 공포로 술렁였다. 6월 28일엔 무시무시한 탱크들이 미아리고개로 밀려오고 있었다. 탱크를 향해 손을 흔드는 사람들도 있었다. 창신초등학교 3학년이었던 나는 학교 가는 길에 숭인동 고개에서 시체를 처음 보았다. 어찌나 무섭고 끔찍하던지 길에다 먹은 것을 다 토했다. 학교에서는 담임 선생님이 인민군 군가를 가르치며 부르게 했다. 운동장에 태극기도 게양할 수 없었다. 아버지가 학교에 가지 말라고 해서 동생과 나는 더 이상 학교에 다니지 않았다.

경찰이었던 이웃집 아저씨가 인민위원에게 끌려가서 총살당하는 모습을 동네 사람들이 모두 지켜보았다. 공무원은 공산당원이 혈안이 되어 찾아다니는 표적 대상이었다. 아버지는 대책을 강구하기 위해 공보처에 함께 근무하는 조 선생에게 연락을 했지만 소식이 없자 위험을 무릅쓰고 수소문하러 나섰다가 인민군에게 붙잡혔다. 길에서 잡힌 남자들을 북한으로 끌고 가는 대열에 합류하게 되었다.

아버지는 잡혀온 사람이 길가에 버려둔 달구지를 끌고 반대 방향으로 달렸다. 얼마 못가서 또 잡히고 말았다. 병든 자식이 있는데 아비가 없으면 그 애는 죽을 것이라며, 제발 집으로 보내 달라고 간청을 했다. 그 인민군에게도 아픈 아이가 있었던지, 아버지를 풀어주었다. 집으로 보위부원이 들이닥칠 것을 알고 있는 아버지는 그길로 시골의 은사님을 찾아갔다. 아버지가 며칠이나 소식이 없어 애간장을 태우던 어머니와 나는 인민위원회를 찾아다니며 아버지의 소재를 수소문했다.

아버지는 은사님의 안내로 산속 토굴에 숨어서 전쟁 상황을 지켜보며 지냈다. 그러나 밤마다 음식을 가져다주는 은사님의 가족을 더 이상 위험에 빠뜨릴 수 없어, 며칠 만에 집으로 돌아왔다. 밤중에 돌아온 아버지는 천장에 올라가 숨어 지내는 날이 계속되었다. 천장으로 통하는 곳엔 옷가지들을 걸어놓아 감추었다. 늦은 밤에만 내려와서 잠깐 쉬고는 새벽이 오기 전에 또 올라가야 했다. 어린 동생들이 아버지를 보면 얼결에 발설이라도 할지 몰라, 아이들이 잠든 한밤중에만 내려왔다.

인민위원이 오는 것이 보이면 나는 달려나가서 "우리 아버지 좀 찾아주세요." 하며 매달리곤 했다. 어떻게든지 그가 집 안으로 들어오는 것을 막아야 했다. 그렇게 하는 것만이 아버지를 지킬 수 있는 길이라고 생각했다. 어머니는 곡식과 바꿀 만한 옷가지를 싸들고, 동생들을 내게 맡겨놓고 시골로 가곤 했다.

어머니는 천장을 쳐다보고는 나를 보았다. 나는 고개를 끄덕여서 아버지를 잘 지키라는 당부에 대답을 했다. 10살짜리 어린애가 어찌 그런 의견이 있었을까? 전쟁 중에 태어나 내몽골에서 고국으로 돌아오는 동안 눈으로 보고 겪은 일들이 아이 머릿속에 무서운 판단력을 빚어 넣었던 게 아닐까? 내가 나를 생각해도 무섭고, 슬프고, 가엾다.

한국에 와서 태어난 동생 인이는 막 돌이 지나서 밥을 먹기 시작했다. 이미 엄마의 젖은 말라붙고, 죽을 끓일 쌀도 보리도 없어, 아기는 영양실조로 다리가 배배꼬여서 잘 걷지도 못했다. 일곱 살인 석이는 정릉 개울로 가서 개구리를 잡아오곤 했다. 어머니가 개구리 뒷다리를 구워서 아기에게 먹이면서 그에게도 주었지만 침을 꼴깍 삼키면서도 받아먹지 않았다. 개구쟁이 철부지가 동생을 생각하던 기특한 모습을 떠올리면 지금도 목이 멘다.

1950년 9월 28일, 맥아더 장군이 이끄는 인천상륙 작전의 승리로 마침내 석 달 만에 서울이 수복되었다. 9월 27일 새벽, 서울 탈환에 나선 해병대 제2대대 박정모 소위와 대원들이 중앙청에서 북한 인공기를 내리고 태극기를 게양했다. 중앙청은 대한민국 정부의 상징적 건물이다. 중앙청에 태극기를 올렸으니 대한민국의 심장이 다시 뛰기 시작한 것이다.

서울이 수복된 날, 후퇴하는 인민군과 B29의 폭격을 피해 방공호에 숨어 있던 마을 사람들은 모두 나와서 만세를 부르고, 서로 얼싸안았다. 아버지도 천장에서 내려왔다. 눈이 움푹 파이도록 수척한 얼굴은 백지장처럼 하얗고, 수염과 머리카락이 마냥 자라서 꼭 원시인 같았다. 인민군들은 퇴각하면서 집집마다 뒤져, 물건과 먹을 것들을 모조리 빼앗아 갔다. 마지막 발악으로 마구 총질을 해댔다.

정 선생 부인이 우리 집 부엌에 쓰러져 있었다. 그 부인은 만주 난석산에서 살던 시절, 정 선생 혼인예식에 내가 애기들러리를 섰던 신부였다. 방공호에 함께 들어가자고 했을 때, 아기가 보채며 운다고 한사코 들어가기를 주저하더니, 후퇴하던 인민군에게 총을 맞고 숨졌다. 아기는 죽은 엄마의 젖을 빨고 있어서 보는 이마다 혀를 차며 눈시울을 적셨다. 애석하게도 국군이 막 입성하는 찰나에 그런 변을 당해서 안타깝기 이를 데 없었다. 정 선생은 국군에 지원하여 전선에 나가 있었다. 전쟁은 참으로 부조리하고, 참혹하고, 허망하기 이를 데 없다.

전쟁 중에 서울을 떠나지 못한 시민들은 공산당의 잔혹한 행태를 수없이 체험했다. 다정하던 이웃이 별안간 공산당원이 되어 붉은 완장을 차고, 여맹에 가담한 부녀자들과 합세하여 무고한 사람들을 반동이라는 죄명으로 잡아갔다. 인민재판이라는 이름으로 학교 운동장에 세워 놓고 일거에 총살하는 끔찍한 현장을 목격했다. 공산주의 이념에 사로잡힌 사람들은 인간의 탈을 쓴 살인마와 광인처럼 날뛰었다.

9월 28일, 인천상륙 작전으로 서울이 수복되어 공산당의 광포를 더 이상 당하지 않게 되자, 전쟁이 끝나고 평화가 온 것 같았다. 그러나 한편에서는 공산당의 앞잡이가 되어 부역을 하며 악역을 담당했던 사람들을 색출하는 상황이 벌어졌다. 사상과 이념의 차이로 이웃이 고발자와 살인자로 바뀌는 현상이 재현되었다. 만주에서 온갖 고생 끝에 고국으로 돌아온 뒷집 아주머니의 둘째 딸이 여맹위원으로 활약하다가 전세가 바뀌자, 인민군을 따라 월북하였다. 그녀의 어머니는 귀하게 기른 딸이 떠나자, 일생 동안 웃음을 잃고 반벙어리처럼 살았다. 동생들은 언니를 잃고, 연좌제에 묶여 살아야 했다.

9.28수복으로 안정이 되는가 했는데, 평양까지 점령했던 전세가 다시 밀리자 시민들은 보따리를 짊어지고 남쪽을 향해 피란길에 올랐다. 대포와 폭격보다 순식간에 공산당원이 된 이웃이 더 무서워서 떠나야 했다. 12월 중순에 우리 가족은 부산으로 가는 기차에 올랐다. 아버지는 정부와 함께 철수하기 위해 서울에 남아야 했다. 보따리를

이고 인이를 업은 어머니랑 서울역에 갔을 때는 이미 아수라장이었다. 손을 놓치면 영영 고아가 될 판이었다. 아버지는 석이에게 누나 손을 절대 놓지 말라고 다짐을 하며 우리 남매를 꼭 끌어안았다. 어렵사리 우리를 화물칸에 태우고 아버지는 걱정스러운 표정으로 바라보았다. 아버지와 함께 가지 못하는 것이 무섭고도 슬펐으나, 울면 아버지를 영영 못 보게 될 것 같아 나는 울음을 참았다.

화물열차 칸은 콩나물시루 같았다. 한번 일어서면 앉을 자리가 없어졌다. 아기와 어린아이도 많았는데, 칭얼대는 소리를 듣지 못했다. 그 어린것들도 비상시국인 걸 알았던 것일까? 혹시 허기져서 울 기운도 없었던 것은 아니었을까? 우리는 배가 고파도 밥을 달라고 보채지도 못했다. 달리는 기차에 화장실도 없고 내릴 수도 없으니, 기차가 정거할 때까지 기다려야 했다. 가다 서다를 반복하던 기차가 멈추었다. 밥을 짓고 용변도 보아야 하는 시간이 된 것이다. 어머니는 밥을 지으려고 냄비를 들고 내렸다. 그런데 기차가 출발하는 게 아닌가. 나는 울면서 엄마를 찾아 뛰어내리려고 했다. 옆에 묵묵히 앉아있던 동생 석이가,

"누나 울지 마, 기차가 가는 게 아니라 빠꾸하는 거야, 엄마 있는 데로 다시 갈 거야."

했다. 기차는 선로를 변경하느라 움직였던 것이다. 세 살이나 어린 동생이 아버지 대신 상황 판단을 하는 것이 대견했다. 그날부터 동생을 오빠처럼 의지하는 마음이 생겼다.

보름이나 걸려서 12월 말에 부산에 도착했다. 부산진역에 도착하

자 사람들은 어딘가를 찾아 꾸역꾸역 떠나고, 갈 곳이 없는 사람들과 우리 가족만 남았다. 역사 밖으로 쫓겨난 어머니는 이고 온 이불을 펴고 삼남매를 보듬어 안고 누웠다. 하늘이 보이는 땅바닥에 누워 몸을 오그려도 춥고 무섭고 배도 고파서 정신을 잃었다. 부스스 눈을 떠보니 아침 햇살이 기차를 비추고 있었다. 그런데 엄마는 곁에 계시지 않았다. 어린 동생도 보이지 않고 석이만 몸을 동그랗게 말고 잠들어 있었다. 춥고 낯선 곳에서 그렇게 첫날밤을 지내고 엄마를 찾아 두리번거리는데, 구수한 냄새가 창자를 목젖까지 끌어올렸다. 새벽에 어머니는 시장을 찾아가, 오징어를 사다가 국을 끓였다. 피란지에서 처음 먹어본 멀건 오징어 국은 잊을 수 없는 천하의 별미로 남아 있다.

우리는 부산진역에서 어느 마방으로 짐을 옮겼다. 마방은 말을 매어두었던 기둥들만 곳곳에 있고, 넓은 바닥은 시멘트여서 차갑지만 지붕이 있어서 역전보다는 추위를 피하기에 나았다. 어머니는 어린 동생을 업고 아버지를 찾으러 나갈 때마다 석이와 나에게 절대로 마방 밖으로 나가면 안 된다고 말씀하셨다. 석이와 나는 말을 매어두었던 기둥들을 세어 보기도 하고, 그곳에 있는 피란민 아이들과 숨바꼭질을 하며 엄마를 기다렸다. 아버지는 정부와 함께 부산으로 내려왔지만 노숙하는 우리를 찾을 수 없었다. 어머니가 도청으로 몇 번이나 찾아간 끝에 드디어 아버지를 만날 수 있었다.

피란 정부에서 남부민동 바닷가에 큰 창고를 빌려 공무원들의 사택을 만들어 주었다. 창고 안에 판자로 칸막이를 하여 일곱 세대가 살았다. 거기서 서울로 환도할 때까지 학교를 다니며 친구들과 추억도 쌓으면서 유년 시절을 보냈다.

부산에는 전국에서 몰려온 피란민들로 갑자기 인구가 많아져서, 가뭄도 아닌데 물 기근에 시달렸다. 창고 앞 너른 마당에 있는 국밥집 수돗물을 사택 사람들은 함께 써야만 했다. 매일 물을 얻기 위한 슬픈 행렬이 이어졌다. 아침 일찍 수돗가에 물통을 놓고 줄을 서서 차례를 기다리노라면, 부지깽이를 든 국밥집 할머니는 하루도 거르지 않고 나와서 호통을 쳤다.

"저 문딩이, 서울내기들 따매 몬 살긋다."

나는 부산에서 제일 무서운 사람이 그 할머니였다. 식수를 얻기도 눈치가 보이는데 빨래까지 할 수가 없어서, 엄마는 천마산으로 가서 빨래를 해오곤 했다. 빈 몸으로 올라가도 숨이 차고 가파른 산에 무거운 빨래를 이고 다니는 엄마가 불쌍해서, 서울로 돌아갈 날만을 손꼽아 기다렸다.

골목대장 기질이 있는 석이는 개구쟁이 친구들과 놀다가 사고를 치면 자기가 했다고, 혼자 매를 맞곤 했다. 국밥집 할머니네 숯가마 쌓아 놓은 것을 아이들이 뛰놀다 쓰러뜨렸다. 할머니는 부지깽이를 들고 우리 집으로 달려왔다. 석이는 달아나 버렸고, 아버지가 나가서 미안하다며 숯 값을 물어드리겠다고 했다. 할머니는 아버지를 물끄러미 보다가,

"아배는 신사 맹키로 반듯한디, 문딩이 아는 와 그라나?"

하고는 돌아갔다. 그런 다음부터는 아이들이 사고를 쳐도 할머니가

우리 집으로 달려오지 않았다.

세 살이 된 인이는 형이 가는 곳마다 따라다녔다. 호기심이 발동한 석이는 친구들과 동생을 데리고 방파제 등대에 올라가 보려고 달려갔다. 인이는 형을 따라가려다가 신발 한 짝이 벗겨져 방파제 밑으로 굴러갔다. 어린것이 신발을 찾으려고 방파제 아래로 내려가다가 그만 바닷물에 빠졌다. 등대를 향해 신나게 달려가다가 보니 동생이 보이지 않았다. 큰일 났다 싶어 이름을 부르며 되돌아오는데, 마침 지나가던 사람이 인이를 건져 올려 보호자를 찾고 있던 중이었다. 물에 빠져 정신을 잃은 동생을 들쳐업고 집으로 달려오면서 석이는 빌고 또 빌었다. 동생을 제발 살려달라고. 우리 가족은 병원에서 인이가 살아나기를 기다리며 밤새도록 기도했다. 병실 창이 환하게 밝아올 즈음 깨어난 인이는

"내 삐방 내 삐방……."

하면서 손을 내저었다. 옆에서 지켜보던 석이가

"그래, 네 신발 찾아다 줄게."

하며, 어린 동생의 발을 꼭 쥐고 훌쩍였다.

사택 창고 앞마당에 피란민이 판자로 어설프게 지은 작은 집이 있었다. 어느 날 태풍에 큰 파도가 밀려와서 그 판잣집이 바다로 둥둥 떠내려갔다. 집 안에는 엄마가 우는 아기를 안고 허둥대고 있었다. 동네 사람들이 달려 나와서 손을 휘저으며 "우짜꼬, 우짜꼬." 소리만 지를 뿐, 어찌할 도리가 없었다.

남부민 피란초등학교는 방파제 뒤에 있었다. 판자와 천막으로 지은

교실 바닥에는 레이선 박스를 얼기설기 깔고 앉아서 공부했다. 3.1절에는 태극기를 들고 단체 무용을 하고, 연극도 했다. 어려운 형편에도 치약과 비누, 연필과 편지지를 정성껏 모아, 국군 장병들을 찾아가 위문 공연을 했다. 화장실이 없어서 바닷가 아찔한 절벽에 앉아서 용변을 보아야 했다. 그때마다 바다에 빠질까 봐 손을 잡아주며 서로 기다려주곤 했다.

그런 환경에서 공부하는 우리에게 함월탄 선생님은 전쟁도 가난도 언젠가는 끝나는 것이라며, 우리 가슴에 희망을 심어주었다. 선생님 말씀을 들으며 나는 작가가 되고 싶은 꿈을 품었다. 날씨가 맑고 따뜻한 날은 방파제로 나가서 야외수업을 했다. '철~썩 철~썩' 방파제에 부딪히는 파도 소리가 들리고, 비릿한 바다 냄새에 코를 벌름거렸다. 멋쟁이 김경희 선생님과 방파제 계단에 줄지어 앉아서 찍은 사진을 볼 때마다 그날의 즐거웠던 순간이 느껴진다. 까르르대던 우리들 목소리도 사진에 찍혀졌는지, 귓전에서 되살아난다.

하교 후에는 송도로 달려가서 팬티만 입고 바다에 뛰어들어 물고기처럼 바다 속을 휘젓고 놀았다. 수영복도 없던 시절이라 부끄러움도 몰랐다. 그런데 민자는 꼭 고무신을 신고 수영을 해서 우리는 깔깔대다가 바닷물을 먹기도 했다. 청자네 집에 가면 어린 우리들을 위해 어머니와 아버지가 함께 가곡을 불러 주셨다. 우리 부모님은 청교도적인 분위기여서 나는 이담에 낭만적인 청자네 집처럼 살리라 마음먹었다.

시험 때가 되면 집이 넓은 민자네로 친구들이 몰려가서 밤을 새우며 공부했다. 민자 작은오빠는 그리스 조각상 같은 미남 중학생이었다. 낮에는 물놀이에 지치고, 밤엔 그 미남 오빠 생각에 공부는 언제 했는지, 그립고 그리운 시절이다. 같은 대학에서 학창 시절을 보냈고, 지금도 자주 만나는 청자, 민자, 화영이는 피란학교에서 맺은 보석 같은 친구들이다. 바닷가 절벽에서 서로 손을 잡아주던 친구들은 파파할머니가 되었어도 맑고 순진했던 옛 마음 그대로다.

서커스단이 동네에 들어오면 아이들은 뺑빠뺑빠 울리는 소리에 들떠서, 어떻게든지 천막 안으로 들어가려고 이리저리 몰려다녔다. 우리 집은 창고 안이 사택이었으니 당연히 하수도 시설이 없었다. 설거지한 물은 창고 밖으로 내다버려야 했다. 엄마에게 내가 물을 버리겠다고 하고는 양푼을 길바닥에 내버려둔 채 서커스 천막으로 달려갔다. 석이는 누나를 좋아하는 상급생 형에게 표를 얻어서 누나 자리를 잡아놓고 기다리곤 했다.

친구들과 재재거리며 학교에서 돌아오는데, 사택 창고에서 검은 연기가 솟아오르고 있었다. 책가방을 화영에게 맡기고 숨이 넘어가도록 달렸다. 집으로 들어가자마자 불길 속에서 제일 먼저 건져내야 할 것은 책이라 생각해서, 아버지 책들을 안고 나왔다. 아버지는 공보처 출판과에 근무했기 때문에 증정받은 책이 많아서 우리는 책 속에서 살았다.

엄마가 장티푸스에 걸려서 병원에 격리되었을 때였다. 아버지는 병원에 가셨고 나는 동생들 밥을 지어준다고 쌀을 씻고 있었다. 옆집 아주머니가 물끄러미 보다가 "쌀이 아플까 봐 그렇게 쓰다듬고 있냐?" 하시고는 밥을 지어주었다. 다정하고 유머가 넘치던 이웃들은 모두 어디로 갔을까?

부산 피란살이 3년은 '물은 무엇인가'를 생각하게 했다. 생명수 같은 수돗물, 생명을 앗아가던 걷잡을 수 없는 파도, 전쟁도 가난도 잊게 해주던 물놀이 등을 통해 물은 자연의 실체이고 생명의 근원이며 자연이 주는 선물임을 깨달았다.

6.25전쟁의 기억은 참혹하고, 슬프고, 아픈 상념들이 켜켜이 쌓여 있다. 잊고 싶어도 잊히지 않는 끔찍한 장면들은 가슴에 상흔으로 남아 있다. 지금도 가끔 '저벅저벅' 인민군들의 군화소리가 들리는 악몽을 꾼다. 몸이 피곤한 날은 보따리를 이고 지고 피란 가던 사람들 속에서 헤매는 꿈을 꾸기도 한다. 그러나 남부민 피란 초등학교 시절의 기억은 태풍의 소용돌이 속에서 잠시 내리비치는 햇살처럼 밝고 따뜻했다. 12살 소녀의 학창시절은 비참한 전란 속에서도 무지개 같은 빛을 뿜어내고 있었다.

신의주에서 부산까지

정 영 자

「한국산문」 등단,「파리지엔느와 현대모드사」 등단, 중국 장춘서 태어나 해방 직전 신의주로 귀향, 한국산문작가 협회, 이대 동창 문인회, 프랑스 파리 의상조합학교 졸업, 파리 지방시와 까르벤 근무, 저서 : 『입체재단』

신의주 학생의거는 공산당과 민주 세력이 충돌하면서 1945년 11월 18일, 용암포에서 먼저 학생들의 반소 반공의거로 시작되었다. 그날 공산당이 추진하는 인민위원회를 환영하는 군중대회가 열렸다. 축하 연설을 위해 연단에 오른 학생 대표가 오히려 공산당의 각종 비행들과 소련군의 압제와 행패를 비판했다. 그러고는 공산당이 정치훈련소로 사용하는 수산학교(水産學校)의 반환을 요구하기에 이르렀다.

여기에 군중이 합세하면서 환영대회가 삽시간에 공산당 규탄대회로 변했다. 당황한 공산당은 보안대를 앞세워 진압하는 와중에 반공 시위자 중, 사망자 1명(기독교 장로)과 학생, 시민 등 11명의 부상자가 발생했다.

소식을 접한 신의주 학생자치대 본부 학생들은 대대적인 시위를 벌이기로 결의했다. 시내의 6개 남녀 중학교 학생들이 11월 23일에 학교 강당에 집결하여 공산당 타도를 외쳤다. 3조로 나뉘어 싸우기로 했는데, 우리와 같은 울타리 안에 살던 외사촌오빠가 다니는 신의주

동중은 제1조였다. 동중 학생들이 평안북도 인민위원회로 몰려갔는데, 도착하자마자 기다렸다는 듯이 기관총을 난사하여 13명이 사망했다.

소문은 삽시간에 퍼져나갔고 외삼촌과 외숙모, 그리고 아버지는 오빠를 찾아 급히 달려나갔다. 집에 남은 식구들도 초조하게 소식을 기다리던 중에, 오빠가 숨을 헐떡이며 뛰어 들어왔다. 어머니와 언니는 서둘러 오빠를 벽장 속에 숨기고는 모두에게 태연하도록 일렀다. 허탕 치고 돌아온 외삼촌, 외숙모 그리고 아버지는 소식을 듣자 안도의 한숨을 내쉬며 기뻐했다. 거사 비밀을 지키기로 약속한 한 학생이 공산 당국에 밀고했기 때문이었다. 다행스럽게도 오빠는 무사히 피해서 숨어 지내게 되었다.

수많은 학생이 죽고 다치자, 의거에 참여하지 못했던 사범학교 부속 강습생들과 공립여중 학생들이 다시 인민위원회를 습격하여 기밀문서를 빼앗는 등의 전과를 올렸다. 며칠간의 의거에서 23명의 사망자와 700여 명의 부상자가 발생했고, 2,000여 명이 투옥되었다. 이들의 궐기를 배후에서 조종했다는 죄목으로 많은 애국지사와 민주 진영의 간부와 종교인들이 체포, 구금되었다.

이 사건은 신의주 중등학교 학생 3,500여 명이 '공산당을 몰아내자', '소련군은 물러가라', '학원의 자유를 쟁취하자'는 구호를 외치며 나라를 위해 일으킨 의거였다. 언니는 그 당시를 회상하면서 외사촌 오빠가 무척 믿음직스럽고 자랑스러웠다고 했다. 이 사건을 계기로 아버지와 외삼촌은 물론, 많은 기독교인, 기업인들이 모든 재산을 버려둔 채로 월남을 결행하기 위해 해주로 이사하게 된다.

해주로 이주한 외삼촌과 우리 식구는 일단 의심을 피하기 위해 살림집을 사서 짐을 풀었다. 얼마 후, 식구가 많은 외삼촌댁이 먼저 캄캄한 밤에 안내자를 앞세우고 삼팔선을 넘어 남한으로 갔다.

그 이후부터 정치보위부의 감시가 시시각각으로 삼엄해졌다. 아버지는 여러 차례 평양에까지 불려가 조사를 받게 되고 그 와중에 설상가상으로 외삼촌댁을 안내했던 그 안내자가 체포되었다. 아버지를 그 안내자와 대질신문까지 시켰으나 두 사람은 끝까지 서로를 모른다고 부인했단다. 한편으로는 해주 교회에 같이 다니던 어머니의 친한 친구가 정치보위부 고위간부의 부인이었는데 그의 도움으로 석방될 수 있었다. 이처럼 어려운 상황으로 월남을 결행할 기회 포착이 점점 힘들어지고 있었다.

1950년 초부터는 새벽마다 탱크들이 해주 외곽을 지나 남쪽을 향해 이동하는 소리가 요란하게 들리기 시작했고 전쟁 준비 중이라는 소문이 나돌기 시작했다.

그 무렵 여중생 언니는 학교에서 항상 일등을 도맡아 하는 학생이었고, 빨리 남한에 가서 경기여고에 입학해야 한다며 밤마다 이불을 겹겹이 뒤집어쓰고는 남한 방송을 듣곤 했다. 남한 방송에서 이승만 대통령이 "점심은 평양에서, 저녁은 신의주에서 먹을 것입니다."라고 하는 말을 들을 때마다 이불을 박차고 나와 뛸 듯이 기뻐했다.

1950년 6월 25일 전쟁이 시작되고 10월 25일 중국이 전쟁에 개입하자, 인산인해로 몰려오는 중공군을 감당하지 못하고 국군과 유엔군이 압록강에서 후퇴하기 시작했다.

언니와 둘째 남동생을 데리고 서울 외삼촌댁에 먼저 가 있던 어머니는, 그 소식을 듣자마자 언니와 같이 당장 해주로 떠날 준비를 했다. 아버지와 큰 남동생, 그리고 내가 해주에 남아 있었기 때문이었다. 마침 아버지와는 만주에서부터 호형호제하며 가깝게 지냈던 이 장로님이 소식을 듣고는, 건장한 남정네가 가야 한다며 고맙게도 나서 주었단다. 장로님은 서둘러 우리 가족의 이사 증명서를 발급받았다. 다음날 새벽에, 자기가 가야만 해주 집을 금방 찾을 수 있다면서 기어이 따라나서는 언니를 데리고, 해주를 향해 출발했다.

한편, 우리 군의 후퇴 소식을 접한 아버지도 나와 동생, 고종사촌인 영복 오빠, 그리고 평양 아저씨와 같이 해주를 떠나 청단에 도착해 있었다. 점심시간이라 우리는 식사 중이었는데, 식당 안이 피란민으로 들끓어 자리가 모자라자 오빠는 나중에 먹겠다며 밖에 나가 기다리고 있었다. 마침 그 앞을 지나가는 언니를 긴가민가하면서 불러 보았다고 한다. 참으로 기적 같은 만남이었다.

그곳 여관에서 하룻밤을 지낸 후, 유엔군의 후퇴가 빨라진다는 소식에 서둘러 걷고 또 걸어서 예성강에 다다랐다. 수많은 사람들이 증명서가 없어서 갈팡질팡하고 있었지만, 다행히도 우리에게는 증명서가 있어서 배를 타고 무사히 강을 건널 수 있었다. 남자들은 짐을 지고 들고, 평양 아저씨는 동생을 업고, 언니는 내 손을 꼬옥 잡고는 발걸음을 재촉했다. 날이 저물자 지친 우리 일행은 어느 촌가에 들어가 재워 주기를 청했고, 주인은 두말없이 방을 내주며 불도 뜨끈뜨끈하게 지펴 주었다. 추위에 떨며 지친 우리들의 몸과 마음까지도 따뜻하게 녹일 수 있어서 정말 고마웠다.

새벽에 촌가를 떠나서도 쫓기듯 걷고 또 걸었다. 저녁이 가까워 오자 모두 다리가 아파서 더는 걷기가 힘든 때였다. 문산을 막 지났을 때였는데, 군 트럭이 뒤에서 힘차게 달려오는 것이 보였다. 너무나도 지쳐 있었던 우리는 누구랄 것도 없이 모두가 태워 달라고 손을 번쩍 들어 흔들었다. 우리 앞에 트럭이 섰을 때의 안도감과 그 기쁨을 어찌 다 표현할 수 있었겠는가. 트럭 운전병은 화신백화점 앞에 우리를 내려 주었다. 많은 짐을 지고 들고 밤늦게야 마포에 있는 외삼촌댁에 도착할 수 있었다. 해주를 떠나온 지 3일 만이었고 그래도 가장 힘들었던 때에 트럭을 만난 것은 큰 행운이었다.

어머니와 동생을 만나니 너무 반가워서 얼싸안고 깡충깡충 뛰었다. 우리는 모두 둘러앉아 새벽이 되도록 이야기꽃을 피우고 있는데, 갑자기 밖에서 "불이야!" 하는 외침이 들려왔다. 제일 먼저 아버지가 뛰어나갔다. 한 마당 안에 살림집과 얼마간 떨어져서 공장 건물이 있었는데, 유리창을 통해서 시뻘건 불길이 솟아오르는 것이 보였다. 양초 만드는 곳에서 불이 번졌는데, 아버지는 가능한 한 높은 곳에 올라서서 불길을 향해 물을 뿌렸다. 식구들은 물론이고 동네 사람들도 합세하여 양동이로 물을 날라대며 도와서 다행히 불은 꺼졌으나, 아버지는 이마에 화상을 입었고 앞머리칼도 많이 그슬렸다.

힘들고 긴 밤을 지낸 아버지는 쉴 틈도 없이, 평양 아저씨와 같이 아침 일찍 외출했다. 후퇴 속도가 빨라져서 하루라도 빨리 부산으로 피란을 가야 한다며 트럭을 사러 나가면서 어머니께는 짐을 잘 싸 두라고 했다. 얼마 후, 평양 아저씨가 헌 트럭을 몰고 돌아왔다. 이미 운전 경험이 있던 아저씨가 차를 능숙하게 다룰 수 있어서 참 다행이었다.

트럭에 짐 보따리를 먼저 실은 위에 우리 식구와 외삼촌 식구 등, 20여 명이 올라타고 부산을 향해 떠났다. 마포에서 출발했으니 한강을 건너야 했다. 공산군이 들이닥치자 하나뿐이던 한강 다리를 폭파했기 때문에 그 옆에 임시로 부교가 설치되어 있었다. 기억에 11월 중순쯤이었는데, 머플러로 머리를 온통 감싸고 눈만 내놓고 앉아있는데도 트럭 위는 몹시 추웠다. 부교 위로 트럭이 들어서자 강바람까지 세차게 불어쳤고, 일렁이는 다리 위를 조심스레 건너가는데 혹시나 트럭이 강으로 굴러떨어지지 않을까 겁이 났다. 다행스럽게도 무사히 다리를 건너 부산을 향해 경부 국도를 부지런히 달렸다.

누구였는지 지금은 기억에 없지만, 부인과 2~3명의 자녀가 같이 탔었다. 아마 공장 식구였는지도 모르겠다. 흔들거리는 트럭 위에서 추위에 떨며 고개를 푹 숙이고 있던 나는, 그 부인이 커다란 봉지에서 빵 부스러기를 한 줌씩 꺼내 자기 아이들에게 나누어주는 것을 보았다. 어린 마음에 그것이 왜 그리도 맛있게 보였던지, 야속한 마음이 들었다. 우리 어머니라면 조금씩이라도 다른 아이들에게 나눠줬을 터인데. 지금도 그때의 아쉬워하던 내 모습이 또렷이 떠오르곤 한다.

끊임없이 달리던 트럭이 안성 부근에서 점심을 먹기 위해 멈춰 섰다. 트럭에서 내리자, 어린 동생들을 데리고 조수석에 탔던 어머니 곁으로 달려가서 동생들과 같이 점심을 맛있게 먹었다.

끊임없이 남쪽을 향해 내달리는데 어둑어둑해질 무렵, 가파른 언덕길을 힘겹게 오르기 시작하던 트럭이 갑자기 멈칫거리더니 덜컥 서버렸다. 평양 아저씨가 운전석에서 내려 엔진 뚜껑을 열어보더니 "라디에이터에 물이 떨어졌네."라며 깡통으로 눈을 헤집고 물을 퍼다 부었다. 그러자 차가 다시 언덕길을 힘차게 오르기 시작했다. 그곳이 추풍령 고개라고 했다. 언덕을 내려오니 밤이 깊었는데, 마침 앞에 작은 마을이 나타났다.

칼바람 추위에 종일 트럭 위에서 웅크리고 떨었기 때문에, 작은 방하나밖에 없다는 주인의 말에도 그곳에서 묵기로 했다. 20명에 가까운 식구가 그 작은 방에서 앉다시피 밤을 보냈지만, 방이 따뜻했기 때문에 모두 단잠을 잘 수 있었다.

다음날에도 새벽같이 일어나 트럭 위에 올라타고 남쪽을 향해 달리고 또 달렸다. 중공군이 뒤를 바짝 쫓고 있다는 절박감에 점심도 주먹밥을 사다가 차 위에서 먹었다. 온종일을 더 달려서 그날 밤늦게야 부산에 도착할 수 있었다. 몰려드는 피란민 때문에 방 한 칸 얻기도 힘들었을 터인데, 아버지가 미리 조달감실을 통해 대원호텔에 큰방 2개를 예약했기에 무난하게 피란 생활을 시작할 수 있었다. 호텔이라고는 하나 욕실이나 화장실이 딸린 방은 아니었다.

며칠이 지나자, 어린 동생들이 뛰어놀아서 시끄럽다는 손님들의 항의가 있으니 가능한 한 빨리 방을 비워 달라고 했다. 마땅히 뛰어놀 곳이 없으니 아무리 주의를 시켜도 소용이 없었고, 계속해서 손님들께 폐를 끼칠 수도 없어서 어머니는 외숙모와 집을 구하러 다녔다. 하지만 집집마다 피란민으로 넘쳐나는 상황에서 15명이나 되는 식구들이 살 집을 구하기는 쉽지 않았다. 3일 후에야 겨우 송도 해수욕장 인근 마을에 방 2개인 초가집 한 채를 구할 수가 있었다. 한 방은 우리가 쓰고 큰 방은 식구가 많은 외숙모네가 쓰기로 했다.

내 또래와 어린 동생들을 합치면 모두 8명이었는데, 매일 새벽부터 모두 바닷가 백사장으로 나가서 마음껏 뛰어놀았다. 특히 어머니 심부름으로 새벽에 양동이나 냄비를 들고 나가면 조그만 통통배가 들어와 갓 잡은 싱싱한 오징어를 팔았고, 오징어의 꿈틀거림이 느껴지는 그릇을 들고 집으로 달려가곤 했다. 그때 어머니가 만들어주던 다양한 오징어 요리 맛은 지금도 입안에 군침이 돌게 한다.

어떤 날은 우리가 마당에 줄을 매 놓고 오징어를 매달아 말리려고 했는데, 온종일 들락날락하며 기다리다 참지 못하고, 겨우 꾸덕꾸덕해진 오징어를 몽땅 다 숯불에 구워 먹어버린 적도 있다.

한없이 넓고 깨끗한 송도 백사장 위에 추억의 발자국을 수없이 남기면서, 파란 하늘을 가슴에 한껏 품으며 통통배로 달려가던 철없는 우리에게는, 전쟁의 슬픔과 절망 대신 희망이 싹트고 있었다.

6.25, 비극적 참상

김 영 백

한국크리스천문학가협회 회원, 나사렛대학교신학과, 서울신학대학교 목회대학원. 미국 Mount Vernon Nazarene University 명예 신학박사 학위 취득, 남서울교회), 나사렛대학교 이사장, 나사렛성결교회 감독회장 역임

올해는 광복 75주년이자 6.25전쟁 발발 70주년이 되는 해이다. 우리는 이 전쟁을 잊을 수가 없다. 또 잊어서는 안 된다고 믿는다. 아직 끝나지도 않은 전쟁일 뿐만 아니라 휴전이 된 지 67년이 지났지만 앞으로 이 전쟁이 가져올 여파에 대해 아무도 예측할 수가 없기 때문이다.

나는 6.25전쟁의 최대 피해자로서 우리가 겪은 몇 가지 사실을 적어 후대에 남겨 전쟁의 참혹상을 알리며 전쟁이 없는 평화가 얼마나 소중한 것인가를 교훈으로 남기고 싶다.

1950년 6월 25일 주일예배

우리 가족은 서대문 밖 홍제원에 있는 초가집 자그마한 교회에 다니고 있었다. 내가 홍제공민학교 교사로 있으면서 야간인 중앙신학교에 입학을 한 해였다. 21세 젊은 나는 주일학교 교사로 봉사를 하면서 주일날은 언제나 아침부터 바쁘기 마련이었다.

6월 25일 주일 아침에 보통 때와 동일하게 아침 일찍 교회에 나와서 주일학생들과 같이 예배를 마치고 장년 예배에 참석을 하였다. 그날 설교는 부임한 지 불과 5개월밖에 안 되는 김대위(金大爲) 목사님이 예레미야 1장 13-15절 말씀을 읽고 '북에서부터 기울어지는 끓는 가마'를 제목으로 설교를 하였다. 김대위 목사는 미국 나사렛교회에서 은퇴하고 고국에 돌아와서 목회자가 없는 홍제원교회를 자원해서 돕게 된 것이다. 그날 그의 설교 말씀은 예언처럼 예배를 끝내고 보니 교회 아래쪽 국도에는 트럭에 실린 군인들이 북으로 북으로 계속해서 올라가고 있었다. 북쪽 공산군의 끓는 가마가 남쪽으로 기울어져 전쟁을 일으킨 것이다. 6.25 전쟁은 북에서 남침하여 인류역사상 가장 처참한 동족상쟁의 전쟁으로 기록되었으며 아직도 끝나지 않은 휴전상태로 그 아픔을 이어가고 있다.

우리 가정에 닥친 가혹한 비극

그날부터 이틀 후인 27일에 인민군이 서울을 점령하였고 우리 동네 파출소에 붉은 깃발이 올라가면서 세상이 급변하여 암흑의 세계로 바뀐 것이다. 그날부터 3개월은 그야말로 끓는 가마에 시달리는 생지옥 같은 고난의 시대를 맞게 되었다.

우리 집은 홍제원교회 바로 위에 있었으며 우리 식구는 부모님과 내가 맏이로 5남매가 살고 있었다. 당시 아버지는 공무원으로 서대문구 은평출장소 보건사회 계장으로 근무하고 있었으며, 부모님은 모두 홍제원교회 집사로 봉사하는 독실한 크리스천 가정이었다.

나는 신학생으로 은평지구 기독청년연합회 총무로 활동하고 있었다. 이 연합회는 응암동장로교회, 수색장로교회와 홍제감리교회 그리고 홍제원하나님의교회 등이 연합하여 활발하게 활동하고 있었는데 별안간에 세상이 바뀌면서 신앙생활과 활동에 제동이 걸렸다.

유엔군이 전투에 참전하면서 전투는 치열해지고 서울 하늘에 미국 B29 폭격기가 날면서 폭격을 가하기 시작하여 서울 용산 일대가 불바다가 되었다. 다급해진 인민군이 젊은 사람들을 강제로 징집하여 인민군으로 편입하는 바람에 젊은이들은 외출을 할 수가 없었고 어딘가 피할 곳을 찾았다.

서울이 인민군에 점령당한 3개월은 모든 시민들이 마찬가지지만 우리 가족에게는 너무나 괴롭고 가혹한 형벌의 시대였다.

아버지가 공무원이며 유엔 감시하에 실시된 5.10 총선거에서 지역구 투표위원장을 맡았기 때문에 언제 어떤 모습으로 보복이 가해질지 알 수가 없어서 공포 속에서 전전긍긍하며 숨어 살 수밖에 없었다.

어머니는 7식구를 먹여 살리기 위해 매일 교회 집사님 몇 분과 옷가지를 마련해 가지고 삼송리와 원당, 더 멀리 일산까지 50리 길 농촌을 두루 다니며 식량을 구해 오느라 고생이 많았다. 어머니 덕에 우리 식구는 굶어 죽지 않고 산 것이다. 동료 집사님 한 분은 식량을 이고 오다가 폭격에 맞아 거리에서 비참하게 최후를 마치기도 하였다.

나는 친구인 신학생 홍제감리교회 권중길(權重吉), 응암장로교회 박규헌(朴奎憲)과 함께 교회 강대상 아래 지하실을 파고 밤에는 그곳에 숨어서 단파 라디오를 통하여 들려오는 미국의 소리 방송을 들으면서 유엔군의 전투 소식에 따라 애간장을 태우며 무더운 여름날을 지하실에서 보냈다. 그해 여름은 참 무덥기도 했다.

유엔군 인천상륙작전 성공

6월 27일에 서울을 점령한 북한군을 그 여세를 몰아 파죽지세로 남쪽으로 향하여 진격하였다. 그러나 6월 28일 유엔은 안전보장이사회를 열고 8시간의 마라톤 회의 끝에 북한의 무력공격을 평화의 파괴행위로 규정하고 파병결의를 소련이 불참한 가운데 찬성 7표 반대 1표, 기권 2표로 가결하고 연합군사령관에 맥아더 장군이 임명되어 6월 30일에 유엔 지상군과 공군, 해군이 한국전쟁에 파병되어 6.25전쟁은 16개 국가가 파송하는 유엔군과 북한과의 국제 전쟁으로 비화하였다.

그러나 전세는 8월에 북한군이 대구와 부산을 포위하는 낙동강 전선을 형성하여 한국은 극히 어려운 위기에 직면하고 있었다. 이렇게 불리한 상황에서 맥아더 장군은 인천상륙을 계획하고 9월 15일에 상륙을 감행하여 드디어 21일 인천에 상륙하고 27일에 서울을 탈환하여 중앙청에 인공기를 내리고 태극기를 게양하는 감격적인 순간을 맞았다.

아버지의 납치와 비참한 학살

서울에서 퇴각하는 공산당은 이북으로 후퇴하기 전에 남한 내의 반공투사들을 숙청하고 유능한 인재들(학자, 기술자, 예술인 등)을 강제로 납치해 갔으며 시설과 물자 등을 완전히 파괴하고 불살라 버렸다.

이러한 와중에 우리 부친께서 납치된 것이다.

9월 20일부터 인천에서 벌어진 상륙작전의 포격 소리가 서울에서도 은은히 들리기 시작하였다. 은은하게 들리는 포격 소리를 들으며 나는 몹시 불안한 가운데 교회에 들어가 강대상 아래 지하실로 들어가서 잠을 청했다. 그날은 권중길도 박규헌도 그 자리에 없어서 그런지 나는 잠을 설치고 새벽 일찍이 일어나 집으로 올라가 보니 부엌에서 어머니가 혼자 울고 계셨다. 나는 깜짝 놀라서 무슨 일이 있느냐고 물었다. 어머니의 대답은 너무나 놀랍고 전혀 뜻밖이었다. 새벽녘에 총을 멘 군복 차림의 괴한들에게 아버지가 강제로 납치되어 갔다는 것이다. 어머니가 울면서 전하는 이야기는 대충 이러했다.

부모님은 그날 밤에 멀리서 들리는 대포 소리를 들으며 불안한 생각이 들어서 아이들을 일찍 재우고 느지막하게 잠자리에 들었다고 한다. 새벽녘에 주변이 어수선하고 발소리가 나서 어머니가 일어나 앉았는데 누군가가 별안간 대문을 박차고 들어왔단다. 총을 멘 세 괴한을 보고 너무 놀라서 어머니가 겁먹은 소리로 "당신들은 누구이며 야밤중에 무슨 일이오?"라고 물었더니 "반동분자 김동석 있느냐?"고 묻기에 방에서 주무신다고 했더니 구둣발로 방문을 걷어차면서 반동분자 빨리 나오라고 소리 지르는 바람에 아버지는 바지와 윗도리만 걸치고 급히 나오셨는데 군복 차림의 세 장정이 합세하여 아버지를 강제로 끌고 나갔다는 것이다.

어머니가 뒤따라가면서 아무리 소리쳐도 대답도 없이 총대로 어머니의 어깨를 쳐서 깊은 상처를 입고 아직도 통증에 시달리고 있다고 하셨다.

우리 식구들은 그날부터 사방으로 다니면서 아버지의 행방을 찾았으나 찾을 도리가 없었다. 그런데 몇 날이 지난 후에 같은 동네에 사는 당시 대동청년단 단장이 우리를 만나자는 전갈이 왔다. 나는 어머니를 모시고 그 댁을 방문하였다. 거기에는 우리 말고 납치된 가족들을 모두 부른 것이다. 부른 까닭은 대동청년단장인 그분도 우리 아버지와 같이 납치되었다가 하늘의 도움을 받아 구사일생으로 살아온 장본인이었다.

우리는 자리에 누워 있는 그분을 만났다. 어깨와 목에 붕대를 감고 누워서 실낱같은 목소리로 우리에게 전해준 이야기는 이번에 납치된 사람은 모두 5명으로 우리 아버지를 포함해서 고양군수를 역임한 최모 영감님과 우익진영의 지도자급 인사들이라고 한다. 그런데 그 괴한들이 5명을 납치해서 어디론가 가다가 사방에서 들려오는 대포 소리와 총 소리를 들으며 자신들의 신변이 위급함을 느꼈는지 납치한 5명을 살해하기로 결정하고 논골 골짜기에 있는 이왕직가 이해승 씨 저택(현 그랜드 힐튼호텔) 골짜기에서 납치한 5명을 소리가 나지 않는 예리한 칼로 살해하기로 결정하고 한 사람씩 살해했다는 것이다. 그런데 자기는 맨 나중에 어깨에 칼을 맞고 죽은 줄 알았는데 그들이 급한 나머지 확인을 하지 않고 도망치는 바람에 일어나서 티셔츠를 찢어 흐르는 피를 막고 산을 넘어 밤새 기어서 집에 왔다는 경위를 설명해 주었다.

우리는 그 다음날부터 피랍자 가족들과 시신을 찾기 위해 이왕직가 숲속을 찾기 시작하였다. 그러나 그 넓은 이왕직가 공원과 주변을 아무리 찾아도 찾을 길이 없었다. 그런데 전 고양 군수인 최씨 가족이 홍제천 모래사장에 파리들이 많이 꼬이는 작은 모래언덕을 발견하고 그 위에 자기 아버지의 주머니가 모래 위에 놓여 있는 것을 발견한 것이다.

모두들 모여서 모래를 파고 보니 시신 4구가 나왔는데 여름철 1주일이 지난 후라 시신이 부패하여 얼굴을 알아볼 수가 없었다. 우리 아버지는 바지 혁대를 보고 시신을 찾았다. 그 처절한 모습을 보는 순간 우리 가족들은 심한 슬픔과 괴로움에 통곡하며 울부짖었다. 어머니는 땅바닥에 주저앉아서 땅을 치며 우셨다.

소식을 전해들은 동네 유지들이 모여서 작지만 시민장으로 모시자고 의논을 해서 그날 시민들이 모여서 잔인한 공산군에게 납치되어 살해된 애국지사 4위의 시민장을 서둘러 치르고 난 후에 근처 홍제화장장에서 화장을 끝내고 우리는 아버지 유골을 이왕직가 뒷산에 임시로 매장하였다. 나는 그 위급한 와중에도 시민장을 주선해 준 이웃들에게 제대로 감사를 드리지 못한 것을 후회하며 이 자리를 빌려 늦은 감사의 뜻을 표하고자 한다.

폭격으로 우리집 전소, 파편 맞은 누이동생의 죽음

서울이 완전히 수복되기 전 이야기이다. 북으로 퇴각하는 인민군을 쫓아 미 군용기는 계속 폭격을 퍼부었다. 우리 집 옆 공터에 폭탄이 떨어지면서 그 파편이 우리 집 창문을 넘어 어머니 어깨를 스치고 옆에 있던 여섯 살 여동생 영순이의 아랫배에 큰 상처를 남겼다. 영순이의 아랫배를 스쳐간 파편으로 창자가 튀어나와 아무도 어찌할 수가 없었다. 병원도 없고 약도 없는 빈손으로 어머니는 그 창자를 집어 배속으로 넣으면서 울부짖는 여동생의 고통의 울음소리가 견딜 수가 없어서 같이 엉엉 울면서 하나님께 부르짖었다.

나는 어린 누이동생의 고통소리를 들으면서도 속수무책의 무능함을 한탄하며 내 무릎 위에서 죽어가는 여동생의 임종을 그냥 보아야만 했다. 정말 하나님을 원망하면서 불쌍하게 죽은 어린 여동생의 시신을 거두어 화장을 마치고 유골을 뒷산에 묻었다.

서울이 탈환되었지만 도망치는 인민군 잔당을 추격하면서 미군의 폭격은 멈추지 않았다. 주민들은 뒷산으로 피신을 하고 계속된 공습으로 우리 집 5칸짜리 초가집을 비롯한 동네 가옥들이 모두 소실되었고 우리 집 아래 홍제원교회도 전소되고 말았다. 폭격이 멈춘 후에 산에서 내려와 보니 가옥은 전소되었고 가재도구는 모두 잿더미가 되어 아무것도 건질 수가 없었다. 우리 집을 찾아온 친구 권중길은 우리를 위로하면서 같이 뒤처리를 도와주었다.

알거지가 된 우리 가족은 폭격을 피한 이웃 마을에 방 한 칸을 빌려서 아버지 없는 6식구가 호구지책으로 겨우 목숨을 이어가다가 1.4후퇴 때 어머니는 삼남매를 데리고 친정인 충북 괴산으로 피란을 떠나고 나는 보이스카우트 대원들과 함께 정부가 마련해준 미 수송선을 타고 부산으로 피란을 떠났다. 가족이 뿔뿔이 헤어져 6.25전쟁의 피란의 고통을 장남으로서 가족과 함께 하지 못한 책임감을 느끼며 어머니와 동생들에게 늘 미안한 마음을 가지고 살아온 것을 고백한다.

YMCA 총무 현동완 선생의 간단한 기도의 의미

9월 28일 서울이 수복되고 피란 갔던 사람들이 속속 서울로 돌아오기 시작하였다. 나는 서울 종로에 있는 YMCA 회관을 찾았다. 당시 중앙신학교가 YMCA 회관을 빌려서 개교하였기 때문에 나는 학교를 방문한 것이다. 교실 한쪽에 학생들이 모여서 어떻게 살아났는지 눈물겨운 이야기를 서로 나누고 있었다. 그 자리에 모인 학생들은 도강파와 잔류파로 나누어 각기 자기들이 겪은 6.25전쟁의 참상을 이야기하고 있었는데 마침 그 자리에 YMCA 총무인 현동완(玄東完) 선생이 나타나자 학생들은 일어나 반갑게 인사를 나누고 현 총무에게 기도를 부탁하였다. 그날 현 총무의 기도는 세 마디 말로 아주 인상적인 짧은 기도였다.

"하나님 아버지, 죽음의 골짜기에서 살려달라고 기도했더니 우리를 살려 주셨습니다. 진심으로 감사합니다. 아멘."

그의 기도는 아주 짧았지만 사람들의 마음에 큰 감동과 공감대를 형성하여 눈물을 흘리는 학생들도 있었다. 그러면서 현 총무께서는 자기가 겪은 죽음의 골짜기에서 살아난 이야기를 하셨다. 그 이야기의 내용은 이렇다.

유엔군의 인천상륙작전이 성공하자 공산당은 당황한 나머지 이북으로 후퇴하기 전에 남한 내의 반공투사들을 숙청하고 유능한 인재들(학자들, 기술자, 예술가 등)과 종교지도자들을 강제로 끌고 가기로 계획을 세우고 실천에 옮겼다. 그 가운데 YMCA 총무인 현동완 선생도 포함되어 있었다.

현 총무는 피란을 못가고 3개월간 집안에서 피신해 있었다. 그런데 공산당은 후퇴하면서 그를 납치하여 YMCA 건물 건너편에 있는 기독교서회 지하실에 감금하였다. 기독교서회 지하실에는 이미 수십 명의 종교지도자들이 감금되어 있었다. 컴컴한 지하실에 감금되어 공포에 떨고 있는 그들은 아무도 서로 아는 체하는 사람이 없었고 무거운 침묵만 흐르고 있었다.

지하실에 갇혀 있는 그들을 지키기 위해 문 밖에는 총을 멘 인민군 두 명이 지하실 문을 지키고 있었고 가끔 새로운 피랍자가 오면 문을 열고 안으로 집어넣거나 어떤 때는 그 안에 있는 감금자를 끄집어내어 어디론가 데리고 갔다. 안에 있는 사람들은 문이 덜커덕하고 열리면 모두 긴장한 가운데 문을 쳐다보면서 공포에 떨었단다. 누구도 잡혀 나가는 것을 피하기 위해 문 곁에 있기를 피하여 안쪽 깊은 자리로 옮겨 앉았다.

새벽녘, 문이 덜커덕하며 열렸다. 조용히 눈을 감고 기도하고 있는 현 총무에게 총을 멘 인민군이 "이리와" 하면서 끌고 밖으로 나왔다. 그 넓은 종로 바닥은 죽은 듯 침묵이 흐르고 있었다. 그 인민군은 현 총무를 데리고 큰길 옆 골목으로 들어가더니 "오늘 당신은 재수가 좋은 날이오. 오늘이 우리 아버지 제삿날인데 제사를 드리지 못하지만 좋은 일 하나 하려고 당신을 살려주니 빨리 도망하시오. 당신의 행운을 빌어요." 하면서 그를 놓아주었다.

현 총무는 이것이 꿈인가 싶어 정신없이 그 자리를 도망쳐 살아났다는 것이다. 현 총무는 그 고마운 인민군의 얼굴은 기억이 나지 않지만

"하나님, 나를 살려주세요."

하고 간곡하게 기도를 했는데 하나님이 그 인민군의 손을 통하여 나를 기적적으로 살려주셔서 오늘 여러 학생들을 만나게 되었다며 눈물을 훔치며 간증을 마쳤다.

이 이야기는 6.25를 회상하면서 내 기억 속에 많은 일화 가운데 가장 인상적이며 감동적인 이야기로 아직도 생생하게 현동환 총무님의 짧은 기도와 그의 얼굴이 기억에 남는다. 〈2020. 4. 2 탈고〉

내가 겪은 6.25전쟁

신 영 옥

시인, 작사가, 인문학 강의 등 활동. 시집 『스스로 깊어지는 강』 외 다수, 한국문협, 펜클럽, 현대시협 회원, 아동문학상, 영랑문학상, 허난설헌문학상, 국민훈장동백장. 가곡 작사 선집 1,2,3 외 다수

1. 이야기를 열면서

내가 태어난 곳은 충청북도 괴산군 괴산읍 산이 많은 농촌이었다. 동진천과 남산 밑을 감아 도는 느티울(괴강槐江)로 합수되는 남한강 줄기가 이웃하여 보트도 타고 낚시를 즐기며 경치 좋고 인심 좋은 청정지역으로 군청소재지와 읍사무소로 군청, 경찰서, 금융조합, 우체국 등 여러 관청이 있고, 초, 중, 남녀 고등학교와 실습학교 및 병원, 보건소, 문화원, 향교 등이 있었다.

읍내에서 가장 높은 곳엔 교회 종탑이 있었고 밤마다 십자가 불빛이 밤하늘을 밝히고 새벽을 깨우는 종소리가 들리는 아름다운 고장이었다.

그 평화로운 고장을 6.25전쟁이 쓸고 지날 때 나는 열한 살, 초등학교 6학년 철이 좀 들 때였다. 그 비참한 전쟁 중 여름과 겨울 두 번의 피란을 겪으면서, 휴전되기까지의 가슴에 새겨진 무섭고도 아픈 우리나라의 역사, 70년 전 그때를 돌아본다.

전쟁이 났다는 라디오 방송을 듣고 모두가 놀라 부르짖었다.

"뭐라고? 전쟁이 났다고?"

휴가 나간 군인들은 속히 부대로 돌아오라는 방송이 나왔다. 이승만 대통령이 국민들은 일상생활을 그대로 하라는 것이다.

6.25전쟁은 1950년 6월 25일 일요일 새벽 4시, 북한 공산군이 선전 포고도 없이 소련제 탱크를 앞세워 군사분계선인 38선 전역에 걸쳐 기습적으로 남침함으로써 한국에서 일어난 전쟁이다. 그래서 한국전쟁 또는 6.25전쟁이라 한다.

1910년 일본한테 나라를 빼앗기고, 수많은 애국지사와 독립운동가들이 목숨을 바치며 36년간 일본의 식민지 통치에서 벗어나려고 피를 흘렸다.

태평양전쟁에서 패전한 일본이 연합군에게 항복하고 물러났기 때문에 우리는 빼앗겼던 나라를 되찾아 해방을 맞았다.

1945년 8월 15일 해방을 맞아 나도 1학년 때 '대한독립 만세'를 불렀다. 3학년 겨울방학 때는 '신탁통치 절대 반대' 초중고등학생도 참석하였으나 '신탁통치'가 성립되어 남한은 미국의 자유민주주의를 북한은 소련의 공산주의를 받아들이게 되었다. 그 후 제헌 국회의원을 뽑고 그 의원들이 법에 의하여 1948년 8월 15일 대한민국이 독립되어 온 국민이 '대한민국 만세'를 부르고 우리나라 국호를 대한민국으로 정하고 이승만 대통령을 초대 대통령으로 선출하였다.

독립한 대한민국은 '잘 사는 나라. 살기 좋은 나라 가꾸기'에 온 국민이 나서서 민둥산에 나무 심고, 자기 일터에서 열심히 일하며, 국가나 개인이나 '교육이 힘'이라고 허리띠를 졸라매며 자식 교육에 나선 국민들은 조반석죽도 쾌히 받아들이며 평화롭고 행복하게 살아가고 있었다. 그런데 1950년 6월 25일 북한 공산당이 잘 살고 있는 우리나라 군사분계선을 넘어, 남침하여 전쟁이 일어나게 되었다. 우리는 단군의 자손으로 한 피를 이어받은 한나라 한민족인데 어찌 형제의 가슴에 총탄을 쏘고 전쟁을 일으킬 수 있었는가?

이는 씻을 수 없는 동족상잔의 비극이다. 뿐만 아니라 3년간 뜨겁던 전쟁을 정전으로 이끌어 '휴전회담 결사반대'에도 불구하고 성립되어 정전, 지금까지 휴전중이다.

1953년 7월 27일로 '휴전선 비무장지대'로 꽁꽁 묶여 금수강산 삼천리를 오고 가도 못하고 억새만 뒤덮인 빈 땅으로 67년 긴 세월 가슴 아프게 바라만 보고 있으니, 하루 속히 오고 갈 수 있는 길이 열리길 바란다.

2. 전쟁터가 된 우리나라

아무런 전쟁 준비를 하지 않았던 국군은 속수무책. 휴가 나간 군인들을 정비하고 공산군과 맞서게 되었다. 이승만 대통령은 UN안전보장이사회에 이 사실을 알렸으며 침략당한 우리나라를 돕겠다는 UN군의 참전이 이어졌다.

사흘 만에 서울을 빼앗기고 정부도 국민도 피란길에 올랐다.

수도는 서울에서 대전, 대구로 공산군의 남침에 의해 옮겨가고, 탱크를 앞세운 침략에 대항할 수 없어 낙동강 부근까지 밀려가게 된 것이다. 침략해 오는 공산군의 만행은 헤아릴 수 없이 악랄했다.

유엔군이 참전하면서 낙동강 북쪽으로 전진하고. 맥아더 장군이 인천상륙작전에 성공하여 서울을 탈환하고 중앙청에 태극기를 게양할 때까지 약 3개월 동안 전쟁터가 된 우리나라 전 지역은 전선에 따라, 공중에서는 비행기 폭격으로 수많은 건물들이 부서지고 불에 탔다. 육지에서는 장갑차로 대포 박격포 기관총 따발총 등 모든 무기가 총동원되어 수많은 적군과 아군이 죽고 죽이며 피비린내 나는 육박전 속에서도 한 치의 땅이라도 더 차지하려는 전투는 아비규환 속에 초토화를 이루었다. 드디어 아군이 북진을 계속하여 평양과 원산을 지나 압록강, 두만강까지 진격하여 이승만 대통령도 평양까지 다녀오며 아군의 기세가 등등했는데, 1950년 10월부터 이어진 중국군 백만의 인해전술과 인민군이 한꺼번에 합세하며 공격해 옴으로써 유엔군과 국군은 애석하게도 후퇴를 하게 되고 1951년 1월 4일 서울을 빼앗기고 수도를 부산으로 옮겨가게 되었다.

그해 봄이 되면서 다시 우리 군이 북진하여 38선 북쪽으로 진격, 서울을 되찾고 북진하자 북한 공산당과 UN군 대표와의 휴전 회담이 이루어졌다. 우리나라는 '휴전회담 결사반대' 궐기대회를 열며 반대했으나 회담은 1953년 7월 27일 그 자리를 기준, '휴전선 비무장지대'로 결정하여 오늘에 이르게 되었다. 당시 휴전협정에 서명한 미국 UN군, 조선인민군, 중국인민군의 모습이 사진에 남아 있다. (전쟁기념관 및 이중근 편저 6.25전쟁 1129일 참조)

군사분계선을 중심으로 동서 155마일 남북 각 2Km씩 총 4Km 의 넓은 땅을 '휴전선 비무장지대'라는 이름으로 묶어둔 채, 금수강산 삼천리를 오고 가도 못하고 지내온 지 2020년 오늘까지 67년 긴 세월이 흘렀다.

국군과 유엔군의 북진에 달아나지 못하고 잡힌 수많은 인민군은 포로가 되었다. 미처 달아나지 못한 공산군은 깊은 산속으로 숨어들어 공비가 되었다. 공비들은 산촌 사람들의 식량, 옷가지와 돈을 빼앗으며 괴롭히고, 말을 듣지 않으면 그 자리에서 총살했다. 이런 공비토벌에 나선 우리 경찰과 토벌대들도 많이 전사하고 다쳤다. 내 친구 아버지 괴산 경찰서장도 그때 비참하게 전사해서 교실은 울음바다가 되고 공산군을 미워하는 마음이 더 커졌다.

산악지대 최전방 전투에서 전사하여 아직도 그 흔적을 찾지 못하는 무명용사들과 70년을 지내오는 오늘까지도 행방불명된 안타까운 사람들이 있어 지금도 전쟁터에서는 유해발굴이 이어지고 있다. 수많은 시체가 나뒹굴고 상이군경들이 야전병원에서 치료를 받아도 떨어져나간 팔다리를 찾을 수는 없었다. 멀고먼 나라에서 한국의 자유민주주의를 위하여 참전했던 UN군과 한국군이 전사하고 상이용사들이 수십만에 이르렀다. 전사자는 국립현충원과 UN군 묘지에 안장되고 각처에 충혼탑이 세워져 있다.

전쟁은 전투에 나선 군인뿐만 아니라 국민 산천초목, 가축, 건축물, 땅, 바다까지 모두 다 피해를 주는 멸망의 행위이다.

어느 집에서는 삼촌이 국군으로 자원입대했는데, 조카는 인민군에 붙들려 전쟁터로 나갔다가 육박전에서 삼촌과 마주쳤다는 기막힌 사연, 이와 비슷한 일들이 꼬리를 물고 일어났다.

포탄이 휩쓸고 간 자리는 차마 눈 뜨고 볼 수 없이 비참한 모습들이 훗날 기록영화나 사진으로 볼 수 있고 요즘에도 간혹 TV로 방영된다.

* 실로 6.25 한국 전쟁은 세계전쟁이다. 장소가 우리나라에서 일어났지만 한국을 도와준 자유민주주의 63개 나라(UN에서 참전한 미국을 비롯한 영국, 프랑스, 호주, 필리핀 등 병력을 보내준 16개국 물자 의료지원을 한 5개국. 물자와 재정 지원을 한 39개국 등 63개국), 북한을 도와준 소련, 중국 등 공산주의가 한국에서 전쟁을 했기 때문에 한국전쟁은 세계전쟁이라 할 수 있다.

(참고)
* 6.25전쟁은 공산세력이 대한민국을 공산화하기 위해 도발한 불법 남침이다.
〈미국 트루먼 대통령 〉1950.6.27. 성명 발표
* 이중근(李重根) 편저 6.25전쟁 1129일 참고)

3. 피란민들의 생활

전쟁이 일어나서 수도를 대전으로 피란 가니 국민들도 함께 피란가야 한다. 한강다리는 끊어지고 강물로 뛰어들어 강을 건너가려는 사람도 있었다. 부산행 마지막 기차를 탄 서울 지역 사람들은 천만다행이었다. 미처 피란 가지 못한 유명인사들은 납치되거나 자기들 마음대로 안 될 때는 즉석에서 거침없이 총살도 했다.

빨간 완장을 찬 공산당에게 잡힌 젊은이들은 강제로 인민군에 끌려가면서도 자원입대라고 여러 사람이 박수를 쳐주었다.

나이 든 사람들은 남녀 할 것 없이 부역을 시켰다. 돈과 귀중품을 빼앗는 것은 물론 사치품은 전시에 필요 없는 물건이기 때문에 보관

했다가 전쟁이 끝나면 돌려준다고도 했다. 재산 목록과 주민 이름을 적어 가며 거주의 이동을 막았다. 뭐든지 공산당 허락 없이는 할 수 없었다.

그래도 밀, 보리, 감자를 6월에 수확하고 들밭에는 채소들이 한 창 자랄 때라 농가에서는 굶주림이 적었으나, 상업지역이나 공장 지대 도시인들은 모든 유통이 원활하지 않아 고생이 극심했다. 도농간 친지들 사이에 나눔이 있고 공무원들의 처우는 근근이 유지되어 굶주리고 서러운 시대를 인내로 넘겼다.

산골로 피란을 가거나 친지 집에 머무는 사람들도 예외는 아니어서 피란 가서도 숨어 살거나 정착하지 못하고 떠도는 사람도 있었다. 피란 못 간 사람들은 저녁엔 모여서 김일성 장군 노래를 배우고 사상교육을 받았다. 그들은 모두 빨간 완장을 찼으며 빨간 완장은 어디서 온 사람들인지 몰라도 위세가 당당했다.

도시나 농촌 할 것 없이 전선 따라 벌어지는 폭격과 공산당의 인민위원회가 주는 고통은 피란 가지 못한 사람들이 겪어야 하는 수난이었다.

남쪽으로 피란 갔던 사람들도 살 집, 먹을 것, 입을 것이 없어 온갖 고생을 하며 살아야만 했다. 피란민 수용소, 피란민 촌이 생겨도 피란민의 의식주가 정상화되기까지는 많은 세월과 노력과 인내가 필요했다.

하루 한 끼 꿀꿀이죽을 얻어먹으려고 깡통을 든 남루한 사람들이 부서진 건물 앞에 늘어서고, 부모 잃은 고아들이 울며 헤매는 모습들이 뉴스가 되어 세계로 퍼지면서, 여러 나라에서 구호물품을 보내왔다.

쌀, 분유, 옥수수가루, 입던 옷, 신던 구두까지. 나중엔 학용품, 장난감, 과자, 사탕, 커피까지 몇 년을 두고 이어왔다. 맞지도 않는 커다란 옷을 입고 구두를 끌면서 거리를 오가는 사람이 허다했으니 그런 걸 바라보는 우리 가슴이 미어지듯 아픔이 컸다. 그래도 그런 거라도 있으니 다행이라 여기고 입고 나서는 마음엔 살아남아야 한다는 절박함뿐이었다.

수많은 고아원은 고아들로 넘쳐나고 홀트아동복지회의 지원도 받으며 외국으로 입양되는 아이들도 부지기수로 늘어났다. 또한 여러 나라에서 온 UN군 주둔지로 인해 또 다른 문화가 형성돼 나가며 갑자기 들어온 문화는 암암리에 의식주 패턴을 바꿔놓는 계기가 되기도 했다.

4. 내가 넘은 굴뚝재

(첫 피란길)

7월 4일, 오늘은 두 시간 더 줄여 2시간만 수업이다. 국군 장병 아저씨들께 위문편지를 쓰고 점심 먹고 가자고 친구 몇이 남아 펼쳐 놓는데, 박영서 교감선생님이 쫓아오셨다.

"빨리 가. 어서!"

"꼭 부모님 따라 피란을 가야 한다."

그러시면서 다급하게 몰아내시었다. 우리는 쓰던 편지를 책가방에

집어넣고 밖으로 나왔다. 학교는 쥐죽은 듯 고요한데 운동장 남쪽 산등성이로 총을 멘 국군들이 줄지어 새까맣게 올라간다.

'결국 오고야 말았구나.'

멈춰진 발걸음에 온몸에 소름이 쫙 돋았다. 어깨가 오싹 움츠러들고 머리카락이 곤두섰다. 우린 '잘 가'란 말도 못하고, 부리나케 교문을 나와 각자 집으로 달음질쳤다.

6월 10일부터 1주일 초중고등 학교가 모두 '가정 실습' 마치고 와서도 괜찮았는데. 신작로에는 보따리를 이고 진 사람, 아기를 안고 업은 아주머니들. 소달구지에 짐을 싣고 애들을 태우고, 각양각색 차림을 한 사람들이 삼거리 쪽으로 부리나케 걸어간다. 우리 집까지는 1Km. 나도 사람들 틈을 비집으며 재빨리 걸었다.

전쟁이 터졌다는 얘기가 들려와도 설마 여기까지야? 했었는데 그게 아니었나 보다.

밤이면 음성 쪽에서 총소리가 난다는 소문이 있었지만 대통령이 지난번에 한 얘기가 있었으니 겁낼 것 없다는 사람도 있었다. 할머니는 큰댁 작은댁 어머니를 모아놓고 뭔가 상의를 하고, 미숫가루를 만드시고, 콩엿도 만들어 콩가루를 듬뿍 묻혀 동글동글 빚어냈다. 피란 갈 준비였나?

숨 가쁘게 집에 도착하자 기다리던 어머니는 묵직한 원족 가방을 언니와 내 어깨에 메어 주시고, 모자는 쓰고, 수건은 목에 걸고 땀을 닦으라시며.

"아버지를 따라 굴뚝재를 넘어 외가까지 가야 한다. 동생 둘은 먼저 가는 편에 보냈으니 너희나 잘 가라. 절대 떨어지지 말고."

학교에서 올 때보다 더 많은 사람들이 봇짐을 이고 지고 신작로를 메우고 간다. 어떤 이는 짊어진 봇짐 위에 아이를 앉히고, 부지런히 걸었다. 정신이 번쩍 들었다. 나는 언니 곁으로 바싹 다가섰다 놓치지 말아야지.

"언니, 언제 집으로 돌아올 수 있을까?"

"글쎄."

언니도 모른다는 얘기다.

"왼족 가방엔 뭘 넣었어?"

"간식이 아니라 땟거리야."

비상양식이라는 얘기다. 함부로 먹지 말고 아꼈다가 밥도 못 먹게 될 때 먹어야 하는 비상식량. 그럴 때도 있을까? 어쨌든 어머니 아량이시다.

아버지와 언니와 나는 잘 걸을 수 있다. 아버지는 아직 38세 젊은 인데 주변에서 큰어른 대접을 했다. 해방되고 회사와 농사 돌봄으로 무척 바쁘신 데도 공회당에 야학을 열어 한글을 가르치시더니, 태극기를 사서 가가호호 돌리기도 하셨다. 노인 청년들이 다 좋아하는 아버지시다, 맥고모자 밑으로 흘러내리는 땀을 닦으며 걸으신다. 아버지도 힘이 드신가 보다.

붐비는 신작로를 지나 개울을 건너 한참 더 걸어 산길로 접어들었다. 오늘 걸어야 하는 30여 리. 질러가는 산길에도 사람들이 줄을 이었다. 고개 초입 나무 그늘에 아이들을 내려놓고 쉬는 사람도 눈에 띄었다.

"저 고개를 넘어가려면 빨리 걸어야 한다오, 곧 날이 저무니. 아니면 저 아랫동네에 들러 쉬어 가던가요."

아버지가 쉬는 그들에게 알려 주시는 걸로 보면, 오늘은 어디까지라는 게 없는 것 같다.

전쟁이 일어났으니 몸만 피해 가는 게 피란이다. 좋아하는 것, 싫어하는 것 모두 다 두고 떠나가는 길. 언제 돌아올지도 모르며 떠나는 길, 식구가 함께 걸어도 즐거운 걸 모르고 말없이 부지런히 걸어가야만 하는 길. 어디든지 가서 형편대로 피해 가도 되는 길. 길 중에 제일 못된 길이 피란길이다. 아니, 아니다.

정처 없이 가더라도 돌아온다는 희망은 가져야 한다. 난리만 살짝 피했다 돌아오면 되는 길이다. 일단, 우리는 가야 할 곳도 있고, 우리를 기다리는 사람도 있고, 먹을 것이 넉넉하니 불행 중 다행이다.

내려쬐는 햇볕을 벗어나니 시원하다, 잠깐 쉬기로 했다. 언니는 가방에서 술빵을 꺼냈다. 밀가루에 감자, 콩을 섞고 사카린, 소금도 약간 넣어 반죽, 발효시켜 찐 빵이다. 막걸리로 반죽해서 굳지 않고 부드럽다. 아버지도 한 개, 나도 언니도 한 개씩. 이건 어머니의 사계절 빵이었다. 숲속 바람이 시원했다, 매미 소리가 들렸다.

"매미 소리가 들리네."

내가 말하자 매미 소리가 이제야 들리는 건, 우리가 딴 생각을 하고 있었기 때문이라고 아버지가 말씀하셨다.

여름 산 나무들 풋 냄새도 좋고, 산바람 타고 오는 '포르릉포르릉'

산새 소리 지저귀는 듯 스치는 나뭇잎 소리도 들렸다. 고개를 오르는 사람들이 묵묵히 걸어가는 발자국 소리 위로 간혹 애들 꾸짖는 소리도, 칭얼대는 소리도 들렸다.

이건 '내가 넘은 굴뚝재'다. 괴산서 남쪽 문광을 지나 청천 방향이다. 아직 어린 소녀, 희망으로 부푼 꿈만 꾸고 살 줄 알았는데 이럴 줄이야. 10년간 대한독립 만세를 얼마나 많이 불렀나?

1학년 땐 해방, 3학년 땐 '신탁통치 절대반대', 4학년 땐 대한민국 만세를 외쳐 부르며 태극기를 흔들었는데, 이제 6학년 땐 이 큰 전쟁의 시련을 주시다니 국가도 밉다. 나라를 다스리는 사람 모두가 밉다. 어떻든 간에 이 전쟁에서 살아나야 한다. 싸우면 이겨야 한다. 별별 생각이 다 들었다.

숨이 턱에 닿았다. 흠뻑 젖어오는 등, 온 힘을 다해 꼬불꼬불 걸어 올라간다. 고갯마루 성황당이 보였다. 어두워진 나무 둘레에 누가 치성을 드렸는지 알록달록한 헝겊들이 새끼줄에 주렁주렁 달려 바람에 흔들렸다. 치성을 드린 사람은 그 정성이겠지만 나는 마땅찮아 고개를 돌렸다.

잠깐 쉴 틈도 없이 이젠 내려가는 길이다. 여기서부터는 발밑이 어둡다고 신작로로 들어서서 천천히 걸었다. 여기도 사람 줄이 하얗게 늘어서 갔다. 저기 횃불을 들고 오는 이가 있다. 외가 일꾼 아저씨다. 눈코 뜰 새 없이 바빠 이제야 왔다며 언니와 내 가방을 받아 짊어진다.

땀에 젖은 내 어깨가 날아갈 듯 시원했다. 발걸음도 가벼워져 더 빨리 갈 수 있었다. 하늘에는 별이 총총, 눈을 깜빡이며 따라왔다.

"맞아, 우리는 매일 밤 만났잖아. 그런데 이제껏 나를 따라온 거야? 쳐다보지도 못하고 왔네."

그 순간, 은하수 위로 별똥별이 빛줄기를 확 긋고 지나갔다. 별똥별을 보면 재수가 좋다 했는데…….

한밤중에 외가에 도착. 앞뒤 마당까지 등불을 켜 놓고 멍석 위에 사람들이 웅성거렸다. 언제 오셨는지 대청에서 큰댁 작은댁 식구들이 손을 흔들었다.

먼저 온 남동생 둘은 안방 모기장 안에서 잠들어 있었다. 동생들을 보니 가슴이 울컥해진다. 혹시 못 만나면 어쩌나 걱정도 했었는데……,

반갑게 맞아 주시는 할머니께 인사드리고, 외숙모님이 차려 주신 저녁상을 받았다, 못 먹을 거라고 생각됐는데 밥이 꿀맛이다, 아버지가 들어오셔서,

"피란길이다. 넘어지거나 다치지 말아야 한다. 병원도 없고 약도 없다. 어머니 말씀 잘 듣고, 주는 대로 밥 잘 먹고. 누가 와서 뭘 물으면 아는 체하지 말고 모른다 해라. 며칠이 걸릴지 아무도 모르니 잘 견뎌라. 내일 갈 곳이 정해져 있다. 내가 한 말 꼭 기억해라."

초롱불에 비친 아버지의 눈이 반짝 불빛을 받았다.

5. 산속 마을로 피란을 가다

해뜨기 전 이른 아침, 앞뒤마당에서 웅성거리던 사람들은 어디론지

다 떠났다. 할아버지는,

"나는 피란 안 간다. 사당을 두고 어딜 가? 누렁이하고 있겠다."

수신제가 치국평천하(修身齊家治國平天下)로 살아오신 분, 한번 말씀은 어길 수 없는 이미 정해진 일. 아버지를 두고 자식만 앞세우고 떠나는 아버지 심정은 얼마나 아렸을까?

그 아버지가 이제는 자식들과도 헤어져 가셨다. 학생 공무원들은 서둘러 가고 외삼촌 외사촌들도 눈에 띄지 않았다.

우리가 제일 늦은 모양이다. 외할머니 어머니 외숙모 고양이 어멈까지 눈물을 훔친다, 소달구지에 동생들과 짐을 실리고, 우리는 걷다 타기로 하고 아기 업은 어머니와 언니 나 셋은 걸었다.

차는 언감생심(焉敢生心). 오직 두 다리가 힘이다. 좁은 산길을 빠지지 않게 이리저리 피해서 더 좁은 길로 들어서는 달구지 바퀴, 동생들도 모두 내려 걸었다. 그 흔한 미루나무도 없는 뙤약볕 산길을 오르내리다 아카시아나무 아래에서 쉬기로 했다.

쉬는 참에 점심을 먹기로 하고, 언니와 내가 점심 바구니를 풀었다. 푸짐한 반찬이다. 장조림, 장떡, 호박부침개, 열무김치, 새우젓, 콩자반, 자반구이, 장아찌, 백설기, 진수성찬이다. 그 와중에 맛있게 차려 주신 외숙모가 고마웠다.

낙향한 선비 정○○ 댁 외동딸인 어머니, 언제 다시 만날 기약도 없으니 할머니, 외숙모님 평상심이 담긴 듯해서 코끝이 찡했다. 맛있게 먹고 바람이 시원하다. 소풍 온 거라면 얼마나 좋을까?

어머니는 미숫가루만 드시고 아기에게 젖만 빨리셨다. 언니가 앞장

서고 내가 제일 뒤에서 나란히 걸었다. 산으로 둘러싸인 좁은 골짝 논에는 벼가 푸르고 비탈밭에는 밭곡식들이 퍼렇게 자랐다. 오솔길 옆 좁다란 도랑에는 소리도 없이 물이 흘렀다. 강아지풀, 망초, 명아주, 쑥대, 바랭이, 풀들이 작은 키로 서서 바람을 흔든다. 산에는 큰 나무가 별로 눈에 띄지 않았다. 가뭄이 심해선지 식물이 모두 풀이 죽어 타달타달 걷는 우리 모양새였다. 북적거리던 사람들이 떠난 산골은 한없이 적막했다. 우리만 떨어진 것 같아 허전했다.

신문에서 봤던 이북의 김일성, 중국의 모택동(마오쩌둥), 소련의 스탈린 3인방 얼굴이 떠올랐다. 어떻게 전쟁을 일으킬 마음이 들었을까? 세 사람 모두 통통한 얼굴이었는데 어디 공통점이 숨어 있었을까? 38선 넘어오다 걸린 동상 때문에 발톱이 몽땅 빠졌다는 성세경 담임선생님. 이북에서 내려와 우리 반에 들어온 친구들 얼굴도 떠올랐다. 정근이가 부르던 〈가거라. 삼팔선아〉 대중가요를 반 전체가 부르던 오락시간. 야학에서 글 가르치시던 아버지 얼굴이 목소리와 함께 눈에 아른거렸다.

6. 착한 아주머니

아는 집으로 피란을 간다 했는데 친척은 아니었다. 주인아주머니가 어머니를 맞아 앞장서 방으로 들어가시고 우리는 뒤따라 들어갔다. 조그마한 초가집 방 한 칸. 쪽마루에 걸터앉으니 뒷산이 코앞이다. 통에 받아놓은 물로 세수하고 발 씻고 나니 시원했다. 외가 일꾼 아저씨가 짐을 방안에 들여놓고 소달구지를 몰고 서둘러 떠났다. 이제

달랑 우리 식구만 남았다. 사방을 둘러봐도 모두 낯선 것뿐이었다. 어느새 저녁노을이 깃들었다.

주인댁이 저녁상을 차려왔다. 그래도 어머니께 정성껏 대접하는 것을 보고, 잘됐다는 생각이 들었다. 맛있게 먹고 모깃불 옆에서 바라보는 밤하늘엔 우리 집에서 바라보던 별들이 다 따라와 반짝거렸다. 별을 바라보니 갑자기 슬픈 생각이 났다. 잠이 쉽게 오지 않아 뒤척이다 늦게야 겨우 잠에 빠졌다.

곤히 자고 일어나니 해가 중천이었다. 우물물을 바가지로 퍼 세수를 했다. 아버지와는 그제 밤이 이별이었나 보다. 어머니가 밥을 차려 주셨다. 밥을 먹고 나서 뭔가 도와드리려 했는데 언니가 먼저 설거지를 다 했다.

어머니는 집주인한테 아주머니, 아저씨라고 부르라 했다. 그리고 아저씨는 다리 불구시니 절대 내색하지 말라 하시며, 다섯 살 태식이를 동생처럼 잘 데리고 지내라 하셨다. 툇마루에 걸터앉아 하늘을 올려다보니 파란 하늘에 흰 구름이 그림을 그리고 있었다,

'구름이, 구름이 하늘에다…….' 하고 노래를 부르고 싶었지만 부르지를 못했다.

이따금 이름 모를 산새 소리가 들릴 뿐 물속처럼 조용했다. 서너 살 적 일들이 동화처럼 꼬리를 물고 떠올랐다.

그렇게 며칠이 지나도 아버지는 오시지 않고, 소식도 들을 수 없었다. 나는 동생들이 노는 걸 도와주었다. 비석치기, 새끼줄 넘기, 그것도 잠깐, 무언가 재미있는 놀이를 찾아야 했다. 공깃돌놀이도 해 보

았지만 시들했다.

언니는 어른이 된 듯 어머니 말동무도 되고 보호자 역할도 했다. 어머니는 전에 없이 웃기도 하시며 우리에게 노래를 해도 괜찮다고 하셨다. 나도 뭘 해야 하는데 일거리도 없고 아무것도 손에 잡히지 않았다. 우리가 뭘 조금만 해도 잘 했다고 칭찬해 주시던 아버지 생각이 났다.

언니는 동생들을 자주 씻기고 부채질도 해주었다. 어머니는 우리에게 옛날애기를 토막 애기로 하나하나 이어가며 들려주셨다. 〈박씨 부인전〉, 〈맹모와 한석봉〉 이야기는 동생들도 재미있어했다. 나도 〈피노키오〉, 〈심청전〉 이야기를 들려주었다. 우리는 잔돌을 주워 더하기, 빼기, 구구단까지 만들었다. 거긴 잔돌도 귀해서 아저씨가 나갔다 오실 때마다 주워 오셨다. 아주머니는 수시로 빨래도 해주고 텃밭에서 호박, 오이, 파를 뜯어다 우리를 많이 도와주어서 정말 고마웠다. 특히 감자찌개를 잘 만들고, 감자를 모깃불에 굽기도 하고 찌기도 해 주어서 많이 먹었다. 몇 집 안 되는 산동네 촌 인심이 좋아 고생을 몰랐다. 주인아주머니가 이것저것 도와주려고 해도 어머니는 사양하고, 호박이나 푸성귀를 가져오면 빨랫비누를 주었다. 때로는 언니를 중심으로 둘러앉아 돌아가며 하고 싶은 것, 갖고 싶은 것, 알고 있는 이야기도 나누고 수수께끼도 했다.

'바다에 사는 것은?' '땅속에 사는 것은?' '차차차, 놀이로 나무 이름 대기 차차차.' 낱말 이어가기 스무고개도 했다.

이때는 나도 끼어들었다. 내가 알고 있는 단군신화도 들려주면 동생들은 너무 좋아했다. 이런 문제를 내고 간식을 주는 건 언니가 맡았다.

'오늘은 뭘 하고 지내지?'

내가 할 일을 내가 정해서 하는 것이 쉽지 않았다. 학교에서 시간표 짜 놓고 그대로 공부하는 게 참 편하다는 생각이 들었다. 이렇게 가족이 흩어져 그리워하며 무료하게 지내야 하는 것이 전쟁 때문이다. 보고 싶은 사람도 많고, 집에도 가고 싶고 학교도 가고 싶다. 나 혼자 할아버지댁을 찾아갈 수만 있다면 다녀오고도 싶었다.

아버지 사랑방으로 모여들었던 청년들도 떠올랐다. 어디서든 아버지가 잘 계셨으면 좋겠다. 외가에 가면 좀 나을까? 할 일이 없으니 별별 생각이 다 들었다.

외가 일꾼 아저씨가 오셨다. 우리가 여기 온 지 한 달이 되었단다. 얼마나 반가운지. 여기 붙들어 놓고 싶다. 그러나 어머니께 인사를 하고 외할머니, 외숙모 모두 평안하시다는 안부만 전하고 짊어지고 온 물건을 내려놓고, 미숫가루 한 사발만 마시고 떠났다, 자루 속에는 숯, 보리쌀, 쌀, 감자, 밀가루, 오이, 미숫가루, 옷, 운동화, 들기름, 딱성냥, 공책 연필이 있어 반가웠다. 지게에 소쿠리 수북이 한 짐 가득 지고 오셨으므로 물건이 많았다. 제일 나중 나온 건 흰무리(백설기)였다. 아기 암죽거리로 십상이었다. 우리가 올 때는 아주 멀리 왔다고 생각했는데, 왔다 갈 수 있는 거리면 외가에서 그렇게 먼 곳은 아닌 것 같다고 언니가 말했다.

그런 며칠 전부터 하늘 높이 비행기 같은 것이 소리 없이 하얀 줄을 남기고 사라지면 그 흰 줄이 서서히 지워졌다. 그러더니 그런 일이 자주 일어났다.

나는 청소 당번과 설거지 보조, 언니는 동생들 관리와 간식 배당, 누구나 자기 맡은 일은 알아서 하라는 어머니 말씀이었다.

어머니는 하루 세 끼 밥을 꼭꼭 챙겨 주셨다. 동생들도 아침 먹고 함께하는 두 시간 외에는 각자 할 일을 찾아서 하라고 일러 주셨다. 언니는 식사 당번으로 밥상 나르기와 반찬, 숭늉 만들기, 나는 툇마루, 앞뒤마당까지 청소당번이었다. 고생 속에서도 짜증 한번 내지 않는 어머니와 언니, 우리는 언니 선생님 말을 잘 듣고, 언니는 우리를 재미있게 이끌어 갔다.

그러나 날이 갈수록 더운 날씨에 어른도 아이들도 싫증이 나고 모두 지쳐가는 모습이 역력했다. 더구나 젖먹이 아기는 잘 자라야 하는데 젖이 부족해서 걱정이었다. 키가 크고 가냘픈 데다 밥도 적게 드시니 걱정이라며 어머니께 뭘 해드려야 한다고 아주머니는 아침 일찍 서둘러 어디론가 나가셨다.

7. 빨간 완장. 너는 누구세요?

아주머니가 모처럼 작은 장에 가서 아는 사람 집을 찾아갔다. 그 사람이 이렇게 말했단다.

“사람이 모여 있으면 난데없이 비행기가 내리꽂혀 폭격을 해서 장도 안 되고 물건도 없어요. 밤에도 불빛 새어나간다고 등불도 못 켜게 하고 낮에 불을 때면 굴뚝 연기로 무슨 신호를 보내는 것이냐고 억지를 쓰며 스파이로 몰아붙이는 바람에 꼼짝없이 시키는 대로 하고 살아요. 이게 어디 사람 사는 꼴인가요? 다른 데로 가서 살고 싶어도 갈 수도 없이 이름을 다 적어놓았다며 어딜 가도 신고하고 가야 한다네요. 언제는 누구네 부역 날이라고, 꼭꼭 명령하니 우리는 죽은 목숨이나 다름없어요."

그러면서 한숨 쉬는 소리만 듣고 멸치 한 마리도 못 사고 돌아 나오는데 빨간 완장 찬 젊은 여자가 나타나 반색을 하며,

"여성동무 어서 오시래요."

여성동맹에서 나왔다는 여자가 두 손을 잡고 흔들었단다. 조직에서 나왔으니 묻는 대로 대답하고 협조하라며, 어디 사는 누구냐? 뭐 하러 어디 가느냐? 그 동네는 몇 집이나 사냐? 소가 몇 마리냐? 언제 와서 밥 당번하라는 등 살살 웃어가며 달래다가 무섭게 노려보는 눈길에 오금이 저려 죽을 뻔했다며,

"늙은 시어머니가 죽을 것같이 아파 약 사러 왔다."

고 거짓말을 하고 다음에 꼭 오겠다면서 빠져나와 허둥지둥 달려왔다고 했다.

간혹 하늘에 반짝이며 멀리 나는 비행기도 요새는 더 자주 보였다. 공산군이 우리나라를 싹 쓸어 가면 어쩌나 하는 걱정이 점점 더 많아졌다.

그리고 사흘 후 빨간 완장의 여자와 남자가 왔다. 오늘 밤, 도랑 가로 모이라는 거였다. 할아버지, 할머니 다섯, 아주머니 넷, 젊은 남자 둘, 애들 넷이 동네 사람 전부인데 노인 세 명만 안 나오고 다 모였

다. 글을 모르니 이름 적을 사람이 없다. 아주머니가 그래도 제일 나은 편이라 조직에 뽑혔다.

"젊은 여자들은 읍내에 나와서 밥을 해주고 짐을 날라야 한다. 만일 어기는 자는 극한 벌에 처할 것이다."

이렇게 겁을 주고 돌아갔다. 어머니는 날이 갈수록 밥도 안 잡수시고 초췌해졌다. 36세 젊고 고운 어머니가 걱정이었다. 침쟁이가 와서 침을 놓고, 엿기름가루로 소화제도 만들어 드렸지만 잡숫지 못했다. 어머니 얼굴을 바라보면 금방 눈물이 쏟아질 것 같았다. 나는 기도했다.

"불쌍한 우리 엄마, 하나님, 우리 엄마 살려 주세요. 살려 주셔요. 꼭 어머니를 살려 주세요."

언니도 나도 울면서 기도했다.

나중에 둘째 외삼촌댁 큰 집을 공산당 인민위원회 사무실로 쓰다 폭격 맞아 불에 타고 거의 다 부서졌다. 그래도 모두 피란을 가고 빈 집이라 다행이라는 소식을 아랫마을 이장이 몰래 와서 전해주었단다. 그래서 어머니는 속앓이 병이 생긴 것이다.

주인아주머니가 미음을 끓여 어머니를 보살펴 드리고 우리들 밥까지 챙겨주신 덕으로 어머니는 다시 기운을 차리고 일어나셨다. 기력을 차리자 원족 가방을 다시 챙기고 다른 식품들도 간추렸다.

8. 집으로 돌아오는 길

한 달이 훨씬 지난 어느 날, 우리는 마을 이장 주선으로 집으로 돌아가기로 했다. 주인아저씨가 더 있으라 했지만 주인댁이 빨간 완장하고 밥해주는 부역을 가기로 했으니 그 산동네에 공산당이 언제 들이닥칠지 모르기 때문이었다. 집주인은 매우 서운해 했지만 우리는 짐을 지고 산골길을 쉬었다 걸었다 해가며 이틀 걸려 집으로 돌아왔다. 마침 아주머니 친정에서 하룻밤 지내게 되어 다행이었지만 어머니의 단속은 철저했다. 이장이 아버지 직함을 대며 우리한테 이렇게 고생을 해서 안됐다며,

"아버지는 지금 어디 계시냐?"

하고 물었을 때,

"알고 계시면 우리에게 알려 주시면 좋겠어요."

언니의 대답에 그는 고개를 끄덕이며 가지고 온 참외를 지게에 실었다. '누구에게도 모른다.'라 하신 아버지 말씀을 지켜가는 언니의 재치에 나는 깜짝 놀랐다.

사실 우리는 알지 못하고 있었지만, 묵어가는 집 사람들이 정성껏 마련해주는 밥과 잠자리가 고마운데 가면서 먹으라고 감자와 옥수수까지 싸주셨다. 아주머니는 집으로 가고, 이장 아저씨와 짐 아저씨는 함께 갔다.

'이렇게 가는 곳마다 사람들이 다정하고 고맙고 경치도 좋은데 왜 전쟁을 일으키는가? 말로 타협해도 될 텐데 대포를 쏘아대며 전쟁을 해야 하다니! 양보하며 살아가야 한다는 말은 다 헛말, 말뿐이구나.'

어린 나는 별별 생각이 다 들었다.

크고 작은 나무에서 매미들은 목청 높여 노래하는데 나는 왜 엉엉

울고 싶을까.

"아버지." 하고 부르려다 언니에게 저지를 당했다.

내가 네 살 때 아버지는 일본에서 돌아오셨다. 그때 바로 아래 남동생에게 어머니 관심은 집중돼야 할 때였는데 나를 보듬어 주신 아버지다. 남동생 아우를 봤다고 할머니 사랑도 많이 받고 소소한 일에도 칭찬해 주셨다. 우리 집에서는 아이들이 다투거나 부모님들이 꾸중하시는 일이 거의 없이 자랐다.

9. 하나님 우리 아버지 무사하게 잘 지켜주십시오.

문광 다래실 앞 신작로 양쪽 미루나무 가로수 아래로 인민군들이 지나갔다. 처음 보는 인민군이었다. 전쟁이 났다고 해도 군인이나 무기를 한 번도 보지 못한 나였다. 군복과 군모까지 푸른 나뭇가지를 꺾어 몸을 싸고 걸어가니 흡사 나무가 걸어가는 것 같았다. 장총이 땅에 끌리는 어떤 군인은 아예 총판을 받쳐 들고 앞사람을 졸졸 따랐다. 너무 어렸다. 중학교 2학년 사촌오빠만 했다. 불쌍하다는 생각도 들었다. 저들도 부모를 떠나 군대에 끌려와 어딘지도 모르는 낯선 땅을 헤매며 언제 죽을지도 모르면서 목숨 바쳐 전쟁에 참여하고 있는 것이 아닌가? 너는 누구를 위하여 어린 목숨을 내놓았느냐?

그 순간 서쪽 하늘에서 전투기가 쐥 하고 귀청을 울리며 시커먼 포탄을 던지고 곧바로 치솟아 올라 사라졌다. 나는 그 자리에 털썩 주저앉고 말았다. 무섭고 두려웠다.

집엘 어떻게 갈 수 있나 막막했다. 한참 후 겨우 진정하고 일어섰다. 경찰서, 군청은 물론이고 큰 건물, 사람들이 모이는 곳은 어디든지 폭격이었다.

포탄 맞은 건물은 무너지고 불길이 솟구쳐도 불을 끌 사람도 없었지만 물도 없었다. 짐 아저씨 이야기를 들으며 집으로 가는 길은 호기심으로 가득했다. 방학 때는 외가에 자주 갔었지만 이렇게 오랫동안 집을 떠나 본 적이 없었기 때문이었다.

10. 돌아온 우리 집

짐 아저씨가 앞장서 지그시 닫힌 대문을 열고 들어섰다. 다행히 한 군데도 부서지지 않고 그대로였다. 어깨 가방을 내려놓고 이 방 저 방 부엌을 둘러보니 모두가 반가웠다. 처음 들어올 때는 아저씨가 앞장섰지만 이제는 아무렇지도 않았다. 우리가 주인, 주인이 온 것이다. 아저씨가 짐을 한쪽으로 내려놓고 언니와 나는 비와 걸레를 찾아 앉을 자리만 대충 쓸고 닦았다. 어머니는 참외를 찾아 깎고 옥수수도 내놓으셨다. 마당을 쓸어 주고 아저씨는 가셨다.

어둡기 전에 할아버지를 뵙고 와야 한다는 어머니를 따라 뒷골목으로 나갔다. 텅 빈 것 같던 이웃집에서 반색을 하며 달려나와 반겨 주었다. 대충 인사를 나누고 할아버지를 찾아뵈니 절을 받으시고 그간 고생 심하지 않았느냐 물으시며 동생들 머리를 연신 쓰다듬어 주셨다. 반가워하시는 할아버지를 뵈니 눈물이 주르륵 흘러내렸다.

할아버지는 괴산 유지(有志)로 향교명륜당 행사에는 가셔도 신사참배를 하지 않아 일제 때 방망이 찬 순사들이 자주 들르기는 했어도 체포해 가지는 못했었다. 공산인민위원회 빨갱이들도 노인 어른이고, 짐 나르는 데 필요하다고 소를 끌고 가서는 이날 저날 미루기만 하고 아직 안 가져왔단다. 납치할 수도 없고, 그냥 함부로 대할 수도 없었는지 빨간 완장 찬 젊은이가 늘 집 주위를 감시하고 있어서 자주 오지 않는 게 좋다고 어머니께 말씀하셨다. 내일 아침 일찍 식량을 보내주신다며 저녁 먹을 게 있느냐 하셨다. 그리고 꼭 지켜야 할 일은 밤에는 불을 밝히거나 불을 때지 말라고 신신당부하셨다.

집에 오니 뒷집에서 꽁보리밥이라며 가져왔다. 하루에 딱 한 번 밥을 해서 하루 종일 먹는단다. 낮에는 거의 들에 가서 살고 해거름에 와서 저녁 짓고 부역하러 가는 날은 거기서 밥을 먹는단다. 이를 테면 공동식사 마련인 셈이다. 겨우 두 달 된 것 같은데 바뀐 게 너무 많았다. 공산당은 이런 건가? 다음날 이웃 몇 사람이 와서 반겨주며 구석구석 청소를 도와주었다. 꽃밭에 잡초를 뽑아주니 생기가 돈다. 잡초 속에서도 봉숭아, 백일홍, 채송화, 해바라기, 나팔꽃, 옥잠화, 금낭화, 칸나들이 제 몫의 꽃을 피우고 우리를 맞아 주었다.

싱싱한 파초는 아담한 그늘을 만들어 주고, 뒤뜰 올배나뭇가지에는 작은 배들이 주렁주렁 귀엽게 달렸다. 앞뒤마당 군데군데 돋은 풀도 뽑았다.

조용하고 말씀이 별로 없으셨던 어머니가 논밭을 둘러보시고 팔을 걷어붙이고 나서서 간혹 일꾼을 구해 일을 시키기도 하셨다.

일을 도와주던 사람들도 모두 피란 중이고 어떤 사람은 인민군으로 어떤 사람은 학도병이나 국군으로 가 동네에 젊은이는 거의 없단다.

어느 집 삼촌은 이미 국군으로 간 지 1년 지났는데, 이번에 조카가 인민군으로 끌려갔으니 이를 어떻게 하면 좋겠느냐는 얘기다. 그 댁 할머니는 두문불출하다 요새는 폭격이 잦아 물가에 가 사는데 '접시 물에도 빠져 죽는다.'고 일 저지를까 며느리는 발을 동동 구른다는 얘기도 들렸다. 걱정이 말로 다할 수도 없다는 얘기다. 피란 못 간 사람들 중에 쓸 만한 사람은 공산군 사무소에 나가 일하는 청년, 여성 동맹위원이라니 사람들은 서로 경계하는 수밖에 없었다, 빨간 완장을 찬 사람들은 대개 다른 마을로 가서 아주 못되게 군단다.

그래도 집으로 돌아왔으니 편안해야 하는데 그렇지가 않았다. 하늘에는 비행기가 수시로 폭격을 하고 사람들은 서로 마음 놓고 말도 못했다. 빨간 완장을 찬 청년과 여자가 왔다. 보는 순간 가슴이 덜컥 내려앉았다.

우리가 돌아온 것을 어떻게 알았는지 아주 낯선 얼굴이 왔다. 빨간 완장은 여성동맹에 가입할 15세 위 여자가 있는가 묻고 몇 가지를 지시하고 갔다,

밤에는 절대로 불을 켜지 말 것, 밤에 음식을 장만한다고 불을 때지 말 것, 이것은 비행기에게 보내는 신호이니 공습을 받을 수 있는 스파이가 하는 짓이라는 것이다, 또 가장 중요한 것은 아버지가 오시면 곧바로 인민위원회로 연락하고 낯선 사람이 와도 신고하라는 것이다.

처음부터 피란을 가지 못한 사람들은 인민군 물건 나르기 등 여러 가지 부역을 해야 하고 부녀자들은 식사 당번으로 동원된다고 했다.

피란 갔다가 우리처럼 되돌아온 집도 있고, 아직 소식도 없는 집들도 있으나 거의 돌아온 편이었다. 동네 사람들은 서로 손을 잡아 흔들며 반가워하면서도 뭔가 모르게 말 못 할 서먹한 느낌에 눈치를 살피는 것은 누가 어떤 사상을 가졌는지 모르기 때문이었다. 날마다 서쪽 산 위로 비행기가 북쪽을 향해 가고, 어느 땐 쏜살같이 내리꽂히며 검은 물체를 뚝 뚝 떨어뜨리고 가면 잠시 뒤 폭음 소리와 연기가 치솟았다.

장터거리 집들이 불에 타고 파괴되어도 불을 끌 엄두도 내지 못한 사람들은 그대로 보고만 있었다. 화강암으로 지은 지 삼 년도 안 되는 괴산중학교 신축건물 벽도 무너진 게 골목을 나서서 보면 보이는데 학교로 들어가 본 사람은 없을 정도로 부서져 무섭단다.

하루는 언니와 대청마루 끝에 앉아 하늘을 보며 이야기를 하고 있는데 폭격기가 내리꽂히면서 귀청이 떨어질 듯 '찌르릉 꽝!" 하는 소리와 함께 기왓장 조각이 처마 밑으로 두두두 떨어졌다. 우리는 기겁을 하고 방으로 뛰어들었다. 많이 부서지거나 다친 사람이 없어 다행이었지만 놀란 가슴을 안고 발발 떨었다.

바로 그 폭격기가 신작로 옆 여관집을 폭격하여 한쪽은 불꽃이 치솟고 지붕이 무너졌다. 며칠 후 안주인 시체를 잿더미에서 꺼냈다. 그날 거기서 일하던 사람은 한쪽 다리가 잘려나갔단다.

그 후부터 낮에는 뒷산 아랫집 아카시아 그늘로 가기로 하였으나 그 숲도 비행기에서 기관총으로 쏘아대는 바람에 달아났다. 다치지 않은 걸 다행으로 여기고 큰 개울가로 나갔다. 그리고 놀다가 비행기 소리가 나면 물속으로 들어가기로 했다. 그러나 물속에서도 탄환에 맞을 수 있다고 내가 반대하여 안 갔다.

11. 방공호 별장

할아버지가 뒤꼍에 방공호를 파주셨다. 무 저장하던 구덩이를 더 크고 넓게 팠다. 할아버지는 감독과 인부가 되어 천장에는 널빤지와 기둥도 세웠다. 일어서지는 못해도 구부리고 들어가 앉을 수 있게 단단하게 짓고 흙지붕 위에는 도롱이를 덮고 뒷산에서 해온 소나무 가지를 덮었다. 바닥에는 가마니를 깔고 그 위에 얇은 이불을 폈다. 입구가 작아 고개를 숙이고 드나들어도 아이들한테는 별장이었다. 할아버지가 비가 조금 올 때는 새지 않을 거라고 하셨다.

방공호 속에서 산다는 게 편할 수 있겠는가? 하지만 어머니는 어린 아들이 거기 있는 게 마음이 놓인다고 하셨다. 미숫가루를 탄 물이나 밀빵도 쪄다 주셨다. 한참 개구쟁이 동생들은 용변 보는 시간이 꽤 길다가도 비행기만 떴다 하면 쏜살같이 들어가는 피란처였다.

어느 때는 우리 식구가 모두 들어가 시원한 곳에서 쉬기도 했다.

이 어려운 일을 우리가 피란집에서 본집으로 간 것을 아신 외할머니께서 일꾼과 재료를 보내주셔서 할아버지께서 일꾼들과 상의해서 만드신 걸 나중에 알게 되었다. 외가에 목재가 있어 잘 된 것이었다. 마을에서는 전에 있던 동네 방공호를 손질해서 아이들이 거기서 피신도 하게 했지만 우리집 외에 몇 집 울안에 방공호를 만들어도 그건 빨갱이들이 모른 척했다는 뒷얘기가 있었다.

내가 일학년 입학하고 며칠 안 된 어느 날부터 매일 한 번씩 방공연습을 했다. 대동아전쟁(세계2차대전-태평양전쟁) 때라. 일본 선생들이 시킨 훈련으로 교실에서 공부하다가도 '왱 ~' 하고 사이렌 소리가 나면 학급별로 밖으로 나가 정해진 장소에 가서 눈과 코, 귀를 막고 엎드렸다. 그러다가 해제 사이렌이 울리면 교실로 들어갔다. 그때 우리 마을에도 뒷산을 파서 굴을 만들어 놓고 비행기 공습경보가 나면 방공호로 들어가 피하라고 했지만, 미국이 일본 히로시마에 원자폭탄을 투하함으로써 연합군이 승리, 일본의 항복으로 방공호 사용은 끝났고 나중에 막아버렸다.

12. 아버지 동무를 찾아라

집으로 돌아온 지 엿새째 되던 날, 빨간 완장을 찬 젊은이들 세 명이 왔다. 대청마루 밑 안쪽까지 뒤져보고, 어느 때는 한밤중에 구두를 신은 채 갑자기 방으로 들어와 모처럼 방에서 자는 아이들을 깨우고 천장을 총으로 쿡쿡 찌르며,

"잡히기 전에 자수하시오. 자수하면 크게 대우해 드리리다."

엄포를 놓거나 부드럽게 달래다가 이 방 저 방 문을 확확 열어보고 벌벌 떨고 있는 우리들에게,

"네 아버지 왔지? 어디 있는지 알려주면 큰상과 맛있는 걸 주겠다."

하면서 알사탕과 빵 조각도 보여주었다. 그들이 한바탕 휘젓고 나가면 우리는 겁에 질린 채 울지도 못하고 어머니를 빙 둘러 꼭 끌어안고 벌벌 떨었다. 아버지 보고 싶은 마음보다 겁이 나고 당장 무서움이 더 컸다. 오 남매를 끌어안은 어머니 심정은 어떠했으랴. 그때

는 무섭기만 하고 아버지가 어디 잘 계시기만 빌었지 어머니를 위로해 드릴 생각을 못했는데 언니는 뭐라 소곤거렸다.

우리 아버지는 언제나 국민이 모두 하루속히 무식에서 벗어나야 한다고 강조하셨고 청년들은 스승님이라고 모셨으며 군청에서도 자문을 받아갔다. 일본 문화와 백제 이야기도 들려주셨으며 많은 사람들의 존경을 받던 우리 아버지다.

아버지를 꼭 찾으라는 상부의 지시가 내려왔다니 더 마음이 조여든다. 과연 아버지는 어디 계실까? 하나님, 제발 우리 아버지 살아 있게만 해 주세요. 언니가 엎드려 흐느껴 울어서 나도 따라 울었다.

"아버지, 빨간 완장들이 아버지를 찾고 있어요. 내 생각에는 그냥 어디 숨어 계시다가 폭격 소리 멈춘 훗날 오셔도 될 것 같아요. 우리는 어머니하고 잘 지내고 있어요. 하나님, 우리 아버지 꼭 지켜주세요."

13. 인민학교 빨강 선생님

빨간 완장? 선생님이야?

어디서 온 분인지 아이들에게 친절하게 해주려고 애쓰는 눈치다. 동생하고 나에게도 반갑게 맞아주었다. 그런데 그 완장만 보면 가까이하고 싶지 않았다. 한마디 말도 건네지 않고 고개만 푹 숙이고 있으니 곁에 와서 눈길을 주었다. 밉지 않게 생긴 청년이 머리는 빡빡이었다. 완장만 안 찼으면 고개라도 끄덕일 텐데 구둣발로 방에 들어오던 그 사람들 생각에 가슴이 떨렸다. 애들이 노래를 부르는데 머리가 아파 오는 것을 억지로 참았다.

엊그제부터 마을 느티나무 아래에서 인민학교가 열리니 학교 다니는 아이들은 한 사람도 빠짐없이 나오라는 말이 공회당에서 전해 왔었는데 의자도 책상도 없으면 멍석이라도 깔아놔야지 싶은데 아이들을 나무 그늘 밑 흙바닥에 앉혔다. 그렇게 쪼그리고 앉아 무슨 공부를 하라는 것인지? 나무둥치에 기대놓은 칠판에 〈빨치산 노래와 김일성 장군〉 노래 가사를 써 놓고 완장 찬 여자가 하는 대로 따라 부르라는 것이었다. 그러면서 이틀만 지나면 학교 교실로 옮겨 간다며 몇 차례나 노래를 불러주며 외우라고 했다.

그리고 앞으로는 벼 톨 세기를 할 거라는 말도 했다. 한 이삭 톨만 세면 곱하기를 해서 그 논의 생산량을 쉽게 알아낼 수 있다는 것이었다. 벼 톨 세기? 처음 듣는 말이었다. 교실로 들어간다고 인민학교 갈 사람이 있을까?

폭격기 사다리 비행기(B29 -호주 수송기)도 하늘에 자주 오가는데. 처음에 나는 폭격기가 공산군 것인 줄 알았더니 국군을 돕는 우리 편 비행기라고 했다. 그렇다고 좋다고 박수를 칠 수도 없는 빨갱이 천국이었다. 학교 안 가면 어머니가 고통을 받을 것 같아서 나갔는데 사흘째는 학질에 걸려 아프다는 핑계를 대고 나가지 않았고 그 후로 한 번도 나가지 않았다.

인민학교는 밤에 사람들을 모아놓고 김일성 사상교육을 시킨다고 조직을 통하여 연락하고 서로 감시하게 했다. 빨간 완장을 차고 으스대는 낯선 젊은이들, 그들은 어디서 와서 이 동네 사람들을 저토록 지독하게 괴롭히는지 알 수가 없었다.

반동으로 몰리지 않고 버티려면 우선 그들 말에 따라야 한다는 것이다. 동네 어른들에게 '아바이 동무, 어마이 동무'라 부르며, 젊은이를 찾아내려고 아양을 떨기도 했다. 배가 고프다고 먹을 것을 달라기도 하지만 누구 하나 선뜻 내주지 않았다. 줄 것도 없었지만 만약 준 사실이 인민위원회에 알려지면 처벌을 받는다는 소문이 나돌았기 때문이다. 그 후 인민학교는 어떻게 되었는지, 교실로 옮겨 갔는지 모른다.

뜨거운 여름, 긴장되는 나날 속에 나는 동생들과 놀아 줬다. 책이고 공책이고 눈에 들어오지 않았다. 겨우 방공호에 들어가 잠깐 들여다보는 것이 위로가 되었을까? 그래도 다행인 것은 6월 하순에 밀, 보리, 감자, 강낭콩 등 여름 수확이 끝나고, 가을에 수확할 모내기 콩, 수수 등을 파종한 후라 뜨거운 7,8,9월 논밭에는 곡식 채소가 가뭄과 장마 속에서도 무럭무럭 자라 다행이었다.

그러나 추수 때는 수확량을 인민위원회에서 다 거둬다가 식구 수대로 똑같이 배급한다는 얘기가 나돌면서 농민들은 아연실색, 아직 오지도 않은 추수가 골칫거리가 되었다. 나도 이야기를 주워 들으며, 큰일이구나 하고 귀를 모았다.

14. 야! 수복이다. 1950. 9. 28.

선들 가을바람이 불어오는 초가을, 추석을 이틀 앞둔 날 밤

"국군이 올라옵니다. 삼거리로 나와 만세를 부릅시다. 풍물을 쳐도 좋습니다. 많이들 나와유. 지나가기 전에 빨리 나와유."

"빨갱이들은 다 물러갔습니다. 한 놈도 남김없이 다 물러갔습니다."

골목에서 외치는 소리를 듣고 언니와 나도 나갔다. 어느새 사람들이 나와 청천에서 청주로 가는 신작로에 길게 늘어서서 당당히 통과하는 UN군 차량을 환영하며 만세를 불렀다. 언니와 나도 어른들 뒤에서 발을 동동 구르며 손뼉을 쳤다. 몰려선 사람들은 어디서 났는지 태극기를 흔들며 만세를 불렀다. 징 소리, 꽹과리 소리에 힘이 실렸다. 꼬리를 물고 잰걸음으로 따라갈 수 있게 서서히 달려오는 군용차에서 내다보는 군인들 피부색이 여러 가지였다. 낯선 백인, 흑인 모두 웃으며 손을 흔들었다. 끝이 보이지 않게 꼬리를 물고 가는 군용차 불빛이 장관이었다. 누가 먼저랄 것도 없이 집에서 마련하던 추석 먹거리를 채반 째 들고 나와 군 트럭에 올려주며 '댕큐 댕큐'를 연발하는 사람, 목청 높여 만세를 부르는 사람, 음식이 모자라 몇 차밖에 못 올려 주고도 좋아하는 마을 사람들의 기쁨, 그 벅찬 만세 장면을 어찌 잊을 수 있으랴!

군용트럭이 어지간히 지나간 후 이게 웬일인가? 마을 사람들에 둘러싸여 잘 보이지 않는데 사람들 앞에서 만세를 부르며 나타난 아버지! 우리 아버지였다.

나는 쫓아가 아버지를 붙들고 엉엉 울었다. 어머니도 할아버지 할머니 큰댁 작은댁 식구는 물론 동네 사람들도 달려나와 아버지를 붙들고 울며불며 목 놓아 만세를 불렀다.

15. 다시 일상으로 돌아온 삶.

우리는 자주 아버지 방을 들여다보고 계신가를 확인했다. 아버지는 외사촌들과 밀양에서 경찰 전투부대에 자원입대하여 임시 군번을 받고, 물자 보급 후원 임무로 김제 금산사를 거쳐 계룡산전투에 참가하셨다고 했다. 아군의 빠른 북진에 힘입어 생각보다 빨리 귀가할 수 있었단다. 이제는 민간인 신분으로 전투장에 안 가도 된다 하셨다. 우리 집엔 걱정거리가 없어졌다. 아버지도 오셨고. 대한민국을 찾았으니 학교도 갈 수 있었다. 추수가 끝나고 개학을 했다. 애국가를 소리 높이 부르며 운동장 조회도 했다. 그런데 6학년 남자 네 반, 여자 두 반, 여섯 반이던 학생이 남자 두 반, 여자 한 반, 세 반으로 줄어들고 우리 여자 반은 겨우 35명밖에 안 됐다.

우리는 서로 부둥켜안고 엉엉 울고 성세경 담임선생님은 우리를 보고 우셨다. 4학년 때 안○수 담임은 인민군으로 갔다 하고. 나를 잘 지도해 주시던 5학년 담임 정남훈 선생님은 연합신문 기자로 가셨다는데 피란 후 한번도 뵙지 못해 아쉬움이 많이 남는다.

늦가을 동네에서는 느티나무 아래에서 동 제사를 지내고 크게 잔치를 베풀었다. 전쟁으로 서로 마음 상했던 일들을 깨끗이 씻어 내고 전보다 더 두터운 두레 정신으로 살아가자고 확성기보다 더 힘차게 아버지는 말씀하셨다.

16. 1.4후퇴의 슬픔

가을에는 이승만 대통령이 평양을 다녀오시고 머잖아 백두산 까지 올라갈 것이라 했는데 수많은 중공군의 합세로 공산군이 다시 쳐내려오기 시작했다. 성탄절 때 목사님도 피란을 말씀하시더니 점점 후퇴, 1월 4일에는 서울도 빼앗기고 계속 후퇴하여 우리는 엄동설한에 피란 준비를 또 하게 되었다.

솜이불을 뜯어 가족 모두 솜두루마기부터 바지, 모자, 벙어리장갑, 버선까지 솜을 넣어 드문드문 누벼 방한복을 만들었다. 검은 광목 무명을 이용했으니 지금의 패딩 점퍼를 69년 전에 우리는 이미 만들어 입고 피란길에 오른 것이다.

아버지와 사촌오빠는 먼저 남으로 떠나시고, 얼음판 길에 우리는 지인을 찾아 길을 떠났다. 가다 보니 "○○야, 고모네로 오라." 그와 비슷한 광고가 전봇대에 나붙기도 하고 찢어진 종이쪽지가 바람에 흩날려 눈밭에 뒹굴기도 했다.

우리는 경북 용하 산골 지인의 배려로 너른 집에서 춥지 않고 배고프지 않게 지낼 수 있었다. 정부도 여름에는 대전으로 옮겼다가 다시 대구로 옮겨 갔었는데, 1.4후퇴 때는 수도를 부산으로 옮긴다는 뉴스였다. 여기 용하에서는 그나마 뉴스도 전혀 들을 수 없어 깜깜 절벽 세상에 한 사람이 연락병이었다.

간혹 들려오는 소식에 38선 부근까지 유엔군이 후퇴해서 서울까지 넘겨주더니, 이제 날이 풀리면서 국군과 UN군이 다시 북진 기세를 보인다는 것이다. 중공군은 추운 데서 훈련을 받고 군복을 뒤집어 입으면 하얀색이라 눈 위에서 구별하기 어렵고 UN군은 더운 나라에서 많이 와 추위에 약해서 후퇴했다는 소리도 들려왔다. 전시에는 헛소문에 추측하는 말들이 많아 구분하기 어려운 것도 많았다.

그러나 정확한 것은 모르는 채, 하늘을 나는 사다리(똥다리) 비행기가 점점 많아지고 폭격기 횟수는 확 줄어들어 여름 피란 때보다는 덜 무서웠다. 2월 중순 아버지가 오셔서 우리는 다시 집으로 돌아올 수 있었다.

17. 아들 찾아 구만리 - 둘째 외삼촌

겪어 보지 않고는 알 수 없는 전쟁의 아픔은 집집마다 이어졌다. 둘째 외삼촌 맏아들은 어려서부터 천재라 했다. 출중한 외모에 예의범절을 갖춰 한 인물 할 거란 칭찬을 듣고 자랐다, 경기고보 졸업, 경성대학교(지금의 서울대학교) 2학년에 재학 중이었으니 외삼촌의 자부심도 크셨다. 큰외삼촌과 두 분이 도포 자락을 날리며 길에 나가시면 그 위풍당당하심에 지나는 사람들이 길을 비켜설 정도였다. 그 가문의 외사촌오빠가 전쟁이 났는데 소식 없이 고향엘 오지 않는다. 아무리 수소문해도 찾을 길이 없었으니 얼마나 애간장이 탔겠는가? 둘째외삼촌은 사위가 경찰 간부였으니 반동의 집이라고, 피란 가고 없는 빈집을 공산인민위원회가 사무실 회의장으로 쓰다가 유엔군 폭격으로 부서지고 불에 타 귀퉁이만 조금 남았다. 수복 이후에는 아들이 어디로 갔는지 찾아내라고 경찰서에서 수시로 을러댔다. 가족을 팽개치고 아들 찾아 전국을 헤매는 외삼촌. 갈 만한 곳은 다 찾아보았지만 알 수 없었다. 아들의 행방을 찾아 거제도수용소부터 감옥까지 찾아보다가 나중에는 점쟁이를 찾아다녔다.

굿판도 벌이고, 점괘 나오는 대로 온갖 것을 다해 보았으나 아들은 소식이 없었다. 찾지 못한 채 병이 나서 누웠다가 KBS-TV 이산가족 찾기에 나가서 몇 날이나 기다렸다. 시간과 정열만 쏟다 결국은 타계하시고 말았다. 그 오빠의 행방은 지금까지도 알 수 없어 오리무중이다. 훗날 다른 아들 손자는 목회자가 되어 영혼 구원 목자의 길을 걷고 있다.

이렇게 전쟁으로 모든 것을 잃은 분이 어디 외삼촌뿐이랴. 얼마나 많은 목숨이 6.25전쟁에서 죽어가고 재물이 파괴되었는가? 아직도 몸속에 파편을 지니고 계신 분들이 각처에서 늠름한 모습으로 이 사회를 이끌어 가고 있다.

18. 다시 일상으로

그 전쟁 중에도 우리 동네는 피해가 적었다. 다시 일상으로 돌아가 전처럼 부지런히 자기 생활에 열중했다. 폭격 맞은 몇 집은 울력으로 지붕, 벽을 고쳐주며 웃음으로 인사를 나누었다.

폭격당한 건물은 개보수로 바빴으나 오일장도 서고, 학교도 열려 교복을 입은 중고등학생들이 등하교 시간에는 신작로를 가득 메우며 활력이 넘쳤다. 날이 풀리면서 전쟁 후유증은 전사자 상이군경 외에 일반인의 피해도 기하급수로 늘어났다. 이북에서 피란 온 사람도 많아 그들의 의식주를 돌봐주는 피란민촌, 피란민 수용소도 마련되었다.

기다리던 개학을 하고 보니 명덕학교 후관 8교실에 칸을 막아 피란민 임시수용소로 쓰고, 앞 교사만 5,6학년 교실, 저학년들은 별관 교실과 운동장에서 2부제, 3부제로 공부를 하다가 나중엔 군청 회의실까지 교실로 썼다.

앞뒤 교사 사이에는 줄을 이어 통행금지, 복도 유리창도 막아서 피란민들 생활을 보지 못하게 하였다. 교무실 앞 화단 가에 가마솥을 걸어 놓고 물을 끓여 점심시간에 5,6학년 교실에 한 양동이씩 배달했다. 그런 일들로 고충도 컸을 텐데 선생님도 아이들도 웃으며 감사하며 즐겁게 지냈다.

피란민들이 구호물자로 받은 맞지 않는 옷을 입고 맞지 않는 구두를 끌면서 걸어가는 모습이나 볕을 쬐려고 나와 앉은 아이들을 먼빛으로 보아도 여간 불쌍하지 않았다. 집단 거지 떼라고 해도 과언이 아니었다. 그러나 그들은 '우리도 잘살 수 있다.'는 자존심이 대단해 아이들 교육만은 철저히 시켰다고 한다. 아침에 등교하면 소독 냄새가 코를 찌르고 역겨웠으나 우리는 참아야 했다.

군청에서는 느티울 가는 길 언덕 아래 피란민을 위한 집을 길게 이어 짓고 학교에 살던 사람들 거처를 그곳으로 옮겨주고 아이들도 차츰 학교에 다닐 수 있도록 길을 열어주었다.

교실은 정상 수업을 할 수 있게 되어, 학부모 초청 연구수업, 노래자랑과 백일장을 열고 피란민을 위한 위로 음악회와 낭독회 학예회도 했다.

나는 '피란도 못 간 배나무'라는 제목으로 우리 집 뒤뜰 배나무에 대해 글을 썼다. 그 난리통에 피란도 못 간 배나무가 대포 소리 폭격 소리 다 이겨내고, 맛있는 배를 주렁주렁 달고 우리를 기다리던 배나무, 저는 배 한 쪽도 못 먹고 우리만 주고 빈 나무로 서서 우리 보고 올라와 놀라고 기다리는 배나무라는 내용으로 쓴 글이 장원으로 뽑혔다. 나는 조회시간에 운동장 높은 단에 올라 낭독을 하고 교장선생님으로부터 연필 한 다스(12자루)와 칭찬과 우렁찬 박수를 받았다.

19. 중학 입시와 단결의 힘

6학년은 중학교 입시 준비를 해야 했다. 전에는 학교장 추천과 면접으로만 결정되었는데 유동인구가 많아진 관계로 국가연합고사로 변경되어 그 시험성적으로 전국 어디든지 희망하는 중학교를 선택할 수 있다는 선생님 말씀이다. 출제범위는 국민학교 전 과정인데 4개월밖에 학교공부를 못한 6학년이 문제다. 진학반 비진학반으로 나누어진 학반은 야간 보충 수업을 하기로 학부형들의 동의를 얻어 진학반 90여 명(여자 28명)은 두 반으로 나뉘어 수업을 하고, 저녁을 6시에 먹은 후 다시 밤 8시까지 공부하기로 결정되었다.

그런데 4,5월 농촌에서는 여러 가지 씨앗도 심어야 하고, 보릿고개인 때라 집집마다 형편이 달랐다. 그래서 어물도가 영순네와 중일이네 정미소같이 넉넉한 집에서는 부담을 많이 한다는 말도 전해졌다. 어머니들은 당번을 정해서 숙직실 옆에 큰 가마솥을 걸고 매일 따뜻한 저녁을 지어 90여 명 아이들이 먹게 했다. 잡곡밥, 비빔밥, 주먹밥, 감자밥에 된장국이었지만 언제나 꿀맛이었다. 풀이 죽던 아이들은 신이 나서 목소리에도 생기가 돋아났다.

뿐만 아니라 구호물자로 나온 옥수수기루로 죽을 쑤거나 떡을 만들어 전 학년 결식아동들에게 점심을 제공하는 학부형들 노고는 배곯는 아이들에게 수호천사이고, 땔감을 져 나르는 아버지들 역시 천사들 같았다.

100여 분의 밥을 마련하시느라 얼마나 힘이 드셨을까? 그래도 공부가 끝나면 방향에 따라 어른들이 등불을 들고 와서 아이들을 데려갔다. 학교 앞은 물론 동네마다 자치 야경꾼들이 '딸각딸각' 게다짝 같은 것을 두드리고 암호를 주고받으며 순찰을 해서 동네 안전을 지켜갔지만 당시 공산군이 후퇴할 때 낙오된 인민군들이 산속으로 숨어들어 산마을 사람들을 괴롭히는 공비가 되었으니 일하는 농부들도 늦은 오후나 밤길을 가는 것은 매우 위험하여 피곤해도 자녀들 마중은 나가야 했다.

보충수업 2개월 반쯤 되던 어느 날 우리는 국가시험에 응시했다. 다행히 그렇게 암기하지 않아도 될 걸 하는 생각이 들었지만 그때 많은 상식을 배워 다행이었다. 그리고 6월 어느 날 처참한 전쟁 역사 속에 우리는 괴산명덕국민학교 40회 졸업생으로 감격스러운 졸업식을 하였다.

20. 전시 학생이 되다.

나는 괴산중학교에 입학원서를 냈다. 도시로 가라는 담임 선생님 권고도 있었으나 전쟁 중인데 가족과 함께 있어야 하는 것이 우선이고, 1951년 그해부터 남녀공학이 되는 것이다. 골목을 나와 큰길을 건너면 학교 정문이니 얼마나 가까운가? 아니면 2km나 되는 오류동 여학교까지 걸어 다녀야 하였는데 참 잘 되었다. 또 여기 대사리는 일제부터 고등학교와 실업학교가 있던 곳으로 고등학교는 처음부터 남녀학교가 분리되었었고, 실업학교 학생들은 고등학교로 편입되었다. 사람들은 이곳을 '배움골'이라고도 하고 '양반 동네'라고도 불렀다. 화강암 석조 건물로 지은 중학교 본관건물은 지금도 국가등록 문화재 354호로 되어 있다.

중학교 입학 합격통지서와 안내장이 왔다. 입학금 납부와 교복에 대한 상세한 안내다. 흰 상의에 검정 스커트, 검정 운동화에 흰 여름 모자, 상의 오른쪽 깃엔 교표, 왼쪽엔 학년 표를 단다. 교복과 책가방 노트까지 준비해 주신 부모님과 언니가 고마웠다. 그런데 별지로 내 이름 아래에 10시 시작 시간보다 10여분 빠르게 교무실 교무주임을 찾아오라고 적혀 있었다.

'잊지 말자. 6.25! 다시 보자 공산당!'이라는 현수막이 펄럭이는 교문을 지나 교무실에 들렀다. 어느 남학생 한 명과 선서라는 걸 읽어 보라 하셨다. 7월의 뙤약볕 아래 모인 우리 반을 찾아갔다. 의무교육도 아니고 평준화가 된 것도 아닌 때이므로 남존여비 사상이 고루한 농촌에서 아들은 빚을 내서라도 진학을 시키지만 딸은 초등학교만 나와도 괜찮다는 생각이 앞서던 때다. 따라서 1학년 남자반은 5학급 여자반은 1학급 300명이 조회 단 앞 가운데 반별로 서고, 2.3학년은 1학년 좌우에 학부형들은 학생들 뒤에 섰다.

애국가와 순국열사에 대한 묵념을 할 때 울려 퍼지는 트럼펫 연주는 애달프고 처절한 느낌이 들었다. 교장 선생님 말씀 중 6.25전쟁 발발 후 처음 갖는 입학식이라는 대목이 가슴에 닿았다. 학무국장님의 축사 중에 전쟁 중에 살아남아 이 영광을 받는 소중한 학생 제군이라는 말에 피란 가던 생각이 스쳐가며. 소중한 나를 생각했다. 이어 담임 소개가 있은 후 미리 한 번 연습한 입학선서를 그 남학생과 내가 앞으로 나가 교장선생님 앞에서 오른손을 펴들고 큰소리로 선창하면 신입생들도 오른손을 들고 복창하였다.

"우리는 나라와 민족의 역사를 바로 알고 배우며, 학교 규칙을 잘 지키겠습니다."라는 내용이었던 같다. 선서를 마치고 박수갈채를 받으며 단상을 내려오는데 나도 모르게 뜨거운 눈물이 주르르 흘러 내렸다.

우리 6반 여학생은 50명이다. 나와 같이 명덕하교 졸업생이 28명으로 가장 많고, 이웃 문광면, 사리면, 소수면. 칠성면 등 다른 면에서 온 낯선 얼굴이 22명이다. 하얀 옥양목 교복을 입어서인지 상기된 얼굴들에 눈동자가 초롱초롱 빛났다. 학부형회들도 교실을 둘러보고 교장 선생님과 학무과장님이 교실을 스쳐가셨다.

우리 담임선생은 하얀 남방에 검은 바지차림으로 우리 교복과 어울리게 차려입은 듯 훤칠한 키에 핸섬하시다 .

"내 이름은 안종선, 여러분들 담임이며 1학년 국어과를 담당했습니다. 전쟁을 이겨내고 진학한 여러분을 환영합니다. 지금은 전쟁 중입니다. 물론 학교생활도 잘해 나가리라 생각합니다만. 부탁하는 것은 첫째, 약속은 꼭 지킬 것. 둘째, 학생이니까 학업에 충실할 것. 셋째. 매일 아침 조회와 종례는 꼭 하도록 합니다. 이 세 가지를 잘 지켜주기 바랍니다."

말씀을 마친 선생님은 뒤돌아서 칠판에 '1학년 6반 입학을 축하합니다.'라고 백묵으로 커다랗게 쓰셨다. 우리는 고맙다는 말도 못하고 손뼉만 크게 쳤다.

받은 인쇄물에는 교문출입과 출결석에 대한 처리와 이동수업 표시가 적혀 있었다. 아침에 등교하면 하교 때까지 외출은 금지다. 음악실, 과학실, 실과실 ,체육실로 옮겨 다니려면 쉬는 시간 10분을 뛰어다녀야 할 것 같다. 우리 교실은. 느티나무 밑 별채라 나무 아래 벤치도 있었으나 사방에서 드나듦이 훤히 드러나는 곳이다, 내일은 교과서 배부가 있다는 것, 공책 준비도 적혀 있었다

다른 아이들은 부모를 따라 중국음식점으로 외식하러 가는데 나는 집에 가서 어머니가 차려주신 칼국수에 듬뿍 얹은 장조림과 호박 달걀 꾸미와 애호박 감자전으로 할머니도 오셔서 식구 모두가 대청에 둘러앉아 점심을 먹었다. 아버지께서 선서를 힘차게 잘했다며 내가 수석 입학이라고 칭찬해 주셨다.

다음날 첫 시간은 특활이다. 담임 선생님께서 당번과 주번 학급 임

원 선출을 한다는 말씀이 끝나자마자 내 친구 인영이가 손을 번쩍 들고 일어나 "반장은 호명 추천하여 거수로 정하면 좋겠습니다.'는 의견에 아이들은 서로 바라보다 손뼉을 쳤고 선생님도 좋다고 하셨다. 친구는 재빨리 손을 들고 일어나 "신영옥을 반장 후보로 추천합니다." 내 이름을 불렀다. 그리고 추천 이유도 덧 붙였다. 나도 발언권을 얻어 이인영을 추천하고 이유를 설명했다. 그러나 49명 만장일치로 얼떨결에 나는 반장이 되었다. 이것저것 이유를 들어 사양하였으나 적어도 한 학기 임무를 수행해야 한다는 선생님 말씀이다. 이어서 다른 임원도 선출했다. 이인영이 부반장이 되어 좋았다. 반장은 학도호국단 1학년 6반 회장도 되고 교련 시간에는 소대장 역할도 해야 한다는 것이다. '한 학기만 하면 되니 반 친구들 의견을 존중해서라도 사양 말고 하라.'는 선생님 말씀이시다. 한 학기만 생각하던 처음과 달리 나는 중학교 3년 동안 졸업할 때까지 그 역할을 감내해야 했다.

21. 깜짝 쇼(Folk dance Show)와 앙꼬 찐빵

반 친구들 중에는 20여 리(왕복 16Km) 길을 매일 걸어다니는 친구도 있고, 하숙을 하거나 자취를 하는 친구도 있었다. 여름 방학은 가정실습으로 열흘로 마쳤다. 날이 갈수록 사춘기 여학생들의 오지랖은 넓어지고 재치는 웃음바다를 이뤄놓기도 했지만 미소만 짓는 얌전이도 있었다. 가정과 선생님 주의 말씀도 있었지만 우리는 매사에 넘치지 않도록 주의하고 학급 특색 발휘에 외딴 교실 남쪽 창 밑에 사루비아를 심어 빨간 꽃밭도 만들었다.

금요일 6교시 주 한 시간 레크리에이션시간엔 노래, 무용, 유머 등으로 재주꾸러기들이 점점 많아지고 의견도 다양했다. 반가(班歌)도 정하기로 하고, 그때 유행하던 군가로 2인 1조, 4인 1조 용으로 우리반 포크댄스를(전우여 잘 자라)에 맞춰 만들었다. 가사내용은 슬프지만 전시 학생이니 참아내야 한다. 급훈(근면 성실)이 있었지만(즐겁고 활기차게)는 우리가 정한 생활목표다.

임원들이 UN day인 10월 24일까지 포크댄스를 완성키로 했다.

〈전우의 시체를 넘고 넘어 앞으로 앞으로 / 낙동강아 잘 있거라, 우리는 전진한다./ 원한이여 피에 맺힌 적군을 무찌르고서/ 꽃잎처럼 스러져간 전우야 잘 자라.//우거진 수풀을 헤치면서 앞으로 앞으로/ 추풍령아 잘 있거라, 우리는 전진한다/ 달빛어린 고개에서 마지막 나누어먹던/ 화랑담배 연기 속에 사라진 전우야.〉

두 번 연속으로 어깨동무도 나오고 맨손체조 비슷한 동작도 있으며 앉고 일어서는 마스게임 동작도 포함해서 완성시켰다.

나는 며칠 전부터 어머니께 간절히 부탁해서 우리 집 별미 술빵 60개 제공 허락을 받았다. 고운 밀가루에 막걸리와 이스트와 사카린도 약간 필요하다. 옆집 아주머니들이 팥을 삶고 반죽을 발효시켜 큼지막하게 만들어 솔잎을 깔고 쪄내는 술빵은 소화도 잘되고 부드러우며 밀가루 냄새가 안 나는 우리 어머니의 사계절 별미다.

5교시 직후 보내오신 빵 채반을 덮은 보자기를 열어보고 나는 깜짝 놀랐다. 이렇게 예쁠 수가? 노란 국화꽃잎이 다문다문 얹힌 따끈한 빵을 창호지로 일일이 포장하여 깨끗하고 화사하고 따뜻했다. 잠작은 했지만 10개가 추가라니!

아주머니께 감사 말씀을 전하고 교탁 위에 덮어놓고 나갔다. 우리 반 50명 전원이 하얀 체육복을 입고 느티나무 아래에서 노래를 부르며 오락부장은 탬버린으로 박자를 맞추고 나는 호루라기를 불어 대형 변화를 시켜 갔다. 우리는 흥이 나서 갖은 아양을 떨며 짝꿍과 빙글 빙글 돌다, 걷다, 춤추다 보니 "아, 이럴 수가?" 담임 선생선생님이 배속장교와 저쪽 나무 아래서 우리를 보고 계시는 게 아닌가? 깜짝 놀란 우리는 후다닥 우르르 교실로 뛰어 들어가는데,

"다 나와 모여. 다시!"

배속장교님 명령이다. 늘 보던 군복이 더 엄숙해 보였다. 우리는 꼼짝 없이 잡혔다. 선 그라스 너머로 보이는 눈빛이 무서운 거 같다, 고개를 숙이고 있는 우리 앞에 빙긋이 웃고만 계시는 담임 선생님. 나는 얼굴에 불을 담아 붓는 듯 화끈거렸다.

"괜찮던데 뭘 그래? 전부터 어렴풋이 알고는 있었지만. 오늘은 외출을 하길래 나도 호기심이 발동해서 나왔지요. 여러분 잘 했어요. 멋져요."

할 수 없이 다시 모여 기어들어가는 목소리로 노래를 부르며 포크 댄스를 하고 교실로 들어갔다. '구수한 빵 냄새가 교실 가득했다' 할 수 없이 두 선생님도 테이블에 모시고 흰 종이 위에 빵을 내놓고 자초지종 얘기를 했다. 처음으로 어머니 협조를 받은 것과 자유롭게 시간을 갖다 보면 간식 생각도 났다는 말씀을 드리는데 박장대소하시는 선생님.

"음, 나도 그래요. 그런데 이건 특종 기사감인데. 그런데 이렇게 좋은 간식을 담임은 빼놓고 자기들만 먹으려 했군요."하시며 두 분도 잡수셨다.

어머니께 맛있게 잘 먹었다고 말씀드리란다. 선생님이 소리 내어 웃는 것도 처음 봤다. 가슴이 철렁 내려앉았다. 그걸 세 개씩 들고 나가셨다.

이튿날은 토요일이라 네 시간 수업인데 청소전에 배속장교님이 트럼펫을 가지고 오셨다. 어제 빵 값이라며 '아 목동아'와 '전우야 잘 자라'를 들려주셨다. 가슴을 울리는 멜로디에 박수를 치며 '들장미'까지 청해 들었다.

트럼펫 연주에 맞춰 댄스를 해도 좋다고 하셨다. 담임 선생님은 월요일 긴급동의를 얻어 애국 조회시간 사열 끝난 후 전교생 앞에서 발표하면 좋겠다며 준비하라는 것이다. 두 분은 잘 어울리는 멋진 선생님들 같다.

그날은 시월 끝 월요일 이었다. 조회가 끝난 전교생은 '아 목동아' 트럼펫 연주를 들으며 공간을 넓게 펼치고 담임 선생님은 우리들 줄 서는 간격을 넓게 도와 주셨다. 배속장교 특별 출연 '전우야 잘 자라' 전주가 끝난 후 우리 반은 1.2절까지 노래를 부르며 운동장 가운데로 나가며 우리 반 포크댄스를 열심히 하였다. 오락부장은 양손에 탬버린을 흔들며 나는 호루라기를 불어 대형을 바꿔가며 열심히 하였다. 하얀 체육복을 입고 사각형과 원으로 바꿔가는 대형. 배속장교님의 트럼펫 연주에 맞춰 벌어진 깜짝 쑈(SHOW)에 여기저기서 손뼉을 치며 앵콜 앵콜을 외치는 소리에 교장선생님도 손을 흔들어 주시어 다 같이 노래를 부르며 1학년 소녀들의 당당한 모습에 침울한 학생들 얼굴에 웃음꽃이 활짝 피었다.

지금도 어렴풋이 되살아나는 그때의 추억은 지울 수 없는 아름다운 영상이다. 그때 학교장의 특별상은 담임 선생님께 안겨드린 우리들의 첫 선물이었다.

영어 선생님은 능숙한 지도력과 'Go man go. Is man is.'와 같은 문장으로 인기를 끄는가 하면 '시조 100수를 쓰고 열 수를 외우라.'는 한 달 동안의 국어숙제를 내신 담임 선생님을 아이들은 '얄궂이'라는 별칭으로 부르기도 했다.

22. 피 눈물의 호소 '휴전회담 결사반대'에 나서며

1952년 봄이 되면서 입대하는 국군장병들 배웅 횟수가 잦아졌다. 2학년인 우리는 차부(버스터미널)까지 나가 태극기를 흔들며 만세를 부르고 꽃다발을 전하고 학교로 돌아오는 일이 한 달에 한번 꼴로 있었다. 나중에는 횟수가 잦아지면서 AB 두 편으로 나누어 갔다.

봄이 되면서 국군과 UN군이 북진하니 공산군 측에서 정전하자는 의견이 나오는데 정부에서는 절대반대였다. 삼천리금수강산 그대로 한국이 되어야 하니 '휴전회담 결사반대' 운동이 전국적으로 퍼지고 궐기대회에 전국민이 나서고 학생들이 앞장서 나갔다.

1주일에 한 번 5일장을 기하여 역말 다리 밑 모래밭에서 각 면에서 동원된 면민들과 중고등학생들과 증평에서도 학생들이 트럭을 타고 와서 합세해서 궐기대회는 크게 벌어졌다. 고등학생들은 '휴전회담 결사반대' 머리띠를 두르고 제일 앞에는 오픈카에 태극기와 확성기를 달고 구호를 외치며 앞장 섰다. 어떤 때는 간혹 손가락을 깨물어 혈서를 쓰는 학생들도 있어 보건소와 소방대원들도 동원되는 행진은 읍내 장터 곳곳을 돌아 쇠전거리까지 가서 해산됐다.

그때 '우리 땅 우리가 지켜가자.'는 원고를 써서 중학생 대표로 낭독하는 기회도 주신 담임 선생님은 날이 갈수록 학생들의 인기가 높아졌다. 수업도 열성적으로 해 나가시며 바른 역사와 국가관을 심어주는 역할로 학생회를 이끄셨다.

그러는 중에 알게 모르게 싹트는 나의 꿈. 나는 과연 어떤 일을 하며 나라를 사랑하고 인류에게 도움을 줄 것인가? 생각의 폭이 점점 넓어져 갔다. 책 속의 위대한 여성들도 스쳐가고. 책 속의 인물 못지 않게 위대한 어머니를 생각케 했다. 국가는 힘을 길러야 한다. 우선 글을 배워야 지식도 쌓을 수 있고 자기주장도 펼 수 있다. 휴전선이 뭔지도 모르는 사람들 앞에서 외치는 구호는 쓸모없는 낭비다. 배워서 힘을 길러야 한다는 생각이 내 머릿속을 가득 메워 나갔다.

23. 선생님, 보고 싶어요. 어디 계시나요?

얄궂다 생각한 국어 선생님은 내가 웅변 원고 초안을 써 가면 손질도 해주시고, 웅변하는 방법도 가르쳐주시고 연습도 시켜서 대회에 나가게 하셨다. 전교 조회시간에 모윤숙의 '국군은 죽어서 말 한다'를 낭독하여 전교생이 함께 눈물을 흘리게도 하였으며, 처음으로 생긴 방송반에서 점심시간에 간단한 소식을 전해주는 역할도 남학생 한 명과 같이 담당케 해주셨다.

그때 방송시간에 '비엔나 숲속의 이야기', '다뉴브 강' 등 왈츠 곡을 감상할 수 있었다. 간혹 시도 읽어 보라, 소설도 읽어 보라, 책도 빌려주셔서 선생님이 점점 좋은 분이라는 생각이 들어 국어시간은 더 열심히 했다. 그때 읽은 단편으로 H.입센의 〈인형의 집〉과 오 헨리의 〈마지막 잎새〉는 기억이 생생하다.

심훈의 〈그날이 오면〉 시를 읽고는 표현이 너무 강하고 무섭다고도 말씀드렸더니 빙긋이 웃으며 나를 가만히 바라보셨다. 당시 학교도서실이 없었나? 관심을 갖지 않았다.

2학년 8월 초, 느티나무 이파리가 삼복더위에 팔락이던 어느 날, 담임선생님 호출을 받고 교무실로 갔다. 정지용의 〈산문〉 얄팍한 책 한 권을 주시며 군인을 가신다며 멋쩍게 웃으셨다.

"언제 왜요?"

아직 군인도 안 가신 총각선생님이었나 보다.

"대학 졸업 후 여기가 첫 발령지, 너희가 첫 제자, 너는 반장."

선생님은 내 손을 잡고 웃으며 말했다.

"위문편지 쓸 사람이 없어? 네가 써 보내. 음?"

내일 출발. 지금 곧 부모님 계신 본댁으로 출발이라신다. 너무나 당혹스러워 고개만 끄덕였다. 얼굴이 확 달아올랐다. 한마디 말도 못하고 헤어진 선생님. 사라지는 뒷모습에 발만 동동 굴렀다.

얼마 후 편지가 왔다. 반가워 눈물이 났다. 훈련을 마쳤다는 얘기,

학생과 학교가 보고 싶다는 말도 잊지 않으셨다. 나도 보고 싶은 마음을 듬뿍 담아 반 친구들과 함께 위문편지를 보냈다. 몇 번 주고받았다.

'목에는 목숨과 같은 군번을 걸고, 어깨에는 총과 수통이 든 배낭을 메고. 무거운 군화를 신고, 철모를 쓰고 산을 오른다. ~이제 옮겨 다녀야 할 것 같아 편지 받기가 쉽지 않으니. ~아주 많이 보고 싶다.~ 잘 있어' 그게 마지막 답장이 될 줄이야……. 정지용 〈산문〉은 지금도 내게 있는데…….

1952년 늦가을부터 다음해 정전까지. 그 당시 철의 삼각지대나 백마고지 어디 할 것 없이 최전방에서는 국토를 한 뼘이라도 더 차지하기 위한 전투가 치열했다는데 혹시 전사하지 않았나? 많이 다치지나 않았나? 별별 방정맞은 생각이 다 들었다. 어디서든지 전쟁 잘 마치고 제대하고 다시 학교로 돌아오시기를 간절히 기도했다.

'하나님, 우리 선생님 살려주세요. 빗발친다는 탄환이 피해 가게 하시고 막아주세요. 주 날개 안에 품어 주세요.'

중3 때는 학기 초부터 '휴전회담 결사반대'로 궐기대회 때 혈서를 쓰는 고등학생도 있어 만일의 사태에 대비해 경찰관과 소방관들이 배치되고 배속장교는 근무학교 학생들 단속에 날카로웠지만 질서만 잘 지키도록 안내하였다.

궐기대회 때는 방송반 아이와 나 두 사람이 오픈카를 타고 선두에서 구호를 외치며 거리행진을 했다. 전시학생으로서 책상에 앉아 공부하는 것보다 어려운 체험을 한 것이 훨씬 더 값진 것이었지만 어려움이 많았다. 돌이켜 보면 자유민주주의를 지켜가기 위한 우리들의 염원이 얼마나 간절하였으며 담대했던가? 역사 속에서 우리가 역사를 만들어 가고 있는 것이었다.

언제나 자손 대대로 '잘사는 나라'로 번영해 가기를 다짐하며 하루 빨리 통일되어야 한다는 생각에 가슴이 설레던 중학교 3년은 얼떨결에 지나갔고 짧은 기간이었으나 농구를 비롯한 몇 가지 운동선수들을 길러 시합에도 나가고 각종 예능대회, 웅변대회를 열어 연사들을 육성해 나갔으니 정치, 경제, 예체능, 인성 모두가 어려서 부터 학교수업에서 이루어짐을 알 수 있었다.

전쟁은 나에게 애국심을 갖게 해 주었고, 안종선 국어선생님은 문학의 씨를 심어주시며 내 활동 영역을 넓혀 가도록 길을 닦아 주셨다. 아버지는 암암리에 판단력과 애국정신을 길러주셨고, 피란을 통해 어머니의 외유내강하심에 내 중학생활은 늘 즐겁고 활기찼다. 모든 일이 가슴속에 차곡차곡 쌓여가는 사춘기소녀의 소중한 중학생활이었다.

24. 우리의 길을 밝히소서

평온한 가정, 부모님 슬하에서 자라며 한때는 정치외교관이 되겠다는 꿈도 가졌었으나 전쟁을 통하여 어머니 같은 현모양처가 되어 남에게 도움을 주며 살아가겠다는 확실한 꿈이 문학소녀의 가슴 속에 태동하고 있는 가운데, 부모님들도 교직을 권하셨고, 내 뜻도 거기 있어 나는 1954년 청주사범학교로 진학을 하였다.

청주에서는 더 많은 학생들이 무심천 백사장에 모여 우리가 앞장서서 나라를 구해야 한다고 애국시민단체들과 함께 '휴전회담 결사반대'를 부르짖으며 도청과 CIA사무소 앞까지 궐기대회 함성은 무심천을 넘어 금강으로 이어지고 우암산 푸른 정기는 백두대간을 타고 전국으로 울려 퍼졌다.

특히 상이용사들과 학도병으로 나갔다 팔다리를 잃고 돌아온 대학생들의 절규는 모든 사람들의 울분을 애국심으로 고조시켜 아픈 만큼 노력하고 슬픈 만큼 일하여 잘사는 자유민주대한민국을 세워 가자 외쳤다.

해방 후 우리나라는 슬픈 일이 많이 일어났다. 첫째는 신탁통치로 두 동강이 난 것이요, 둘째는 6.25전쟁이 일어난 것이며, 셋째는 휴전선이 생긴 것이다. 이 과정을 직접 겪은 열한 살, 내가 겪은 이야기는 잊을 수도 없고 잊어서도 안 되는 비극의 역사이며 나는 그 증인 중의 한 사람이다.

나는 이 아픔 속에서 내가 할 수 있는 길을 열고 나갔다. 교육현장에서 꽃처럼 피어나는 동심을 노래하고 꿈을 심어주려고 전력하며 지내온 40여 성상. 내 젊음을 고스란히 교단에서 불태울 수 있었던 것은 하나님이 나를 푸른 초장으로 인도하심이 계셨고 나는 믿고 따를 수 있었음이다.

이제 인생 팔십 노을 앞에 선 나, 평생교육 현장에서 중고등학생들과 체험학습 현장에서 판문점으로 휴전선으로 국가의 아픔을 바라보며, 임진각 망배단 이산가족 추석성묘 길에서 새터민들과 평화의 종을 울리는 자리에서 우리 칠남매가 부모님을 추도하는 자리에서도 아직 끝나지 않은 6.25전쟁의 상흔이 하루 속히 사라지고, 대한민국 삼천리금수강산이 자손만대로 이어지길 간절히 소망하며 감사를 드린다.

우리 집안 일곱 희생자

김 봉 군

남해 출생. 서울대학교 및 대학원. 문학박사. 문학평론가. 가톨릭대학교 학장. 흥사단 민족통일운동본부 교육·문화 위원장, 미국 University of Southern California, 캐나다 Trinity Western University 객원교수. 한국문인협회 자문위원, 국제PEN한국본부 권익위원, 저서:문장기술론 외20여 권.

1. 여는 말

유사 이래 세계에는 전쟁 없는 날이 손꼽을 정도다. 역사의 굽이마다 크고 작은 싸움쟁이들이 출현하여 땅을 빼앗고 사람을 참살했다. 금품을 약탈하고 문화재를 부수고 불살랐다. 사랑과 자비로 위장한 호전적인 종교 집단마저 생각과 섬기는 것이 다르다는 이유로 다른 집단을 말살하려고 광분해 왔다.

강고한 민족주의자 단재 신채호는 그의 《조선상고사》 서두를 "역사는 아(我)와 비아(非我)와의 투쟁이다."라는 말로 시작했다. 이는 일제 강점기의 망명객이었던 단재가 정신적 극한 상황에서 피력한, 민족주의자다운 절규였다. 그럼에도 그의 이러한 투쟁 사관은 저 변증론 철학자 헤겔 좌파 이론에 바탕을 둔 큰 싸움쟁이들의 사관과 같은 맥락 안에 있다.

6.25전쟁도 저 유럽의 큰 싸움쟁이들의 책략을 답습한 유사 마르

크스주의자 김일성(김성주)의 인민군이 한반도 군사 분계선을 넘어 남침함으로써 일어난 동족상잔의 비극이다. 이 비극은 한반도 최남단에 살고 있던 우리 가족도 피해 갈 수 없었다. 이 글은 이 나라 남쪽의 평범한 사람들에게 닥친 비극의 일단을 되새기고, 후대들에게 작은 교훈을 남기려는 뜻으로 쓰인다.

2. 한반도 남단의 6.25 피바람

1950년 6월 25일 일요일 새벽 4시에 북한 인민군은 선전 포고도 없이 38선을 넘어 남침했고, 서울은 불과 사흘 만에 점령당했다. 아무런 대비 태세가 없었던 우리 국군은 후퇴를 거듭하였다. 불과 38일 만에 대구, 부산 지역과 거제도, 제주도를 제외한 국토의 거의 전 지역이 인민군에 점령되었다. 내 고향도 예외가 아니었다.

(1) 낯선 군인들

경상남도 최남단의 150호 되는 평범한 우리 마을에 인민군이 들이닥친 것은 1950년 7월 7석 날(음력) 아침이었다. 식구들이 아침 상 앞에 막 둘러앉았을 즈음에, 집 뒤 고갯길을 넘어 낯선 군인들이 마을로 내려오고 있었다. 등에다 푸나무 가지들을 꽂은 낯선 군인들의 행렬은 겨우 열 살 난, 내 눈에도 극히 초라해 보였다.

아침을 마친 후에 앞 바다를 보니, 작은 전마선 한 척이 한바다 쪽으로 나아가고 있었다. 그때 총소리가 났고, 전마선에서 노를 젓던 사람이 쓰러졌다. 나는 부모님의 만류를 뿌리치고 총소리가 난 바닷가로 달음질쳤다. 전마선에 탔던 사람은 도시에 나가 공부하다가 피란 온 면장 댁 둘째아드님이었다. 동네에 인민군이 들이닥치고 있다는 소문을 듣고 전마선에 쌀과 땔감을 싣고 바다 건너 섬으로 피신하던 중이었다. 노를 젓다가 피격당한 사람은 충직한 그 댁 머슴이었다. 머슴 이름은 현관이고, 귀가 들리지 않는 장애인이었다. 손짓, 몸짓을 해 가며 우리들과 어울리곤 하던 선하디 선한 그의 눈빛은 지금도 잊을 수가 없다. 그는 인민군의 총에 목숨을 잃은 우리 고향의 첫 희생자였다.

놀라운 일은 그것만이 아니었다. 면장님이 기둥에 묶여 인민군에게 갖은 위협을 당하고 있었다. 우리 집과는 다른 쪽으로 들이닥친 인민군 선발대가 산 너머 어막에 피신 중이던 면장님을 붙들어 온 것이었다. 필시 고자질한 자가 있었을 터인데, 어린 나는 그걸 알아보려 하지 않았다. 인민군은 면장님더러 '조선민주주의인민공화국 만세'를 부를 것을 다그쳤다. 면장님은 온갖 모욕을 당하면서도 만세를 부르지 않았다. 얼굴이 굴욕감과 공포심으로 일그러져 있었으나, 대한민국을 부정하는 그 만세만은 부르지 않았다.

면장님은 우리 김씨 종가 사람으로 나와는 항렬이 같았다. 그는 지력이 출중하여 서울 중앙고등보통학교를 나온 지식인이었다. 6.25전쟁이 나기 석 달 전에 면장으로 임명되어, 그때 면 사무를 본격적으로 보려는 참에 그런 사변을 만난 것이었다. 인민군과 좌익들의 말과는 달리 그는 '악질 지주'도 아니었고 우리 고향이 배출한 인재로서, 면장 석 달 한 것밖에 누군가를 괴롭힌 행적이 전혀 없었다.

면장님은 인민군에 끌려가서 소식이 없고, 다른 인민군에 끌려 간 둘째아드님은 이 세상 사람이 아닐 것이라고 동네 사람들은 생각했다. 정작 궁금한 것은 진주사범학교를 나와서 초등학교 교직에 있었던 그 댁 장남의 소식이었다. 결론부터 말하면, 그 댁 식구들은 모두 무사했다. 천우신조였다.

둘째아드님은 삼천포 와룡산 인민군 주둔지로 끌려갔는데, 그곳에서 야음을 타고 극적으로 탈출했다. 장남의 생존기야말로 한 편의 전설이라 할 것이다. 한 발 먼저 전마선으로 탈출한 장남은 마을 한바다 건너 아득한 통영군 사량도로 피신하는 데 일단 성공했다. 그는 낮에는 섬 그늘에 숨고, 밤에만 노를 저어 동쪽으로 향했다. 혹 강풍이라도 만나면 속절없이 전복되고 말 작은 전마선에 생명을 맡긴 채, 그는 수백 리 한려수도 머나먼 바닷길을 손바닥에 진물이 나도록 노를 젓고 또 저었다. 캄캄한 밤바다가 얼마나 무서운 색조인가는 경험해 보지 않은 사람은 짐작조차 못할 것이다. 끊임없이 엄습하는 무섬기와 고독을 견뎌 가며 그는 칠흑의 밤바다를 혼자 끈질기게 노를 저었다. 그가 드디어 피란지 부산에 도착하였을 때의 감격을, 어찌 필설(筆舌)로 다 표현할 수 있겠는가.

인민군에 끌려갔던 면장님 형제분은 어떤 고초를 겪었을까? 인민군과 좌익들의 혹독한 고문으로 가족들이 자주 피 옷을 빨고 있었던 일 외에, 어린 나는 자세한 사정을 잘 알지 못했다. 아무튼 면장님 형제분은 구사일생으로 살아남았다. 여기에는 두 가지 설이 있다. 하나는 면 소재지에 사는 유지가 그와 혈연관계에 있는 인민군 대장에게 특별히 부탁하여 그리 되었다는 것이다. 다른 하나는 인천상륙 작전이 성공했다는 소식을 접한 인민군이 잡아들인 유지들을 미처 처결하지 못하고 도주하였다는 것이다.

한참 후에 안 일이 있다. 그때 인민군을 이끌고 우리 면으로 내려온 북한군 대장이 우리 마을 출신이었다는 사실이다. 그는 일본으로 밀항하여 조총련이 세운 조선대학교 교수, 교무부장까지 지냈었다는 것도 근래에 알게 되었다.

우리 고향 사람들은 선하였다. 6.25전쟁 기간에 좌우익 싸움으로 서로 죽이고 죽는 살육전이 없었다. 무척 서먹서먹하게 대하는 정도로, 서로 말을 섞고 살았다. '사는 게 다 그런 게지.'하는 마음, 이심전심으로 서로 눈짓하며 그냥 살았다. 광복 후부터 6.25전쟁 시기에 우리나라에서 좌우익 대립은 극심했다. 남도의 어느 군에서는 이 이념 투쟁으로 죽은 사람이 2만 명이 넘었다. 이에 비하면 우리 고향은 거의 무풍 지대였다.

6.25전쟁이 터지기 직전에 우리 어머니는 이웃 아저씨에게 빌려주신 돈을 받으러 갔었다. "세상 되어 가는 걸 보아서 갚든지 말든지 하겠소."하는 대답을 듣고 오신 어머니는 크게 섭섭해 하셨다. 전쟁이 끝난 후에도 어머니는 그를 책망하지 않고 담담히 사셨다.

친척들과 몇몇 낯선 사람들이 우리 마을로 피란을 왔다. 한 40대 아주머니는 배에 총을 맞아 솜과 기본 소독약으로 치료받고 있었으나 상처는 낫지 않았다. 정확한 기억은 없으나 그녀는 아마 목숨을 잃었을 것이다. 우리 집안에도 절통할 사연이 있었다. 피란 온 사촌형 둘이 이질에 걸려 목숨을 잃은 일이다. 병원도 약도 없는 시절이라 속수무책으로 당한 가정 비극이었다. 내 큰누님도 이질을 앓았으나, 피골이 상접한 상태로 겨우 살아났다.

인민군 점령기에 우리 마을에는 뒷산을 향한 군함의 포격이 있었을 뿐, 전쟁의 직접 피해는 없었다. 남부여대하고 신의주나 평양에서 부산까지 피란 온 북한 동포들의 피어린 엑소더스에 비하면, 우리 마을 인구 7백 명은 남쪽에 살아 온 덕분에 큰 혜택을 받았다.

인민군이 물러간 뒤 우리 마을 형님들은 마을 앞 모래밭에서 기본적인 제식 훈련을 한 뒤에 제주도 훈련소로 소집되어 갔다. 우리 집 머슴 성윤이 형도 군인이 되어 전사했다. 제식 훈련을 하면서 형님들이 부르던 '국군 지원가'의 한 대목은 지금도 내 뇌리에 살아 있다.

> 손가락 깨물어서 붉은 피를 흘려서 / 우리나라 병정되기 소원입니다
> 이 몸이 죽어서 나라가 산다면 / 아아 이슬같이 죽겠노라

다행히 우리는 '장백산 줄기줄기 피어린 자국'의 '김일성 찬가'는 배우지 않았다. 평화로운 마을이었다. 우리 마을에서 출생하여 성장한 형님들 중에 전사자 한 사람, 부상한 상이군인 한 사람이 나왔다. 특무상사였던 한 형님은 옆구리에 찬 칼에 총탄이 빗맞아 무사했다는 6.25전쟁 무용담을 우리에게 자주 들려주었다.

다리 반쪽을 잃고 귀환한 한 형님은 자주 군가와 진중가를 절규하듯 불렀다.

전우의 시체를 넘고 넘어 앞으로 앞으로 / 낙동강아 잘 있거라 우리는 전진한다 / 원한이야 피에 맺힌 적군을 무찌르고서 / 꽃잎처럼 떨어져 간 전우야 잘 자라

우거진 수풀을 헤치면서 앞으로 앞으로 / 추풍령아 잘 있거라 우리는 돌진한다 / 달빛 어린 고개에서 마지막 나누어 먹던 / 화랑 담배 연기 속에 사라진 전우야

고개를 넘어서 물을 건너 앞으로 앞으로 / 한강수야 잘 있더냐 우리는 돌아왔다 /

들국화도 송이송이 피어나 반기어 주는 / 노들강변 언덕 위에 잠들은 전우야

터지는 포탄을 무릅쓰고 앞으로 앞으로 / 우리들이 가는 곳에 삼팔선 무너진다 / 흙이 묻은 철갑모를 손으로 어루만지니 / 떠오른다 네 얼굴이 꽃같이 별같이

이 노래는 군가가 아닌 진중 가요다. 1950년 9월 15일 유엔군 사령관 맥아더 원수가 인천상륙 작전에 성공하고, 수도 서울은 9월 28일에 수복되었다. 국방부 정훈국 소속 문예 중대에 입대한 유호가 가사를 쓰고 박시춘이 곡을 붙인 〈전우야 잘 자라〉다. 북진하는 국군의 사기를 북돋우기 위한 노래였다. 4개 절이나 되는 이 긴 가사를 소개하는 데는 까닭이 있다. 가사가 아름답기 때문이다. 세계 군가 계열의 노래 중에 이같이 서정적이고 아름다운 노래가 있었던가.

진중 가요가 이렇게 감상적 낭만조(sentimental romanticism)를

띠어서야 되겠느냐고 혹 질책할 수는 있다. 그럼에도 이 노래는 군인뿐 아니라 남녀노소 전 국민의 애창곡이었다. 후대들이 기억해야 할 감동적인 노래다. 꽃과 달빛과 연기와 별이라는 우리 민족의 서정 표상들을 총동원한 아름다운 진중 가요였다. 포탄이 떨어지는 삶과 죽음의 경계선(borderline)에서 우리 국민에게 이 노래는 눈물겨운 진혼가(鎭魂歌)이기도 했다.

한쪽 다리를 잃고 온 동네 형님은 2중의 비극에 휩싸였다. 귀환한 고향에는 아내가 죽고 없었다. 복어를 잘못 구워 먹고 횡사했던 것이다. 모심기를 하면서 그녀가 청정히 노래하던 '네 서방 내 서방 국군에 다 가고'의 애절한 곡조는 어제 들은 듯 지금도 생생하다. 그녀는 절절히 그리던 남편 얼굴을 다시는 보지 못한 채 눈을 감았다.

여기서 나는 내 초등학교 친구의 형 한 사람의 이야기를 하지 않을 수 없다. 그는 인민군에게 이른바 '의용군'으로 끌려가서 국군의 포로가 되었다. 거제 포로수용소에 있던 그는 대한민국이 아닌 북한을 택하여 그쪽으로 갔다. 이 소식을 들은 그 형님의 어머니는 실성하고 말았다. 그녀는 아들 옷가지를 품고 그의 이름을 애절하게 부르며 산천을 헤매다가 숨을 거두었다. 전쟁과 이산의 비극이었다.

(2) 우리 집안의 일곱 희생자

우리 큰댁의 자식은 1남 1녀뿐이었다. 독자(獨子)인 4촌 형님은 군대에 가서 병을 얻어 왔다. 폐결핵으로 유복자 하나만 남긴 채 세상을 떴다. 백부모님 애통해하시던 모습은 잊히지 않는다. 중부(둘째 숙부)님 댁 둘째형님은 행방불명이 되었다. 말수가 많지 않으셨던 중모님의 깊이 팬 주름살에는 늘 깊이를 재지 못할 슬픔이 서려 있었다. 그런데 놀랍게도 남북 이산가족 상봉과 일본 조총련 입국이 허용되었던 시기, 1988년 서울올림픽이 열릴 무렵에 북한 쪽에서 소식이 왔다. 행방불명되었던 둘째 종형님이 북한 평안남도 진남포에 사신다는 것이었다. 어부로 위장한 간첩에게 납치당했음이 밝혀졌다. 중부모님은 몽매에도 그리던 둘째아드님을 보지 못한 채 세상을 뜨셨다.

우리 집은 3남 3녀가 자랐다. 본디 3남 5녀였으나, 내 위아래 누이가 사고와 병으로 일찍 갔다. 맨 손위인 형님 이야기야말로 지금도 가슴을 치게 한다. 형님은 부산 수산시험장에 근무하던 중에 6.25전쟁이 터지자, 해군에 편입되어 인천상륙작전에 참전하였다. 본디 음악가 기질이 두드러졌던 형님에게 전쟁은 공포요 부조리였다. 포탄에 사람의 신체가 박살나고, 살기등등하여 무기를 퍼붓는 인간 폭력의 배리(背理)에, 형님은 치가 떨리더라 했다. 형님은 서울에 입성하여 남대문 지하도에 가득 차 있던 시신 더미를 보고 진저리를 쳤다. 전쟁이 끝난 후에 형님은 국토를 반 토막씩 차지하고 남북이 이를 갈며 사는 이 땅을 등졌다. 밀항선에 몸을 싣고 일본에 사시는 외숙을 찾아갔다. 거기서 변성명을 하고 지내었는데, 수상하게 여긴 이웃 일본인의 신고로 정체가 탄로나 오무라〔大村〕 수용소에 갇히는 몸이 되었다. 한일 간 국교가 막혀 있던 시절이라, 형님은 20대 중·후반 2년 반 동안을 수용소에 갇혀 있어야 했다. 이승만 라인(일명 평화선) 덕분에 형님은 고향에 돌아올 수 있었다. 일본이라 하면 치를 떨던 이승만 대통령은 대한 해협(일본의 현해탄) 바다에 선을 긋고, 그걸 침범하는 일본 배는 모조리 나포해 왔다. 부산에 억류되어 있던 일본 어부들과 오무라수용소에 갇혀 있던 한국인을 교환했던 것이다. 그렇게 돌아온 형님은 평생을 전쟁 트라우마에 시달리며 살다 가셨다.

이질로 유명을 달리한 종형 2인을 더하면, 나는 우리 집안의 일곱 번째 6.25전쟁 피해자다. 전쟁은 절통한 죽음과 굶주림, 삶의 터전 상실, 전염병을 가져온다. 6.25 전쟁 때에는 폐결핵은 물론 이질과 장티푸스로 희생되는 사람이 많았다. 큰댁 종형님은 폐결핵으로 희생되셨고, 이질로 종형 2인이 갔으며, 누님도 생사의 기로에서 간신히 살아나셨다. 나는 장티푸스에 걸려 죽음의 문턱에서 회생하였다. 아버님을 제외한 온 가족이 장티푸스에 걸려 일가족이 몰사하게 생겼는데, 아버님이 천신만고 끝에 구해 오신 크로르마이신 덕에 살아났다.

나는 장티푸스를 제일 심하게 앓았다. 그 후유증도 심하였다. 두통과 눈의 통증은 일평생을 괴롭혀 왔다. 나는 그 극심한 통증과 싸우면서 공부해야 했다. 현대 의학으로는 어쩔 수 없다는 것이다. 만약 그런 통증 없이 공부했더라면, 나는 지금과는 비교할 수도 없이 큰 학문적 성취에 도달하였을 것이다. 또 그 병으로 인하여 나는 자율신경 실조에 빠졌다. 추위와 더위의 일교차에 적응하지 못하여 감기를 달고 살았다. 다 큰 싸움쟁이 김일성으로 인해 얻은 중병 때문이다. 한때 나는 내가 무슨 병으로 그리 고통받느냐고 누가 물으면, '김일성 전염병' 때문이라고 답하기도 했다. 근래에는 스스로 공부하여 얻은 한방 치료로 이 지긋지긋한 통증을 다스리며 산다. 김일성은 죽었어도 나는 아직 통증에 시달리고 있다.

(3) 역사의 의미

역사란 무엇인가? 지금 사회의 지도층을 형성하고 있는 586세대에게는 E. H. 카의 「역사란 무엇인가」가 제일 큰 영향을 끼쳤을 것이다. 국내 저서로는 이영희의 「전환 시대의 논리」가 586 세대의 영혼을 흔들어 놓았고, 송건호의 「해방 전후사의 인식」과 신채호의「조선상고사」도 그에 못지않게 영향을 끼쳤다.

나는 그들과 더 젊은 세대에게 카를 뢰비트의 「역사의 연구」와 강기철의 「새 지평(地平)」, 크리스토퍼 도슨의 「역사의 역학」, 로이 스완스트롬의 「역사란 무엇인가」, 조갑제(외)의 「고등학교 교과서의 거짓과 왜곡 바로잡기」 박지향(외)의 「해방 전후사의 재인식」, T. R. 페렌바크의 「이런 전쟁」, 신복룡의 「한국분단사연구」, A. 토인비의 「역사의 연구」, J. 힐시베르거의 「서양철학사」, 이중근(편저)의 「6.25 전쟁 1129일」 「미명(未明)」 등을 읽기를 간절히 바란다. 이 책들을 읽고 나면, 지금까지 신봉해 왔던 이념과 역사적 관점들이 얼마나 편협한 일면적 단순성에 기울어 있었는가를 뼈저리게 통감할 것이다.

김일성은 왜 남침하였는가? 미국 브루킹스연구소 정신 나간 사람들의 '남침 유도설'같은 것이 잠꼬대임은 이미 만천하에 드러났다. 광복 후 1949년에 김일성은 소련 수상 스탈린에게 애걸하여 남침 전쟁을 허락받았다. 공개된 소련 정부 비밀문서가 그 증거다. 김일성은 남쪽에서 단독정부라도 세울 수밖에 없다는 이승만의 발언이 있기 훨씬 전에 사실상의 국가 체제인 조선인민위원회를 만들고 남침 계획을 착착 진행하고 있었다. 김일성은 소련이 지원한 탱크 424대와 전투기 240여 대를 확보하고 남침을 개시했다. 대한민국에는 탱크와 전폭기가 한 대도 없었다. 미군도 철수하고 없는 터에, 우리가 남침을 유도했다거나 먼저 북침을 했다는 것은 허무맹랑한 3류 소설이다.

그에 앞선 1945년 9월 16일에 소련군 대위 김성주는 소련군 정치사령부 로마넨코 소장의 위세에 얹혀서 원산항에 닿았다. 9월 22일과 10월 14일 평양공설운동장에서 열린'김일성장군환영평양군중대회'에 연사로 등장했다. 33세 앳된 젊은이가 '항일 전선의 전설적인 김일성 장군'이라는 말에 군중은 적이 의아해하며 웅성거렸다 한다.

김일성(金日成) 장군은 소위 '보천보 전투'의 지휘관이었던 1887년생 김광서(金光瑞)로, 그때는 이미 사망하고 없는 사람이었다. 김광서는 일본 육군사관학교 출신의 항일 유격대장이었다. 일제 강점기 만주와 극동 일대의 유격대장 수십 명이 김일성이라는 이름을 썼다.

소련 측의 로마넨코 소장은 김성주를 전설적인 김일성 장군으로 둔갑하도록 종용했다. 김성주는 보천보 전투 현장에 없었다(이명영, 「김일성 열전」참조). 북한 역사에서 신화적 전투의 영웅으로 부각되어 있는 '김일성의 위대한 업적'은 날조된 가짜다. 1937년 6월 4일 김일성(김광서)은 90명을 거느리고 보천보 주재소를 습격했다. 총소리에 놀란 주재소의 일본 경찰들은 모두 피하고, 경찰의 딸이 총에 맞아 사망했다. 민간인 2명이 목숨을 잃었고, 유격대는 총기고에서 경기관총 1자루, 소총 6자루, 권총 2자루, 탄약 수백 발을 빼앗았다. 이것이 보천보 전투의 성과였고, 김성주는 현장에 없었음을 지린성 출신

재미 사학자도 증언한 바 있다. 김일성 이야기가 너무 길어졌다. 이유가 있다.

19세기 중엽의 서양 세계는 실증주의(實證主義) 시대였다. 1838~1842년 간에 오귀스트 콩트의 실증주의 사회학이 정립되었고, 1859년에는 생물 진화론의 선구자 찰스 다윈의 「종의 기원」이 나왔다. 그 사이 1848년 3월에 30세의 카를 하인리히 마르크스와 28세의 프리드리히 엥겔스가 영국 런던의 다락방에서 〈공산당선언〉을 발표했다. "전 세계의 노동자들이여 단결하라."로 끝나는 이 선언은 세계사를 가진 자(the haver)와 못 가진 자(the unhaver) 간의 투쟁으로 이끄는 피 묻은 투쟁 선포였다. 마르크스의 「자본론」 제1권이 나온 것은 1867년이었다. 마르크스와 엥겔스는 변증법 철학자 게오르크 헤겔 좌파였다. 헤겔-포이에르바흐-마르크스의 계보로 이어졌다.

다시 진화론으로 돌아가자. 서양의 투쟁 사관은 진화론 좌파와 우파에 의하여 실현된다. 20세기 최악의 싸움쟁이 마르크스-레닌-스탈린-마오쩌둥(모택동)-김일성(김성주)은 진화론 좌파다. 히틀러-무솔리니-도조 히데키〔東條英機〕는 진화론 우파다. 양쪽 다 진화론을 믿고 수많은 인명을 살상한 큰싸움쟁이, 악마들이다. 내가 자주 말하지만, 스탈린이 6천 6백만, 마오쩌둥이 6천3백만 명을 죽였다. 잔혹한 살인 전범들이다.

김일성, 아니 김성주의 무력 남침으로 시작된 6.25전쟁으로 인하여 최소한 3백만(일설에는 5백 7십만)의 동족이 희생되었다. 통일신라 이래 동족끼리 이렇듯 대규모 살육극을 빚은 것은 6.25전쟁이 처음이다. 가짜 김일성, 김성주의 죄다.

다윈의 생물 진화론의 2대 명제는 종의 변이(variation of species)와 자연 선택(natural selection)이다. 자연 선택은 차치하더라도 종의 변이는 과학적 진리가 아니다. 운동하는 물체와 생명체는 시간의 진행에 따라 엔트로피(entrop, 무질서 지향성)가 증가한다는 열역학 제2법칙에 배치된다. 침팬지·고릴라와 인류의 DNA가 다수 일치한다는 사실만으로 인간을'한 짐승(an animal)'으로 다루는 것은 난센스다.

진화론은 인간의 영성(靈性, spirituality)을 부인한다. 진화론 좌파인 스탈린과 마오쩌둥이 끊임없이 적을 찾아내어 무참히 살육한 것은 인간을 짐승과 동일시한 '거대한 착각이 빚은 악업(惡業)'이었다. 히틀러는 인간의 존엄성에 전혀 개의치 않고, 자연 선택의 극적인 양상인 적자생존(the survival of the fittest) 이론에 따라 '열등하고 사악한 유대인' 6백만 명을 학살했다. 아리안족의 우수성을 광적으로 선전하던 저 살인마는 우생학의 원리에 따라 열등한 인간을 도태시키기 위해 이를 선별하여 거세하고, 우수한 인간끼리 혼인케 하여 인종 개량까지 하려 했다. 진화론은 창조주 하나님의 존재를 부인하는 무신론이다. 진화론의 변종인 마르크스의 유물 변증사관은 물론 무신론이다. 기독교 가정에서 자란 김성주가 무신론자가 되어 기독교를 말살한 것은 지극히 불행한 아이러니다. 그는 기독교인이 목숨 바쳐 섬기는 하나님 자리에 자신을 앉혔다. 꾸며낸 '위대한 원수'로 우상화된 김성주는 가엾은 북한 주민들에게는 현인신(現人神)이 되었다. 남쪽의 이상한 크리스천 일파가 무신론자 김성주를 지지하는 것은 도저히 이해할 수 없는 일이다.

3. 맺는 말

이 글은 한반도 남단의 한 평범한 마을인 내 고향에서 겪은 6.25 전쟁의 비극적 체험을 피력하는 내용으로 시작되었다. 면장 댁 일가의 수난상을 소개하면서, 귀 먹은 그 댁 머슴이 인민군의 총에 불쌍히 희생되는 내용에 첫 번째 초점을 맞추었다. 다음은 우리 마을 출신 전사자와 상이군인 이야기를 썼다. 또 인민군 부대 의용군으로 끌려가서 거제도 포로 수용소에 있다가 북한을 선택하고 만 동네 형님 이야기도 빠뜨릴 수 없었다. 이어서 지주 집안도 아니며, 가족이 관직에 있은 적도 없이 농사로 자급자족하는 평범한 우리 집안 식구들 중 무려 일곱 사람이나 죽거나 전염병으로 죽음 체험을 한 사실을 기록했다.

이런 비극을 낳은 것은 잘못된 사상이며, 그 뿌리가 되는 진화론의 오류를 지적했다. 진화론 좌파 마르크스, 레닌, 스탈린, 마오쩌둥, 김성주(김일성) 등과 진화론 우파 히틀러, 무솔리니, 도조 히데키 등의 죄악상을 폭로했다.

상담 심리학자 J. A. 보사드는 "행동에는 원인이 있다(Behavior is caused)"고 했다. 저 악마 행위의 원인이 되는 사상적 기반을 밝히는 데서 이 글은 끝맺음되었다. 역사 철학자 카를 뢰비트는 말했다. "모든 시대를 통하여 역사는 행동과 고통의 얘기이며, 권력과 자랑, 죄와 죽음의 얘기로 가득 차 있다. 역사는 세속적 외양으로 볼 때, 그것은 고통스러운 실패의 계속적인 반복이며, 한니발에서 나폴레옹, 그리고 오늘날의 지도자에 이르기까지, 평범한 실패로 끝나는 비싼 업적의 반복에 불과하다(Karl Löwith,「역사의 연구(Meaning in History」)." 또 하나 저 악행의 결정적 원인은 가난하고 억울한 형제들 구원에 나서기에는 너무나 냉담하고 사랑이 고갈되었던 크리스천들의 죄에 있다. 회개해야 한다. 세상의 모든 악은 사랑의 결핍에서 온다. 6.25 전쟁, 그 역시 예외일 수가 없다. 공산주의는 사람을 편가르기 하고 무참히 죽이다가 망했다. 기독교는 사람을 화해시키고 살림으로 위대하다. 명심할 일이다.

절명絶命의 순간에

김 정 원

「월간문학」 당선, 여성문학인회 이사, 미래시 동인, 성균관 대학교 및 명지대학 출강, 율목문학상, 민족문학상, 소월문학상 수상, 시집: 『허(虛)의 자리』, 『늦가을 햇살이 참 따뜻하구나』

- 작은 소나무를 붙들고 있었다-

황금기 내 청춘의 노른자위를 졸지에 처절히 박살낸 6.25!

1950년 7월 23일 인민군의 서울 장악으로 위험에 처하자 우리 일행 일곱 명(서울공대 외사촌오빠와 고향 친지 다섯 명)은 고향 포항을 향해 피란길에 올랐다.

출발한 날 등짐을 지고 날마다 눈만 뜨면 걸었다. 가다가다 배고프면 돌멩이 셋 고여 놓고 가지고 온 냄비에 밥을 지었다. 그렇게 지은 밥으로 일곱 명은 입에 풀칠만 했다. 어제는 70리, 오늘은 80리 일정을 정해 놓고 힘을 내어 걸었다.

서울을 떠난 지 20여 일, 8월 햇빛 쨍쨍한 염천(炎天)을 걸어 어느 고장에 이르렀을 때 가지고 온 쌀이 다 떨어졌다. 그래도 굶주린 채 걷다가 절망의 벽을 만났다.

파란 하늘 한낮에 느닷없이 B29폭격기가 나타나 굉장한 소리를 내면서 염소 똥 같은 새까만 폭탄을 우리 쪽을 향해 쏟아 부었다. 동시에 여기저기서 귀청을 찢으며 대지를 뒤흔드는 폭음이 터지고 눈앞이 캄캄했다.

아-앗! 이제 죽는구나. 그 순간 혼이 날아갔다. 나는 10m쯤 앞에 작은 다복소나무 한 포기가 있는 것을 발견하고 그리로 달려가 소나무를 붙잡고 엎드려 소리쳤다.

"하나님, 하나님, 살려주세요!"

숨을 죽이고 있다가 조심스럽게 눈을 떠보니 포탄은 생각보다 좀 먼 곳에 떨어져 뿌연 먼지를 일으켰다. 아, 살았구나 하고 깨달았을 때 나도 모르게 '하나님'을 내가 불렀네! 하는 생각이 들었다. 얼마나 다급했으면 알지도 못하고, 본 적도 없고, 인사 한번 나눈 적 없는 하나님을 불렀을까!

염치없는 부끄러움을 삼키며 하나님께 감사했다.

내가 살아 있다는 사실에 눈물이 핑 돌았다.

꿈을 안고 상경한 길이

시골소녀가 포항에서 중3을 마치고 동경한 서울에 와서 공부한 지 채 2년도 안 되어 6·25전쟁이 터졌다. 한강다리는 이미 폭파되어 길이 막혔다. 이리저리 헤매다가 쪽배 하나를 겨우 찾아 죽자 사자 아우성치는 피란민 틈에 끼어 배에 올랐다. 그렇게 강을 건너 굽이굽이 몇 번의 사지(死地)를 뚫고 20여 일 만에 당도한 곳이 바로 최악의 격전지 '흥해'란 곳이었다.

포항이 바로 20리 눈앞인데, 인민군이 탱크부대를 앞세워 파죽지세로 낙동강까지 밀고 온 상황이었다.

당시 젊은 병사들이 목숨을 초개같이 조국에 바침으로써 오늘 우리가 평화를 누리고 있다. 전장에 나가면서 병사들이 부르짖던 당시의 군가는 온 국민 가슴마다 새겨져 있다.

전우의 시체를 넘고 넘어 앞으로 앞으로
낙동강아 잘 있거라 우리는 전진한다.
원한이야 피에 맺힌 적군을 무찌르고서
화랑 담배 연기 속에 사라진 전우야!

빼앗긴 산하는 피로 얼룩지고 자식과 형제를 잃은 국민들은 통곡하며 공산 침략자들을 저주했다. 대한민국은 무방비 상태에서 어처구니없이 당한 공격에 크나큰 희생을 치렀다.

절망의 늪

포화(砲火)가 쓸고 지나간 산비탈과 논두렁, 고랑엔 적군과 아군의 시체가 널브러졌었다. 그 무더운 여름날 인간의 처참한 비극을 알고 있기나 한 듯 나뭇가지마다 매미들이 요란하게 울어댔다.

따가운 햇살을 받고 썩어가는 시체의 악취는 코를 찔렀다. 우리는 그 냄새를 맡으며 10리 길을 허덕허덕 걸었다. 한여름의 열기는 목까지 차오르고 심한 갈증에 목이 타들었다.

이무리 둘러봐도 피로 물든 강엔 마실 물이 없었다. 그런 고통의 절정에서 또 한 번 경악할 장면이 앞을 막았다. 바로 발 앞, 황톳길

한가운데 검은 머리카락이 보였다. 시체였다. 흙먼지를 뒤집어쓴 시체는 인민군복에 찌그러진 군화를 신고 있었는데 마치 한 장의 빛바랜 종이 같기도 하고 썩어 마른 오징어포 같기도 했다. 차마 눈뜨고 바라볼 수가 없었다.

그래도 두려움에 머뭇거리면서 얼굴을 살폈다. 군화가 어린아이 것같이 작고 신장도 어린 소년병이었다. 비록 이름도 고향도 알 수 없는 소년 적군이었지만 보기에 눈물겹고 가슴 아팠다.

소년은 전쟁의 의미도 모른 채 끌려나와 탱크에 깔려 걸레처럼 널브러진 시체로 버림받은 희생자가 된 것이다.

한 송이 여린 붉은 꽃이여
전장에서 죽은 아들이여
살아오기를 손꼽아 기다리는
어머니 품으로 혼이라도 돌아가라

자비의 하나님, 포화 속에서
죽은 뭇 생명들의 영혼을
구원하여 주소서

이러한 감정으로 숙연히 기원하고 돌아서는데 울고 싶도록 마음이 아팠다. 그래서 모두가 한동안 말을 잃었다.

운명의 갈림길에서

남한의 끝자락 포항마저 습격당했을 때 중1의 어린 남학생들까지 총대를 잡고 사격 연습 한번 하고 나가 싸우다가 몰살당한 비극을 남겼다. 그뿐 아니라 시민들은 더 이상 피할 데가 없어 바다 앞 해수욕장까지 몰려와 별들이 수놓은 밤하늘을 천장 삼아 밤을 지새웠다.

그러다가 맥아더 장군의 인천상륙작전으로 전세는 급진전, 전황(戰況)이 반전되었다. 공산군을 향한 아군의 반격이 시작되자 '흥해' 일대는 매우 치열한 격전장이 되었다.

아군과 적군의 양보 없는 공격 방어전이 벌어지는 가운데 한 치 앞을 알 수 없는 위급한 처지라 우리 일행은 마침내 각자가 제 갈 길을 따로 가야만 했다. 반격군은 계속 북으로 올라갈 것이 분명하다고 여긴 오빠와 나, 그리고 또 한 사람과 셋은 공포의 함정인 포항 쪽을 택했다.

다른 네 사람은 그 앞길도 모르는 불확실한 길을 가다 적군을 만나 오던 길을 돌려 영덕으로 간다며 길을 잡았고 우리는 서로 인사도 제대로 못 나누고 헤어져 바쁘게 길을 떠났다.

그들의 말도 일리가 있었다. 불안하여 걸음을 재촉하지 못하고 저쪽 산을 바라보니 산비탈에 인민군이 파리 떼처럼 새까맣게 붙어 자고 있었다. 그들은 마을을 점령하자 민가의 소를 잡아 고깃국을 끓여 배부르게 먹은 후라 전투에 지쳐 잠이 든 듯 보였다.

이건 천재일우의 기회다. 이렇게 생각한 우리는 힘이 솟아올라 옥수수 콩밭 길을 숨가쁘게 달렸다. 그렇게 하여 우리 셋은 살아남았고 네 사람은 아무리 기다려도 영영 돌아오지 않았다.

귀향

희망과 안도감으로 포항 땅을 밟았을 때 이쪽에선 오빠와 친구를 서울서 온 빨갱이 선발대원으로 의심하고 어디론가 끌려가고 나는 조사를 받고 어떤 빈집 먼지 자욱한 방에 감금되었다.

(이어지는 험한 긴 이야기는 소설이 되겠다.)

우여곡절 끝에 피란 갔던 가족이 한데 모였다. 죽지 않고 살아서 만난 것이 기적이라며 식구들은 저녁 밥상에 둘러앉아 오랜만에 웃음을 나누었다. 비록 보리죽이었지만 비로소 함께 얼굴을 바라보며 저녁을 먹으니 행복했다.

그날 첫 숟가락을 들 때 목이 메어 오만감이 섞인 눈물을 삼켰다. 마당엔 창백한 달빛 아래 한 무더기 들국화가 환히 웃고 있었다.

끔찍하고 잔혹한 경험을 수십 년 동안 잊고 살아왔다. 그러고 보면 '망각'은 다행스런 선물이 아닌가 싶다. 반세기도 더 지난 지금도 가끔 B29폭격기가 염소가 똥 싸듯 폭탄을 퍼붓던 장면이 꿈에 나타나 나를 놀라게 한다.

왜, 우리는 인생의 황금기를 빼앗겨야 했는가, 누구는 죽고 어떤 사람은 불구가 되고 또 어떤 사람은 꿈을 잃고 좌절해야 했는가. '젊어서 고생은 사서도 한다'는 말이 있지만 당시 10대였던 우리는 사서 한 고생이 아니라 공산당이 준 고생이었다.

그 고난을 통하여 삶의 의미를 알게 되고 전쟁이 주는 아픔이 어떤 것인가를 깨닫게 함으로써 인고의 저력을 키워준 것은 인정하나 그것으로 잃어버린 젊은 날의 꿈이 보상될 순 없다.

우리 세대가 가고 뒤에 올 세대들에게 전쟁이 주는 뼈에 사무친 아픔의 의미와 '나라가 있고 나라가 강해야 가족이 있고 내가 있고 평화가 있다.'고 말해 주고 싶다.

상흔(傷痕)의 시- 그는 적군이었다

피란길에서

아직도 가야 할 길이 오백여 리도 넘는데
바람 한 점 없는 염천(炎天)을 이고 간다

깊은 골짜기 무거운 정적
포연은 사라졌지만
탱크 행렬이 지나간 질퍽한 바닥에
숨어 반짝이던 검은 머리카락
황토 덮인 군복이 종이처럼 붙었고
군복 아래 찌그러진 인민군화 한 켤레
나는 보았다.

혼백도 박살난 영혼의 집을
죽이고 또 죽여 정말 죽었구나

열여섯 어린 병사, 너는
황해도 어딘가 산다는 내 외사촌은 아닌지
얼굴 없는 너는 적군이었다

흙에 묻힌 한 잎 가랑잎이여
발목 잡는 가련한 목숨아
봉오리 빨간 장미 심장이
하늘에 외치는 소리

"살고 싶었어
평화로운 조국 품에
파란 꿈 펼치고 행복하게 살고 싶었어"

아군은 누구며 적군은 누구인가
이 산도 저 강도 다 내 나란데

잘 가시라요 무사히
날 기억치 말고
전쟁을 기억해주오
다시는 전쟁이 없는 나라로
잘 가시라요

그를 위해 우노라
두고 온 하늘 아래
기다리시는 아버지 어머니
다만 또 심중에 우노라
잃어버린 청춘을

그날 나는 들었노라
산비탈 나뭇가지에
온 종일 울던
매미들 울음소리.

철들 무렵

한바탕 훑고 지나간 격전激戰의 바람
포성은 멎고
폐허는 그대로 달빛에 환했다

뿔뿔이 흩어진 가족 모두 돌아와
한 지붕 아래 모이니
꿈인가

한 밥상에 둘러앉아

함께 먹는 보리죽
너무나 따뜻해서 목메던 숟가락

세상에 나서 처음으로
가장 감사함과
가장 기쁨인 것과
가장 슬픔인 것이 범벅으로 섞여
한꺼번에 눈물로 넘어갔네.

인민군 소굴로 간 파란

이 동 원

「시인정신」으로 등단, 공저: 『빗방울을 열다』 외

6월 하순은 첫 여름이 시작되는 절기다.

월요일 아침에 일어나 보니 바깥에서 웅성거리는 소리가 들려 마루에 나가니 울타리 넘어 이웃사람들이 무엇인가 수군대고 있었다.

아침을 먹고 학교에 가니 동무들이 끼리끼리 모여서 얘기를 하는데 전쟁이 터졌다며 무섭다고 한다.

조회를 하려고 운동장에 전체 학생들이 모여 교장 선생님의 훈시를 듣는데 어제 북한군이 쳐들어와서 지금 국방군이 열심히 싸우고 있으니 너희들은 집으로 돌아가서 학교에서 연락할 때까지 등교하지 말라고 하셨다.

교실에 들어와서 담임 선생님의 말씀을 듣고 당분간 못 볼 3학년 3반 이정희 담임 선생님께 친구들과 함께 작별인사를 하고 집으로 돌아왔다.

학교를 못 가니 일어나면 아침 먹고는 마을을 돌아다니며 친구들과 어울려 다니다 집으로 돌아오니 어머니가 이 난리통에 돌아다니지 말고 집에 꼭 있으라고 하셨다.

우리 집은 충북 음성군 음성읍 읍내리 3구에 대지 200평 가운데 일자형 초가지붕에 네 칸으로 지은 집으로, 텃밭은 채소와 여러 가지 과실수와 꽃을 좋아하시는 어머니가 집 주위에 채송화며 나리꽃이며 토종 꽃들을 심어 집을 예쁘게 꾸며서 시골에 사시는 친척들이 장날에는 꼭 들러서 쉬시다 가시곤 했다.

전쟁이 나니 사람들이 라디오가 있는 우리 집으로 와서 소식을 듣고는 모두 불안해하며 손에 일이 안 잡힌다며 돌아들 가곤 했다. 며칠 지나고 점심때쯤 국군이 백마를 타고 우리 집으로 들어오고 있었다. 그날 말도 처음 보고 군인도 처음 보았다. 말에서 내린 군인은 아버지 어머니께 인사를 했다. 아버지가 나를 보고 말씀하셨다.

"네게는 8촌 형님이시다. 인사드려라."

하셨다. 인사를 하니,

"네가 동명이냐?"

하고 물으면서 머리를 쓰다듬어주셨다. 아버지는 군인에게 '말은 대추나무에 매놓고 들어오라'고 권했다.

"아닙니다, 지금 작전 중이라 곧 부대로 들어가야 합니다."

라고 말하니 어머니가 잠시 마루에 앉아 냉수라도 마시고 가라고 하셨다. 잠시 마루에 걸터앉은 군인은 말을 타고 온 얘기를 했다. 그 소리를 나도 들었다. 십리 밖에 감우재라는 곳에는 산등선을 깎아 만든 고개가 있었는데 그곳은 북위 37도 선이 지나가는 곳으로 서울서 장호원을 거쳐 음성읍을 통과하여 충주와 청주, 괴산으로 빠지는 주요도로로 방어선을 구축하기에 최적지라는 것을 후에 알았다.

형님은 고개 너머 무극마을이 자기 집이라서 그곳 지리는 꿰뚫고 있었다. 적을 어느 지점에서 공격해야 한다는 것을 잘 알고 소대장으로서 부하들을 적소에 매복시키고 자기 명령 없이는 총을 함부로 쏘지 말라는 지시를 하고 대기했다.

적 정찰병 두 명이 오는 것을 그냥 통과시켜서 아군의 후방을 정탐하도록 하고 그들이 정탐 후 돌아가도록 놔두었다고 했다.

예상했던 대로 직선으로 난 도로 양편으로 많은 인민군이 무장 한 채로 올라오고 그 가운데로 백마를 탄 장교가 올라오는 것을 그냥 통과시키고 난 후 총공격을 하여 많은 인민군을 죽이고 말도 그때 사로잡았다고 말했다.

"저는 잠시 진지를 구축하고 휴식 시간에 말을 타고 아저씨께 안부나 드리려고 왔습니다. 아무래도 우리가 후퇴해야 할 것 같습니다. 아저씨, 우리 집에도 소식을 전해 주세요."

그 한마디를 남기고 형님은 말을 타고 떠났다.

피란 가다

소대장 형님이 가고 나서 우리 식구는 큰집 식구들과 피란 준비를 했다. 아버지와 큰아버지 내외분은 남아서 집을 지키고 어머니는 젖먹이와 우리 5남매들과 사촌 형제들을 인솔하여 초천2리(푼내)라고 하는 십리쯤 떨어진 산골 진외가 댁으로 피란을 갔다.

진외가는 산등선을 따라 난 길 끝에 있는 첫 집이었다. 진외할아버지는 한학자로 하얗고 긴 수염을 기품 있게 기르시고 망건을 쓰고 우리 일행을 맞으셨다.

여기도 작은아저씨가 벌써 피란 오셔서 집이 좁았다. 그래서 고모네 옆집에 양해를 구하고 방 한 칸을 얻어 12명 가족이 짐을 풀었다.

지쳐서 깊은 잠을 자고 아침에 눈을 뜨니 모두가 낯설었다. 산마루에 지은 집이라 대문을 열면 바로 산자락이 집을 둘러싸고 있어 산에서 호랑이라도 나올 것 같아 무서웠다.

어머니가 형과 나를 데리고 젖먹이 동생의 기저귀를 빨려고 산등성이 너머 산골짝 계곡으로 우리 형제를 앞세우고 가셨다. 집도 없고 밭도 없는 산골짝 도랑에 자리 잡고 앉았을 때 능선에서 '7연대, 11연대!'하고 부르는 소리가 들렸다. 일어나 보니 군인들이 이동하고 있었다. 어머니가 빨래를 시작하고 조금 있을 때였다. 갑자기 땅 하고 총소리가 나더니 순식간에 여기저기서 총소리가 콩 볶듯 요란하게 하늘을 갈랐다. 어머니가 우리한테 다급하게 소리치셨다.

"엎드려!"

그러면서 어머니는 몸으로 우리를 덮쳤다. 얼마나 지났을까. 총소리가 멎자 어머니는 빨래도 하지 않고 우리를 끌고 쏜살같이 산등선을 넘어 집으로 돌아오셨다. 이어 식구들에게 명령하듯 단호히 말했다.

"빨리 짐을 싸라."

우리들은 아침도 굶은 채 허둥지둥 길을 떠났다. 옆 산에 주둔한 군인을 피해 서쪽 산모퉁이 두 개를 지나 밤나무골이라는 몇 가구 안 되는 마을로 갔다. 그곳에는 먼 친척집이 있었다. 어머니가 갑자기 피란 오게 된 이야기를 하고 방 한 칸을 얻어 짐을 풀었다.

피란 온 곳이 인민군 진지일 줄은

거기도 나직한 산 맨 꼭대기에 있는 집이었다. 짐을 풀고 늦은 아침을 먹고 온 식구가 작은방에서 불안한 마음으로 둘러앉았다. 너무 긴장하여 누구도 입을 열지 못했다.

여름 날씨라 너무 더워서 방 앞뒷문을 활짝 열어놓고 있었다. 나는 뒷문 앞 울타리 쪽을 향해 앉아 있었다. 그런데 어디서 나타났는지 이상한 군복에 장총과 짧고 소부랄같이 둥근 통이 달린 총(따발총)을 멘 군인들이 나타났다. 저쪽에서 밀짚모자를 쓴 흰 농부 옷을 입은 사람이 손으로 한쪽 방향을 가리키자 모두가 납작 엎드리는 것이었다. 나는 어머니한테 달려가 귀에 대고 말했다.

"엄마, 인민군이 울타리에 엎드렸어."

어머니는 식구들을 향해 입에 손가락을 대고 나직이 말했다.

"쉿, 조용히 해라!"

그러시면서 앞뒷문을 닫으시며 명령하듯 말씀하셨다.

"모두 방바닥에 납작 엎드려라!"

그 말이 떨어지기가 무섭게 '딱콩! 따르르르!' 하고 요란한 총소리가 귀청을 때렸다. 어머니는 방으로 총알이 들어오지 못하게 막아야 한다며 싸가지고 온 솜이불로 문을 가렸다.

인민군이 엎드려 총질하는 곳은 방에서 6M 정도로 가까웠다. 따쿵

따쿵 하는 장총 소리와 따발총 소리가 귀청을 찢을 듯이 파고들었다. 우리가 모두 엎드려 오들오들 떨고 있을 때 밖에서,

“동무, 동무 없소?” 하는 소리가 들렸다.

안방에서 집주인 노인이 문 여는 소리가 들렸다. 나는 문창호지에 손가락으로 구멍을 내고 밖을 내다보았다. 인민군들이 울타리 옆에 서서 집주인에게 물었다.

“여기가 어디 뭔 마을임매?”

노인이 무어라고 대답하자 우리가 있는 집에 달린 연초 건조장으로 우르르 몰려 들어가는 것이었다..

그 순간 우리는 놀라 얼굴이 모두 새하얗게 질렸다. 그 안에는 갓 결혼한 22살 사촌 형님이 방이 비좁다고 건조장에서 멍석을 깔고 자고 있었기 때문이었다.

사촌형수는 안절부절못하고 어머니도 마찬가지였다. 나는 형님이 인민군에게 끌려나올 것만 같아 문구멍에서 눈을 떼지 못했다.

조금 있다가 인민군들이 건조장에서 나와 대문을 나가는데 형님이 안 보였다. 내가 식구들에게 작은 목소리로 말했다.

“형님은 안 보여요.”

그러면서 방문을 열었다. 조금 있자 형님이 나타났다. 모두가 반색을 하며 어떻게 된 것이냐고 묻자 이렇게 대답했다.

“자다가 총소리에 놀라 깔고 자던 멍석을 누운 채 둘둘 말고 창고 벽에 바싹 붙어 숨을 죽이고 있으니 인민군들이 들어와 멍석 위에 앉아 쉬다가 나갔습니다. 간 떨어지는 줄 알았습니다.”

어머니는 감동하여 말했다.

"다 조상님 은덕이다. 조상님께 감사하고 오늘은 여기서 자고 내일 푼내 진외가로 다시 가자."

그리고 잠을 자기로 하고 자리에 제각기 누웠다. 그러나 나는 빈대 등쌀에 잠을 잘 수가 없었다. 자다 일어나 긁고 다시 누워 뒹굴지만 빈대가 물어대는 통에 막냇동생이 징징거려서 어머니도 다른 식구들도 다 잠을 설쳤다.

진외가로 다시 돌아와 하룻밤을 자고 아침을 먹고 나서 어머니가 걱정을 했다.

"먹을 쌀이 떨어졌다. 어떻게 해야겠니?"

어머니 말씀을 듣고 나와 5살 위 사촌형이 읍내 집으로 가서 쌀을 가져오자고 하고 길을 떠났다. 뒷산 길을 따라 어제 국군들이 싸우던 곳을 지나 읍내로 가는 넓은 산등성이에서 우리는 놀랐다. 한쪽에 셰퍼드가 총에 맞아 죽어 있고 피 묻은 군복 바지가 깔려 있는가 하면 한쪽에 정사각형 딱총 화약 종이에 앵두 알만한 빨간 화약이 붙은 종이가 어지럽게 널려 있었다.

화약에는 터진 것이 있었는데 이 화약은 때리면 땅하고 총소리만큼 컸다. 국군이 실탄이 부족하여 총소리를 내기 위하여 화약을 터뜨렸던 것으로 짐작되었다.

고갯길을 내려와 신천리 마을에 오니 밥집을 하던 가게에 인민군이 책상을 놓고 어디론지 전화를 열심히 하고 있었다.

그 앞에는 트럭 한 대가 있었고 보초 한 명이 서 있는데 마침 그때

오토바이 한 대가 옆에 사람을 태우는 쪽배 모형의 통에 싣고 온 설탕 봉지를 내려서 차에 싣고 있었다.

내가 잠깐 서서 바라보고 있자 인민군이 물었다.

"어린이 동무, 어디 가기요?"

말씨가 이북 사투리 같았다. 어른한테 들어보지 못한 동무라는 소리에 섬뜩한 생각이 들었다. 내가 대답을 못하자 재차 어디를 가느냐고 물었다. 나는 잔뜩 겁에 질린 목소리로 대답했다.

"피란 갔다가 양식이 떨어져서 집으로 가지러 가유."

인민군은 생각보다 친절하게 가르쳐 주었다.

"가다가 비행기가 오면 나무에 바짝 붙어 있어야 한다. 알았지?"

사촌형과 나는 인민군이 무서워 뒤도 돌아보지 않고 뛰다시피 그 자리를 떠나 급히 집에 도착했다. 우리를 맞은 아버지와 큰아버지 내외분이 놀라시면서 물었다.

"너희들이 어떻게 산을 넘어왔느냐?"

"양식이 떨어져서 엄마가 걱정을 하셔서 왔어요."

"알았다. 점심 먹고 가거라."

큰아버지가 지게에 양식을 지고 우리가 피란 간 길을 5리쯤 갔을 때 올 때 본 인민군은 없고 개울둑을 따라 낯선 탱크들이 포진을 하고 있었다.

산 고개 중간쯤 이르렀을 때 비행기 소리가 나서 올려다보니 단발 프로펠러의 작은 비행기가 우리 쪽으로 다가왔다. 아침에 인민군이 알려준 대로 나무 사이로 가서 피했다. 비행기가 낮게 날아 지나갔다. 비행기에는 두 사람이 타고 있었다.

큰아버지는 정찰기라고 알려주셨다. 정찰기가 두 번 돌다가 남쪽으로 가고 나서 우리는 고개를 넘어 집에 도착했다. 오래지도 않았는데 마치 며칠이나 못 본 듯이 가족들이 서로 반기며 안부를 주고받았다.

저물기 전에 고개를 넘어가야 한다며 큰아버지가 서둘러 가시었다. 그 후 우리는 이틀간 더 피했다가 집으로 돌아왔다

새로운 세상

며칠이지만 이리저리 떠돌다가 돌아오니 집이 그렇게 편하고 좋을 줄은 몰랐다.

예전에는 미처 몰랐던 고마운 것들이 집 안에 가득한 것을 깨달았다. 우물이 뒤란에 있어 언제든 마음껏 퍼 마실 수가 있고 더우면 두레박으로 물을 퍼서 등목도 하고 목욕도 할 수 있으니 고맙고, 변소도 울타리 안에 가까이 있다는 게 너무 좋았다.

아침을 먹고 동무들이 모여 노는 마당으로 나갔다. 마당에는 낯선 여자 인민군이 있었다. 바지 옆 솔기에 붉고 굵은 줄을 친 군복에 가죽 장화를 신은 젊은 여군들이 나를 보자 웃으면서 반겼다.

"어린이 동무 어서 오라요."

내 머리를 쓰다듬어 주고 이름과 학교와 학년과 나이를 묻고 담임 선생님 이름과 교장선생님 이름까지 물었다

노래 교육을 받다

묻는 대로 대답하니 가서 동무들을 데리고 오라고 했다. 나는 가까운 집에 사는 동무 3명을 데리고 왔다. 인민군은 그 아이들에게도 똑같은 질문을 하고 이렇게 말했다.

"이제 동무들은 김일성 장군님의 도움으로 새 세상을 만난기라요. 학교도 전철 타고 다니고 교과서도 공책도 옷도 모든 것을 공짜로 주실 것이니 동무들은 공부만 열심히 하면 되는기라요."

우리들은 그 말이 너무 좋았다. 사친회비도 못 내고 학용품도 제대로 못 사고, 옷도 제대로 못 입고 다니는데 모든 걸 공짜로 김일성 장군이 다 주신다니 얼마나 신나는 일인가.

인민군이 물었다.

"어린이 동무들 기분 좋지요?"

우리는 한 목소리로 대답했다.

"네, 네. 예!"

"그럼 장군님께 감사해야디요."

인민군은 손을 저으며 말했다.

"지금부터 노래를 배워서 장군님께 감사해야 합니다."

그러자 다른 여군이 두 손을 앞에 모으고 노래를 불렀다.

장백산 줄기줄기 피어린 자욱
압록강 굽이굽이 피어린 자욱

오늘도 자유조선 꽃다발 위에
역력히 비춰주는 거룩한 자욱
아~ 그 이름도 그리운 우리의 장군
아~ 그 이름도 빛나는 김일성 장군

만주벌판 눈바람아 이야기하라
밀림에 긴긴 밤아 이야기하라
만고에 빨치산이 누구인가를
절세의 애국자가 누구인가를
아~ 그 이름도 그리운 우리의 장군
아~ 그 이름도 빛나는 김일성 장군

(4절까지 있었는데) 2절까지만 여군이 가르쳤다. 이마저 기록하고 싶지 않지만 6.25의 실상을 증언하기 위해 남긴다.

여군은 고운 목소리로 먼저 부르더니 지금부터 따라 부르라고 하면서 한 소절씩 가르쳐 주었다.

나는 어려서부터 노래를 잘 불러서 동네잔치가 있을 때는 불려가서 노래를 부르고 용돈도 제법 받았다.

음성군에서 제일 큰 음성수봉국민학교는 매년 5월 어린이날 전교 음악 콩쿠르대회가 열리는데 전교생 천백여 명으로 학급에서 남녀 각 1명씩 2명이 출전을 하였다. 우리 반에서 남자는 나, 여자는 송숙자라는 예쁜 동무와 한 달간 선생님의 지도하에 밤에는 선생님 집에서 연습을 하고 출전을 하였는데 여자 친구는 전교 2등을 하고 나는 4등을 했다. 3등까지만 상품이 주어졌다.

나는 실망하여 교실로 들어와 풀이 죽어 있는데 담임선생님이 이렇게 말씀하셨다.

“이동명(동원)이 노래는 잘 불렀는데 태도가 너무 경직되어서 점수가 깎여 아쉽게 4등을 했지만 아주 잘 불렀으니 여러분 박수 쳐 주세요.”

이렇게 말씀하시자 반 친구들이 박수를 요란하게 쳐주었다. 나는 속으로 1등을 바랐는데 내가 노래를 부르러 무대에 서니 하필 내 앞이 3학년 학생들 자리라 우리 반 친구들이 손가락으로 나를 가리키며 이름을 불러댔다. 그래서 그들과 눈이 마주치자 그만 얼어 버려서 두 손을 다리에 바짝 붙이고는 꼿꼿한 자세로 앞만 보고 노래를 끝낸 것이 몹시 안타까웠다.

집으로 돌아오는 길에 같이 출전한 여자 동무는 내게 ‘미안해’ 라고 했다. 그 순간 나는 더 창피하여 뒤도 안 돌아보고 왔다.

공산치하 3개 월

나는 이번에는 노래를 잘 불러서 칭찬을 받으려고 한 소절 한 소절을 정성을 다하여 따라 부르며 몸도 좌우로 흔들며 목청껏 소리를 냈다.

노래도 금방 외워서 가사도 정확히 부르자 가르치는 인민군 여자가 박수를 치며 어린이합창단에서 노래를 부르라고 칭찬까지 해주어 우쫄했다.

노래 공부가 끝나자 집에 가서 아버지 어머니도 모시고 함께 나오라고 했다. 나는 조금 전에 배운 노래를 신나게 부르며 집으로 돌아와 자랑을 했다. 아버지가 칭찬을 해 주실 줄 알았는데 그게 아니었다.

"나가서 회초리 하나 가지고 와!"

평소의 아버지답지 않게 화를 내시면서 회초리로 내 종아리를 때리시며 다짐하셨다.

"다시는 거기 나가면 안 돼. 알았어? 또 나가면 집에서 내쫓을 거다."

아버지한테 실망한 나는 그곳에 나가지 않고 하루 종일 뒷동산 골짜기에 파놓은 방공호로 가서 놀다가 밤에 집으로 돌아왔다.

방공호로 가는 길에는 성황당 고개가 있었다. 그 고개를 막 넘어서면 길가에 국군이 시체를 묻지 못하고 후퇴하면서 들것에 가마니를 덮어놓은 곳이 있었다. 그리고 방공호 맞은편에는 한자로 '팔로군 묘'라고 붓글씨로 쓴 팻말도 있었는데 그 길을 혼자 가려면 무서워 동무들을 데리고 다녔다.

2일쯤 지나자 동무가 방공호로 찾아왔다. 인민군이 없어졌다고 했다. 마을 마당에 나가 보니 정말 아무도 없었다. 동무와 같이 삼거리로 나가 보았다. 우리 반 동무 집에서 하는 제일 큰 홍아여관에 인민군대의 본부가 있는 것 같았다.

인민군 '선무공작대'라는 글씨가 보였는데 우리 동네에 왔던 그런

군복 차림을 한 여자 인민군이 우글거렸다. 나는 혹시 우리들한테 노래를 가르친 군인이 있을지도 모른다는 생각에 겁이 나서 급히 집으로 돌아왔다.

보위부가 생기고

읍내에서 인민군이 사라지고 나니 보위부란 간판이 붙고 조금 지나자 붉은 완장을 팔에 찬 머슴, 행상꾼, 건달, 배달꾼 등 주로 사회의 불만 계층에 있던 사람들이 활개를 치고 돌아다녔다.

그때서야 주민들이 나와 돌아다녔고 마을에서는 남자들이 자주 모여 서로 정보를 묻고 하는 것 같았다. 하루는 로터리(마을이름)과수원에 사시는 사촌매형의 형님이 오셔서 아버지께 상의할 것이 있다면서 말씀드렸다.

"우리 과수원에서 이십 리 떨어진 평촌에 있는 과수원 머슴이 붉은 완장을 차고 보위부 사람과 같이 와서 과수원을 접수하고 오늘부터 이 동무가 여기 관리인이니 짐을 옮기라고 해서 윗집을 내주고 아랫집으로 내려왔습니다. 어떻게 해야 할지 모르겠습니다."

아버지는 일제 때 음성을 떠나서 강원도 춘천에서 일가를 이루시고 사업을 하시다가 대동아전쟁이 일어나자 모든 사업을 정리하고 철광석을 발굴하여 광산권을 총독부에 넘겨 많은 돈을 받아 가지고 죽어도 고향에 가서 죽는다고 이사를 하시어 음성군에서 유지로 대접을 받고 계셨다.(아버지는 초대 대통령 선거 때 공로로 이승만 대통령으로부터 건국공로 표창장을 받았음. 이 표창장은 가죽 트렁크 속에 넣

어 1.4후퇴 때 피란지에서 트렁크 째 도둑맞음)

아버지는 느긋하게 말씀하셨다.

"절대로 반항하지 말고 시키는 대로 하면서 때를 기다리게. 그들의 세상이 오래는 못 갈 것이야."

그 해 여름에는 비가 다른 해보다 자주 오고 소위 반동분자들을 잡으러 다니는 완장 찬 빨갱이들이 밤낮으로 다니면서 설쳐서 젊은이나 배운 사람이나 군인가족, 경찰가족들은 땅굴이나 마루 밑에 땅을 파거나 다락에 숨어 지내느라 전전긍긍 하루하루를 힘겹게 버텼다. 날마다 여기저기서 인민재판을 열어 그 자리에서 몽둥이로 때려 죽였다는 소문이 돌았다.

7월 중순부터는 마을사람들을 밤에 나오라고 해서 소위 사상교육을 시켰는데 빠지는 사람은 반동으로 분류한다는 소문에 어쩔 수 없이 나가서 교육을 받았다. 그런 가운데 젊은 사람들 중에는 징용으로 끌려가는 것을 피하려고 시키는 대로 협조하는 사람들이 늘어났다.

연초 건조장에서 멍석을 말아서 인민군의 의자가 되었던 사촌형님도 그들의 지시대로 움직이는 협조자 일을 하게 되었다고 사촌형수는 어머니께 와서 걱정을 하며 주로 하는 일이 반동분자들 감시하는 일을 한다고 했다.

형님이 수시로 우리 집에 오셔서 아버지와 대화를 나누곤 하였는데 보위부에서 어느 집은 언제 나간다는 정보를 몰래 가서 미리 전해 준다고 했다.

8월부터는 우마차가 있는 집들은 사람과 우마차를 징발하여 전쟁터로 곡식과 부식을 싣고 짚으로 덮어 비행기를 피하려는 위장을 하고 밤에 남쪽으로 인민군의 경비를 받으며 떠났다.

우리 앞집 방앗간과 사촌 매형네 과수원, 그리고 대농을 하는 집들의 우마차들이 모두 징발되어 나갔다가 4일 만에 돌아왔는데 절반도 돌아오지 못했다.

도중에 비행기 공습으로 마차와 소는 죽고 사람만 돌아오기도 했다. 8월 들어서 쌕쌔기라고 이름 붙은 비행기들이 자주 와서 다리라는 다리를 다 폭격하여 부수고 경찰서와 군청도 폭격했다.

하루는 보위부 인민군이 시내를 가다가 쌕쌔기를 만나 급히 고등학교 교장 관사 돌담 호박 덩굴 속에 숨었는데 그걸 본 쌕쌔기가 돌아와 거기다가 기총 소사를 했다. 그 인민군이 총에 맞아 죽어 끌어다 땅에 묻었다며 현장을 보고 온 이웃 아저씨가 동네 사람들한테 전해주었다.

나는 학교가 궁금하여 가 보았다. 교실마다 일련번호가 붙어 있는데 우리 반 교실에는 43이라는 숫자가 붙어 있었다. 교무실에는 사범학교를 갓 졸업하고 3월에 오신 남자 선생님과 여자 선생님이 와서 빨간 완장을 찬 사람들과 무엇인지를 열심히 이야기하시다가 나를 본 선생님이 이제 곧 학교에 등교하게 될 거라고 하셨다.

8월 말에 접어들면서 밤이면 이천 장호원 쪽에서 물건을 싣고 우마차가 수시로 지나가고 밤에는 많은 사람들이 마른 짚을 한 다발씩 옆구리에 끼고 도로 양옆으로 줄서서 청주 방향으로 내려갔다. 어른들 말씀은 젊은 사람들이 징용으로 끌려가는 거라고 했다.

9월이 되자 조가 익어서 고개를 숙여 수확시기가 다가왔다. 하루는 보위부에서 두 사람이 나와 오백 평에 심은 조 가운데 제일 크게 여문 한 송이를 따더니 그걸 비벼서 약주 종지에 담아 보고 수량을 적더니 밭고랑 수와 고랑 길이를 측정하고 갔다. 어른들 말씀이 수확하면 공출하라는 기준 자료를 해가는 거라고 했다.

중순에 접어들면서 보름달이 뜨면 이웃 아줌마들이 우리 집으로 와서 대야에 물을 담아 손거울을 물에 넣고 물속 거울에 비친 푸른 색깔이 많으면 국군이 이기고 있다면서 좋아들 하셨다.

그러다가 어느 날부터 마을이 술렁이기 시작했다. 유엔군이 진격해 올라오고 있다며 이럴 때일수록 조심해야 한다고 외출도 자제하고 먼 길도 떠나지 않았다.

중순이 지날 무렵 보위부에서 마을의 지식인 소재를 파악한다는 소문이 돌았다. 그간 숨어 있던 사람들이 산 속으로 피신을 하고 협력자들도 짐을 싼다는 소문이 돌았다. 사촌 형님이 밤중에 집에 왔다.

아버지 어머니께 인사하러 왔다고 했다. 아버지가 단호히 말씀하셨다.

"너는 그동안 다니면서 감시자들에게 피신하라고 일러주었으니 수복이 되어 부역자들 조사할 때 그 사람들이 증인으로 나서 줄 것이다. 아무 걱정 말고 집으로 가지 말고 우리가 쓰던 방공호로 가서 연락할 때까지 꼼짝 말고 있거라."

한밤중에 담 너머에서,

"외삼촌 저 갑니다, 안녕히 계셔유."

하는 소리가 들렸다. 괘종시계를 보니 밤 1시였다. 아침이 되자 여기저기서 동네 사람들이 모여 밤사이에 누구네 아들이 북으로 갔다며 웅성거렸다.

우리 마을에서도 고종사촌 큰형님과 큰집에 세든 청년 등 여섯 명, 우리가 피란 간 진외가의 청주농고 교사인 작은 아저씨 그리고 백마 타고 온 군인 형님 바로 아래 동생 등이 다 장가들어 자녀를 한둘씩 두고 있었는데 북으로 갔다.

패잔병 인민군

큰 도로에 나가 보니 인민군이 걸어서 충주 쪽으로 길게 늘어서 가는데 옷은 남루하고 총도 없이 가는 사람, 부상 입은 팔에 붕대를 감고 가는 사람, 장총이 길어서 땅에 질질 끌고 가는 사람, 철모가 아닌 모자를 썼는데 낡아서 구멍이 나고 발에는 소위 지까다비를 신었는데 옆구리가 터진 것을 신은 사람 등등 가지가지였다. 다음날도 인민군이 떼를 지어 가고 있는데 모두가 지쳐 시들시들 걸었다.

마지막으로 부상자들을 마차에 태워 충주 쪽으로 가고는 끝으로 더는 보이지 않았다.

국군 선발대가 차를 타고 충주 쪽으로 올라갔다는 소식은 온 읍내에 퍼지고 하룻밤이 지나자 이른 아침에 젊은 청년들이 우리 집으로 아버지를 찾아와서 아직 경찰들도 오지 않고 치안이 공백 상태라 치안대를 조직했으니 아버지께서 자치대장을 맡아 달라고 청했다. 아버지는 흔쾌히 승낙하시고 그들과 함께 음성 군내를 다니시면서 면단위

치안대를 조직하고 경찰이 복귀하기까지 활동을 하셨다.

학교에서 등교하라는 소집통보를 받고 3개월 만에 학교에 가니 안 나온 학우도 있고 무엇보다도 이정희 담임선생님이 안 보였다. 보위부에 협조하던 두 선생님도 보이지 않았다.

여자 친구 송숙자도 보이지 않았다. 옆반 선생님이 오셔서 종례를 마치고 귀가 도중 그 애네 집에 가 보니 집이 비어 있었다. 옆집 어른들께 물어보니 그 집은 빨갱이라 식구가 모두 밤중에 도망갔다고 했다.

우리 집에는 백부모님이 일찍 돌아가셔서 조카 남매를 춘천에 데려다가 성장시켜 출가시킨 사촌 누님이 경찰 시동생이 피란을 못 가고 보위부에 잡혀 반동분자로 인민재판에서 가족들이 보는 앞에서 총살하는 것을 본 사촌매형이 충격을 받아 돌아가셔서 어린 아들 둘을 데리고 청상과부로 우리 집으로 돌아오셨다.

그해 가을은 월북한 가족은 빨갱이 집이라는 손가락질을 받고 겨울 1.4후퇴 때는 너도나도 남쪽으로 먼저 피란 가느라 분주했다.

우리 가족은 후생사업을 나온 군 트럭을 이용하여 큰집, 고모네 집, 사촌매형 가족 등 40여 명의 대가족을 청주까지 가고 충남 연기군 군남면 금촌리까지 걸어가 겨울까지 피란 생활을 하고 봄에 돌아왔다.

후기

* 사촌형님은 아버지 말씀대로 집으로 돌아가지 않고 방공호에 숨어서 납북되지

않고 경찰 복귀 후 무혐의 처분 받고 군에 입대했음.

* 백마 타고 오셨던 형님은(화랑무공훈장 받음) 중령으로 진급하여 대대장으로 부대 이동시 교통사고로 순직하셨음.
* 위 형님의 바로 아래 동생은 북한에서 김일성종합대학을 졸업 후 평양시청에서 근무하다 대남 공작원으로 남한의 자기 형님 육군 대대장을 포섭하라는 지령을 받고 남하하여 보니 이미 포섭대상이 죽어 없어지자 자수하고 정부에서 인천 고속도로 소장으로 근로감독관으로 옮겨 정년퇴직하고 사업가로 사심.
* 수복 후 학교에서는 보위부에서 흔히 쓴 동무(아버지 동무 아저씨 동무 등) 사람을 부를 때마다 동무를 넣어 동무란 말이 빨갱이들 말이라고 우리 학교 교가 가사에 동무를 빼고 동무 대신 학생 수를 넣어 우리 이천 바꾸고 동무라는 말을 친구로 바꿔서 불렀음.
* 음성 감우리 고개에는 그때 전투에서 승리한 기념비가 공원 안에 세워져 있음.(사진)
* 음성수봉초등학교 뒤 충주로 가는 도로에 충혼탑이 있는데 사촌형님의 계급과 이름이 새겨져 있음.

밤에는 공비 낮에는 아군

정 태 광

「한국크리스천문학」 등단, 인천경영자총협회 CEO, 인제대학운영위원, 건국대학교행정대학원 졸업 행정학석사, 보국훈장 광복장, 안중근기념관 홍보대사, 대한예수교장로회 광명교회 장로

나는 대구에서 180리 떨어진 산골 마을 딱밭골에서 어린 시절을 보냈다. 조선 시대부터 문종이를 만들 때 쓰는 닥나무가 밭둑이나 산자락에 많다 하여 딱밭골이라는 이름이 붙여진 마을에서 태어났다.

이곳은 외지인들을 별로 구경하지 못할 정도로 깊은 산골 마을이라 가끔 외지에서 오는 사람이라곤, 솥단지를 땜질하는 땜장이 아저씨, 양동이를 머리에 이고 다니면서 멸치젓갈을 팔던 아주머니들뿐이었다.

이분들이 동네에 들리면 반가운 손님이라 저녁 늦게 오시는 분에게는 사랑방에 잠을 재워 주며 정성껏 음식을 차려 주면서 외지 소식을 듣는 것을 큰 기쁨으로 여기던 그런 마을이었다. 면사무소가 있는 입암이란 마을에는 안동 권씨들이 부락을 이루고 있었으며, 10여 리 떨어진, 매현 1동과 매현 2동에는 월성 손씨와 한양 조씨가 20여 가구씩 부락을 이루고 있었다. 이분들의 선조들은 조선 시대 역적으로 몰려 귀양살이하신 분이거나, 깊은 산속으로 피신하여 온 후손들이 사는 극히 평온한 마을이었다.

딱밭골은 매현 2동 끝머리에 있는 마을이었다. 이러한 평온한 동네는 6.25동란이라는 민족상잔의 비극을 당하게 되었다. 북한 김일성 공산 괴뢰집단이 남침하여 3년여 동안 전국이 피로 물들었던 시기, 낙동강 전선이 형성되어 대구 다부동 전투, 영천 보현산 전투는 뺏고 뺏기는 국군과 인민군의 피가 강을 이루던 그런 전쟁터였다.

우리 마을에도 낮에는 국군이 마을을 지켜주었고, 밤에는 산에서 숨어 있던 인민군들이 동네로 내려와 잔혹하게 살생을 자행하던 곳이었다. 내 나이는 그때 4살 정도 되었는가 보다. 낮에는 호주기라고 부르는 비행기가 하늘을 날아가며 기관총을 갈겨대자, 인민군들은 산으로 도망하였다.

나는 심한 홍역으로 밤이 되면 하도 울어대니, 인민군이 집에 들이닥칠 것을 두려워하신 어머니께서는 곧 죽게 될 나를 집 앞 콩밭에 가마니를 깔고 눕혀 두었고, 울음이 그친 다음날 아침에 가 보니 코와 귀, 입술에는 개미들이 바글바글하였는데도 죽지 않고 살아 있었단다.

'너는 죽을 목숨인데 명이 길어 하나님이 살려 주신 것이다'라고 말씀하곤 하셨다.

6.25전쟁 때에 어머니께서는 남동생을 낳으셨으면서도 밭일을 갔다 오시다가 포탄이 왼쪽 옆구리를 스치는 바람에 한 뼘 정도의 큰 상처를 입으셨지만, 약이 없던 때라 누렁이 호박 속을 긁어 상처에

붙임으로 독기를 뽑아내는 아픔을 참으시며 3년여를 지내오셨다. 어머니는 가끔 옆구리의 상처 자국을 나에게 보이시며 '엄마가 이렇게 심한 상처를 입고도 살아남은 것은 하나님이 지켜 주심이다'고 말씀하신 후에 나의 머리에 손을 얹으시고 기도해 주곤 하셨다.

낙동강 전선이 치열하던 시기에 우리 지방에 노수봉이란 지방 빨갱이가 있었는데 그 자는 머슴살이하던 사람이었다. 인민군들은 부산 점령을 눈앞에 두고 공산당이 남조선을 통일하는 조선 인민의 시대가 왔다면서 풍악을 치며, 기뻐 날뛰면서 경상도 일대가 빨갱이들이 활개를 칠 때, 인민군이 그의 팔에 붉은 완장을 채워주었다. 그러자 그는 기세등등하여 이 마을 저 마을을 돌아다니면서 만나는 사람을 죽창으로 찔러 죽이는 만행을 저질렀다.

맥아더 장군의 인천상륙작전으로 인민군들이 북으로 쫓겨날 때 국군에게 잡혀, 주민들의 요구에 따라 목이 잘리어 코에는 담뱃불이 꽂은 채 높은 나무 장대에 달려 죽었고, 영천 일대 산 계곡에는 인민군의 시체 썩는 냄새로 코를 들고 다닐 수 없었다고 할머니께서 말씀하시곤 하셨다.

전쟁이 끝나고 1950년대 후반에 초등학교를 다닐 때 홍수가 나면, 개천가 나뭇가지에 죽은 인민군 시체의 군복이 걸려 있는 것을 보았다. 밤마다 울어대는 부엉이 소리는 얼마나 무섭게 했는지 모른다. 개천 곳곳의 웅덩이에 포탄과 녹슨 수류탄이 너부러져 있는 곳에서 겁 없이 미역을 감기도 하였다.

학교 건물은 모두 불타 없어졌기에, 차가운 바람 부는 겨울에는 미군이 쓰던 군청색 천막에서 공부했고, 여름에는 버드나무 아래에 가마니를 깔고 앉아 선생님의 말씀에 귀를 기울이며 몽당연필로 글자를 쓸 때는 황토 먼지 돌개바람에 잡기장(노트)은 연이 되어 휭 날아가곤 하였다. 천막 뒤편 귀퉁이에 있던 뒷간(화장실)에서 변을 본 후에 짚으로 뒤(항문)를 닦으면 빨간 피가 묻어나곤 했다.

지금도 생각이 나는 것은 다섯 살 때쯤인가? '인민군들이 붉은 깃발을 흔들며 말을 타고 신작로를 지나가는 모습이 너무도 신기하여 발가벗은 몸으로 사립문을 밀치고 나가, 빼꼼히 나뭇가지 사이로 인민군을 내다보다가 할머니가 드신 빗자루로 궁둥이를 맞은 기억이 난다.

아~ 어찌 잊으랴! 민족상잔의 비극인 북한 공산집단의 6.25 남침과 그 만행을!

70여 년이 지난 오늘날에도 북한 공산정권은 호시탐탐 남침의 기회를 획책하고 있다. 북한 공산집단의 만행을 모르는 오늘의 세대들에게 당부한다. 또다시 6.25와 같은 민족 대참상을 획책하고 있는 북한 공산집단의 우리 민족끼리라는 달콤한 속임수에 절대 현혹되어서는 안 된다. 북한 공산당에 속아 공산당 정권이 집권하는 날 너 죽고 나 죽고, 가족이 모두 죽는 피 흘림의 강산이 된다. '유비무환(有備無患)'의 투철한 국방 안보로 북한 공산집단을 박멸하고, 부국강병(富國强兵) 이루어 세계에 우뚝 선 자유민주 대한민국을 자손만대에 물려주어야 할 것이다.

교동 이발소

최 숙 미

「에세이문예」, 「한국소설」 등단, 수필집 『칼 가는 남자』 『까치울역입니다』, 한국문협부천지부 편집위원, 제3회풀꽃수필문학상 수상, 한국에세이작가상수상

그녀에게서 벗어나는 일은 외출이다. 할머니를 태운 휠체어가 현관문을 벗어날 때까지 그녀의 시선이 내 뒷덜미를 잡아채는 듯해서 늘 조바심을 낸다. 다행히 외출을 즐기는 할머니 덕분에 오늘도 찻집 창가에 앉았다. 창 너머 화단엔 노란 소국이 소담스레 피었다. 할머니는 소국에 감탄을 하며 초롱같은 목소리를 높인다. 감탄하는 품새가 영락없는 소녀다. 대추차를 시켰다. 할머니는 간호학교 기숙사 화단에 핀 소국도 저랬다며 추억을 꺼낸다. 아흔이 넘은 할머니의 학창 시절이 그려지진 않았으나 표정은 여느 때보다 풋풋하고 발랄하다.

할머니를 돌보는 요양보호사로 일한 지 4개월째. 할머니 목소리가 나이답지 않게 낭랑해서 초롱할머니라 부른다. 늙은 딸인 엽이 할머니와 사는데 초롱할머니를 꼭 닮은 얼굴에 체격도 비슷하다. 그녀는 칠순이 넘은 듯한데 내가 할머니라고 부르는 걸 질색한다. 아니, 놀라워한다고 해야 할 것이다. 어떻게 부르기를 원하느냐니까 이름에

씨를 붙이면 되는 거 아니냐며 도리어 의아해했다. 무시하고 계속 할머니라고 불렀다가 매서운 눈길에 얼어붙고 말았다.

그 후로 당신의 영역을 침범이라도 할까 봐 사사건건 신경전이다. 푹신한 슬리퍼를 신고 유령처럼 스칠 때면 소스라쳐 놀라기가 일쑤다. 내가 할머니 목욕시키고 걸레 빠는 틈틈이 그녀는 화장실을 들락거린다. 나는 감시받는 느낌인데 초롱할머니 말로는 그게 일상이란다. 주방을 내주지 않아 할머니 식사 준비는 않는다. 일을 덜기는 했어도 늘 신경이 곤두서 있어 할머니가 외출을 원하면 세 시간의 근무시간이 빠듯한데도 무조건 모시고 나온다.

초롱할머니는 옆 테이블의 아기를 보고 눈을 떼지 못한다. 다리만 성하다면 금방이라도 다가가 안을 듯한 몸짓이다. 아기가 방긋이 웃자 어르는 소리가 점점 커진다. 아기엄마가 어색한 표정으로 감사를 표하고 아기를 고쳐 안았다. 눈길을 거두는 할머니 표정에 그늘이 진다.

"우리 둘째가 재만 했을 때 피란을 나왔다오."

아기를 자꾸만 넘겨다보며 피란 온 얘기를 꺼낸다.

"군인들이 피란 갈 준비를 하고 백석포구로 나오라며 집집마다 대문을 두드리고 다녔어요."

엽이네는 1.4후퇴 때 황해도 연안에서 강화 교동으로 나왔다. 남편은 서른이 넘은 나이인데도 자원입대를 해서 남쪽으로 가고, 시어머니는 외아들이 전쟁에 죽을까 봐 치마끈을 동여매고 부대를 찾아 떠났다.

군량미 실으러 온 배를 타고 다음날 새벽 교동 아차섬에 도착하자 동네 주민들이 구경을 나왔다. 군인들이 피란민들을 아무 집에나 들어가게 했는데, 주민들도 얼떨결에 부엌이며 창고를 내주고 먹을 것을 갖다 주었다. 엽이네도 시누이와 애들을 데리고 남의 집 부엌에 자리를 잡았다. 부뚜막에 애기들을 눕히고 아궁이 주위에 웅크리고 앉아 몸을 녹이며 눈을 붙였다. 한낮이 되어 시누이가 보이지 않더니 밤이 되어도 돌아오지 않았다. 피란 올 때 가지고 나온 여비를 그녀가 몽땅 갖고 있었기에 여간 걱정스럽지 않았다. 다음날 피란민들이 있는 집들을 찾아다녔으나 찾을 수가 없었다. 이미 전날 친구와 고기잡이배를 타고 도망을 친 후였다.

"억장이 무너졌지요. 다른 사람들은 돈으로 먹을거리를 바꿔 먹기도 하는데 나는 돈 한 푼이 없으니. 그년 생각하면 지금도 치가 떨려요. 시어머니와 남편이 업둥이인 저를 얼마나 위했는데. 조카들 목숨이 달린 그 돈을 어찌 다 가져가버릴 수가 있어요, 그래?"

할머니는 앙상한 손으로 가슴을 툭툭 치며 얘기를 이어간다.

피란민 애들이 시렁에 보리쌀 삶아 놓은 거며 종자 고구마를 훔쳐 먹는 바람에 주민들과 다툼이 나서 타작마당으로 쫓겨났다. 군인들이 반찬도 없는 주먹밥을 나눠주었으나 도무지 넘어가지 않아 주민에게 간장을 얻으러 갔다가 이루 말할 수 없는 타박을 받았다.

"어쩌겠어. 안 주겠다는데 뺏어올 수도 없고, 소란을 피우던 피란민들이 생굴이라도 까서 먹는다고 죄다 바닷가로 나갔다오."

엽이네도 굴을 까서 딸애에게 먹여가며 바지락을 파다가 물이 들어오는 줄을 몰랐다. 일순간 주위를 둘러보니 사람들은 뭍으로 나가고 바닷물은 지척에서 출렁거리고 있었다. 덜컹 겁이 나서 딸애 손을 잡고 뛰기 시작했지만 뱀처럼 스르르 밀려오는 물은 순식간에 발목을 적시고 종아리를 적셨다. 세 살배기 딸애는 허리께까지 물이 차서 엄마 손을 놓치기만 하면 떠내려갈 지경이었다.

"다리를 감는 바닷물이 그토록 무거울 수가 없었다오. 업은 애는 깨서 자지러지고 발을 제대로 떼지 못하고 끌려오던 딸애가 첨벙 엎어지고 말았는데 등짝만 보이는 딸애를 잡아 일으킬 때 짐승 같은 울음이 터졌어요."

그 기억에 몸서리가 쳐지는지 온몸을 움츠리며 체머리를 흔든다.

"그래도 고마운 사람은 있습디다."

뭍에서 어떤 사람이 소리를 질러가며 뛰어와서는 딸애를 덥석 안고 엽이네를 끌면서 나왔다. 사람들은 왜 바닷물이 들어오는 것도 몰랐냐며 핀잔이 늘어졌다. 딸애는 새파랗게 질린 채 넋이 나가 있고 엽이네는 죄인이 되어 고개를 들지 못했다.

"세 식구가 덜덜 떨고 있는데 그 양반이 자기를 따라가자고 합디다. 그 마당에 염치가 어디 있습니까. 줄레줄레 따라갔지요. 작은 이발소였어요. 안쪽에 온돌방이 있더군요. 문을 열어 주고 몸을 녹이라며 나갑디다. 얼마나 고마워요. 그런데 여태껏 은혜도 못 갚고 살았네요. 지금도 그 이발소가 있을는지."

엽이네는 뜨뜻한 온돌방에서 애들과 잠이 들어버렸다. 한잠을 자고 깨니 머리맡에 보리밥과 동치미가 놓여 있었다. 빈 젖을 빨다 잠 든 애기 입에 씹은 보리밥을 넣어주니 눈도 뜨지 않은 채 맛난 거라도 받아먹듯 오물거렸다. 딸애 입에도 보리밥덩이가 볼이 미어지도록 들어가는 걸 보고서야 엽이네도 남은 밥을 먹었다.

"그날 밤에 군인들이 피란민들을 싣고 강화로 간다고 했어요. 이발소 양반한테 인사도 못하고 타작마당에 있던 피란보따리만 챙겨서 배를 타러 갔지요."

강화에서 인천 가는 배는 삯을 내야 한다고 했다. 엽이네는 친정이 평택이라 거기까지는 가야 하는데 돈이 한 푼도 없어 두렵고 막막했다. 동네 사람을 만나 여비를 좀 빌려 달랬더니 그럴 돈이 없다며 매정스레 자르고 피란민 틈으로 사라졌다. 돈이 있었어도 피란 중에 누가 목숨 같은 돈을 빌려 주겠는가. 할 수 없이 배를 타지 못하고 이발소로 되돌아왔다.

"그 양반이 잘 왔다며 이발소 일을 도와달라더군요."

엽이네는 이발소 청소를 하고 손님들 머리도 감겨 주며 지냈다. 말수가 적은 이발사가 쌀이 드문드문 섞인 보리쌀이며 김치를 가져다줘서 그런대로 애들을 먹일 수 있었다. 한 열흘쯤 되었을까. 청소를 마저 끝내려는데 그가 엽이네 손을 붙잡았다. 손을 빼려니까 더 세게 잡았다가 놓으며 미안해요. 했다. 엽이네는 말없이 나가는 그의 넓은 등을 바라보다 한참 동안 손만 만지작거렸다.

며칠 뒤 아침 일찍 얼굴이 까맣고 눈매가 매서운 이발소 아주머니가 유리문을 열어젖히며 목소리를 높였다.

"아니, 언제까지 여기 있을 거요? 우리 집 양반이 붙잡기라도 하던가?"

엽이네는 자존심도 상하고 더 있었다가는 머리채라도 잡힐 것 같아 그 길로 애들을 데리고 나왔다. 아주머니의 앙칼진 목소리에 뒤도 돌아보지 않았으나, 그에게 인사도 못하고 나온 아쉬움과 알 수 없는 허전함이 가슴을 메워 발걸음이 자꾸만 멈춰졌다.

일당이라며 조금씩 챙겨 준 돈으로 강화 가는 배를 타고 인천까지는 갔다. 인천서부터는 피란민 행렬에 끼어 무작정 걸었다. 어쩌다가 문 열린 식당이 있으면 얻어먹기도 하고, 피란 간 빈집에서 잠을 자기도 하고 차를 얻어 타기도 했다. 주먹밥을 피란보따리에 묻었다가 애가 울면 얼어서 부스러지는 밥알을 씹어 먹여가며 평택 근처까지 갔다.

"딸애도 나도 얼은 발에 물집이 생겨 잘 걷지를 못했어요. 젖배가 골아 목이 쉬도록 울던 애는 축 늘어져 잠만 자고요."

할머니는 나에게 하는 말인지 독백인지 모를 정도로 한 맺힌 피란살이를 풀어놓는다.

“등짝에 애가 지나치게 늘어지기에 내려 봤더니 숨을 쉬지 않아요.”

“어머, 할머니!”

할머니는 가제 손수건으로 백내장이 있는 눈자위를 닦다가 젖배가 곯아서라며 고개를 떨어뜨렸다. 그 죄를 다 갚지 못해 아직도 사나 보다고. 할머니 곁으로 가 등을 쓸어 주었다. 뼈만 남은 것 같은 등이 흔들리며 흐느낌이 깊어진다. 아이 잃은 할머니에게 무슨 말이 위로가 될까. 아이를 묻어야 되잖습니까 한다.

“어느 집에 들어가 삽을 빌렸어요. 그 집 노인이 삽으로 뭐 할 거냐고 묻기에 애가 죽었다고 했지요.”

삽을 든 노인이 산기슭으로 가서 언 땅을 파고 아기를 묻어 주었다.

“아이가 두르고 있던 포대기가 관이 되었지요.”

포대기가 관이 되었다니! 할머니는 눈앞에서 그런 일이 벌어진 것처럼 참담한 표정이다.

“흙이 포대기를 덮을 때 고꾸라졌다오. 다시 꺼내고 싶었지요.”

엽이네는 봉분도 없는 무덤 곁에서 실성한 사람처럼 중얼거리다가 울다가를 반복했다. 어둑해지자 노인이 다시 와서 고구마를 싼 보자기를 건네며 자꾸만 등을 떠밀었다. 꽁꽁 얼어서 발도 제대로 떼지 못하는 딸애를 업고서 뒤를 돌아보고 또 돌아보며 떠나왔는데 천근 같던 발걸음을 어떻게 떼어놓았는지…….

"친정에 도착했을 땐 딸애가 설사병에 걸려 그 애마저 잃을 뻔했다오. 그 애마저 잃으면 내가 어떻게 산답니까."

딸애가 회복하기도 전에 엽이네도 영양실조에다 탈진을 해서 거의 한 달여 사경을 헤맸다.

"어느 날 딸애가 훌쩍대며 엄마랑 같이 살 거라고 합디다. 식구들이 내가 죽으면 저를 고아원에 보낼 수밖에 없다고 했다네요. 그때부터 애가 한 발짝도 내 곁을 떠나지 않고 잠도 제대로 못자는 거예요. 그 일로 친정 올케랑 심하게 다투고 부산 가는 피란열차를 탔답니다."

"부산엔 연고가 있었나요?"

"남편이 총상을 입고 병원에서 치료를 받는다는 기별이 친정으로 와 있었어요."

"할머니, 혹시 그 딸애가 엽이할머닌가요?"

"네. 그 애가 저 불쌍한 엽이라오. 시어머니는 대들보 같던 손자는 죽여 놓고 아무짝에도 쓸모없는 기집애만 살려 왔다고 걔만 보면 눈을 부라렸다오."

엽이네가 생활비를 벌어야만 해서 고아원으로 출근을 하고 나면 딸애는 진종일 장롱에 숨어 있었다. 그 일로 방광염에 자주 걸려 지금까지 화장실을 들락거린다고.

"나중엔 집충이가 되어버린 엽이를 보고 그때 같이 죽었어야 했다고 푸념이 잦았다오. 어미란 것이 그 죄를 다 어찌 받으려고."

나는 엽이할머니를 무시하고 경계했던 게 미안해서 시선을 피하다가 시간이 다 간 터라 할머니 손을 가만히 잡았다.

엽이할머니는 내가 할머니와 방에 있을 때면 절대로 앉지 않는다. 어느 날 셋이서 TV를 보고 있는데 갯벌 체험을 하는 장면이 나왔다.

"엽아, 너 교동에 있던 이발소 기억하냐?"

"몰라요."

한 치의 망설임도 없다.

"우리가 피란 온 데라고 내가 말했잖아."

"기억 안 난다고요."

"하긴, 네가 세 살 적이었으니."

"가보시게요?"

내가 물었다.

"요즘 피란 온 얘기를 하다 보니 죽기 전에 꼭 한 번 가보고 싶어지네."

아들한테 말해 봐야겠다며 얼굴에 홍조를 띤다. 엽이할머니도 설핏 웃음기를 띠다가 나와 눈이 마주치자 이내 표정을 바꾸고 나가버린다. 할머니는 아예 TV를 꺼버리고 할아버지 얘기를 꺼낸다.

일본 유학까지 다녀온 남편은 이러저러한 이유를 들어가며 직장마다 쉽게 그만두곤 했다. 열 재주 가진 사람 밥 빌어먹는다는 말이 틀리지 않았다. 큰소리쳐 가며 옮겨 다니다가 제대로 된 직장을 갖지 못하고 평생 백수이듯 살았다. 엽이네 자존심도 남편 못지않았건만 현실에 굴복하며 자존심을 팽개쳤다. 중년까지 시골 보건소며 수영장 간호사로 전전하다 늙어서는 파출부까지 했다. 다행히 엽이가 아무도 없을 때면 밥도 하고 집안일을 했다. 몇 번의 칭찬이 약이 되었는지 나중엔 식구들이 있어도 부엌일만은 계속했다. 잘하든 못하든 그나마 부엌일은 해서 다행이지만 가족들뿐만 아니라 모든 사람들을 피하는 건 여전했다.

엽이할머니가 사람 구실을 하게 된 게 주방이었으니 남에게 주방을 내주지 않으려는 이상한 고집이 이해가 되었다.

할머니가 앓아누웠다. 어디가 아픈지 도통 눈을 뜨지 않고 손사래만 친다. 병원에 가자고 해도 자고 나면 괜찮을 거라며 나더러 자꾸만 퇴근을 하란다. 죽을 쑤겠다고 주방으로 가니 엽이할머니가 또 버티고 섰다. 죽을 쒀야 한다니까 마지못해 쌀독을 가리키며 자리를 비켜준다. 죽을 쑤는 동안은 방안에서 나오지 않아 다행이지만 가스 불 세기와 죽 젓는 주걱의 움직임을 세고 있는 것만 같아 뒤통수가 후끈거렸다.

할머니는 내가 죽을 먹이려고 아무리 애를 써도 안 먹겠다며 손사래를 쳤다. 강제로 일으켰더니 소리를 꽥 지르며 막무가내로 가란다. 상을 치우고 거실 벽에 기대앉았다. 깜빡 졸다가 이상한 느낌에 눈을 뜨니 엽이할머니가 그림자처럼 스쳐서 화장실을 간다. 엄마가 아픈 줄은 알까.

"엽이씨, 할머니가 편찮으신 것 같은데 죽 좀 드시라고 해줄래요?"

들은 척도 않더니 방문을 열고 엄마 아파요? 한다. 너무나 멀쩡한 목소리에 놀랐다.

"괜찮아. 자고 나면 돼."

엽이할머니는 내가 쑤어 놓은 죽을 푸르스름한 주발에 담고 간장을 얹은 상을 할머니 앞에 내려놓았다. 저래서 나더러 주방에 못 들어오게 했을까.

"죽 드세요."

그 한마디에 할머니가 기다렸다는 듯이 일어나 수저를 든다. 딸이 수발드는 것에 곧바로 치료가 된 듯하다. 딸이 화장실을 오갈 때마다 수심이 깊어지는 듯했는데 죽 수발 한 번으로 수심 몇 뼘을 길어 올렸는지 기분이 한결 좋아졌다.

엽이할머니가 약간은 경계를 푸는 듯해도 여전히 주방 출입은 쉽지 않다. 눈치를 봐가며 커피 물을 받아오니 할머니는 얘기나 하자며 손을 끌어 앉힌다. 아직도 피란 시절 얘기가 끝나지 않았다는 뜻이리라.

엽이네는 딸애를 데리고 남편이 입원해 있는 부산의 병원으로 찾아갔다. 어떻게 만났는지 시어머니와 시누이가 단칸셋방에 살면서 남편 간호를 하고 있었다. 남편이 퇴원하자 단칸방에 나무판지로 칸막이를 치고 함께 살았다. 남편은 피란길에 아들을 잃은 데다 딸애마저 행동이 이상하니 술만 마시면 엽이네를 원망했다. 간호사가 어떻게 자기 새끼 하나도 간수하지 못했느냐, 엽이는 왜 저모양이 됐냐고. 그러다가 집을 나가버렸다. 시어머니는 작은 일만 생겨도 집안에 며느리 잘못 들여서 망조가 들었다며 동네방네 외고 다녔다. 딸애는 그런 할머니 눈치를 보느라 점점 더 숨어들고. 살림이 갈수록 어려워지자 시어머니가 시누이만 데리고 서울로 올라갔다. 남편은 몇 달 만에 집으로 돌아왔지만 오랫동안 취직을 하지 못했다. 그 와중에 엽이네는 애를 가졌다.

"아들이 태어났다오. 그 애가 부산사투리를 막 배울 즈음에 남편이 서울에 취직이 되어 올라오게 됐어요. 남편은 이삿짐을 차에 싣고 나는 애들을 데리고 새벽기차를 탔는데, 피란 때 잃은 애 생각이 납디다. 애들이 새근새근 자는데도 축 늘어지는 팔을 자꾸만 만져봤어요. 혹시나 온기가 없을까 봐서 김밥이랑 계란을 먹일 때는 눈물이 줄줄 흘렀지요. 젖배를 곯아 죽은 애 생각만 하면 지금도 애간장이 녹아요. 남편 말이 틀리지도 않아요. 내 죄가 크지요. 엽이도 그렇고."

"전쟁 때문이지 할머니 탓이 아니잖아요."

나는 할머니와 정이 많이 들어 반찬을 만들 때마다 드실 만한 것을 챙기게 되었다. 쌀알이 눈에 띌 만큼만 넣은 보리밥과 도토리묵무침으로 도시락을 싸 가기도 했다. 엽이할머니 것은 따로 주방에 놔두면 다음날 그릇을 씻어 내놓았다.

그날은 동지라서 한 번도 해보지 않은 팥죽을 쑤어 가느라 늦고 말았다. 현관문을 열어주자마자 눈도 마주치지 않고 쌩하니 돌아서던 엽이할머니가 놀란 눈을 하고 욕실을 가리킨다. 늦은 게 미안해서 애교 섞인 말투로 초롱할머니를 부르며 욕실 문을 열었더니 수건을 무릎에 걸쳐놓고 한 손으로 쓸어내리고 있었다.

"할머니, 뭐 하세요?"

"우리 애가 자요. 배가 고플 텐데 깨지도 않네."

가슴이 덜컹 내려앉았다. 며칠 전부터 눈을 떴는데도 꿈이 깨지 않은 것 같다고 하더니 급기야 이상 행동을 보인다. 치매 증세였다. 할머니를 안으려는 순간 내 빰을 찰싹 때린다.

"이 망할 기집년."

"할머니, 저 양선생이에요."

할머니는 나한테 물을 퍼부으며 온갖 욕을 해댄다. 갑작스런 행동에 순간 당황했지만 물을 맞으면서도 말을 걸었다.

"초롱할머니, 제가 그 시누이 같아요?"

"그 돈 갖고 와, 이년아!"

"앗!"

할머니의 손톱이 내 얼굴을 사정없이 할퀴어 버렸다. 거울을 보니 고양이한테 할퀸 듯 피가 비쳤다. 할머니 손가락은 바람 빠진 풍선 같은데 치매가 오니 응어리졌던 분노가 손톱으로 쏠린 듯했다.

눈이 내릴 것 같은 날은 몸까지 찌뿌드드하다. 휴일이라 낮잠을 자볼까 하는데 때맞춰 핸드폰이 울린다. 초롱할머니다.

"네, 할머니."

"교동이발소 가는 버스 어디서 타요?"

초롱할머니가 아닌 엽이할머니의 다급한 목소리다. 뜬금없이 교동이발소 가는 버스라니? 평소에 할머니가 푸념하듯 교동이발소를 가고 싶다고 한 말이 생각났다. 밖은 눈발이 날리기 시작했다. 이 궂은 날에 엽이할머니가 할머니를 모시고 교동으로 간다는 것 아닌가.

"거기가 어디예요?"

"강화터미널요."

"아니, 어떻게 거길 갔어요?"

내 목소리가 커지자 전화를 끊어버린다. 어쩌자는 것인가. 내가 아는 한 그들이 교동이발소를 찾아가는 건 불가능한데 부천에서 강화까지 간 것만도 신통했다. 강화터미널로 전화를 해서 두 사람을 찾아 부천 오는 버스를 태워달라고 사정을 했다. 막무가내로 교동이발소엘 가야 한다며 버틴단다. 할 수 없이 그곳에서 기다리게 하고 차를 몰았다. 간헐적으로 내리던 눈이 앞이 보이지 않을 정도로 퍼붓는다. 이 무슨 황당한 일인지, 할머니와 지도를 펴놓고 교동도를 찾아본 적은 있었지만 집충이인 엽이할머니가 그토록 무모한 짓을 할 줄은 꿈에도 몰랐다. 눈길에 과속을 해가며 도착하니 초롱할머니는 휠체어에 앉은 채 졸고 있고 엽이할머니는 의자에서 벌떡 일어나며 원망스런 눈길로 째려본다. 왜 이제야 왔냐는 눈치다. 누가 누구를 원망해야 하는지를 모르니 어찌 상대를 할까. 이왕 이렇게 된 거 표정을 누그러뜨리고 할머니 앞에 앉아 무릎을 흔들었다.

"할머니, 저 왔어요."

"아니, 양선생이 여길 어떻게?"

"교동이발소 가시려고요?"

"오늘 따라 쟈가 이 난리를 치는구먼."

엽이할머니가 불퉁하게 끼어든다.

"가고 싶다 안 했소. 새벽에도 노망 짓을 해서 더 늦기 전에 가봐야겠다고 나섰구먼."

"노망이라니, 쟈가 무슨 소릴 하는 거야. 그래, 나선 길이 이 모양이냐?"

소리가 높아지자 사람들의 눈길이 이쪽으로 쏠렸다. 안 되겠다 싶었다.

"제가 모시고 갈게요."

두 사람을 차에 태우고 스마트폰으로 교동이발소를 검색했다. 나오리라 기대도 안 하고. 나오지 않으면 무작정 교동도로 가볼 생각이었다. 그런데 나왔다. 지도와 함께. 대룡시장이란 곳에 있었다. 실향민들이 고향을 잊지 못해 만들었다는 시장. 검색 창에 뜬 교동도는 이제 추억의 관광지가 되어 있었다. 내비게이션을 가동시켜서 40여 분을 달려 시장에 도착했는데 아무리 돌아봐도 교동이발소가 보이지 않았다. 두 사람을 차에서 기다리게 하고 골목을 기웃거리다가 정사각형의 보도블럭이 깔린 좁은 골목으로 들어섰다. 휘어지는 길을 따라 단층의 작은 상점들이 나왔다. 건어물 가게와 국수 가게가 있고 더 들어가니 대통령 선거벽보가 붙어 있는 곳 옆에 교동이발소 간판이 보였다. 에어컨 실외기가 알루미늄으로 된 창틀 앞에 있어 수십 년의 시간이 공존하고 있는 듯했다. 서둘러 골목을 나와 차로 가는데 눈발이 여전했다. 할머니를 업으려 했더니 엽이할머니가 나를 밀쳐내고 할머니를 휠체어에 태운다. 마치 이곳이 당신 영역이라도 되는 듯 휠체어를 잡고 나더러 앞장을 서란다. 할머니에게만 우산을 씌우고 엉거주춤 걸었다.

"할머니, 이 동네 기억나세요?"

"잘 모르것네."

연신 주위를 살피던 할머니가 고개를 좌우로 흔든다. 이발소 창밖으로 연통 하나가 길게 나와 잔잔하게 연기를 내뿜었다. 엽이할머니도 이발소를 발견하고 휠체어를 멈췄다.

"여기도 기억나지 않으세요?"

"아이고 세상에. 여기가 교동이발소구먼. 근데 워낙 오래돼서."

내가 문을 열기도 전에 할머니가 몸을 앞으로 당겨 이발소 미닫이

문을 활짝 열었다. 흰 가운을 입은 노인이 어서 오세요 라고 하다가 의아하게 쳐다본다. 초롱할머니가 대뜸 말을 건넸다.

"이제야 왔어요. 많이 늙으셨네요."

"누구신지요. 저를 아세요?"

"저 엽이엄마예요. 어떻게 저를 몰라보시고."

나는 얼른 할머니 말을 끊고 잠깐 들어가서 말씀드릴 게 있다고 했더니 노인은 짐작 가는 게 있는지 휠체어 앞머리를 들어올려 가게 안으로 들어가도록 도왔다. 가게 안은 영화나 텔레비전에서나 봄직한 육십 년대 이발소 풍경이다. 나는 초롱할머니로부터 들은 사연을 간략하게 전하고 치매증세가 있다고도 했다.

"그때 그분이라고요?"

노인은 반색하며 초롱할머니를 소파에 앉히고 얼굴을 살폈다. 아버지가 바닷물에 빠져 어쩔 줄 모르던 젊은 아낙과 아이들을 구해 이발소에서 며칠 살게 한 일이 있었다고.

"인사도 못하고 갔어요. 아주머니 눈치가 심상찮아서."

말릴 새도 없이 그분과의 사연을 꺼낸다. 엽이할머니가 민망한지 돌아섰다.

"할머니, 저는 그분의 아들이에요. 제가 보리밥이랑 동치미 갖다드렸고요."

그때야 당황한 할머니가 늙은것이 망측한 소리를 했다며 어쩔 줄을 모른다. 노인은 그 당시 어머니가 아버지에게 잔소리를 몹시 퍼붓던 기억이 난다고. 지금 생각하면 과묵한 아버지가 좋아하실 만한 분이었다며 크게 웃었다. 그분과의 연정이 세월을 거스르게 할 만큼 깊었던 것일까. 비록 할머니가 치매로 인한 순간적인 착각이긴 했으나 왜 그토록 교동이발소에 오고 싶어 했는지가 밝혀졌다. 할머니는 몇 번이나 망측한 소리를 했다고 하면서도 그분의 근황을 물었다. 이미 오래 전에 돌아가셨다니까 손수건으로 눈자위를 닦으며 아쉬워했다. 이제 가야겠다며 몸을 일으키려다가 노인을 빤히 쳐다본다.

"댁은 뉘시오?"

아, 요즘 들어 부쩍 심해진 정신의 일탈, 치매의 발현이었다. 엽이할머니 보고 웬 외간남자를 끌어들였냐고 눈을 흘기며 주먹질을 해댄다. 교동이발소 얘기를 하고 피란 때 얘기를 거듭해도 무슨 말인지 모르겠단다. 노인은 아버지가 살아계셨으면 알아보셨을 거라며 몹시 애석해했다.

돌아오는 내내 할머니는 잠에 취해 있고 후면경으로 본 엽이할머니는 휴지로 손끝 닦는 버릇도 잊은 듯 창밖만 응시하다가 입술을 파르르 떨기도 했다. 집에 도착했을 때 할머니는 평상시 하던 외출로 알았는지 양선생 고마워, 하고 누웠다. 엽이할머니는 일상처럼 화장실로 들어가 문을 톡 잠가버린다. 하루 동안의 일이 아득해졌다. 뭔가 큰일을 치른 것 같은데 헛일만 한 것 같아 맥이 다 풀렸다.

할머니가 쓰러졌다. 119 구급차를 타고 병원에 갔더니 담석증이라고 며느리가 사흘쯤 입원해야 한다며 그동안 좀 돌봐 달란다. 다음날 갔더니 할머니가 시술이 잘됐다며 초롱 같은 목소리로 반긴다. 휠체어를 밀고 나가 병원 화단에 핀 꽃구경을 했다. 초롱꽃을 보며 할머니꽃이라고 하자 예전엔 나도 이렇게 예뻤을까 한다. 이토록 멀쩡한데 왜 그날은 일순간에 착각을 하고 교동이발소를 잊어버렸는지. 그 기억을 끝으로 그분을 잊으려 했음인지.

밤이 되자 같은 병실 치매를 앓는 할머니가 자꾸만 엄마를 불렀다. 어느 세월 어디쯤에서 엄마를 찾는 건지 힘없는 목소리에 슬픔이 짙다. 초롱할머니가 내게 속삭인다. 치매라 그러는 거라며 언제 엄마를 잃었는가 보다고. 가슴이 에이도록 엄마를 부르는 할머니를 또 다른 할머니가 지청구를 줬다. 엄마 없으니 그냥 자라고. 다른 사람들 잠 못 자게 왜 시끄럽게 구냐고. 그 말을 알아들었는지 잠잠해졌다. 그래도 초롱할머니는 잠들지 못하고 누웠다가 일어나기를 반복했다. 3시쯤 되었을까, 할머니가 나를 깨웠다. 교동이발소에 애들이 밥 얻어먹으러 와서 자고 있단다. 빨리 가봐야 애들을 만날 수 있다고. 그건 아주 옛날 일이라고 해도 옷을 갈아입으며 서두른다. 애들이 다른 데로 가버리면 어떡하느냐고. 엉덩이를 들었다 놨다 하며 안절부절못한다. 치매증세가 심각해 보였다.

"할머니, 내가 누구예요?"

설핏 웃는 듯하다가 대뜸 목소리를 높인다.

"당신이 누구든 나와 무슨 상관이야. 우리 애들이 당신 집에 자고 있다며 그 애들만 보여주면 되잖아."

집에 가는 게 그토록 싫다면 대문간에서 애들만 보고 나오겠단다. 당신 밥은 안 줘도 된다고. 얼마나 배가 고팠으면 거기를 갔겠느냐고 말을 할 때마다 울먹인다. 엽이할머니한테 전화를 했다. 병원에 와야겠다니까 대답을 않다가 할머니가 엽이씨를 계속 찾는다니까 마지못해 알았단다.

병실 사람들까지 잠을 못 자게 해서 할머니를 모시고 로비로 내려왔다. 할머니는 애들을 보러 가야 하는데 택시가 왜 이렇게 안 오냐며 안달이다. 나를 설득하다가 야단을 치다가를 수차례 했을 즈음 엽이할머니가 병원으로 들어왔다.

"네가 왜 왔냐?"

"저 오라고 했다면서요?"

"내가 언제, 우리 애들 보러 가자고 했지."

"애들 누구요?"

"엽이랑 막둥이."

"제가 엽이잖아요."

"그래."

잠시 어리둥절해하더니 엽이할머니를 보고 또 조른다.

"우리 애들 보러 어서 가자. 교동이발소에서 자고 있단다."

"엄마!"

"애들이 얼마나 배가 고팠으면 거기를 갔겠니."

할머니가 울먹이며 엽이할머니를 잡아당긴다.

"엄마, 제발 정신을 좀 차리세요. 왜 또 노망 짓이야."

"좀 있으면 해가 뜰 텐데 우리 애들이 다른 데로 가버리면 어쩐다니."

휠체어 앞에서 엽이할머니가 털썩 주저앉으며 묵은 체증을 토하듯 엄마를 부른다.

"엄마, 엄마, 엄마!"

할머니의 치맛자락에서 평생을 기생하며 살던 엽이할머니의 인생이 무너지는 절규 같았다. 진정을 시킬 수가 없다. 병원 로비의 새벽을 벅벅 찢으며 엄마를 부르는 엽이할머니를 물끄러미 바라보던 초롱할머니가 나를 보고 눈짓을 해가며 속삭인다.

"저이도 엄마를 잃어버렸나벼, 쯧쯧."

그렇게 정신을 놓았다 차리기를 반복하던 할머니는 얼마 지나지 않아 끝내 눈을 감고 말았다. 영정 앞에서 목이 잠긴 엽이할머니가 꺼이꺼이 울고 있었다. 국화꽃 한 송이를 올려놓는데 울컥해졌다. 조문을 하고 엽이할머니 옆에 앉아 엽이씨, 하고 불렀다. 쳐다보지도 않으면서 나를 기다리기라도 한 듯이 울음소리가 커진다.

"편안히 가셨다고 들었어요."

고개만 끄덕이며 손수건으로 입을 막는다. 오랜 정을 쌓은 사람처럼 엽이할머니 손을 잡았다. 손이 의외로 통통하고 예쁘다. 놀라고 불편한지 얼른 손을 뺀다.

"장례식 끝나고 전화 한번 주실래요."

내가 딱히 엽이할머니를 만나 어쩌겠다는 건 아니지만 초롱할머니를 봐서라도 한번은 그래야 할 것 같았다. 장례식이 끝나고 혹시나 하는 마음에 전화를 기다렸지만 오지 않았다. 장례식장에서의 작은 반응에 나를 신뢰한다고 여기다니. 보통 사람이면 그럴 여지도 있겠지만 엽이할머니지 않은가, 기대를 접었다. 그런데 두어 달이 지났을 어느 날 아침, 초롱할머니 전화번호가 떴다.

"여보세요. 엽이씨!"

"우리 집에 좀 와줘요."

나는 엽이할머니 전화에 약간의 흥분이 일었다. 줄 게 있단다. 짧았지만 한결 부드러운 말투다. 나에 대해 어느 정도 경계를 풀었다는 게 아닐까. 베이지색 실내용 얇은 슬리퍼를 샀다. 오래 신어 한쪽 앞코가 터진 유령 같은 슬리퍼를 본 후로 언젠가는 바꿔 주리라 생각을 했었다. 이제 혼자니까 자신의 발소리라도 들으면서 살기를 바라는 마음도 있었다.

"슬리퍼 한 켤레 사왔어요."

남으로부터 선물을 받아본 적이 있기나 할까. 받지 않고 손가락으로 바닥을 가리킨다. 거기 놓으라는 뜻이다. 어떤 것도 직접 받아든 적이 없었기에 당연한 듯 슬리퍼 봉지를 내려놓았다. 초롱할머니가 방문을 열어준다. 방안 구조가 약간 변했다. 할머니 장롱은 그대로인데 삼단 서랍은 없고 작은 행거엔 엽이할머니 옷가지가 걸려 있다. 내가 먼저 앉았다. 내복 상자를 내밀었다. 초롱할머니가 입지 않고 두었던 내복을 내게 주는 걸까. 열어보았더니 털이 보송보송한 겨자색 스웨터다.

"초롱할머니가 뜨신 거예요?"

"내가 떴어요."

설마 엽이할머니가 나를 위해 떴을라고 내 눈이 휘둥그레지자 엄마가 뜨다 만 건데 당신이 마저 뜬 거란다. 색상도 예쁘고 어디 하나 엉킨 데 없이 쫀쫀하게 잘 떴다. 얼른 입고 엽이할머니 앞에 섰다. 설핀 웃음기를 흘린다.

"고맙습니다. 엽이씨, 마저 뜨느라고 전화가 늦었나요?"

고개를 끄덕인다. 털스웨터만큼이나 가슴이 따뜻해진다. 서로를 경계하느라 소모전만 벌인 게 미안하고 안타까웠다. 너무나 정교한 솜씨에 혹시 떠놓은 게 더 있는지 물었더니 옆방에서 큰 상자를 가져왔다. 스웨터와 조끼, 목도리, 모자와 벙어리장갑 등이 차곡차곡 담겼다. 남자 조끼 앞섶은 다이아몬드 무늬 세 개가 새겨져 있어 명품 옷을 보는 듯하다. 이걸 엽이씨가 다 뜬 거냐고 물었더니 엄마가 뜬 것도 있다며 멋쩍어한다.

"엽이씨, 우리 이거 팔러 가요."

그러자 빼앗기기라도 할까봐 허둥대며 옆방으로 들고 가더니 십여 분이 지나도 나오지 않았다.

"이제 저 갈게요. 스웨터 잘 입을게요."

내가 간다는 말에 박스를 들고 나오며 당신이 가는 뜨개 방이 있단다. 나보다 한 술 더 뜨는 바람에 내가 더 놀랐다. 이 엄청난 변화를 놓칠세라 박스를 들고 주뼛거리는 엽이할머니를 떠밀어서 뜨개방으로 갔다. 가게에 걸린 뜨게 옷들에 비해 한 치도 손색이 없어 보였다. 그런데도 엽이할머니는 자꾸만 손을 만지작대며 고개를 들지 못한다. 내가 다이아몬드 무늬가 새겨진 조끼를 들고 자랑을 하자 뜨새방 여자의 눈빛이 달라진다.

"털실만 사가더니 이렇게 잘 뜨는 줄 몰랐네."

몹시 불안해하던 엽이할머니가 주문하면 바로 떠줄 수 있냐는 말에 고개를 끄덕인다. 갖고 간 것들은 팔리는 대로 정산해주겠다며 여자 스웨터를 주문했다. 내가 아주머니를 보고 이제부터 엽이씨라고 불러달라며 눈을 찔끔거렸더니 '네 엽이씨, 잘 부탁해요.' 한다. 나는 털실 봉지를 들고 나서는 엽이할머니의 팔짱을 슬그머니 끼었다. 예전 같으면 상상도 못할 일이지만 팔에 힘을 준다. 서로가 어색하기는 해도 팔짱을 낀 채로 집까지 왔다. 이제 가겠다니까 들어오란다. 옷장에서 품이 크고 앞단추가 달린 갈색 스웨터를 꺼내 놓는다. 양쪽에 주머니가 달린 남자 옷이다. 누구를 주려는 것일까, 설마 우리 남편?

"교동이발소 할아버지 드리고 싶어서요."

아, 이토록 생각이 깊은 사람인 줄을 세상 누구도 몰랐다니. 하물며 초롱할머니마저도. 늘 집충이로만 알고 세상에 발 한번 디딜 기회를 안 줬으니 저 아까운 인생을 어찌할까.

"교동이발소 같이 갈까요?"

엽이할머니가 처음으로 이를 다 드러내고 웃는다. 어금니가 하나 빠지긴 했어도 표정이 환하다. 저토록 환하게 웃을 줄 아는 사람이었다니! 타인과의 소소한 관계에서 오는 행복을 알았음일까, 내가 엄지 척을 했다. 이제 사랑을 받을 줄도 알고 줄 줄도 알았으니 비록 칠순을 넘겼어도 세상사는 재미에 푹 빠지시기를. 치매 어머니를 모시고 교동이발소를 가듯 무모할지라도 부딪치며 살아가시기를. 아, 겨우 매듭 푼 인생 다시 헝클어지지 말고, 어떤 상처에도 무늬 넣은 조끼를 짜듯 쫀쫀하게 살아가시기를. 한 번도 펼쳐보지 못한 연분홍 연정도 싹 틔울 수 있기를.

천등산 박달재에 울려 퍼진 총소리

안 승 준

「문예사조」 시 등단, 「한국크리스천 문학」 수필 등단, 수필집 「겸손한 허리」, 시집 『마음을 비워두고』외 다수, 한국문인협회, 관악문인협회 회원, 한국민족문학상 수상,

천등산 박달재를 울고 넘는 우리 님아……. 노랫말처럼 아름다운 고향에서 나는 태어나고 자랐다. 충주시 산척면 송강리 다리박달재.

국도 38도로가 시원스럽게 쭉 뻗은 우리 고향 마을은 120호가 좀 넘는 면소재지로 초등학교가 있는 아담하고 그림 같은 동네였다. 우리 동네에는 내 또래 초등학교 동창생 열댓 명이 있었고 정월 설날은 짝을 지어 마을 어른님들께 세배를 드렸고 가는 집마다 맛있는 음식을 차려주어 즐겁게 하루를 보내기도 하였다.

또 정월대보름이면 깡통에 불을 피워 빙빙 돌리며 개천가에서 쥐불놀이도 하였고, 여름이면 수십 명이 가시나무 숲이 우거진 개울에서 발가벗고 얼굴이 새까맣도록 미역을 감았다.

그뿐 아니라 팔월 한가위에는 집집마다 송편을 빚어 서로 나누어 먹었고, 초등학교 운동회가 있는 날은 한 동네 한 면민이 하나가 되어 풍성한 가을 잔치를 즐기던 곳이 내 고향이다.

가을에는 청명한 하늘에 솜털구름이 한가롭게 흐르고 맑은 바람에 황금빛으로 익어가는 오곡백과가 풍성한 평화로운 고장이 자랑스럽기도 하였다. 고향 언덕 밭에는 메밀꽃이 은색으로 하얗게 웃으며 달려오고 고추잠자리가 꽃과 꽃 사이로 오르내리면 은은한 꽃향기가 온 누리를 덮고 도로변 코스모스가 살랑살랑 춤추는 에덴같이 평화로운 그곳이 천등산 아래 풍경이다.

그렇게 아름다운 곳, 그림 같은 초등학교는 언제나 활기찬 아이들의 웃음소리와 노랫소리가 멈추지 않았는데 어느 날 갑자기 회오리바람이 불어 모든 것을 앗아갔다.

〈1〉

1950년 6월 25일 전쟁 소식이 들려오고 이어 그 다음날 동네 어른님들이 모여 수군수군 난리가 났다고 걱정들을 했다. 모두가 피란을 가야 한다고 술렁거렸다. 공산당이 쳐내려오면 모두가 자유롭게 살 수 없으니 빨리 피란을 가야 한다는 것이었다.

소문이 나고 며칠 안 되어 일부 동네 사람들이 피란 보따리를 이고 지고 떠나기 시작했다. 우리 집도 부모님과 누이와 나 네 식구가 이불 보따리와 간단한 양식을 짊어지고 시오리가 넘는 깊은 산속 마을에 사는 사돈네 집으로 피란을 갔다.

거기서 짐을 풀고 사흘을 지냈는데 그곳 역시 안전한 곳이 못되었다. 결국 우리 가족은 사흘째 되는 날 새벽에 집으로 돌아오고 말았다. 어느새 쳐들어왔는지 학교 후문 앞을 지나자니 인민군이 보초를

서면서 물었다.

"학생 동무, 고생 하오. 어디를 가오?"

나는 너무 무서워서 뒷걸음질을 쳐 아버지 등 뒤에 달라붙어 콩닥콩닥 뛰는 가슴을 안고 숨을 죽여 집으로 왔다. 그 후 매일 밤마다 번개가 번쩍번쩍 우르르 쾅쾅 요란한 천둥소리 총소리가 나더니 갑자기 조용해졌다.

나중에 안 일이지만 충주 남한강을 두고 아군과 인민군이 전투를 하는 소리였다. 총소리가 조용해진 것은 아군이 패하여 물러가고 인민군이 충주를 점령하여 조용해진 것이었다.

그리고 밤마다 국도 38도로를 따라 인민군 수백 명이 남으로 이동하는 것을 지켜보며 동네 어르신들이 입을 모아 걱정했다.

"우리 동네도 공산당한테 점령되었으니 어떻게 살겠소. 이제 피란도 갈 곳이 없으니……."

"이제는 꼼짝없이 다 죽게 생겼소."

모두가 벙어리 냉가슴 앓듯 얼굴빛이 걱정으로 어두웠다. 그 후 한 달쯤 지나자 자치대라는 사람들이 밤마다 학교로 모이라고 하더니 김일성 장군 찬양가를 강제로 가르치며 주민들을 들볶았다 . 그런 가운데 낮이면 유엔군 비행기가 충주시 일대를 공습하여 폭탄이 터질 때마다 꽝꽝 귀청을 찢는 소리가 그치지 않았다. 밤에는 인민군이 설치고 낮에는 미군 비행기가 머리 위로 날아다니며 폭탄을 던지니 불안하여 한시도 마음 놓고 살 수가 없었다.

인민군은 어린 초등학생들까지 호출했다. 8월 15일 밤 학교로 모이라는 명령이 떨어져 할 수 없이 학교에 갔더니 김일성 만세를 부르라는 것이었다.

나는 김일성 만세를 부르고 싶지 않았다. 그래서 거부하다가 치안대로 끌려가 모진 벌을 받았다. 초등학교 5학년 때 일이지만 지금도 인민군이 죽일 듯이 눈을 부릅뜨고 윽박지르던 모습이 마음에 공포의 앙금으로 남아 있다.

6.25전쟁으로 3개월 동안 치른 고통은 이루 말로 할 수 없이 비참한 삶이었다. 곡식은 모두 공산당들이 다 거두어가고 집집마다 남은 것은 빈 곳간이었다.

먹을 것이 없는 우리는 아침저녁 쑥범벅이나 감자와 풀죽으로 살았는데 그것도 없는 집은 거의 굶고 살았다. 그 해는 유난히 가물어 논에는 벼 한 포기 심지 못했다. 그래서 밭에는 메밀과 조를 심었다. 그것마저 인민당원이 나와 조알이 한 송이에 몇이며 메밀 알이 몇인가를 세어 평당 수확량을 계산하여 공출하라 지시하고 심지어는 고추 한 포기, 가지 한 평당 몇 개가 열렸는지도 계산하여 수확량을 공출하라고 했다.

〈2〉

우리 초등학교 한 반인 우석우 아버지와 조원제 아버지는 선생님이시며 자유당 시절 청년당원으로 활약했다는 죄목으로 인민재판에 붙여 두 분을 한 자리에서 총살했으며 장례식도 동네 사람이 참석하지 못하게 하여 가족끼리 치렀다. 그뿐 아니라 반동가족이라고 가족이 곡도 하지 못하게 하여 숨도 제대로 쉬지 못 한 채 장례 치르는 것을 보았다.

어느 사이에 공산당이 되었는지 치안대원이 되었다면서 머슴살이 하던 자들이 국방색 모자에 붉은 두 줄 모자를 쓰고 붉은 완장을 휘둘렀다. 인민군과 어울려 낮에는 산속에 숨었다가 밤이면 내려와 주민을 끌어내어 공산 교육을 시키고 젊은이들을 차출하여 인민군으로 입대시키는가 하면 나이 든 사람한테는 탄약통을 메우고 데려갔다. 집집마다 다니며 음식물을 탈취하여 먹으면서 마을 사람들을 끌고 갔다. 그때 끌려간 사람들은 지금도 생사를 모른다. 아들 잃은 늙은 부모들은 아들이 돌아오기를 기다리며 평생을 눈물로 지내다가 세상을 떠나고 말았다.

매일 낮에는 연합군 비행기 폭격으로 무죄한 민간 가옥이 폭격을 맞아 불에 타기도 했다. 그런데 밤이 되면 주재소의 공산당들이 교육을 시킨다고 주민을 불러 모아 밤이 깊도록 괴롭혔다.

며칠을 두고 그러더니 어느 날인가부터 인민군병사와 패잔병 들이 북쪽으로 이동하기 시작했다. 패잔병들은 눈뜨고는 볼 수 없이 비참했다. 어떤 병사는 한 다리를 잃고 목발로 절뚝거리며 걷고 어떤 병사는 한쪽 팔이 잘려나간 채 외팔을 저으며 걷고 어떤 병사는 눈을 가리고 다른 병사에 이끌려 더듬거리며 걸어 북으로 향했다. 나이도 어려 보이는 인민군은 모두 피골이 상접하여 거지꼴이었지만 명령을 따라 대열을 이루고 밤새도록 마을 앞을 지나갔다. 살아서 달아나는 수천 명의 인민군이 그렇게 많았는데 낙동강 전투에서 개죽음을 당하고 쓰러진 인민군은 얼마나 많았으며 우리 젊은이들은 또 얼마나 많은 피를 흘리고 죽었을까. 생각만 해도 치가 떨린다.

9.28인천상륙작전이 성공함으로써 아군의 진격으로 공산당이 물러가고 우리 고향은 평화를 되찾았다. 그러나 그것도 잠깐이었다. 전쟁이 끝났다고 좋아하였더니 한숨도 돌릴 여유도 없이 그 해 겨울 또 다시 중공군 수백만 명이 인해전술로 밀고 들어와 1.4후퇴를 당했다. 아군이 또 다시 후퇴, 국가적 위기를 두 번째로 맞았다. 남한 국민은 눈물로 정든 일터와 고향을 등지고 남쪽으로 정처 없이 피란길을 떠나게 되었다. 우리 식구도 이불 보따리와 옷가지를 싸들고 동지섣달 칼바람을 맞으며 기약 없이 피란 대열을 따라 남쪽으로 발길을 옮겼다.

전쟁과 피란을 겪지 못한 78세 이후 세대는 이해가 안 될 것이지만 동서남북 사방에서 이고 지고 고향을 떠난 피란민의 행렬은 끝이 보이지 않았다. 피란민이 된 우리 가족은 묵을 방을 구하지 못하여 소외양간에서 밤을 보냈다.

피란 생활 중에 춥고 배고픈 것보다 더 괴로운 것은 피를 빨아먹겠다고 덤비는 이와 벼룩이었다. 잘 때나 안 잘 때나 몸이 움실움실 가려워서 견딜 수가 없었다. 참다못해 바지저고리를 훌렁 벗고 보면 이가 수없이 금실거렸다. 옷을 툭툭 털고 다시 입지만 서캐가 다시 깨어나 사람을 물어댔다. 먹을 것이 없어 굶기도 하고 들에서 시래기를 주워다 죽을 끓여 연명하기도 하는 불쌍한 피란민을 이와 벼룩은 사정없이 파고들어 물어뜯었다. 피란민들은 그것들과 전쟁을 하는 것도 고역이었다.

어디가 안전한 곳인지도 모르면서 날마다 내려가는 피란민 행렬은 산을 넘고 물을 건너도 끝없이 이어졌다. 인산인해로 꼬리에 꼬리를 물고 남쪽으로 가는 피란민은 누구나 그리로 가야만 산다는 희망을 걸고 있었다. 길을 가다 보니 부모를 잃은 어린이가 엄마를 부르며 울고 있지만 누구 하나 돌보지 않고 남으로 남으로 길 재촉만 했다. 나도 발이 부르튼 데다 동상도 걸려 절름거리며 걸었다. 여기저기 길가에 사람이 죽어 뒹굴었다.

송장이 보이지만 누구도 관심을 두지 않았다. 오직 자기 살 길만 위해 남으로 이어진 피란민 물결에 끌려가고 있었다.

우리 가족은 며칠 동안을 걸어 괴산군 청천면 소재지에 도착했다. 그러나 발에 피가 나고 손이 동상으로 짓물러 도저히 더 이상 갈 수가 없어 거기서 멈추었다.

며칠 후 알고 보니 역사에 빛나는 송우암 선생님 묘소가 있는 고장이었다. 비참한 생활 가운데도 이곳에 올 수 있는 기회가 주어졌다며 칼바람을 안고 선생의 묘소를 찾아갔다. 묘역에 올라 보니 묘 둘레가 학교 운동장만큼 컸다. 우리는 묘소에 참배를 하였다. 인근 주민의 말에 의하면 국가가 난을 당하면 선생의 비석에 땀방울이 돋는다고 하였다.

우리 가족은 거기서 일주일을 지내다 아군의 진격 소식을 듣고 다시 오던 길을 돌려 고향을 향해 걸었다.

〈3〉

고생고생 하며 충주 근처까지 당도하여 변두리 어떤 집 사랑방에 짐을 풀었다. 시내는 유엔군이 주둔하고 있어 함부로 들어가지 못했다. 모두 배가 고파 괴로워하는 것을 보다 못한 아버지가 밤에 시내에 계시는 할머니를 찾아가 누룽지 한 자루를 구해 오시어 누룽지를 삶아 온 가족이 허기진 배를 채웠다. 그렇게 거기서 한 달쯤 지나도 시내로 들어갈 수가 없어서 지름길로 돌아 하루를 걸어서 고향에 도착하였다.

고향 집에 도착해 보니 초가 삼 칸 집은 벽도 없이 뼈대만 앙상하게 남아 있었다. 문짝은 다 떼어가고 흙바닥만 남아 허탈하기 말할 수 없었다. 우리 집뿐 아니라 이웃집들도 금방 귀신이라도 나올 듯 흉물스럽게 웅크리고 있었다. 세상이 참으로 기막힌 폐허가 되었다. 아버지가 문짝 없는 문을 헝겊으로 가렸다. 피란 떠날 때 부엌 바닥을 깊이 파고 항아리에 곡식을 숨겼는데 누가 어떻게 알았는지 곡식이 한 톨도 남지 않은 빈 독이었다.

매일 밤마다 대포 소리가 그치지 않고 3차 세계대전이 일어난다는 유언비어가 떠돌고 전염병이 창궐하여 허약한 사람들이 매일 죽어 공동묘지가 좁을 정도로 장례 행렬이 그치지 않았다.

우리 어린것들은 문짝도 없는 집에서 콩깻묵, 칡뿌리와 시래기 등으로 연명했지만 어른들은 우뭇가사리로 배를 채우고 살았다.

따뜻한 봄이 오고 주둔한 UN군도 북쪽으로 진격하자 피란 갔던 동네 사람들도 돌아오기 시작했다.

4월부터 등교하였지만 학용품도 책상도 불에 타고 없어서 유네스코의 도움을 받아 국어책을 무상으로 받았다. 하지만 전쟁은 계속되고 언제 무슨 일이 터질지 몰라 공부가 되지 않았다.

그 와중에 면사무소에서는 전사자의 유해가 왔으니 찾아가라는 것이었다. 사람들은 자기 아들이 아닌가 하여 가슴을 조이며 확인하러 가야 했다. 전쟁 중 젊은이가 군에 입대한 후 소식 없는 아들이 많았다. 우리 형님도 1.4후퇴에 군으로 간 뒤 2년 동안 소식이 없어서 어머니는 마음을 놓지 못하셨다. 전사자의 유해를 받은 부모들은 마음대로 울지도 못하고 장사를 지내야 했고, 젊은 청년들한테는 수시로 입대영장이 날아와 마을마다 이장을 비롯한 동네 사람들이 송별회를 열었다.

6.25 동족상잔의 전쟁은 3년 동안 계속되었다. UN군의 도움으로 1953년 7월 27일 155마일 휴전선이 그어지고 휴전이 되었다. 3년간 국군 사망자만도 137,899명이라 하며 UN군과 경찰 등 많은 민간인이 희생되었다. 우리는 나라와 민족을 위하여 기도해야 한다.

이제는 성경 이사야 2장 4절 말씀처럼 “그가 열방 사이에 판단하시며 많은 백성을 판결하시리니 우리가 그 칼을 쳐서 보습을 만들고 그 창을 쳐서 낫을 만들 것이며 이 나라가 저 나라가 다시는 칼을 들고 서로 치지 아니하며 다시는 전쟁을 연습하지 아니하리라.”하신 약속이 이루어지기를 간구한다.

꿈속의 뒷방

안 은 순

경인일보 신춘문예 등단, 소설 『지붕 위의 남자』외 3 편, 수필집 『부끄러운 추억』, 한국문인협회, 한국소설가협회, 국제펜문학회 회원

먼지가 쌓이고 낸내가 나는, 부서진 마루판대기에 이가 빠지듯 여기저기 바닥이 보이는, 마루판대기 밑에 은밀한 구멍이 하나 있다. 만지기만 해도 먼지가 나는 마루판대기를 젖혀야 보이는 구멍은 아버지가 혼자 남은 어머니를 위해 만들어 놓았을 것이다.

사람 하나 들어갈 만한 구멍, 나는 구멍 속으로 들어가서 숨는다. 나를 감춰주는 것은 마루판대기가 전부다. 숨을 죽이며 바깥 소리에 귀를 기울인다. 저벅거리는 구두 발자국 소리가 마당으로 뒤란으로 왔다 갔다 한다. 적구덕(좁은 헛간)까지 들어와 장작더미도 들쳐보는지 덜그럭 장작 무너지는 소리가 난다. 나는 심장이 오그라드는 두려움으로 숨을 멈춘다. 마루 판대기를 들어 올리면 열린다는 것을 모르는지 발자국 소리가 점점 멀어져간다.

나의 인생 상념은 뒷방에서부터 시작되었다고 생각한다. 밤늦도록 공부하고 숙제하고 잠을 자던 방, 문예 특기 장학생으로 합격했지만 등록금을 안 주는 부모님께 고등학교 보내달라고 단식했던 곳도 뒷방이다. 내가 첫 소설 〈누명〉을 쓴 곳도 뒷방이다. 뒷방은 은밀한 공간으로 딸이 많은 우리 집에선 남성 금지 구역이었고 딸들의 피란처였다. 6.25 이야기를 쓰려니 제일 먼저 떠오른 것도 뒷방이었으니 뒷방은 어쩌면 내가 태어나기 전 어머니의 태중에 있을 때부터 내가 잘 아는 장소인지도 모르겠다는 생각이 든다.

내가 태어난 것은 1950년 9월 3일 양력으로 10월 13일이다. 그러니까 9월 28일 맥아더 장군이 인천상륙작전으로 서울을 탈환한 뒤 17일 만에 내가 세상에 나온 것이다. 내가 태어나던 날 무슨 일이 있었는지 찾아보니 유엔군이 해주시와 철원을 탈환했고 제1 기병사단이 김천을 탈환했으며, 국군 3사단이 문산을 탈환한 날이었다. 국회에서는 부역자처리법이 확정되기도 하였다. 그러니까 나는 6.25 발발 3개월 17일 만에 태어난 것이다. 날씨는 흐리고 가랑비가 내리는 우중충한 날이었지만 인민군이 퇴각하고 자유롭게 불을 켜도 좋은 세상에서 태어났다. 어머니만 혼자 두고 피란 갔던 우리 가족은 모두 돌아와 어머니의 출산 준비를 하느라 분주해졌다. 부엌, 안방, 마당, 작은방, 대청마루 할 것 없이 호롱불과 등잔불을 밝혔고 가마솥엔 아기를 씻길 물을 끓이고 할머니는 탯줄을 자를 가위를 펄펄 끓는 냄비에 삶아 냈다. 해산할 준비를 마치고도 한참 더 있다가 대낮처럼 불을 밝힌 안방에서 나는 고고지성을 터트리며 안전하게 세상에 태어난다.

"아이그 복덩이, 우리 하나님, 감사합니다! 감사합니다! 좋은 세상에서 출산하게 해서 감사합니다!"

오직 예수뿐이던 할머니는 나를 받아 안고 첫 일성이 복덩이! 였다. 할머니는 하나님께 감사했다. 그도 그럴 것이 나와 같은 해에 태어난 영희는 전쟁 중에 낳느라 불을 못 켜는 때여서 아기를 낳다가 산모가 죽었다. 엄마를 잃은 영희의 불행은 가혹했다. 암죽으로만 살아야 했고 계모 밑에서 살며 이복동생들을 보느라 학교도 못 다녔다. 내가 영희를 친구라고 생각할 수 없는 것은 한 동네서 살았고 나이가 동갑이지만 영희는 모정 너머 두 가옥만 있는 외진 곳에 떨어져 살아서 거의 왕래가 없었으며 무엇보다 학교를 같이 안 다닌 때문일 것이다. 학교를 같이 안 다닌 것뿐만 아니라 학교 다니는 우리를 괴롭히곤 하여서 만나는 것이 두려운 아이였으니 괴롭힘을 당한 기억밖에는 공유할 추억도 없으니 끝내 친구는 될 수 없었던 것이다.

누구나 그렇겠지만 나는 어릴 때 무서운 꿈을 참 많이 꾸었다. 꿈속에서 나는 뒷방에 숨곤 했다. 꿈속의 뒷방은 흑백의 공간으로 부서진 마루판대기가 있고 판대기 밑에 구멍이 있었다. 나는 대부분 무엇에 쫓기곤 했는데 그때마다 그 구멍에 숨었다. 꿈에서 깬 나는 내가 꿈을 꾸었는지 현실인지 이해하는 데 한참씩 걸려야 했다. 현실 같은데 꿈이라는 것을 깨닫는 것이 오히려 이해가 안 되었다. 자라면서 뒷방에 숨는 일이 없었던 것 같은데 왜 그런 꿈을 꾸는지 오랫동안 꿈과 현실 사이에서 방황했다. 정말이지 꿈을 꾸는 것이 괴로웠고 두려웠다. 종달새 수가 놓인 횃대 포가 걸린 뒷방의 아늑함은 어디로 가고 꿈속의 뒷방은 너무도 삭막하고 무서웠다는 것이 항상 의문이었다. 커가면서 차차 꿈을 안 꾸게 되었지만 지금도 어린 시절의 피란 꿈(나는 구멍에 숨는 꿈을 피란 꿈이라고 말한다)은 지나온 과거처럼 잊히지 않는다. 수십 년 세월이 흐른 후에야 나는 피란 꿈을 이해했다. 우연한 기회에 어머니는 나를 낳을 때의 환경을 이야기해 주었다.

우리 집은 예수를 믿는 집으로 인민군의 표적이 되어 가족이 모두 피란을 떠나야 했다. 그러나 만삭의 어머니가 문제였다. 어머니는 죽으면 죽으리라고 혼자 집에 남았다. 혼자 남은 어머니 마음이 오죽 무서우랴만 만삭의 몸으로 피란하다가 아기가 나올 것이 더 겁이 난 때문이다. 완장을 차고 곤봉을 든 인민군들이 줄지어 동네를 순시하러 나오면 어머니는 집 뒤안으로 가서 작은 방 뒤에 붙어 있는 적구덕에 숨었다. 장작을 많이 쌓아두는 곳으로 작은방에 군불 때는 솥이 걸려 있고 툇마루가 있었는데 그 마루 밑에 숨었다니 뱃속의 내가 얼마나 힘들었을까 싶기도 하다. 훗날 이곳을 개조하여 뒷방을 들였다.

나는 어릴 때부터 뒷방에 오면 야릇한 긴장감을 느꼈다. 어딘지 낯설지 않고 현실감이 느껴지는 것이 내가 6.25를 직접 겪은 듯했다. 수십 년이 지나서야 알았는데 엄마 뱃속의 만삭의 아기는 엄마, 아빠의 목소리를 알고 엄마하고 이야기를 많이 한 사람을 목소리로 인지한다고 한다. 그렇다면 어머니가 뱃속에 나를 품고 장작더미 쌓인 마루판대기 밑에 웅크리고 숨었을 때의 긴장감과 두려움에 찬 숨소리는 뱃속 아기에게도 고스란히 전해졌음이 헤아려진다. 어머니 살아 계실 때 좀 더 어머니가 숨었던 적구덕에 대해서 구체적으로 알아보지 못한 아쉬움을 느낀다. 그렇지만 알 것 같다. 뱃속 아기는 아직 세상에 나오지 않았지만 이미 전쟁의 두려움을 몸소 체험했을 것이다. 완장 찬 인민군의 발자국 소리까지도 기억했다. 때문에 나는 꿈과 현실의 이율배반적 혼동에서 오랫동안 방황했던 것 같다. 지금도 선명하게 생각나는 칙칙한 적구덕과 마루판대기와 구멍이 그 증거이다.

어머니 뱃속에서 나는 어머니가 느끼시던 모든 두려움을 현장에서 동시에 느낀 것이다. 그래서 나는 6.25전쟁 이후에 태어났어도 사실은 전쟁을 경험한 6.25세대라고 해야 한다고 믿는다.

호수로 뛰어든 아버지

이 상 열

「수필문학」 등단, 저서 『기독교와 예술』 외 다수, 한국문인협회 회원, 바기오예술신학대학교 총장 역임, 한국문화예술대상, 환경문학상, 현대미술문화상 외, 로빈나문화마을 담임목사

해방둥이로 태어난 나는 매년 8월이 되면 많은 생각을 하게 된다. 36년간을 일본에게 나라를 빼앗기고 자유를 잃은 채 억압과 고통 속에 살아오다 해방의 기쁨을 맞은 달이다. 나는 이 기쁘고 감격적인 해방이란 기쁨을 안고 태어났다. 그러나 해방이 된 지 5년이 되던 해 기쁨이 채 가시기도 전에 북한 김일성은 소련의 지원 아래 남침을 감행했다.

동족상잔의 비극, 잊을 수 없는 1950년 6월 25일, 민족의 한이 서려 있는 6.25전쟁이다.

아름다운 금수강산은 총칼에 짓밟히고 낙동강 전선을 제외한 전국은 핏빛으로 물들었다. 국제연합(UN)군이 참전하고 한국 해병대와 연합하여 맥아더 장군의 지휘 아래 인천상륙작전에 성공, 곧바로 38도선을 넘어 북진을 하였다. 서부전선은 압록강까지, 동부전선은 함경남도까지 진격하여 통일이 눈앞에 있었다. 그 해 10월 19일 국제연합(UN)군의 진격으로 평양을 탈환하였다.

위협을 느낀 중국이 인민지원군을 1950년 11월 27일 압록강을 넘어 전쟁에 개입했다. 끝내는 38도선 이북을 중국 인민지원군에게 넘겨주고 말았다. 북한 인민군과 중국 인민지원군의 끈질긴 공격에 미8군 사령부는 서울에서 철수를 결정하고, 국제연합(UN)군과 한국군은 오산까지 후퇴하게 된다.

한국 정부도 부산으로 철수함으로써 수도 서울은 적이 장악하게 되었다. 적이 수원, 대전으로 무자비하게 공격하여 내려갈 때 북한 전 지역에서는 전승 축하의 모임이 있었다고 한다. 대전에서는 각계각층의 사람들을 모아놓고 따발총으로 위협하면서 북한 인민해방군이 승리하고 있으니 승리의 박수를 치라고 강요하였다.

미국은 평화스러운 이 땅에 전쟁을 일으킨 광분자요 악마라고 부르라고 했다. 미국 남북전쟁을 보라! 그 전쟁도 북은 승리하였고, 남이 패하고 말았다. 이번 전쟁도 북한 해방군이 이기고 있다고 유치한 말로 역설하면서 박수를 강요했다. 남쪽 일부 사람들은 대한민국이 북한 인민군에게 패해 공산주의가 되는 줄로 생각했다. 이런 혼란한 시기에 국제연합(UN)군과 국군은 다시 군사를 재정비하고 전열을 가다듬어 대대적인 반격을 하여 서울을 재탈환하는 데 성공하였다. 일부 국민들은 만세를 부르며 환호했다.

국제연합(UN)군과 국군은 38도선을 넘어 철원 금화 일대까지 진격하였다. 이때가 1951년 3월 24일이었다. 여러 면에서 불안을 느낀 소련은 휴전을 제의해 왔다. 당시 국제연합군 총사령관이었던 맥아더 장군은 북한과 만주 일대에 핵폭탄 투여와 포격을 감행할 생각이었다. 한편으로는 중화민국의 장개석 군대를 동원해 제2차 전쟁을 계획한 서류를 미 정부에 올렸다.

그러나 3차 전쟁의 위험성을 느낀 미국 정부는 맥아더 장군을 해임시키고 휴전을 선택하였다. 북한 인민군들은 휴전과 함께 후퇴를 하면서 많은 사람들을 이북으로 끌고 갔다. 정치인, 종교인, 예술인 등 각계각층의 사람들이 무자비하게 끌려갔다.

당시 나는 6살이었다. 인민군에게 아버지가 북으로 끌려간다는 소식을 듣고 38교 다리 건너 수풀 속에 숨어서 엄마와 함께 지켜보고 있었다. 많은 사람들이 철사 줄에 손바닥이 뚫려 물린 채 주렁주렁 엮여 절뚝거리며 끌려가고 있었다. 또 어떤 사람들은 포승줄에 묶여가고 또 다른 사람들은 묶이지는 않았지만 총으로 감시하는 인민군에 끌려가는 사람도 있었다.

그렇게 끌려가는 대열 속에 아버지가 묶이지 않은 채 총으로 감시를 받으며 비틀비틀 걷고 있었다. 대열이 용소(龍沼)라는 호수 곁으로 지나갈 때 아버지가 인민군 눈을 피해 몸을 훌쩍 날려 호수 속으로 뛰어들었다. 그것을 안 인민군들이 여기저기서 따발총을 쏘아댔다. 그러나 아버지는 물속으로 들어가 어떻게 잠수를 하셨는지 보이지 않았다.

호수에는 총 맞은 자리마다 물보라가 쭉쭉 일어나며 물기둥이 뻗쳤다. 나는 아버지가 총에 맞아 죽을 것만 같아 겁에 질려 엄마 품에 얼굴을 묻었다. 당황한 인민군은 끌고 가는 사람들을 감시하느라고 총질을 멈추고 돌아섰다.

인민군 대열이 멀리 산굽이를 돌아갈 때까지 물속으로 뛰어든 아버지가 보이지 않았다.

"엄마, 아버지가 죽……."

엄마가 내 말을 단호히 막았다.

"아버지는 안 죽어."

그러면서 엄마는 호수를 둘러보았다. 나도 호수를 겁먹은 얼굴로 바라보았다. 시간이 꽤 흘렀다고 생각할 때 엄마가 저쪽을 가리키며 소리쳤다.

"아버지다!"

"어디?"

아버지가 호수에서 가장 깊은 쪽 물속에서 올라오는 것이 보였다. 나도 엄마도 달려가 물에 흠뻑 젖은 채 올라오는 아버지를 얼싸안았다.

"여보!"

"아버지!"

우리 세 식구는 감격의 눈물을 흘렸다. 아버지는 세상에 새로 태어난 것 같았으며 나는 고아가 될 뻔했었다.

총소리가 멈추고 1953년 7월 27일 휴전협정을 함으로 38도선을 기점으로 남북이 갈라졌다. 땅을 치고 통곡을 하여도 분이 풀리지 않는 원한의 38선이 되었다.

70년이 흐른 지금도 북한 동포들은 자유를 잃은 채 억압과 고통 중에 살아가고 있다는 것을 볼 때 마음이 슬퍼진다. 먹지 못해 죽어가는 사람이 있다는 것이 믿어지지 않는다. 채널A 방송에서 방영되는 "이제 만나러 갑니다."(이만갑)이란 프로를 즐겨본다. 출연하는 탈북자들의 이야기를 들으며 눈물을 흘린 적이 한두 번이 아니다. 북한의 실정 하나하나를 들을 때, 목숨을 걸고 탈북한 그들의 이야기를 듣다 보면 가슴이 떨리고 먹먹해진다.

15년 전 일이다. 중국 훈춘을 가는 길가 식당 주인에게 들었던 이야기가 생각난다. 연변시에서 제1회 한국영화제를 개최한 적이 있었다. 사)한국기독교문화예술원과 연변시가 주최가 되고 한국영화진흥공사에서 오천만 원의 지원금을 받고 중국 영화발행사 후원 아래 이루어진 한국영화제였다.

연변시와 연변영화발행 공사 초청으로 중국을 방문했을 때였다. 영화제 행사를 위한 구체적인 논의를 끝내고 다음날은 나를 위한 여행길에 올랐다.

한창 발전 중인 훈춘시와 윤동주 시인의 생가, 중국과 러시아 북한을 마주하는 금삼각지를 돌아보기로 하였다. 연변시 부시장과 영화발행 공사 사장이 함께하는 여행이었다. 연변시를 떠나 북한 접경 지역인 도문시를 지나 두만강을 끼고 도는 비포장도로를 달리며 보았다. 차창 밖으로 보이는 북한산은 벌거숭이였다. 허술한 일자집들이 간간이 보일 뿐 사람은 보이지 않고 적막해 보였다.

가끔씩 초소가 눈에 띄고 제복을 입은 북한 경비대원이 보였다. 비포장 길을 1시간 정도 달리다 보니 두만강 변에서 빨래를 하는 3~4

명의 아낙네 모습이 보였다. 30~40년 전 우리나라 농촌 마을 아낙네들이 모여 냇가에서 수다를 떨며 빨래를 하던 모습 그대로였다.

정오가 되어 식사를 위해 훈춘시를 가기 전 길가 어느 식당 앞에 차를 세웠다. 일행은 차에서 내려 두만강을 둘러보고 흐르는 물에 손을 씻어 보기도 했다. 가슴이 벅차오르고 감개무량했다. 강 건너에는 같은 민족이 살아가는 우리 땅인데 하루 속히 남북통일이 되어 북한 민족이 억압과 고통에서 벗어나 자유를 누리며 살아가야 할 텐데, 하는 생각을 해보며 답답한 마음을 안고 강변에서 나와 식당 안으로 들어왔다.

테이블 몇 개와 뒤쪽으로 주방이 보이고 그 옆으로 손님을 모시는 방이 보였다. 식당 주인은 다가서면서 인사를 하고 식사 주문을 받았다. 일행은 '메뉴판'을 보면서 한국 여행객들이 많이 온다는 것을 직감적으로 느꼈다. 백반, 매운탕, 개장국, 술 종류와 안주 몇 가지가 적혀 있는 것이 한국식 메뉴였다. 그 중에도 눈에 띄는 것은 참새구이였다. 우리는 서로 상의하여 매운탕, 공기밥 3개와 참새구이 한 접시를 주문했다. 주인은 주문서를 주방에 넘기고는 다시 다가와 "어디까지 가시는 길이십니까?" 하고 물었다. 연변영화 발행공사 사장은 "훈춘시 윤동주 시인 생가 금삼각지를 돌아보기 위해 가는 길입니다.(나를 가리키며) 이 선생님은 한국에서 오신 귀하신 분이십니다." 하자 주인은 "네, 반갑습니다. 우리 식당에도 한국 분들이 많이 오십니다." "네." 대화는 자연스럽게 무르익었다. 이야기 중에 본인이 보고 듣고 직접 겪은 기막히고 슬픈 얘기를 조심스럽게 털어놨다.

5년 전 10월이 끝나갈 무렵 자기 식당에서 있었던 일이라고 했다. 북한에서 목숨을 걸고 두만강 차디찬 물을 헤치고 북한을 탈출한 처녀가 추위에 떨면서 이 식당을 찾아 들었다. 오돌오돌 떨며 기진맥진한 몸으로 식당 문을 두드리다 쓰러져 버렸다. 문을 두드리는 소리에 나와 본 주인은 소스라치게 놀랐다. 물에 젖은 머리는 산발이 되어 있고 얼굴은 핏기 하나 없었으며 입술은 보기만 해도 흉측하게 부르텄다. 흠뻑 젖은 옷에서는 물이 흘러나와 식당 문 앞을 적시고 몰골은 말이 아니었다. 주인은 다급히 처녀를 들쳐 업고 식당 안으로 들어와 옷을 갈아입히고는 뜨거운 아랫목에 눕히고 나와서 아궁이에 불을 지폈다.

주인은 북한을 탈출한 사람이라는 것을 느낄 수 있었다. 처녀는 따끈해지는 방안 훈기와 주인의 위로가 자장가가 되어 이내 잠이 들었다. 세상모르고 잠에 취해 있는 동안 악몽에 시달리고 있는 것 같았다. 몸을 떨기도 하고 누군가에 쫓기고 있는지 헛소리에 손을 젓기까지 했다. 늦은 아침이 되어서야 잠에서 깨어났다. 처녀는 그때서야 주인 부부를 뵙고 살려 주셔서 고맙다는 인사를 몇 번이고 했다. 그러고는 묻지도 않은 그 동안의 사정을 솔직하게 털어놓으며 도와 달라고 매달렸다고 한다.

털어놓은 이야기는 다음과 같았다. 아버지는 무역회사 지배인(사장)으로 김정일 위원장의 자금책을 해 왔다는 것이다. 사업차 중국 베이징 어느 호텔에서 데리고 있는 회사 간부 직원과 같이 투숙하게 되었다. 그날 저녁 한국은 전 세계에서도 잘사는 나라고 평화와 자유가 있는 살기 좋은 나라라고 농담 삼아 한 말이 나중에 문제가 되었다. 후일에 알고 보니 호텔에서 미처 생각 없이 말했던 것이 함께 했던 간부 직원의 배신으로 문제가 생겼다. 아버지는 반역자라는 죄를 뒤집어 쓴 채 '아우지 탄광'으로 끌려가 갖은 고통과 어려움을 당하다 몇 년 전에 총살을 당하셨다는 것이다. 아버지께서 돌아가셨다는 소식을 들은 어머니는 분하고 원통했지만 어쩔 수 없는 자신이 원망스러웠다. 어머니는 말수가 적어지고 병으로 시름시름 앓으시다 끝내는 돌아가셨다. 돌아가시기 전 딸의 손목을 꼭 잡으며 말씀하셨다고 한다.

"너는 남한으로 가거라. 너만이라도 자유를 찾아 가거라."를 몇 번 되뇌시며 한 손으로는 딸의 손을 꼭 잡으시고 숨을 거두셨다. 외삼촌께서 어머니 시신을 지개에 지고 밤을 이용해 산 중턱에 모셨다. 모실 곳이 없어서 남몰래 밤을 이용해 산에 모셔야 했던 처지가 너무 괴롭고 한스러워 하염없이 울고 또 울었다. 어머니가 세상을 떠난 뒤 고통스러운 나날을 보내면서 탈북할 시기만을 엿보았다. 두만강변 초소에서 경비대장으로 근무하는 친구의 오빠에게 접근하여 얼마의 돈을 건네고 눈을 감아주기로 약속을 받았다.

10월 말의 세찬 강바람과 차디찬 강물, 살을 에는 추위를 견디고 두만강을 건너야 했다. 식당 주인 부부와 식구들은 탈북 처녀의 말을 들으며 함께 슬퍼하고 분개했다. 그리고 자리가 잡히기까지는 식당에서 일을 하도록 해주었다. 처녀는 고맙고 감사했다. 최선을 다하여 일을 하는 것이 은혜를 갚는 길이라 생각하여 생활하다 보니 1년이란 세월이 흘렀다. 주방에서 주방장으로 일하던 주인의 사촌 동생과의 사랑이 무르익어 결혼까지 약속하게 되었다. 마음도 안정되고 평온을 찾기 시작했다.

식당에 가끔씩 들르는 중국인으로 북한을 들락거리며 사업을 하는 단골손님 장사장이 있었다. 어느 날 식당에 왔다가 탈북 처녀를 본 뒤 흑심을 품기 시작했다. 자기 말을 잘 들으면 집도 사주고 살림도 차려 행복하게 해 주겠다며 유혹했다. 거절을 해도 끈질기게 들락거리며 괴롭혔다. 탈북 처녀라는 것을 눈치 채고 슬쩍 보위부에 신고하겠다고 위협까지 했다.

어느 날 늦은 시간에 찾아온 장사장은 방을 혼자 차지하고 술과 안주를 주문한 뒤 탈북 처녀를 불러 술을 따르게 했다. 거나하게 취한 장사장은 탈북 처녀를 갑자기 끌어안으려 했다. 다급한 비명소리에 놀란 주방장은 방으로 뛰어들어 장사장 멱살을 잡으며 "점잖은 분께서 무슨 짓입니까? 더 이상 못 살게 굴면 용서치 않겠습니다." 하고는 바닥에 밀쳐 버렸다. 탈북 처녀의 손을 잡고 나가는 주방장을 향해 "너희들 두고봐, 가만두지 않을 거야."하며 소리를 쳤다.

이런 일이 있은 후 이틀이 지났을 때, 건강하고 우락부락한 사람들이 식당 안을 들어섰다. 이들은 사방을 둘러보다가 카운터 앞에 서 있는 처녀를 보고 사진을 꺼내 대조해 보고는 일행에게 눈으로 암시를 보내자 갑자기 다가선 남자들은 그녀의 어깨를 붙잡고 한 사람은 손목을 잡았다. "반동분자 에미나이 반역자로 체포한다." 권총을 빼들고 위협하면서 송곳같이 뾰족한 철사 줄로 손바닥을 사정없이 찔러 맛창을 냈다. 탈북 처녀의 다급하게 부르짖는 소리는 너무 처절하였다. 순식간에 이루어진 일이었다. 주인 부부도 주방장도 뛰어나와 말리고 항의했지만 총구 앞에서는 아무 소용없었다. 개처럼 끌려가는 탈북 처녀는 사랑하는 주방장의 이름과 주인의 이름을 애절하게 불렀다. 강제로 붙잡혀 식당 앞에 세워진 보위부에서 몰고 온 지프차에 태우고 바로 엔진 소리를 내며 움직이기 시작한다. 쫓아나온 주방장은 차창 유리를 두드리며 탈북 처녀의 이름을 부르는 소리를 뒤로 한 채 저 멀리 사라졌다. 이 모두가 중국인 장사장의 신고였던 것이다. 그 후에 내 사촌동생은 폐인이 되다시피했다. 주인은 이야기를 끝내며 아직도 분개했다. 일행은 슬프고 먹먹해진 마음으로 식사를 하고는 식당을 나와 두만 강변도로를 달리기 시작했다.

훈춘시와 윤동주 시인 생가를 둘러보고 금삼각지를 향해 가는 두만강 건너 북한 땅에는 많은 묫자리 같은 흙더미가 보였다. 옆 자리에 앉은 영화발행공사 사장에게 물어보았다. 그의 대답은 북한 정치범 반역죄 등 중죄인이 지하에 갇혀 파낸 흙더미라는 것이다. 이 말을 듣는 순간 기가 막히고 그들의 만행에 소름이 끼쳤다. 얼마나 많은 사람들이 죄 없이 저 지하에서 고통을 당했을까 생각을 하니 마음이 쓰리고 아팠다.

모래사막을 지나 금삼각지를 돌아보며 생각했다. 북한에서 러시아로 놓인 철교를 보면서 남북이 하나가 된다면 유럽을 통한 세계 진출은 물론 나라에 많은 발전을 가져올 텐데 하는 생각이 들었다. 금삼각지를 돌아보고 오는 동안 내내 마음이 편치 않았다.

돌아오는 동안 20여 년 전 보수교단 주최로 '상기하자 6.25'라는 기치 아래 백주년 기념관 대강당에서 연합예배를 드린 적이 있다. 보수교단 회장이고 한영신학대학교 총장이신 한영철 목사께서 나에게 설교를 부탁해 왔다.

하나님 말씀에 순종하는 마음으로 그날 나는 '블레셋과 유다'(삼상 17:45-47)라는 제목으로 설교를 했다. 이스라엘의 남북 싸움은 민족의 비극이기에 승자도 없고 패자도 없는 것이다. 북이라서 승리하는 것도 아니고 남이라고 패하는 것도 아니다. 누구를 위한 싸움인가? 누가 하나님의 뜻을 알고 순종하는가에 승부가 결정된다는 내용이었다. 분열된 남과 북의 대화는 무력보다도 더 어려운 것이다.

이념과 사상을 초월한다는 것은 거의 불가능한 일이다. 예를 들면 한 피를 받고 사랑하던 형제가 함께 살다가 결혼을 한 후 분가를 해서 생활하다 보면 다시 한 집에 모여 산다는 것은 어려운 일이다. 그런데 70년의 남북 분단이 어찌 쉽게 해결될 수 있을까. 6.25전쟁을 상기하면서 믿음으로 기도가 필요할 때다. 국가방위를 절대로 소홀히 해서는 안 될 것이다.

어머니의 말씀

이 택 주

「한국크리스천문학」 수필, 성균관대학교 무역대학원졸, 문학동인 울림문학 회원, 메트릭스 한국상사 대표.

올해 설날 1월 25일 아침에 경자년 새해를 맞아 덕담이 오고가는 자리에서 60갑자에 천간에서 경(庚)자가 들어가는 해에는 음양오행설에 금에 해당하여 흰색을 나타내니 살수가 있어 사람이 많이 상하거나 나라에 좋지 않은 일이 생기니 원행은 삼가하고 가내에서 몸조심을 하자고 하며 이야기를 나누었다.

과거 1910년은 경술년에 일본에게 합방당해 나라를 빼앗기는 경술국치를 겪었고, 1950년 경인년 호랑이해에는 백호살이 껴서 동족끼리 이념간의 전쟁으로 북의 김일성집단으로부터 침략을 당하여 동족상잔의 비극으로 137만 명의 많은 인명이 죽어가는 전쟁을 겪었다.

전쟁은 1950년 6월 25일부터 1953년 7월 27일 휴전까지 약 3년간이었다. 우리 국군의 희생자는 13만 명이 넘는다. 나는 어린나이에 부모님을 따라 서울 집을 등지고 챙길 수 있을 만큼의 짐을 들고 피란길에 올랐다.

지금도 어머님의 생생한 말씀이 떠오른다.

"평화로운 나라에 갑자기 전쟁이 났다는 소식에 놀라지 않는 사람이 없었다. 6월 25일 새벽에 공산군이 쳐들어왔다는데 처음 당한 난리라 무엇을 어떻게 해야 할지 막막했다. 겁이 나서 공산군이 내 앞에 있는 것도 아닌데 우왕좌왕하다가 죽지 않고 살자면 먼저 피란을 가야 한다고 생각했다."

어머님이 6월만 되면 하시던 말씀이 잊히지 않는다. 어머님은 늘 똑같은 말씀을 하셨다. 얼마나 고통이 깊이 새겨졌으면 그럴까 하고 생각했다.

"미처 피란을 떠나기도 전에 공산당이 먼저 들어왔다. 이북의 김일성 공산당 무리가 공산주의사상인 사회주의국가로 해방을 시키고 통일을 시킨다는 구실로 침략하여 전쟁 났다는 소문 3일 만에 서울을 점령하고 한 달 만에 낙동강전선까지 파죽지세로 밀고 내려갔다. 우리는 어디로 피란을 가야 하는지 눈앞이 캄캄했다."

어머님은 당시의 기억을 또렷이 떠올리며 이런 말씀도 하셨다.

"팔에 빨간 완장을 찬 것들이 들이닥치더니 이제 우리나라는 공산주의사회가 되어 누구나 평등하게 고루 잘살게 되었다면서 새 나라의 교육을 받아야 한다고 저녁마다 마을 사람을 한곳에 모아놓고 총화교육이라는 명목으로 공산사회주의의 우월성을 교육시켰다. 그리고 자기들에게 동조하지 않는 자는 반동이라며 인민재판을 하고 죽창으로 찔러 죽이는 것을 보았다. 당시 사회의 지식층이나 지도층 인사들이 많이 죽었지. 그런 지 어언 70년이 지난 지금도 그때의 기억을 되살리면 몸서리가 쳐진다."

어머니는 6.25당시 상황을 몇 번이고 이렇게 말씀하셨다.

"지금은 살만하지만 6.25가 나던 시절은 온 국민이 굶기를 밥 먹듯 했다. 살기 위해 무엇이라도 해야 했지만 할거리가 없었다. 물로 배를 채우고 나무껍질을 벗겨 먹고, 먹을 수 있는 들풀과 나물을 캐서 된장 풀어 풀떼기 죽을 끓여 먹었다. 그것도 실컷 먹지 못한 그때를 생각하면 끔찍하다. 요즈음 젊은이에게 그 시절 어려움을 이야기하면 밥이 없으면 라면이라도 끓여먹지 그랬냐고 한다. 기가 막혀 실소가 나온다. 라면은 1975년도에 처음 선을 보였는데……."

어머니의 고생담은 끝이 없었다.

"먹을 것이 없어서 배를 주렸지만 옷도 제대로 없어서 거지꼴이었다. 한 벌뿐인 솜바지 저고리를 입고 겨울이면 목욕시설도 없어서 겨우내 그것만 입고 지내자니 이와 벼룩이 들끓어 애 어른 할 것 없니 등과 배를 긁던 모습이 눈에 선하다. 다시는 그런 가난과 고통은 겪지 말아야 하는데……."

어머님의 말씀을 기억하면서 나도 어렸을 때 생각을 한다.

4살, 삶과 죽음의 사이에서의 인간의 가장 조그마한 소망은 그저 전쟁이 멈추길 바라는 평화의 시대를 갈구할 따름이다. 국가의 환란이 있기 전에 유비무환의 정신으로 대비태세가 준비되어야 되는데 앞에 평화라는 달콤한 유혹에 빠져서 국가를 누란의 위기로 몰아서 많은 국민을 위험에 빠지도록 위정자들이 해서는 안 된다.

지금도 그 처절한 육이오전쟁을 기억하면 아찔하고 가슴이 답답하다. 얼마나 소중하게 얻은 자유민주주의인가? 갑자기 과거에 부르던

육이오의 노래 한 소절이 떠오른다.

아 아 잊으랴? 어찌 우리 이 날을
조국의 원수들이 짓밟아 오던 날을
맨주먹 붉은 피로 원수를 막아내어
발을 굴러 땅을 치며 의분에 떤 날을
이제야 갚으리 그날의 원수를
쫓기는 적의무리 쫓고 또 쫓아
원수의 하나까지 쳐서 무찔러
이제야 빛내리 이 나라 이 겨레

이 노래도 과거 10년간 좌파정권 들어서서 금지곡으로 묶어놓고 못 부르게 하였다. 지금도 전방에 방어진지를 없애고 대문 열어놓고 있는 정부당국자들의 안보 개념에 경고를 하고 있는 애국단체들의 소리에 귀를 기울여야 된다고 생각된다.

작년 봄 우연이 문학동호인 모임에서 경기도 파주로 문학기행을 갔을 때 임진강이 내려다보이는 언덕 위 화석정이라는 정자 누각에서 율곡 이이의 선견지명으로 나무 정자를 지어 놓고 기둥에 기름을 발라서 준비하였을 때 임진왜란이 일어나서 선조임금님이 북으로 몽진을 하실 적에 비가 오는 캄캄한 밤중에 임진강나루를 건너질 못하고 있을 때 화석정을 불태워서 강변을 밝혀 무사히 건넜다는 역사의 현장을 돌아보며 유비무환의 정신을 돌이켜 보았다.

16세기에 율곡 이이(1535-1584) 성리학자는 문신으로 선조 때 이조판서로 시무육조에 올려 외적의 침입을 대비해 십만 양병설을 주장하였다. 이와 같이 나라에 닥칠 우환을 막으려면 옛날이나 지금이나 나라 국방을 튼튼히 하여야 한다.

70여 년 전의 우리의 불행했던 6.25를 돌이켜보며 현재의 우리처지를 알고 미래에 대비하여야 하리라.

이런 비극이 다시는 오지 않게

이 계 자

「크리스천문학나무」 등단, 크리스천문학나무 회원, 여의도순복음교회 목사 역임, 현) 신한대학원 교수

초등학교 5학년! 갑자기 방학이란다. 아직 방학까지는 날수가 많이 남았는데 갑자기 방학을 하다니 "야, 신난다!" 책가방을 신나게 들고 집으로 돌아왔다. 근데 어머니의 얼굴이 많이 어둡다.

"엄마, 방학 일찍 했어요. 야아 신난다. 일산 외가집 가야지!"

그런데 큼직한 뒤주에 가득 찼던 쌀이 온데 간데 없어졌고 텅하니 빈 뒤주의 문짝이 어지럽게 널려 있었다.

"당장 먹을 것이라도 좀 남겨놀 것이지 내일부터 당장 무엇을 먹는담."

어머니의 한숨소리가 들렸다. 난 그때 그것이 무슨 의미인지 몰랐다. 며칠 전 정확히 6월 28일 이상한 일이 일어났다. 거리엔 온통 가슴에 빨간 리본을 달고 만세, 만세 하면서 거리를 뛰쳐나온 사람들로 가득 찼었다.

거리엔 스탈린과 김일성의 사진을 크게 붙인 탱크가 가고 보통 차들은 보이지 않았다.

세상이 바뀌었다는 것이다. 나는 그것이 무슨 뜻인지 몰랐다. 그런지 며칠 후 기득 찼던 쌀뒤주는 동네 인민대원들이 반장이 되어 집집마다 다니며 쌀을 모조리 거두어 혁명 사업에 바친다는 것이다.

미제국주의에 시달리는 남조선 인민을 해방시키기 위하여 이렇게 위대한 통일 전쟁을 일으켰다는 것이다. 그래서 그 위대한 사업에 조금이라도 동조하기 위해 집에 있는 것으로 충성을 표시해야 한다는 것이다. 난 그때 그 말을 잘 이해할 수가 없었다.

다만 그 이후로 석달이라는 긴 날들을 배가 고파 허기진 기억밖에는 없다. 쌀이 없으니 아버지가 밤마다 자전거를 타고 집에 있는 재봉틀, 고이 간직했던 모본단 저고리, 유통치마, 벨벳 치마 등 값진 물건들을 하나하나 싣고 나가셨다.

일산을 다녀오실 때는 자전거에 겉보리, 밀 등 평소에 맛없다고 쳐다보지도 않던 잡곡들이 실려왔다.

그것들을 맷돌에 갈아 명아주 나물을 잔뜩 넣고 된장 풀고 가마솥에 끓였다. 그나마 곡식이 귀하니 곡식은 조금 넣고 된장과 나물을 잔뜩 넣고 죽을 쑤니 건더기를 발견하기가 어려웠다. 그런데 그마저도 양껏 먹을 수가 없어 반 그릇씩밖에 못 먹었다.

그런 것을 먹고 나면 이상하게 한 시간도 안 되어 배가 고팠다. 아침 먹고 9시인데 저녁 6시까지는 아직 9 시간이 남았다. 학교도 안 가고, 11살이지만 집안일도 할 것이 없었다.

오직 저녁때까지 먹을 때만 기다렸다. 잠도 안 왔다. 좀 자고 나면 시간이 갈 텐데 점심 먹는 것은 상상도 못한다.

"얘야, 기운 빼지 말고 그냥 있으렴. 만화책도 보지 말아라. 배가 더 고파진다."

엄마는 눈물을 글썽이셨다. 그러고 보니 엄마의 밥그릇은 항상 밑바닥에 깔려 있는 채소뿐이었다. 난 그런 엄마가 너무 불쌍하다고 생각되었다.

"엄마, 이것 잡수세요."

식구들 얼굴이 못 먹어서 누렇게 떴다. 약제사시던 아버지는 그걸 영양실조라 하셨다.

"양자 아버지 있수?"

동생 이름을 기운차게 부르는 임배 할머니는 막다른집 이 동네서 제일 가난한 할머니다. 그런데 웬일인지 탱크 부대가 덮친 이래로 그 집만 활기가 넘쳤다. 누가 그러는데 우리 동네 집 쌀 가져가 바친 데서 충성한다고 그중 많은 양의 쌀을 얻었다고 했다. 그리하여 그 집만 밥을 배터지게 먹는다고 수군거렸다.

너나 할 것 없이 배가 고프니 사람들이 모이면 먹는 이야기뿐이었다. 혁명이고 인민 해방이고 그런 말을 마이크로 소리소리 지르며 세뇌해도 사람들의 귀에는 아무 말도 안 들렸다. 오늘은 그래도 이런 죽이라도 먹지 내일은 무얼 먹나? 오직 그 걱정뿐이었다. 그리고 나이 많은 할머니들은 이렇게 말했다.

"세상에서 제일 무서운 건 목구멍이지. 그래서 목구멍이 포도청이란 말도 있어."

그렇게 말하는 할머니의 목줄은 영양실조로 파란 힘줄이 솟아 굽이쳤다. 모두들 날이 갈수록 목뼈가 드러났다. 나는 너무 배가 고파 마루에 있는 괘종시계 바늘을 돌려놓았다.

"엄마, 저녁 6시예요."

어색한 표정, 엄마는 어이없다는 듯 갈던 맷돌질을 계속하셨다.

"시계 돌려놓는다고 저녁때가 되니?"

밀을 갈아 껍질째 체에 바쳐 한 움큼을 넣으시고 물을 잔뜩 부으신다. 임배 할머니는 끈질기게 아버지를 잡아 내무서에 데려가지 못해 안달이었다. 아버지는 벽장 한 편을 뚫고 조그만 방을 만들어 거기 숨어 계셨다. 노동자 농민이 아닌 부르주아 악질반동이라고 내무서에 고발해 놓은 상태였다.

어머니는 요리조리 아버지를 숨기셨다. 그리고 아버지는 그 와중에도 처자식 굶어 죽을세라 틈만 나면 허름한 농민 차림으로 갈아입으시고 맥고모자를 깊이 눌러 쓰셨다. 일부러 수염을 깎지 않아 수염으로 얼굴을 덮으신 채 자전거를 타고 일산 외갓집을 향하셨다.

그래도 워낙 백석군 부자였던 외할아버지는 동네 인심을 후하게 얻었던지 여주이씨 집성촌이기 때문인지 다른 사람들보다는 견디기가 덜 힘드셨다고 한다. 그 외할아버지 덕으로 아버지가 가시면 이것저것 챙겨 주셔서 자전거에 잔뜩 싣고 오셨다.

그러나 그것도 잠시 시간이 갈수록 외갓집도 있던 곡식을 인민군 군량미로 쓸어갔다. 결국 할아버지는 더 이상 아버지께 줄 곡식이 동나 버리고 말았다.

"할 수 없다. 소사 외삼촌댁으로 가자."

우리는 굶어죽지 않으려고 온 식구가 걷고 걸어 소사까지 갔다. 벌써 그 집에는 서울 친척들로 들끓었다. 삼십여 명의 피란민이 그 집에 머물고 있었다. 그 집 역시 어려워서 조석 때면 큰 가마솥에 물을 잔뜩 붓고 보리쌀을 맷돌에 갈아 조금 넣고 역시 된장을 잔뜩 풀고 온갖 채소들로 채워넣고 불을 땠다.

부글부글 끓는 냄새는 제법인데 나에게 돌아오는 몫은 역시 그릇 절반에도 못 미치는 죽 반 그릇이었다. 한입에 넣고 그냥 마셔 버리면 그만이었다. 저녁때가 되면 사람 좋은 아버지 외숙모님은 신작로를 향하여 눈길을 주신다. 멀리서 한두 사람이 이쪽을 향했다.

"애들아, 두 사람이 더 오니 물 두 바가지 더 부어라."

그들 두 사람 저녁은 그렇게 해결되었다. 15일이 지나니 그곳도 곡식이 떨어져 더 이상 친척들 먹일 재간이 없었다. 우리 식구는 다시 서울 집으로 돌아왔다. 그 굶주림! 배고파 허덕이는 사이 9.28을 맞았다. 국군과 고마운 유엔군이 이겼다. 아버지는 다시 약국 문을 여셨지만 농약공장을 하시던 북창동 창고의 약은 모두 폭격맞아 불타 버렸다. 그래도 남은 약을 팔아 일사후퇴 때까지는 기아에서 완전히 벗어났다. 그러나 다시 전쟁이 터졌다. 쓰나미처럼 밀려오는 중공군의 인해전술.

우리 군은 후퇴했다. 6.25 그 배고픔을 또 겪을 수는 없다. 우리는 두 주먹을 불끈 쥐고 남으로 남으로 걸었다. 얼어붙은 한강 빙판을 자박자박 걸을 때는 추운 줄도 몰랐다. 살아야 한다. 그 지긋지긋한 공산치하에서는 살 수 없다. 정신이 번쩍 난 남한 국민들은 공산주의를 피하여 남으로 끝없는 피란행렬을 지으며 걷고 또 걸었다.

식구를 잊어버릴까 봐 새끼줄로 묶어 그 줄을 잡고 식구 곁에 꼭 붙어 걷고 걸었다. 목적은 오직 공산군들이 없는 자유 대한민국 국군이 있는 곳으로 거기가 지구 끝이라도 좋았다. 앞도 뒤도 온통 피란민 행렬, 어두워지면 농촌 아무 집에나 들어갔다.

집집마다 벌써 주인들은 피란가고 없었다. 그래도 농촌은 그 와중에 농사를 지었고 그 수확을 공산군들이 빼앗기 전에 수복이 되었다. 그래서 집집마다 쌀도 풍부했고 김장도 담가놓았으므로 김치도 쌓였다. 우리는 그 쌀로 밥을 짓고 김치를 퍼서 나누어 먹었다.

그때는 우리 모두가 형제요 자매요 부모요 자식이었다. 같이 밥 먹고 쉬고 여자들은 방에 재우고 남자들은 밖에서 짚불을 태우며 앉아서 새우잠을 잤다. 사람들이 하도 많아 한 방에 30명 넘게 잤으므로 여자들도 거의 앉아서 자다시피 했다.

그리고 종일 걸은 발가락 사이는 피가 나고 부르터서 아픔에 떨었다. 그래도 약이 있는 사람들은 그 약을 함께 나누어 발라주고 붕대로 싸매주기도 했다. 네 것 내 것이 없었다. 다 불쌍한 내 동포였다. 서로를 보듬어주며 날이 밝기가 무섭게 밥을 지어 함께 먹고 주먹밥을 싸서 식구대로 손에 쥐어주었다.

오늘 하룻밤 식구들이 내일은 또 다른 식구로 바뀌었다. 식구 잃어버리지 말고 새끼줄로 단단히 묶고 가세요. 우리 전쟁 끝나면 만나요. 이런 말을 매일 아침 하고 헤어져 길을 걸어가면서도 과연 우리가 살아서 만날까? 불투명한 시대의 내일을 보장받지 못한 사람들의 희망사항일 뿐이었다.

그런 나날이 계속되었다. 그렇게 걸어 걸어 조치원까지 갔다. 수용소에 있어야 알람미 배급이 나온다. 큰 학교 건물을 임시 수용소로 만들고, 거기 피란민들이 득실거렸다. 알람미 쌀이 식구대로 나왔다.

"아아, 그 끔찍한 공산치하의 6.25 여름에 비하랴. 여기가 바로 천국이 아닌가!"

하얀 쌀이 비록 날아갈 듯 끈기도 없지만 얼마나 고마웠던지! 우리 식구들은 수용소 앞에 돌로 아궁이를 만들고 피란 중에도 머리에 이고 지고 온 냄비를 꺼내어 밥을 지었다.

"하얀 쌀밥!"

아, 참으로 맛있는 밥이었다. 그렇게 감사할 수가 없었다. 그 밥이 없어 3개월 동안 당한 허기! 그건 평생을 잊을 수 없는 공산치하의 치가 떨리는 아픔이다.

많은 유엔군과 국군이 젊음을 바침으로 공산군을 무찔러 서울을 탈환했고 우리는 그들의 희생으로 자유대한의 품에서 행복을 누린다.

독수리유격대

최 강 일

「한국크리스천문학」수필등단, 한국크리스천문학가협회 회원, 고려대학교 영어영문학과 졸업, 남강고등학교 교사로 정년퇴임, 옥조근정훈장 - 대통령표창 수상

독수리유격대는 1950년 11월에 6.25전쟁 당시 포천 출신의 반공청년들 63명이 고향을 지키기 위해서 조직한 민간 신분의 유격대였다.

향토방위를 위해서 자발적으로 조직된 이 단체는 국군과 연합해서 관내의 수색정찰과 패잔공비 토벌작전에 임하였고, 중공군의 참전으로 인한 1.4후퇴 이후에는 충북 충주, 경북의 여러 지역에서 공비들의 토벌작전에 참전했으며, 북진을 하면서 양평, 가평을 지나 철원, 금화, 오성산, 대성산 등에서 휴전직전 최전방의 치열한 전투에 참전하면서 혁혁한 전공을 세우는 과정에서 16명의 대원이 전사하고 많은 대원들이 전상을 입고 다친 역사를 지니고 있다.

군번도 계급도 없이 반공정신과 구국의 일념으로 참전했던 독수리유격대원들은 무명용사로서 40여 년간 잊혀져 오다가 유족과 생존대원들의 청원에 의하여 국방부조사대와 전사편찬위원회에 의하여 참전 경과와 전공을 확인받고, 6.25전쟁 당시의 3대 민간 저항 유격대로 평가받게 되었던 것이다.

이러한 독수리유격대의 구국신념과 애국충정의 정신을 후대에 전하고 향토의 문화유산으로 기리기 위하여 국방부 재향군인회, 포천시와 8사단의 협조와 지원으로 포천문화원이 주관하여 경기도 포천시 이동면 노곡리 관음산 기슭에 독수리유격대전적비를 세우게 되었다. 1991년에 전적비가 건립된 후 해마다 6월 6일 현충일이면 관내의 민관군이 합심하여 전몰대원들의 영전에 향을 피우고 그 고귀한 정신을 기리고 있다.

전쟁 경험 세대들은 물론, 전후 세대들에게 끔찍했던 6.25전쟁의 실체를 상기시키고, 미래를 향한 안보의식과 확고한 국가관 확립에 이바지하고자 독수리유격대 기념사업회는 독수리유격대에 관한 역사적인 사실을 문헌으로 발간하기로 계획을 세우고 노력해 왔다.

당시에 참전했던 63명 중 16명이 전사하시고 또한 그 후 많은 세월이 흘러 생존대원들도 세상을 뜨는 형편이라 1989년도 국방부조사대가 현장 확인과 관계자 여러분의 증언과 문서 확인을 거쳐 밝혀진 모든 사실들을 체계적으로, 일목요연하게 정리하고 내용을 알기 쉽게 설명하는 것이 쉬운 일은 아니었다. 그간에 모아진 자료와 생존대원들의 활동에 대한 증언들의 녹취록을 살피고 정리해서 6.25 당시의 국제적인 상황과 유엔군의 참전 등 많은 자료들을 총망라하여, 국군방송에서 6.25전쟁사와 전적비 탐방을 담당하던 편저자를 만나서 드디어 참전기 출판이라는 대단한 결실을 보게 된 것이다.

이러한 귀중한 역사적 자료들이 세월 속에 묻힐 뻔했다가 이에 드디어 역사적인 참전 사실을 책으로 발간하게 되어 80대 중반을 넘으신 생존대원님들과 평생 한으로 남아 유족님들을 모시고 편저자 가족들과 그 지역에 주둔한 사단장님, 포천문화원장님과 관계자 여러분을 모신 가운데 그간의 경과보고, 감사패와 기념품 꽃다발 증정에 뒤이어 독수리유격대기념사업회장님의 발간사, 현지 사단장님의 축사, 포천문화원장님의 격려사와 편저자의 답사로 김창주 교수님의 말씀으로 행사는 끝나고, 기념촬영과 오찬 간담회로 마감을 했었다. 모두가 감동스럽고 뜻깊은 말씀으로 출판기념회는 정말 훌륭하게 마무리되었다.

이제 독수리유격대원들의 활동상과 6.25전쟁의 발발 과정과 그 비참한 결과를 대원님들의 실화와 경험담을 듣고 많은 사람들이, 특히 군복무중인 병사들이 많이 읽어서 선배님들의 활동상황과 그 애국정신을 본받도록 널리 읽혀야 할 것이란 생각이 든다. 유격대원님들의 그 살신성인의 정신을 배우고 본받기에는 이 책을 읽고 생각하게 하는 것이 무엇보다도 좋은 가르침이 되리라 믿는다. 각 부대와 주변 도서실에도 많이 보급되도록 당국도 노력을 해 주어야 하리란 생각을 하지 않을 수 없다.

휴전 후 67여 년이 되는 현시점에서 당시에 참전했던 분들이 많이 돌아가신 상황이니 때늦은 감은 있으나, 정말 적절하게 참전기가 발간되어서 그간의 고귀한 구국활동에 목숨을 바치신 선조님들 영전에 뒤늦게나마 참전기를 올리고, 그 당시의 처절했던 활동상황을 후세들에게 전할 수 있어서 참으로 다행이란 생각을 거듭 하게 되었다. 오늘의 풍요로운 대한민국은 거저 생겨난 것이 아니고, 목숨 바쳐 조국을 지켜주신 참전용사님들의 고귀한 희생으로 이룩된 사실을 분명히 인식해야 할 것이다. 그분들의 희생이 헛되지 않게 살아 있는 오늘의 우리들은 정신을 바짝 차리고 조국을 지키면서 대한민국이 발전하도록 최선을 다해야겠다는 다짐을 하는 자리였다. 거룩한 발자취를 걸으신 전몰대원님들께 다시 한 번 영원한 안식을 빌며 뜻깊은 행사를 마쳤다.

뜸북새

정연웅

중앙대학교 법정대학 행정학과 졸업. 법무부 기획과, 서울시 교육청 총무과, 중부교육청 관리국장, 교육행정 공무원(서기관), 서울중앙지검 시민 옴부즈만15년 상담.

우리 어머니는 청상 뜸북새였다.

마곡산 그림자가 솔마을을 덮을 때 마곡산 마루 태양은 불꽃처럼 붉었다. 노을 타고 들려오던 뜸북뜸북 애절한 절규. 어머니의 64년 기다림이 뜸뿍새가 되었다.

친구들과 앵산봉 솔나무 그늘에서 더위를 식히고 있을 때였다.

멀리 인두배미 신작로로 작은 차 한 대가 미끄러지듯 굴러갔다. 그리고 뒤를 따라 불개미 같은 군용차들이 뽀얀 먼지를 풍기며 길게 떼지어 넘어오고 있었다.

해가 지는 줄도 모르고 신기해하며 하나, 둘 세고 있는데 불현듯 이상한 불안감이 다가왔다. 오늘 점심때 엄마와 할머니가 3.8선이 무너졌다고 하시던 말씀이 떠올랐다.

"얘는, 3.8선이 그리 쉽게 무너지겠니?"

이 말은 할머니 말씀이었다. 나는 그 말을 친구들에게 하고 싶어 배길 수가 없어서 친구들을 만나 이렇게 말했다.

"야, 3.8선이 무너진 거 같단다, 알아?"

"뭐라고? 3.8선이 뭔데?"

태연이가 되물었다.

"야, 그것도 몰라?"

"쥐뿔도 모르면서 아는 체하기는!"

옆에서 듣기만 하던 오문이가 아는 체를 했다.

"3.8선은 적군이 못 들어오게 우리 지붕보다도 높은 담을 쌓고 그 위에 철조망을 친 경계선이래."

그러는 동안에 셀 수도 없이 많은 자동차들이 쌍불을 켜고 노송산 고개를 넘어가고 있었다. 태연이가 겁먹은 표정으로,

"집에 가자, 정말 전쟁이라는 게 터진 모양이야."

"야, 우리도 국방군이 있다는데 뭐가 무섭냐? 겁쟁이."

나는 자신 있게 한 마디 했으나 은근이 겁이 났다. 그런데 이상하게도 이천, 여주 방향에서 먼 하늘이 번쩍이며 천둥소리 같은 이상한 소리가 들려왔다. 밤하늘에 가득 찬 은하수가 머리위로 쏟아질 듯 오늘 따라 별빛은 유난히 밝았다.

"오문~아!"

오문이 어머니의 목소리가 바람을 타고 멀리서 들려왔다. 오문이는 대답도 않고 개천을 가로질러 뛰기 시작했다. 우리들도 오문이의 뒤를 따라 개천 길을 미끄러지듯 달려갔다. 집에 와서 방문을 열고 들어서니 등잔에 바가지를 엎어놓고 불빛을 천장으로 향해 가려 놓아 방안이 희미했다.

어둠 속에서도 한강 다리가 두 동강이 났다느니 피란민이 한강을

건너다가 폭격에 다리가 폭파되어 모두 빠져죽었다느니, 수군수군 귓속말을 하고 있었다.

전쟁이 무엇이고 3.8선이 무엇인지도 잘 모르는 나는 답답하기도 하고 궁금했다. 이상한 것은 전쟁연습 놀이를 하며 자라서 그런지 무섭다는 생각은 들지 않았다. 왜냐 하면 3.8선 이북에도 우리 같은 동무들이 산다고 들었고 우리와 같은 우리나라 사람들이라고 들었기 때문이다.

그러나 어른들은 뭐가 그리 무서운지 벌벌 떨고 있었고 양코배기 미국 사람들이 비행기로 우리 동네를 폭격하면 불바다가 되고 우리들은 모두 불에 타 죽는다고 하였다. 우리나라 대통령은 벌써 멀리 도망을 갔고 나라를 지키던 국방군도 모두 남쪽으로 도망을 쳤다는 것이다.

그래서 좀 전에 인두배미 신작로를 길게 메우고 노송산길을 넘어가던 군용차들이 인민군에 밀려 후퇴하는 국방군이었단다. 푹푹 찌는 더위인데도 솜이불을 둘둘 말아 뒤집어쓰신 어른들을 보고 나는 절로 웃음이 나왔지만 어른들의 모습이 너무나 굳어 있어 소리를 내어 웃을 수가 없었다.

컴컴한 방안은 무엇인지 모를 공포감으로 꽉 채워져 있는데 멀리서 무겁게 울려오는 대포소리가 점점 가까이 들려오며 찢어진 창문을 울리곤 했다. 푹푹 찌는 날씨에 이불 속에서 몇 시간을 참아낸 나지만 대포소리와 함께 창문을 비치고 지나가는 불빛이 궁금하여 배길 수가 없었다. 나는 자라목을 하고 이불속에서 머리만 내밀고 문틈으로 밖을 내다보았다.

호랑이 눈썹달이 무서운 눈으로 나를 흘겨보고 있지만 마곡산 자락을 누비는 불빛은 우리 집 마당까지 비추고 지나갔다. 그 불빛은 황샛말 동네에서 멈추는가 싶더니 징겨울로 가고 또 거기서 우리 집 지붕 너머로 날아 왔다. 숨을 죽이고 그 불빛에만 정신이 팔려 있는데 이불속에서 누군가가 내 다리를 당기며 꼬집었다.

"아야!"

"빨리 이불속으로 들어오지 못해?"

불호령에 자라모가지가 되어 이불속으로 쏙 기어들었다. 괴괴하고 적막한 시간이 지루하게 흐르는가 싶더니 이제는 좀 전에 마곡산 자락을 뒤지던 도깨비 불빛이 안방 문 앞까지 다가와 방안을 대낮같이 환하게 밝히고 지나갔다. 도깨비불은 말만 들었지 본 적이 없는 나는 더 이상 참을 수가 없어 자라목을 또 길게 빼고 문틈에 눈을 들이댔다. 마곡산 쪽에서 여러 개의 불빛이 하늘을 밝혔다. 그 불빛이 다시 인두매미 마을 부근까지 비치는가 싶더니 갑자기 귀를 찢는 소리가 터졌다.

"딱쿵, 딱쿵, 삐양—, 쿵— 딱딱쿵."

요란한 총소리는 마곡산 자락을 뒤흔들며 메아리쳐 왔다. 도깨비 불빛인가 했더니 그게 아니라 총알이 날아가며 별똥별처럼 밤하늘을 가르고 있었다. 어느 별동별은 우리 동네를 향해 날아왔다. 이불속에서 순년이 아줌마가 말했다.

"저건 별똥별이 아니야. 총알이야. 저 별에 한 대만 맞으면 즉사하는 거야, 머리 묻어!"

그러시며 이불속으로 머리를 파묻고는 덜덜 떨고 있었다. 나도 고막이 찢어질 듯 쌩 소리가 울릴 땐 총알이 이마로 날아오는 것 같아 목을 바짝 움츠렸다. 그러다가도 다시 불빛이 궁금하여 손가락으로 창호지에 침을 발라 구멍을 뚫고 또 밖을 내다보았다. 더 많은 불빛이 크게 보였다.

마곡산 쪽에서 여태껏 보지도 못했던 수많은 별똥들이 노송산 쪽으로 날아들며 콩 볶는 소리가 온 하늘에 울려 퍼졌다. 그 아름답던 은하수는 별가루가 되어 사방에 뿌려진 지 오래고 산속에서 날아오르는 볕 빛으로 하늘은 대낮같이 밝았다.

"딱쿵, 딱쿵, 딱딱쿵—, 드륵,드륵, 들르륵 득, 꿍—쿵!"

처음 들어보는 천둥소리 같기도 하고 꿩 잡는 사냥총소리 같기도 하였으나 그런 총 소리와는 달랐다. 이 산에서 딱- 하면 저 산에서 쿵 하며 주고받는 소리가 두 가지 총으로 쏘는 모양이었다. 그 순간 지붕위로 날아가던 총알이 '피융—슉슉!' 뒤통수를 때리듯 고막을 찢으며 동쪽으로 사라졌다. 나는 처음 들어보는 소리와 황홀한 불빛이 신기하여 창문에서 눈을 뗄 수가 없었다. 황새가 날아가는 날갯짓 같은 소리를 내며 커다란 대포알이 우리 집 지붕 위로 지나가는 것 같기도 하고 지나다가 별똥이 되어 우리를 향해 다시 쏟아질 것 같기도 했다. 어른들은 솜이불을 더 꺼내어 두 겹 세 겹 뒤집어쓰고 벌벌 떨고 있었다.

그래도 나는 밖에서 벌어지고 있는 불꽃놀이가 궁금하여 문구멍을 못 떠나는데 어른들이 꾸중을 했다. 꾸중에 못 이겨 솜이불 속으로 파고들었으나 점점 가까워지며 문 앞까지 다가오는 총소리와 불빛에 정신이 쏠렸다. 고막이 찢어질 듯한 총소리가 고막을 계속 때렸다. 나도 더 이상 호기심에 빠지지 못하고 이불속 깊이 머리를 파묻고 날이 새길 기다렸지만 총알이 벽을 뚫고 들어와 머리를 때릴 것만 같아,

"엄마, 우리도 피란가면 안 돼?"

하자 내 손을 엄마가 꼭 잡아 주며,

"지금 나가면 총 맞아죽어, 총알은 솜이불은 못 뚫어."

"정말?"

"그럼. 느이 아버지도 일본에서 이불 뒤집어써서 살아났대."

그 말에 나는 땀범벅이 되도록 솜이불을 두 겹으로 뒤집어쓰고 꼼짝을 못했다. 총알은 밤새도록 우리 집 지붕 위를 날아다녔고 마룻바닥에 있는 볏섬이 총알에 맞은 듯 '풀썩 퍽 풀썩' 하는 소리도 들렸다. 그러는 사이 총소리가 콩 볶듯 밤하늘에 별을 뿌리면서 퍼졌다.

"딱- 또르르르… 광!"

무엇인가가 봉당 툇마루에 떨어져 굴러가는 소리가 들렸다. 윗방에서 이불을 뒤집어쓴 채 겁에 질려 있던 순년이 아줌마가 "엄마야!" 하고 놀라 울면서 엉겁결에 우리 이불 속으로 파고들었다. 순년이 아줌마는 땀에 온통 젖어 물 범벅이 된 채 오들오들 떨며 숨죽여 울고 있었다. 아줌마는 할머니 친정 조카딸인데 부모가 돌아가셔서 우리 집에서 함께 사는 13살 된 아줌마다. 나는 만 9살로 송곡초등학교 2학년 때다.

아! 6.25

기억에서 지우고 싶은 전쟁이 터진 것이다. 1950년 전쟁이 나던 해 7월 어느 무덥던 날, 그날따라 오리꼴 연이네 논에선 뜸부기가가 몹시도 슬피 울어댔다. 전날 유성처럼 쏟아지던 포탄에 어미를 잃었는지 재 너머 석양 하늘은 붉어져 오는데 뜸부기 한 마리가 하늘로 목을 길게 빼고 뜸— 뜸—, 땅을 보고 땀— 땀—.

뜸부기 소리는 자재기 뜰을 울렸다. 밤새 창문을 두드리던 포성이 지나가고 평화로운 마을에 인민군들이 들이닥쳤다. 어제 밤새 들리던 그 딱쿵 소리를 내던 총을 둘러메고 인민군이 의용군을 모집하러 집집마다 뒤지는 바람에 동네 개들이 모두 나와 짖어대어 또 한참 조용한 마을이 시끌벅적하였고 젊은이는 인민군으로, 학생은 의용군으로 데려갔다. 끌려가다 도망을 쳐오면 매일 그 집에 와서 찾아내라고 부모들을 닦달했다.

다행히 아버지는 어제 밤부터 다른 곳으로 피신하여 당장은 화를 면하였다. 다음날부터 노인들과 부녀자들, 그리고 아이들까지 서당집 앞마당에 모아놓고 해방군이라며 '농토가 없어 가난한 사람에게는 농토를 나눠줘서 모든 백성이 골고루 배불리 먹고 잘 살 수 있는 인민공화국이 탄생했다'고 기뻐하라는 것이었다.

그래서 우선 이곳도 3.8이북과 같이 농지개혁으로 부자들의 농지를 스스로 지어 먹을 만큼만 남겨두고 나머지는 농사지을 농토가 없는 농부들에게 골고루 분배하게 된다는 이야기며 몸이 아프거나 늙어도 배급을 주어 편히 살게 하는 나라가 된다는 것이다.

특히 남의 농지를 빌려 농사를 짓는 자는 그 빌린 농지를 무상으로 나누어준다는 이야기를 들은 오문네 점백이 영감이 두 손을 높이 들고,

"인민 해방군 만세! 해방군 만세!"

하고 소리치며 좋아했다. 그리고 의용군으로 자원입대하면 늙어 죽을 때까지 먹여 살린다고 하며 모든 사람들이 골고루 잘 먹고 잘 살 수 있는 세상이 왔으니 남녀노소를 불문하고 모두 나와 김일성 동무를 열렬이 환영하자고 했다. 마을 사람들은 어이가 없다는 듯 서로 얼굴을 바라보다가 만세를 부르기 시작하였고 이어서 애국가라는 '장백산 줄기줄기…….'를 억지로 불렀다.

설성면 당 내무서원과 붉은 완장을 찬 젊은 개똥모자가 찾아와 아버지를 찾았다. 아버지는 안성 큰댁에 제사가 있어서 어제 가서 아직 오지 안 왔다고 하니 오는 즉시 설성면 당 내무서로 오라며 인민군(의용군) 입대하든지 아니면 면당에 나와서 혁명과업의 일을 맡아주어야 한다는 것이었다.

아버진 며칠 전에 이를 미리 아시고 나무지게를 짊어지고 나무꾼으로 위장, 노송산과 마국산을 오가며 숨어 계시다가 밤이면 내려오셔서 식사를 하고 먼동이 트기 전에 또 지게를 짊어지고 산으로 가시는 바람에 다행히 의용군에 끌려가진 않았다.

하루는 주래 장에 가신 어머니가 해질녘이 다 돼서야 돌아오셨다. 뒤 따라온 인민군이 아버질 만나지 않았느냐고 엄마를 윽박질러댔다.

어머니는 할아버지의 약을 지어 오는 중이라며 한약봉지 12첩을 보여주고야 벗어났다고 하셨다..

그들의 행패는 날이 갈수록 심해졌다. 그날 밤 동이 틀 무렵 어머니는 나를 흔들어 깨웠다. 사랑채에 진을 치고 있는 인민군들을 가리키며 손가락을 입에 갖다 대시며 작은 소리로,

"필경 너의 아빈 잡혀갔거나 죽었을 거야, 이레나 굶었으니……."

그리고 어머니는 밤마다 솥의 밥을 꺼내 가시던 주먹밥이 일주일째 그대로 있는 걸 보면 굶어서 돌아가신 것 같다고 하셨다.

그리고 어머니는 밤을 새우며 기도만 하셨다. 어머니는 근심과 걱정이 태산 같아 나에게 이런 저런 이야기를 하셨지만 나는 졸음이 쏟아져 꾸벅꾸벅 졸기만 했다.

"이웃집 련이가 내일 물새알 구하러 노송산을 간다고 하니 너도 따라가서 아버지를 찾아 보거라."

"응……."

엉겁결에 대답은 했지만,

"물새알을 뭐하려고?"

하고 묻자,

"지 에미 약에 쓴대. 채독병에 걸렸거든."

"그럼 엄마도 먹으면 낫겠네?"

"그럴 거야."

"그럼 나도 따라갈 테야. 엄마 채독병도 고치게……."

"련이 말 잘 들어야 데리고 가지."

"잘 들으면 되잖아?"

어머니도 련이 누나 어머니도 인분 준 채소로 김치를 담가먹어 채독 병에 걸려 있었다. 그 물새알이 채독 병에 좋은 약이라고 했다. 다음날 아침 련이 누나가 일찌감치 집에 왔다. 어머니는 부엌에서 련이 누나와 무엇인가 소곤소곤 나누고 나왔다. 나는 주먹밥을 챙겨 메고 련이 누나 뒤를 따랐다.

노송산으로 물새알을 주우러 가는 길이다. 홍열이는 잠자리채를 들었고 오문이는 굴렁쇠를 굴리며 우리들은 새로 배운 장백산 줄기줄기 —라는 이북 노래를 부르며 개천 둑을 탔다. 물새는 물총새라고도 부른다. 깃털이 하늘빛과 같이 파랗고 아름답다. 냇가에서 미역을 감을 때면 날아와 물고기를 잡아가곤 했다. 바로 채독병에 쓰는 그 물새알을 꺼내러 가는 중이었다.

우리 마을에서는 인분으로 채소를 기르고 그 채소를 날로 김치를 담가 먹어 채독병에 걸린 사람이 많았다. 오늘 함께 가는 친구들의 엄마들은 모두 그 병에 걸린 사람들이었다. 뛰어가는 둑방길로 비단벌레가 날아와 앞장을 섰다.

"비단이 장사 왕서방 비단이 팔아 뭐했니?"

우린 마냥 즐거웠다. 땡볕이 내리쬐어도 개의치 않았고 오직 엄마 약을 구하러 간다는 마음에 노래도 부르고 벌 나비들과 장난도 치며 노송산길을 오르고 있었다. 그때 스님 한 분이 내려오고 계셨다.

"스님! 굴 바위가 어디에 있어요?"

련이 누나가 물었다.

"굴바우 라? 왜 찾누?"

"물새알 꺼내러 가요."

"물새 집은 병풍바위에 있지, 무엇에 쓸려고?"

"울엄마 채독병 약에 쓰려고요."

나는 련이 누나 대신 또 참견을 했다.

"채독병 약이라고?"

노스님은 고개를 갸우뚱해 보이며 지팡이로 산 쪽을 가리키며

"가다가 샘을 만나면 우측골짜기로 돌아서 다시 큰 소나무를 만나 좌측으로 오르면 병풍바위가 있고 그 병풍바위에 물새굴이 있다."

스님은 자세히 알려주셨다.

"그럼 굴 바위는요?" 하고 내가 물었다.

"병풍바위 건너편이지."

스님은 총총히 산을 내려갔다. 오르는 계곡을 따라 이름 모를 들꽃들이 흐드러지게 피어 있고 듣지 못한 산새 소리가 아름답게 들려왔다. 우리들은 '새야새야 파랑새야 녹두밭에 앉지 마라'라는 노래를 부르며 깎아지른 절벽 밑에 도착했다.

"야! 물새굴이다."

오문이가 소리쳤다. 정말 병풍바위 절벽에 검은 굴 몇 개가 보였다. 이때 련이 누나가 물었다,

"누가 먼저 올라갈래?"

그때 서로 먼저 올라가겠다고 손을 들었다. 그러자 키가 제일 큰 오문이가 두 손을 들어 까치발을 해보았지만 턱없이 모자랐다.

이때 련이 누나가,

"올라가려면 동아줄이 있어야 해."

하며 칡넝쿨을 끊어다가 동아줄을 만들자고 했다. 친구들은 칡넝쿨을 찾아 우르르 절간 쪽으로 몰려갔고 나와 련이 누나만 남았다.

"이젠 굴 바위를 찾아가자."

"거긴 왜?"

"거기들 숨어 계시대."

련이 누나는 내 귀에 입을 바짝 갖다 대고 속삭였다.

"아버지가……."

그 소리에 내가 깜짝 놀라자,

"우리 아버지랑 함께 계시대."

하고 련이 누나는 입에다 손가락을 갖다 댔다. 입 밖에 내지 말라는 뜻이었다. 인민군들이 매일같이 찾고 있던 아버지가. 어딘가의 산속에 숨어 계실 거라고 짐작은 했었다. 하지만 나는 그보다도 물새알이 더 급했다.

"물새알은 어쩌고?"

"물새알은 애들이 온 담에 꺼내고."

"물새알 먼저 꺼내면 안 돼?"

"넌 이제 열 살이야. 철 들 때도 됐어."

"……?"

"빨리 아버지를 먼저 만나보고 이 주먹밥을 드려야 해."

"……?"

사실 나는 아버지를 만나는 일보다 새알 꺼내는 일이 더 급했다. 채독병으로 몸이 퉁퉁 부어오른 엄마 약을 찾아서 마곡산 넘어 산내리 한약방에도 다녀왔지만 별 효과가 없었다. 엄마가 밤잠을 설치며 앓는 소리를 내시면,

"주님, 엄마 병을 나에게 넘겨주세요."

하며 귀를 틀어막고 기도를 하기도 하였지만 엄마 병은 깊어만 갔다. 엄마가 아프면 내가 더 아팠다. 나는 결국 련이 누나의 말대로 먼저 아버지들을 찾기로 했다. 그래서 주먹밥을 드리고 난 다음에 물새알을 훔치기로 했다. 병풍바위로 오르기 위해 옹달샘 옆을 비집고 생쥐같이 기어오르는 련이 누나 뒤를 바짝 따라 올라갔다.

한참을 오르다 밑을 내려다보니 어질어질 하고 내려박힐 듯 겁이 났다.

"나, 못가— 어지러워 죽겠단 말이야."

하며 그 자리에서 꼼짝을 못했다. 내려다보이는 병풍바위 중간쯤에서 파란 물새가 날아와 허공을 돌았다. 나는 물새를 쳐다보니 현기증으로 꼼짝을 할 수가 없었다. 보다 못한 련이 누나가 허리끈을 풀어 나에게 내려주었다. 나는 있는 힘을 다해 매달렸다.

그때 난데없이 솔개 바람이 구름을 실어다 부었다. 그 솔개바람은 련이 누나의 치마 속을 파고들었다.

"련이 누나, 밑이 보일라고 그래."

"뭐가?"

"……!"

"굴 바위?"

"아니야. 아무것두 안 보여."

또 한 차례 먹구름이 병풍바위를 때리며 하늘로 올랐다.

소나기

병풍바위를 때리던 솔개바람은 련이 누나의 치맛자락을 걷어 올렸다. 치마끈을 놓치고 만 나는 눈을 감고 싶었다. 사방을 살폈다. 다행히 어디서인가 산새 소리만 들려올 뿐 아무도 없었다.

솔개바람에 날리는 치맛자락을 부여잡고 쩔쩔매던 련이 누나가 말바위에 오르는 순간 급기야 솔개바람은 소나기로 변했다.

장대비를 맞으며 말 바위에 오른 나는 련이 누나 보기가 민망했다. 소나무 밑에서 오들오들 떨고 있는 련이 누나는 온몸이 비에 젖어 속살이 훤히 들여다보였다. 소나기는 더욱 세차게 말바위를 때렸다. 나는 련이 누나의 치마끈도 솔개바람에 놓쳐버리고 소나기를 피해 바위틈에 숨어 있는 소나무를 붙잡고 매달렸다. 그러다 보니 건너편 쪽바위 밑에 있는 굴 하나를 발견했다.

돌고 돌아 한참을 헤매다 보니 쪽바위는 메기 아가리처럼 커다란 입을 쩍 벌리고 있었다. 바위 등을 타고 내려가니 정말 메기입 같은 굴이 하나 보였다. 이때 련이 누나가,

"굴 바위다, 굴 바위."

이 굴을 찾기 위해 여태껏 이 고생을 한 것이다. 바로 아버지가 숨어 계시다는 굴 바위였다. 굴 안은 어두컴컴하고 인기척이 없었다.

"아버지이!"

굴속을 향해 불러보았으나 아무 대답이 없었다. 굴속을 다 뒤져봐도 아버지도 마을 사람들도 보이지 않았다. 굴속을 두리번거리던 련이 누나는 그대로 털썩 주저앉았다. 그리곤 허리에 차고 있던 주먹밥 보따리를 풀어놓았다.

"또 어디로 가셨을까? 시장하실 텐데."

도망꾼들은 한곳에 오래 머물지 않는다고 했다. 인민군들을 따돌리기 위해 그런다고 했다. 나는 또 물새알이 궁금했다.

"련이 누나. 이제 물새알이나 꺼내러 가자. 응?"

"소나기나 그쳐야지."

지칠 대로 지친 나는 배도 고파 왔다. 칡넝쿨을 찾아 절 쪽으로 내려간 친구들은 소나기를 피해 절로 들어간 듯 한 놈도 보이질 않았다. 나는 배가 고팠다.

"련이 누나, 이 주먹밥 우리가 먹으면 안 돼?"

"안 되는데……."

"아버지도 없고 배도 고프니까……."

련이 누나도 배가 고픈지 주먹밥 뭉치를 나에게 넘겨주었다. 주먹밥 보자기를 풀었다. 주먹밥은 소나기에 젖어 흰죽이 돼버렸다. 나는 주먹밥을 허겁지겁 먹어치웠다. 련이 누나도 따라 먹었다.

굴 밖에선 주룩주룩 소나기가 그치질 않았다. 병풍바위는 온통 안개에 묻혀 굴도 안 보이고 물새도 보이지도 않았다. 비에 젖은 등걸잠방이는 축축하고 무럭무럭 김이 올라왔다. 그런데 몸은 오실오실 떨려왔다. 그때 별안간 번쩍하더니 벼락이 건너편 병풍바위를 때리며 대포소리보다도 무섭게 들려왔다. 병풍바위가 부서지면서 튀는 돌조각들이 굴 밖까지 날아왔다.

"우르릉— 꽝!"

귀청을 찢었다. 벼락 소리에 놀란 나는 엉겁결에, "엄마!" 하고 울부짖으며 련이 누나 품으로 파고들었다. 천둥이 칠 때마다 양쪽 귀를 감싸주는 련이 누나가 엄마 닮았다. 거세던 천둥소리는 점점 멀리 들리고 련이 누나의 품속은 점점 따스해 왔다. 파란 입술이 되어 오들오들 떨던 련이 누나도,

"이 비가 언제나 그치냐?"

걱정하면서도 나를 포옥 감싼 팔을 풀어주지 않았다. 얼마 후 천둥도 그치고 번개도 그쳤지만 나는 그 품속을 벗어나기가 싫었다. 아니 따스한 련이 누나의 품안이 좋았다. 하지만 스르르 감겨져 오는 졸음은 참을 수가 없었다.

어느새 친구들은 노송산을 빠져나갔다. 나는 련이 누나와 함께 절에서 보리개떡 한 쪽씩을 얻어들고 내려갈 때 스님이 퉁소 하나를 내주셨는데 그것은 아버지가 부시던 퉁소였다.

오늘도 어제 밤과 같이 호랑이눈썹달이 서산 위에 떠 있었다. 우리는 우무실 실개천 둑을 따라 뛰었다. 멀리 안산동에 한 집 두 집 불빛이 비치기 시작했다. 호랑이눈썹달마저 숨어버린 개천 길은 점점 어두워가고 있었다.

엄마는 동생을 업고 산모퉁이 동구 밖까지 나와 계셨다. 하지만 나

는 아버지도 물새알도 보지 못했다고 했다. 굴 바위에 가 보니 아버지들은 보이지 않고 비만 억수같이 퍼부어서 이리 늦었다고 했다. 나는 너무 늦게 와서 또 종아릴 맞나 싶어 련이 누나 등 뒤에서 어머니 눈치만 살폈다. 나는 얼른 보자기에 싼 통소를 엄마 앞에 내밀었다.

"아니! 이건? 아버지 통소 아니냐?"

어머니는 그 통소를 보자마자 아버지 거라고 했다. 통소는 아버지가 즐겨 부시던 것으로 그 소리가 참 구성지고 듣기 좋았었다. 그러나 나는 통소를 불어 보았지만 제대로 소리를 내지는 못했다.

그 다음날 나는 키보다 큰 아버지 지게를 걸머지고 마곡산에 나무를 하러 갔다. 주먹밥에 통소를 싸들고 근찬이 형을 따라 갔다. 어머니는 통소 속에서 아버지의 쪽지 편지를 꺼내 보시고 아버지가 며칠 전에 노송산에서 마곡산으로 은신처를 옮겼다는 것을 알았다. 나는 그 다음날부터부터 질질 끌리는 지게를 짊어지고 자재기뜰을 지나 황샛말 솔마루까지 나무를 하러 올라갔다. 근찬이 형은 거기서 나무를 하자고 했다. 하지만 나는 말바위까진 더 가야 한다고 했다. 어머니는 말바위에서 통수를 불면 아버지가 오실 거라 했다. 그리고 만나면 주먹밥을 전하라고 했다.

그래서 나는 혼자 황샛말 솔마루를 넘어갔다. 산은 점점 깊어만 갔고 아름다운 철쭉꽃이 만발한 계곡엔 이름 모를 산새들의 노랫소리만 들려왔다. 새들의 노래를 따라 부르는 나는 마냥 즐거웠다. 말바위는 작년에 소풍 왔던 곳이다. 보물찾기로 연필 한 자루를 탔었다. 나는 그래서 이곳이 좋았다. 그리고 주위엔 옹달샘도 있고 이름 모를 꽃들과 빨갛게 익은 보리수가 주렁주렁 달려서 좋았다.

나는 말바위 위에 지게를 내려놓고 산새 소리에 맞춰 통소를 불기 시작했다. 하지만 삐－익, 삐—익! 하며 벙어리 소리만 났다. 점심때가 가까워지자 다급해졌다. 어머니가 점심때 말바위에서 통소를 불면 아버지가 오신다고 했기 때문이다. 통소를 가지고 씨름을 하고 있는데 건너편 산골짜기에서 '딱－ 딱.' 하는 소리가 들려오는 듯했다. 딱따구리 소리 같기도 하고 나무꾼이 나뭇가지를 꺾어내는 소리 같기도 했다. 나도 작대기에 낫을 매어 꼽고 말라죽은 소나무가지(삭정이)를 꺾어 내렸다.

'따악!'

솔가지 꺾어지는 소리가 산자락을 울렸다. 저 산에서도 딱-, 이 산에서도 따악— 나는 솔가지 한 아름을 꺾고 나서 또 통소를 불기 시작했다. 아버지가 즐겨 부르시던 양산도도 뻐꾸기 타령도 그리고 아리랑도 불어댔다. 그러나 귀먹은 소리만 메아리가 되어 이산 저산을 돌고 돌다 되돌아왔다.

바로 그때 멀리 맞은편 계곡 쪽에서 삭정이를 잔뜩 짊어진 나무꾼이 하나 내려오고 있었다. 나는 있는 힘을 다해 통소를 불어댔다. 통소 소리는 산새 소리와 함께 메아리를 뽑아냈다. 그러나 아버지 통소 소리는 들은 척도 하지 않는 나무꾼은 그대로 산비탈을 내려가는데 그 뒤를 따라붙는 자가 있었다. 아마도 숨어 지내다가 붙잡혀 가는 모양이었다.

나는 엄마 말대로 주먹밥을 말바위 뒤에 있는 작은 바위굴속에 놓고 오면 되는 것이다. 그게 내가 매일 해야 할 일이었다. 그 주먹밥은 아버지가 그날 밤에 내려와 가져가시는 것이다. 엄마의 말대로 지금까지 그대로 해 왔다. 그날부터 나는 꼬마 나무꾼이 되었다.

전쟁 중이지만 다른 친구들은 그래도 학교엘 다녔다. 인민군 노래도 배우고 이북 애국가 장백산도 배우고 공부도 한다고 했다. 하지만 나는 학교에 가서 친구들과 놀고 싶고 공부도 하고 싶었지만 학교 가 봐야 공산당 교육이나 받게 되니 인민군이 물러가면 그때나 보내준다는 엄마 말을 믿고 매일 나무지게를 걸머지고 마곡산에 가서 퉁소를 불었다. 아버지는 깊은 산속에 숨어 계시다 퉁소 소리를 듣고 어두워지면 말바위 속에서 주먹밥을 꺼내 가지고 다시 산속으로 숨으셨다.

그렇게 하면서도 아버지를 만나보지는 못했다. 그러나 전날 가져다 놓은 주먹밥이 없어진 것을 보면 아버지가 다녀가신 것은 분명했다. 어떤 날은 주먹밥과 잠방이도 빨아다 놓았는데 다음날 주먹밥과 잠방이도 없어진 것으로 보면 틀림없이 아버지가 다녀가신 것이다. 하루는 아버지 주먹밥을 말바위에 가져다 놓고 까치집 만하게 소나무 한 짐을 지고 내려오다가 인두매미 신작로에서 송곡초등학교 정백영 선생님을 만났다.

"야, 너 솔뫼 아니냐?"

"네, 선생님."

"야, 다른 친구들은 다 나오는데 넌 왜 안 나오냐?"

"저……."

"아, 나무하느라 못 나오는구나?"

"……."

"나무는 일요일에 하고 학교엔 와야지."

"……."

"아버진 어디 가셨느냐?"

"저기……. 네."

정겨운 정백영 샌님이 길을 막고 묻는 말에 나는 아버지가 인민군대에 끌려가지 않으려고 마곡산 말바위에 숨어 있어 매일 아버지 주먹밥을 싸다 드리기 위해 나무를 하러 다녀야 하기 때문에 학교에 갈 수 없다는 말을 하고 싶었다. 정백영 선생님은 우리 친척이라 알려주고도 싶었지만 누구한테도 알리면 아버지가 잡혀간다는 엄마의 말씀 때문에 입을 열 수가 없었다. 얼굴이 빨개진 나는 멀리 보이는 마곡산을 바라보고 나서 허리를 굽혀 인사했다.

"선생님 안녕히 가세요. 전 아직 나무를 해야 해요."

선생님은 우무실 박봉년이와 용구, 그리고 충현이 등 10여 명이 신작로 한복판을 손을 흔들어대며 멀어져 갔다. 나는 물끄러미 바라보다가 흔들던 팔을 힘없이 내렸다. 나도 그 애들과 같이 학교엘 다니고 싶었다. 헤어질 때 선생님은 저녁놀이 곱게 물든 마곡산 자락을 쳐다보시곤,

"그래, 아버지 오실 때까진 나무를 해야겠구나."

"네, 선생님."

나는 그 후부터 마곡산에 나무하러 가기가 싫어졌다. 친구들이 다니는 학교 길에서 나무지게를 지고 다니는 모습을 보여주고 싶지 않

아서였다. 그런데 어느 날부터인가 말바위에 도착하면 솔 죽정이가 바위 옆에 한 짐이나 쌓여 있었다. 그 솔 삭정이를 바로 짊어지고 오면 하교 시간보다 빨라서 동무들을 만나지 않아도 되었다. 친구들이 집에 올 때쯤이면 나는 이미 아버지가 해놓은 소나무 삭정이를 짊어지고 인두배미 신작로를 가로질러 오곤 했다.

나는 매일 아버지한테 주먹밥을 전하러 가서 아버지가 해놓은 나무를 짊어지고 일찍 돌아올 수 있어 좋았으나 밭에서 농사일을 하시는 엄마를 도와드려야 했다. 그러나 땡볕에 쪼그리고 밭 매는 일을 하기는 정말 싫었다.

차라리 산에서 흐드러지게 피어 있는 꽃들과 산새 소리를 들으며 나무하는 것이 더 좋았다. 하지만 엄마가 아기를 업고 혼자서 참새꼴긴 고랑 밭을 매실 땐 도망갈 수가 없었다. 나무하기보다도 훨씬 힘들고 오금이 저려서 배길 수가 없었다. 내 얼굴은 햇볕에 타서 새카맣게 깜부기가 되어 갔다.

이제 오전에는 마곡산 나무를 하고 오후에는 농사일을 돕는 것이 나의 하루 일과가 되어 갔다. 어느 날 엄마는 해가 지면 뒷집 서당에 가서 공부를 하라고 하셨지만 나는 서당엔 가기가 싫었다.

우선 쪼그리고 앉아서 앞뒤로 주억거리며 책을 읽는 소리도 뭔 소리인지 모르겠고 뜸부기 우는 것 같기도 하여 이상하게도 가기 싫었다. 인두배미 신작로에서 만난 정백영 선생님 말씀대로 나무하러 마곡산엘 갈 때면 교과서를 가지고 다니며 읽고 또 읽다가 해가 질 때쯤 돌아오곤 하였다.

하루는 나무지게를 지고 황샛말 산잔등을 넘어 솔밭 고개를 넘다 보니 멀리 소로리 건너편 송곡국민학교가 보였다. 거기서 친구들이 부르는 노랫소리가 하늘 높이 뭉게구름을 타고 들려왔다.

그럴 때면 양학골에서는 꾀꼬리도 따라 노래하고 마곡산 넘어 산내리에 사는 재정이와 수만이 노래 소리도 들려 당장이라도 달려가고 싶었다. 그 애들은 짝꿍이었다. 엄마가 채독병에 걸려 마곡산 너머 산내리에 있는 약국을 찾아갔을 때 재정이네 집을 찾아갔으나 학교에 가고 없어 무척 서운했다.

어느 날 하루는 그 동무들이 하도 보고 싶어 집에 가다가 나무지게를 교문 밖에 세워놓고 동무들이 있는 2-1 교실을 찾아가 보았다.

그러나 너무 늦어 친구들은 이미 집에 가고 교실은 텅 비어 있었다. 교실 뒤편 게시판엔 내가 그린 호밀밭 그림이 아직도 그대로 붙어 있었다. 그림을 그리고 싶었다.

호밀밭 속에 련이 누나도 그려 넣고 싶었고 재정이와 수만이도 그려 넣고 싶었다. 그 다음 어느 날 나는 몇 개의 닳아빠진 크레용을 가지고 가서 나무 지개를 정문 밖에 세워 놓고 또 2-1 교실로 들어갔다. 이날도 늦은 시간이라 교실은 텅 비어 있었다. 교실 게시판에 붙어 있는 호밀밭 그림을 조심스럽게 침을 발라 떼어냈다. 그리고 나는 책상에 가서 그림을 그리기 시작했다.

그 호밀밭 그림 속에 빨간 댕기를 맨 련이 누나와 재정이 그리고 수만이를 그려 넣었다. 그리고 나서 그 옆에 나도 그려 넣었다. 그리곤 다시 게시판에 그대로 붙이고 일어서는데 뒤통수가 이상해 돌아다

보니 복도에서 나를 지켜보는 안경잡이가 보였다.

안경잡이 교감 선생님이 손짓을 했다. 나는 손짓을 따라 교무실로 끌려갔다. 교실에는 학교 건너편에 사시는 2학년 담임 황선생님과 1학년 때 담임 선생님이셨던 심선생님이 계셨다.

교감선생님은 문 앞에 고개를 푹 숙이고 죄인처럼 꿇어앉은 나를 가리키며 크게 소리를 질렀다.

"아, 저 녀석이 남의 교실에 몰래 들어와 작품을 떼어내기에 지켜봤더니 거기다 개칠을 하여 작품을 엉망으로 만들어 놓아 붙잡아 왔습니다. 이 애가 어떤 애인지 알아보시고 벌을 줘서 내보내세요!"

나는 도둑으로 몰린 것 같았다. 그림을 훔치려는 건 아니었는데—교감선생님은 빈 교실에 혼자 들어와서 그림을 떼어 냈으니 도둑놈으로 보신 것이다.

"야 임마, 너 내가 누군지 아냐?"

담임 선생이신 황선생이 벌떡 일어나시더니 내 곁으로 와서 자초지종을 물었다. 황선생님은 교감선생님에게 나한테 들은 대로 보고하는 바람에 나는 풀려났다.

1학년 때 담임선생이셨던 심선생님은 내 머리를 쓰담으며 도화지 십여 장을 주셨고 2학년 담임 선생인 황선생님은 크래용 한 곽을 주셨다. 그때 양선생(여선생)이,

"너 왜 그동안 학교에 안 나왔지?"

하고 캐물었지만 나는 대답을 하지 못했다. 양선생님은 교문 밖에 세워둔 나무지게를 가리키며,

"저게 네 지개냐?"

라고 물으셨고 나는 고개만 끄덕였다. 나는 도화지와 크레파스를 가지고 고맙다는 인사도 제대로 못하고 교무실을 빠져나왔다.

며칠 후 내가 그린 그림을 다시 담임 선생님께 가져다 드렸다. 먼저 그림 위에 덧그려 엉망이 된 그림을 떼어내고 새로 그린 그림을 그곳에 붙였다. 초가집 뒤엔 소나무가 있고 복숭아꽃이 만발한 울타리가 있고 그 집 앞에 호밀밭이 있고 호밀밭 사이로 꼬부라진 오솔길이 있고 오솔길엔 빨간 댕기를 틀어 맨 련이 누나가 있었고 잠자리채를 들고 웃통을 벗은 재정이와 수만이, 그리고 나를 그려 넣은 그림을 교체하여 붙이고 나서 나무지게를 다시 걸머지고 신작로를 가로질러 논틀밭틀을 지나 땅거미가 지을 때쯤 십리 길을 걷다 보니 마곡산 너머에 호랑이 눈썹달이 나를 흘겨보고 있었다. 멀리 보이는 마을 동구 밖에 초롱 불빛이 반짝였다.

그 불빛은 날이 저문 데도 마곡산에 간 아들이 돌아오지 않아 호랑이한테 잡혀간 것 같아 초롱불을 켜들고 어머니가 한발 한발 찾아오시는 중이었다. 그 다음부터 나는 나무지게에 교과서와 도화지, 그리고 크레파스를 짊어지고 다녔다. 아버지가 미리 해놓으신 삭정구만 짊어지면 그때부턴 책을 읽고 그림을 그리는 재미로 하루해를 보냈다.

나는 2학년 교과서를 몇 번이고 다 읽어서 외워 버렸다. 언제든 학교를 가게 될 것이고 그땐 반장인 원교를 따라잡아야 하기 때문이다. 그런 생각이 들 때마다 나는 학교가 가고 싶어졌다.

어느 날 아침 친구들이 학교를 가자고 찾아왔다.

"솔뫼야, 선생님이 너 데리고 오래."

나는 엄마한테 가고 싶다고 했으나 엉뚱한 대답을 하셨다.

"얘는 아직 학교에 못 보낸다. 너희들끼리나 가거라. 담인 선생님께는 내가 한번 찾아가 뵙겠다고 전해 드려라."

엄마는 말끝을 흐리며 내 손을 잡고 말했다.

"솔뫼야, 조금만 참아, 아버지 곧 오시게 될 거야. 그때까지만 참고 기다려."

책가방을 멘 친구들은 어느새 자재기뜰 호밀밭을 지나가고 있었다.

"솔뫼야!"

손을 흔들며 학교 가는 친구들이 부러웠다. 그러나 나는 더 이상 참을 수가 없었다. 나무지게를 팽개치고 앙탈을 부리기 시작했다.

"나무 하러가기 싫어! 학교 갈래!"

나는 흙 마당을 뒹굴며 엉엉 울어댔다.

옷은 진흙 바닥에 엉망이 됐고 눈물 콧물에 얼굴도 엉망이 되고 말았다. 부지깽이를 든 엄마도 물동이를 이고 가던 련이 누나도 눈물을 훔치고 있었다. 오늘 따라 뒷동산 뻐꾸기는 아침부터 울어댔다.

아버지 통소가 깨지다

어느 날 말바위 속에 넣어둔 주먹밥이 그대로 있는 것을 발견했다. 그리고 쌓여 있어야 할 삭정이가 하나도 없었다. 아무리 통소를 불어봐도 아무 반응이 없었다. 그날은 산 깊이 들어가 삭정이를 따 가지

고 늦게 산을 내려오게 되었다. 그 날은 어머니가 특별히 쑥개떡도 한쪽 주시며 나무지게에 동여매 주셨다,

"아버지! 아버지!"

아버지를 불러 봤지만 폭포소리 산새소리에 가려 메아리조차 들려오지 않았다. 더구나 쓰르라미 소리가 너무 크게 들려 아버지 신호도 알아들을 수 없었다. 조용히 퉁소를 집어 들었다. 그리고 퉁소를 불어 봤다. 그러나 물소리와 쓰르라미 소리가 더 시끄러워 퉁소 소리는 작게만 들렸다.

"이놈들, 조용히 못해!"

하면서 들고 있던 퉁소로 바위를 때렸다.

"딱!"

정말 신기하게도 모든 산새 소리가 일시에 멈췄다. 쓰르라미 소리도 산새 소리도, 아니 폭포소리도 멈춘 듯했다. 이젠 조용하니 퉁소를 불어도 될 듯싶어 들고 있던 퉁소를 입에 대려는 순간

"아이고! 이런?"

나는 벌린 입을 다물 수가 없었다. 아버지가 그렇게 아끼던 퉁소(대금)가 부러지고 만 것이다. 나는 불길한 생각과 겁이 덜컥 났다. 놀란 나는 아버지의 퉁소를 아무리 만져보고 불어 봐도 소용이 없었다. 마곡산 그림자가 폭포수를 덮어 온다, 그리고 멀리 보이던 안산동 마을도 점점 어둠에 묻혀 갔다. 그러는 사이에 나무도 삭정이도 못 따고 빈 지게만 걸머지고 오던 길을 찾아 내려가기 시작했다.

어둠과 두려움에 휩싸여 한 발짝도 내디디기 어려운데 멀리 황샛말

곳집 부근에서 호롱불 빛이 하나 비쳐 왔다. 도깨비불인지 호롱불인지는 몰라도 불빛은 확실히 갈 방향을 알려 주는 듯했다. 그제야 나는 호랑이 눈썹달의 달그림자를 밟으며 어둠을 헤치고 더듬거리며 불빛을 향해 오솔길을 따라가기 시작했다.

아버지가 잡히시다

밤늦게 집에 오니 우리 집은 난리가 났다. 아버지가 엊그제 밤에 마곡산에서 노송산 굴바위로 이동하던 중 잠복하던 인민군에게 잡혀서 서울로 끌려가게 되었다는 것인데 그것도 인민군들의 식량을 짊어지고 끌려가신다는 것이었다.

그래도 그나마 다행인 것은 식량을 짊어지고 서울까지 인민군을 따라가서 바치고 도장만 받으면 풀어 준다는 것이었다. 오랫동안 이리저리 숨어 다니시며 고생만 하시다가 결국은 체포되어 끌려가게 되었으니 너무 억울한 일이었다.

그간 내가 고생한 보람도 없이 아버지는 다음날 붙잡혀온 설성면의 여러 사람들과 같이 밀 한 자루씩을 짊어지고 인민군들에게 끌려가셨다. 나는 남천이, 오문이 태연이와 함께 인두배미까지 뛰어가 아버지가 끌려가시는 모습을 보고만 있었다. 아버지는 떠나시던 순간,

"엄마 말 잘 듣고 공부 열심히 하여야 한다."

하셨다. 나는 순진하게 물었다.

"아버진 언제 오시는데요?"

"한 3,4일 후면 올 테니 그때가지 기다려라."

마을 동구 밖에는 마을 사람들과 엄마의 모습도 보였다. 아버지와 나눈 이 몇 마디가 마지막 대화가 되고 말았다. 약속한 3.4일이 지나도 아버지는 소식이 없었다. 어머니는 그날부터 매일 아버지 밥 한 그릇을 아랫목에 묻어두고 밤마다 초롱불을 밝혀 들고 동구 밖에서 아버지를 기다리시는 것이 일과가 되었다. 그러나 1주일이 지나 한 달이 되어도 서울 가신 아버지는 소식이 없고…….

함께 끌려갔던 인근 마을 사람들 중엔 살아서 돌아온 분들도 더러 있다고 하지만 거의가 아직도 소식을 모른단다.

어머니는 소식 없는 아버지를 찾아 며칠 동안 광주 곤지암을 거쳐 서울 광나루까지 찾아갔다가 실망한 채 돌아오셔서 '폭격에 맞아 죽은 시체가 사방천지라 이리저리 뒤적여 보았지만 아버지 시체는 보지 못하고 왔다'고 하며 그나마 다행이라고 하셨다.

아버지가 끌려가신 날부터 어머니는 날마다 아랫목에 밥 한 그릇을 묻어두고 아버지가 오시기를 기다리셨다. 서른한 살 청상이 아흔다섯 백발로 가시기까지 기다리던 아버지를 끝내 못 보시고 눈을 감으시던 날 앞 논에선 뜸북새 우는 소리가 애절하게 들려왔고 북녘 땅 먼 하늘에서도 북망산 뻐꾸기 우는 소리가 들려왔다.

어머니는 청상 뜸북새였다.

6.25전쟁의 고난을 겪은 분께 알리는 말씀

도서출판 한글 부설 6.25수난기 작가회에서는
80대들의 6.25전쟁 수난기를 후대에게
남길 수 있도록
다음과 같이 증언을 모집합니다.

* 대상 1945년 이전 출생자 누구나
* 원고 분량 200자 원고지 50매 내외
* 출판찬조금 10만 원 이상 찬조
* 발행 후 게재작품집 15부 드림
* 게재하신 분은 6.25수난기 작가회회원으로 모심
* 직접 집필이 어려운 분은 대필 상담 바람
* 원고 마감은 9월 28일 한
* 연락처 02-363-0301/010-6788-1382 편집자

6.25전쟁 수난의 증언

2020년 6월 20일 1판 1쇄 인쇄
2020년 6월 25일 1판 1쇄 발행
2020년 6월 30일 1판 2쇄 발행

저 자 6.25수난기 작가회
편집고문 : 조신권 김영백 신성종 유승우 김봉군
편집위원 : 이용덕 정태광 안승준 박철현 송재덕
집필 작가
유승우 이용덕 박철현 유영자 현의섭 신건자 남춘길
최건차 신성종 이건숙 조신권 오경자 허숭실 정영자
김영백 신영옥 김봉군 김정원 이동원 정태광 최숙미
안승준 안은순 이상열 이택주 이계자 최강일 정연웅

발행자 심혁창
편 집 이영규
마케팅 정기영 곽기태
펴낸곳 도서출판 한글

우편 04116
서울특별시 마포구 신촌로 270(아현동)
수창빌딩 903호

☎ 02-363-0301 / FAX 362-8635
E-mail : simsazang@hanmail.net
창 업 1980. 2. 20.
이전신고 제2018-000182

* 파본은 교환해 드립니다
* 정가 20,000원
*

ISBN 97889-7073-578-8-13810

이 도서의 국립중앙도서관 출판예정도서목록(CIP)은 서지정보유통지원시스템 홈페이지(http://seoji.nl.go.kr)와 국가자료종합목록 구축시스템(http://kolis-net.nl.go.kr)에서 이용하실 수 있습니다.
(CIP제어번호 : CIP2020024290